Caryl Férey

Zulu

Gallimard

Ce livre a bénéficié de la bourse Stendhal, décernée par le ministère des Affaires étrangères, ainsi que du soutien actif et efficace du Centre national du livre.

Caryl Férey, né en 1967, écrivain, voyageur et scénariste, s'est imposé comme l'un des meilleurs espoirs du thriller français avec la publication de *Haka* et *Utu* (prix Sang d'Encre 2005 de la ville de Vienne, prix Michel Lebrun 2005 de la ville du Mans et prix SNCF du polar 2005) consacrés aux Maoris de Nouvelle-Zélande. Cette révélation s'est confirmée en 2008 avec *Zulu*, Grand Prix de littérature policière 2008 et Grand Prix des lectrices de *ELLE* Policier 2009. Caryl Férey est également, rocker dans l'âme, le père littéraire de Mc Cash, un flic borgne sans prénom croisé dans *Plutôt crever* et dans *La jambe gauche de Joe Strummer*.

« Sois la lame de la petite herbe,
Et tu seras plus grand que l'axe de l'univers... »

ATTILA JÓZSEF

À mon ami Fred Couderc
dont les ailes de géant m'ont appris à voler,
et à sa femme Laurence,
planeur nerveux.

« Zone Libre »,
pour le son — dans le rouge.

PREMIÈRE PARTIE

LA MAIN CHAUDE

1

— *Tu as peur, petit homme ?... Dis : tu as peur ?*

Ali ne répondait pas — *trop de vipères dans la bou-che.*

— *Tu vois ce qui arrive, petit Zoulou ? Tu vois ?!*

Non, il ne voyait rien. *Ils l'avaient saisi par la racine des cheveux et tiré devant l'arbre du jardin pour le for-cer à regarder. Ali, buté, rentrait la tête dans les épau-les. Les mots du géant cagoulé lui mordaient la nuque. Il ne voulait pas relever les yeux. Ni crier. Le bruit des torches crépitait à ses oreilles. L'homme serra son scalp dans sa main calleuse :*

— *Tu vois, petit Zoulou ?*

Le corps se balançait, chiffe molle, à la branche du jacaranda. Le torse luisait faiblement sous la lune mais Ali ne reconnaissait pas le visage : cet homme pendu par les pieds, ce sourire sanglant au-dessus de lui, ce n'était pas celui de son père. Non, ce n'était pas lui.

Pas tout à fait.

Plus vraiment.

Le sjambock[1] claqua de nouveau.

1. Fouet.

Ils étaient tous là, réunis pour la curée, les « Hari-cots verts » qu'on avait formés pour maintenir l'ordre dans les townships, ces Noirs à la solde des maires achetés par le pouvoir, les seigneurs de la guerre, les autres aussi, les contrevenants aux boycotts à qui on avait coupé les oreilles : Ali voulut implorer, leur dire que ça ne servait à rien, qu'ils faisaient erreur, mais sa gorge aspirait du vide. Le géant ne l'avait pas lâché :

— Regarde, petit : regarde !

Son haleine puait la bière et la misère du bantous-tan[1] : il frappa encore, deux fois, des coups cinglants qui déchiraient la chair de son père, mais l'homme pendu à l'arbre ne réagissait plus. Perdu trop de sang. La peau décollée de tous les bords. Méconnaissable. Le réel fissuré. Ali en apesanteur visait l'autre bout du ciel : ce n'était pas son père, ça... Non.

On lui tordit le crâne comme un écrou, avant de le jeter face contre terre. Ali tomba sur la pelouse des-séchée. Il ne reconnaissait pas les hommes autour de lui, les géants portaient des bas, des cagoules, il voyait juste la rage qui transpirait des regards, leurs vais-seaux éclatés comme des fleuves de sang. Il cacha sa tête dans ses mains pour s'y enfouir, se replier, se chif-fonner, redevenir liquide amniotique... À deux pas de là, Andy faiblissait à vue d'œil. Il portait encore son short rouge pour la nuit, tout imbibé d'urine, et ses genoux s'entrechoquaient. On lui avait lié les mains dans le dos et enfilé un pneu autour du cou. Les ogres le bousculaient, crachaient sur son visage, s'invec-tivaient ; c'était à qui trouverait la bonne formule, la meilleure justification pour le massacre. Andy les regardait, les yeux hors de leur orbite.

---

1. Enclave « réservée » aux Noirs du temps de l'apartheid.

Ali n'avait jamais vu son frère flancher : Andy avait quinze ans, c'était lui l'aîné. Bien sûr ils se battaient souvent tous les deux, au grand dam de leur mère, mais Ali était décidément trop mioche pour se défendre. Ils préféraient aller à la pêche, jouer avec les petites voitures en fil de fer qu'ils se confectionnaient. Peugeot, Mercedes, Ford, Andy était un expert. Il avait même bricolé une Jaguar, qu'ils avaient vue dans un magazine, une voiture anglaise qui les faisait rêver. Maintenant ses genoux cagneux grelottaient sous les torches, le jardin où on l'avait traîné empestait l'essence et les géants se disputaient autour des bidons. Plus loin des gens criaient dans la rue, les Amagoduka qui venaient de la campagne et qui ne comprenaient pas ce qu'on faisait à leurs voisins — le supplice du collier.

Andy pleurait, des larmes noires sur sa peau d'ébène, avec son short rouge trempé de peur... Ali vit son frère chanceler quand on jeta l'allumette sur le pneu imbibé d'essence.

— Tu vois ce qui arrive, petit homme ! Tu vois !

Un cri, la coulée de pétrole sur ses joues, la silhouette disloquée de son frère qui s'échappe, qui fond comme un soldat de caoutchouc, et cette épouvantable odeur de brûlé...

Les oiseaux tiraient des diagonales impossibles entre les angles de la falaise ; ils piquaient vers l'océan, s'inventaient des suicides, revenaient, à tire-d'aile...

Perché sur le terre-plein qui dominait le site, Ali Neuman regardait passer les cargos à l'horizon. L'aube pointait sur le cap de Bonne-Espérance, orange et bleu dans le spectre indien. Les baleines n'étaient qu'un but de promenade à ses insomnies — des baleines à bosse, qui à partir de septembre venaient s'ébattre à la pointe de l'Afrique… Ali avait vu un couple, une fois, s'envoyer en l'air avant de plonger ensemble pour une longue apnée amoureuse, en ressortir plein d'écume… La présence des baleines lui procurait un peu de paix, comme si leur force remontait jusqu'à lui. Mais la saison des amours était passée — pour toujours. Le jour perçait la brume sur la mer et elles ne viendraient pas, ni ce matin ni demain.

Les baleines se cachaient de lui.

Les baleines avaient disparu dans les eaux glacées : elles aussi avaient peur du Zoulou…

Délaissant le gouffre qui lui tendait les bras, Neuman descendit le chemin. Le cap de Bonne-Espérance était désert à cette heure — ni cars ni touristes chinois posant sagement devant l'écriteau mythique. Il n'y avait que la brise atlantique sur la lande rasée, des fantômes familiers qui se pourchassaient à l'aurore et l'envie d'en découdre avec le monde. Une colère noire. Même les babouins du parc se tenaient à distance.

Neuman marcha à travers la lande jusqu'à l'entrée du Table Mountain National Park. La voiture attendait de l'autre côté de la barrière, anodine, poussiéreuse. Le vent du large l'avait un peu calmé. Ça ne durerait pas. Rien ne durait. Il mit le contact sans plus penser.

L'important était de tenir.

2

— *Bass ! Bass*[1] !

Les Noirs aux espadrilles ratatinées qui avaient investi les rails de sécurité guettaient un ralentissement pour vendre leur camelote.

La N2 reliait Cape Town à Khayelitsha, son plus gros township. Au-delà de Mitchell's Plain, construite jadis par les métis expulsés des zones blanches, s'étendait une zone dunaire : c'est sur cette plaine de sable que le gouvernement de l'apartheid avait décidé de bâtir Khayelitsha, « nouvelle maison », modèle de l'urbanisme de contrôle à la sud-africaine : très éloignée du centre-ville.

Malgré la surpopulation chronique, Josephina refusait de s'installer ailleurs, pas même sur les sites viabilisés de Mandela Park, au sud du township, qu'on avait construit pour la classe moyenne noire émergente — sous ses sourires d'aveugle et sa bonté chronique, la mère d'Ali était une redoutable tête de mule. C'est ici qu'ils s'étaient réfugiés tous les deux, vingt ans plus tôt, dans les vieux quartiers qui formaient Khayelitsha *stricto sensu*.

1. *Bass* : de *boss*, maître.

Josephina habitait une des *core-houses*[1] de Lindela, l'axe qui traversait le township, et ne s'en plaignait pas : ils étaient souvent cinq ou six à s'entasser dans cet espace, tout au plus une chambre, une cuisine et une salle de bains exiguë qu'elle avait, l'âge aidant, consenti à agrandir. Josephina était heureuse à sa manière. Elle bénéficiait de l'eau courante, de l'électricité et, grâce à son fils, de « tout le confort dont une aveugle de soixante-dix ans pouvait rêver ». Josephina ne bougerait pas de Khayelitsha, et son colossal embonpoint n'y était pour rien.

Ali avait fini par laisser tomber. On avait besoin de son expérience (Josephina avait son diplôme d'infirmière), de ses conseils, de sa foi. L'équipe du dispensaire où elle exerçait comme bénévole faisait ce qu'elle pouvait pour soigner les malades et, quoi qu'elle en dise, Josephina n'était pas tout à fait aveugle : si elle ne voyait plus précisément les visages, elle distinguait encore les silhouettes, qu'elle appelait ses « ombres »... Une façon de dire qu'elle quittait lentement la surface de ce monde ? Ali ne pouvait s'y résigner. Ils étaient les seuls rescapés de la famille et il n'y en aurait pas d'autres. Son tuteur avait explosé en vol. Il ne tenait qu'à sa base — sa mère.

Ali travaillait beaucoup trop mais il venait voir Josephina le dimanche. Il l'aidait à remplir ses papiers et lui faisait des reproches en lui caressant la main, comme quoi on allait la retrouver morte évanouie si elle continuait à sillonner le township du matin au soir. La grosse femme riait. Disait entre deux hoquets qu'elle vieillissait, une vraie chienlit, qu'il faudrait

1. Petites maisons en dur destinées à être agrandies.

bientôt faire venir une grue pour la déplacer, alors lui aussi finissait par rire. Pour lui faire plaisir.

Un vent chaud soufflait par la vitre ouverte de la voiture ; Neuman passa le terminal de bus de Sanlam Center et s'engagea sur Lansdowne Street. Tôles ondulées, planches, portes renversées, briques, ferraille, on bâtissait avec ce qui poussait de la terre, ce qu'on récupérait, volait, troquait ; les taudis semblaient se monter dessus, et les antennes emmêlées sur les toits s'entre-dévorer sous un soleil de plomb. Neuman suivit la route d'asphalte qui menait au vieux quartier de Khayelitsha.

Il songeait aux femmes qu'il n'avait jamais ramenées chez sa mère, à Maia, qu'il retrouverait après le déjeuner dominical, quand un mouvement dans son angle mort le tira de ses pensées. Il freina devant un vendeur de cigarettes, qui n'eut pas le temps de l'aborder : Neuman recula sur une vingtaine de mètres, à hauteur du terrain vague.

Derrière les rubans bicolores qui délimitaient le chantier du futur gymnase, deux jeunes molestaient un gamin, un petit pouilleux décharné qui tenait à peine debout... Neuman soupira — il était en avance pour la sortie de l'église — et poussa la portière.

Le gosse avait été jeté à terre, les autres le rouaient de coups de pied et cherchaient à le tirer vers les fondations. Neuman avança avec l'espoir de les faire fuir mais les jeunes continuaient de le dérouiller méchamment — deux tatoués en bandana qui avaient tout l'air de *tsotsis*[1] . Le gosse avait mordu la poussière, du sang coulait de sa bouche et ce n'est pas ses bras faméliques qui allaient le protéger des coups.

---

1. Gangsters des townships.

Le plus âgé releva la tête en voyant Neuman débarquer sur le terrain vague :

— Qu'est-ce tu veux, toi ?!

— Foutez-moi le camp.

Le Zoulou était plus épais que les deux tsotsis réunis mais l'aîné avait un calibre sous son tee-shirt jaune-Brésil.

— C'est toi qui vas dégager d'là, siffla-t-il : et vite fait encore !

Le jeune Noir braqua le revolver sur son visage, un Beretta M92 semi-automatique semblable à ceux de la police.

— Où tu as trouvé cette arme ?

La main du tsotsi tremblait. Les yeux translucides. Défoncé sans doute.

— Où tu as trouvé cette arme ? répéta Neuman.

— Dégage on te dit, ou je te troue la peau !

— Ouais, renchérit son acolyte : te mêle pas de ça, pigé ?!

À terre, le gamin se tenait la bouche, recomptait ses dents.

— Je suis officier de police : donnez-moi cette arme avant que je vous corrige pour de bon.

Les deux types échangèrent un regard de soufre et quelques mots en dashiki, le dialecte nigérian.

— Je vais te faire sauter la tête, ouais ! menaça l'aîné.

— Et passer le reste de tes jours en prison à faire la femme pour les caïds, poursuivit Neuman : avec ta jolie petite gueule, tu vas en avaler des bites...

Piqués au vif, les jeunes montrèrent les crocs, deux rangées sales qui tenaient plus de la tranchée.

— Connard ! lâcha le leader, avant de déguerpir.

Son acolyte disparut à sa suite, boitant bas... Deux camés visiblement. Neuman se tourna vers leur victime

22

mais il n'y avait plus qu'une bouillie sur le sol. Le gosse en avait profité pour ramper vers les fondations du chantier : il reculait maintenant à toute allure, le nez morveux de sang.

— N'aie pas peur ! Attends !

À ces mots le gamin jeta un regard terrorisé à Neuman, trébucha contre les gravats avec ses sandales en pneu et s'engouffra dans un tuyau de béton, où il disparut. Neuman s'approcha et évalua la circonférence de la conduite d'évacuation — l'ouverture était trop étroite pour qu'un adulte de sa corpulence pût s'y glisser… Menait-elle quelque part ? Son appel dans le noir ne reçut aucun écho.

Il se redressa, chassant les odeurs de pisse froide. Hormis un chien galeux reniflant l'eau croupie des fondations, le chantier était désert. Il ne restait que le soleil et ces gouttes de sang qui couraient dans la poussière…

*

Le township de Khayelitsha avait changé depuis l'accession de Mandela au pouvoir : outre l'eau, l'électricité et des routes goudronnées, des petites maisons en brique avaient poussé avec les bâtiments administratifs, et les réseaux de transport permettaient aujourd'hui de se rendre au centre-ville. Beaucoup critiquaient la politique du « petit pas » inaugurée par l'icône nationale, des centaines de milliers de logements étaient toujours plongés dans la misère mais c'était le prix à payer pour le « miracle sud-africain » — l'avènement pacifique de la démocratie dans un pays au bord du chaos…

Neuman gara la voiture devant le bout de terre fissurée qui constituait le jardin de sa mère. Les femmes du quartier revenaient de la messe, coquettes dans leurs robes aux couleurs de leur congrégation : il chercha la trace de Josephina parmi les froufrous, ne trouva que des gamins sous les ombrelles. Il frappa en poussant la porte de la maison et vit tout de suite le chemisier déchiré sur la chaise.

— Entre ! lança-t-elle en devinant son pas dans l'entrée. Entre, mon grand !

Ali trouva sa mère sur le lit défait de la chambre, une infirmière penchée sur elle. De grosses perles de sueur ruisselaient sur son front mais Josephina sourit en voyant sa silhouette à la porte.

— Tu es là…

Il prit la main qu'elle lui tendait et s'assit sur le rebord du lit.

— Qu'est-ce qui s'est passé ? demanda-t-il, inquiet.

Les yeux de sa mère s'agrandirent comme s'il était partout.

— Ne fais pas cette tête, dit-elle doucement : tu es moins beau en colère.

— Je croyais que tu étais aveugle… Alors ?

— Votre mère a fait une syncope, annonça l'infirmière de l'autre côté du lit. La tension est bonne mais ne la brusquez pas, je vous prie : elle est encore sous le choc.

Myriam était une jeune beauté de vingt ans, une Xhosa aux yeux de cèdre. C'est à peine si Neuman la remarqua :

— Tu vas me dire ce qui est arrivé, oui ou non ?

Josephina avait troqué sa robe chic pour une vieille tunique d'intérieur, parfaitement indigne d'un dimanche à l'église.

— Tu as été agressée ?

— Bah !

La mama fit un geste dégoûté, comme si sa main chassait des mouches.

— Votre mère a été attaquée ce matin, reprit Myriam, alors qu'elle se rendait à l'église : l'agresseur l'a fait tomber en arrachant son sac. On l'a trouvée évanouie au milieu de la rue...

— J'ai surtout été surprise, renchérit l'intéressée en tapotant la main de son fils. Mais ne t'en fais pas : plus de peur que de mal ! Myriam s'est occupée de tout...

Ali soupira. Parmi ses multiples activités, Josephina faisait partie d'un comité de rue chargé de régler les problèmes familiaux, d'arbitrer les disputes et de faire le relais avec les autorités locales. Tout le monde savait que son fils était le chef de la police criminelle de Cape Town : s'attaquer à elle, c'était tendre la gorge à son tigre de fils.

En attendant, Josephina reposait sur les draps blancs du lit à baldaquin — vieille lubie de princesse zou-loue — —, le visage d'un noir fade, et le pauvre sourire échoué sur son tapis de sueur ne le convainquit pas beaucoup.

— Cet imbécile aurait pu te casser les os, dit-il.

— Je suis grosse mais solide.

— Une force de la nature, spécialisée dans la syn-cope, commenta-t-il. Tu as mal où ?

— Nulle part... Non, c'est vrai !

Elle agitait ses branches comme un vieil arbre dans le vent.

— Votre fils a raison, fit Myriam en rangeant ses ustensiles. Maintenant, vous feriez mieux de vous reposer.

— Bah...

— Il y avait un ou plusieurs agresseurs ? s'enquit-il.

— Oh ! Ah ! Un seul : c'est bien suffisant !

25

— Il t'a volé quoi ?

— Juste mon sac… Il a aussi arraché mon chemisier, mais ce n'est rien : c'était un vieux !

— Un sacré coup de chance.

Par la fenêtre, les gamins du quartier reluquaient la voiture du policier en riant. Myriam tira les rideaux, plongeant la petite chambre dans la pénombre.

— C'est arrivé à quelle heure ? continua Neuman.

— Vers huit heures, répondit Josephina.

— C'est un peu tôt pour aller à l'église.

— C'est que… j'allais d'abord chez les Sussilu, pour notre réunion mensuelle… C'est moi qui avais la tontine… Soixante-cinq rands[1].

Sa mère collaborait en outre avec plusieurs associations, cercle d'épargne, aides au financement des enterrements, l'association des mères de la paroisse… — tellement qu'il s'y perdait. Neuman fronça les sourcils — il était plus de dix heures du matin :

— Comment se fait-il que personne ne m'ait averti ?

— Votre mère n'a rien voulu savoir, répondit l'infirmière.

— Je ne voulais pas t'alarmer pour rien, se justifia Josephina.

— Jamais rien entendu d'aussi bête… Tu en as parlé aux policiers du township ?

— Non… non : tout s'est passé très vite, tu sais. L'agresseur est arrivé par-derrière, il a tiré sur mon sac et je suis tombée en syncope… C'est un voisin qui m'a trouvée. Mais ça faisait longtemps que l'autre était parti.

— Ça n'explique pas pourquoi aucun policier n'est venu t'interroger.

1. Un rand = quinze centimes d'euros environ.

26

— Je n'ai pas porté plainte.

— Tiens donc !

— Elle n'écoute rien de ce qu'on lui dit, certifia Myriam. Vous en connaissez un rayon, non ?

De fait, Ali n'écoutait pas :

— On peut savoir pourquoi tu n'as pas porté plainte ?

— Regarde-moi : je vais bien !

Le rire de Josephina secoua le lit, faisant trembler ses énormes seins. L'agression, la chute, la syncope, tout lui paraissait un autre continent.

— Il y a peut-être des témoins, poursuivit Neuman. Et ta déposition à prendre.

— Qu'est-ce qu'une vieille aveugle peut donner comme indice à la police ?! Et puis, soixante-cinq rands, ça ne vaut pas le coup de s'en faire pour si peu !

— Ce n'est plus de la charité chrétienne, c'est de l'inconséquence.

— Mon chéri, s'attendrit la mama. Mon petit...

Ali la coupa :

— Ce n'est pas parce que tu es aveugle que je ne te vois pas venir, insinua-t-il.

Sa mère avait des radars au bout des doigts, des capteurs sensoriels dans les oreilles et des yeux derrière la tête. Elle habitait le quartier depuis plus de vingt ans, elle en connaissait les gens, les rues, les impasses : elle avait forcément une idée de l'identité de son agresseur et sa propension à minimiser l'agression dont elle avait été victime lui disait qu'il y avait une bonne raison à ça...

— Alors ?

— Je ne voudrais pas être insistante, monsieur Neuman, dit l'infirmière, mais votre mère vient de prendre un sédatif et il va commencer à faire effet.

27

— Je vous retrouve dehors, dit-il pour l'évincer.

Myriam haussa ses sourcils, impeccables arabesques, et empoigna sa sacoche.

— Je repasserai ce soir, dit-elle à l'intention de Josephina. D'ici là, reposez-vous : compris ?

— Merci, ma fille, opina la vieille femme depuis le lit à baldaquin.

C'était la première fois que Myriam rencontrait son fils adoré. Un corps svelte, puissant, des traits fins et réguliers sous un crâne rasé de près, un regard élégant, sombre et perçant, des lèvres à dormir debout : exactement le portrait que sa mère lui en avait fait... Ali attendit que la jeune Xhosa soit sortie pour caresser la main de sa tête de pioche préférée.

— Celui qui t'a agressé, dit-il en suivant la ligne de ses veines : tu le connais, n'est-ce pas ?

Josephina ferma les yeux sans cesser de sourire. Elle voulut mentir mais sa main était si chaude dans la sienne...

— Tu le connais, hein ? insista-t-il.

Elle soupira au fond de son lit, comme si le passé était présent — Ali avait les mêmes mains que son père...

— C'est sa mère que je connaissais, avoua-t-elle enfin. Nora Mceli... Une amie de Mary.

Mary était la cousine qui les avait accueillis à Khayelitsha, quand ils avaient fui le bantoustan du KwaZulu. Quant à son amie Nora Mceli, elle était une *sangoma*, une guérisseuse, qui lui avait soigné une terrible angine : Ali se souvenait d'une Africaine au regard de bouc furieux qui, après bien des concoctions, avait arraché la boule de feu qui consumait sa gorge...

— On s'est perdues de vue quand Mary est morte, mais Nora avait un fils, poursuivit Josephina. Il était avec elle à l'enterrement : Simon… Tu ne te souviens pas ?

— Non… C'est lui, Simon, qui t'a agressé ?

Josephina acquiesça, presque honteuse.

— Sa mère exerce toujours ?

— Je ne sais pas, fit-elle. Nora et Simon ont quitté le township, il y a quelques mois, d'après ce qu'on m'a dit. La dernière fois que je les ai vus, c'était à l'enterrement de Mary. Simon devait avoir neuf ans à l'époque : un garçon gentil, à la santé fragile. Je l'ai soigné une fois au dispensaire. Le pauvre avait un souffle au cœur, des crises d'asthme… Même Nora était impuissante. C'est peut-être pour ça qu'ils ont quitté le township… Ali, reprit-elle en serrant plus fort sa grande main d'homme : Nora Mceli nous a aidés quand nous en avions besoin. Je ne peux pas porter plainte contre son fils : tu comprends ? Et puis, pour s'attaquer à une vieille comme moi, il faut vraiment être sans ressources, non ?

— Ou le dernier des lâches, fit-il entre ses dents.

Josephina avait toujours de bonnes excuses pour tout le monde. Trop de sermons lui faisaient perdre la raison.

— Je suis sûr que Simon ne se souvient plus de moi, dit-elle crânement.

— Ça m'étonnerait.

Avec ses robes blanches à froufrous, sa corpulence et sa canne, Josephina passait aussi inaperçue qu'une aurore boréale. Il vit ses bibelots de trois sous sur la table de chevet, ses photos de lui qui n'avait qu'elle, le charnier fumant qui enserrait leur monde.

— Simon était seul quand il t'a agressée ?

— Oui.

— Il fait partie d'une bande ?

— C'est ce qu'on m'a dit.

— On t'a dit quoi au juste ?

— Juste qu'il traînait avec d'autres gamins des rues…

— Où ça ?

— Je ne sais pas. Mais s'il erre dans les rues comme on le dit, c'est qu'il a dû arriver malheur à sa mère.

Il opina doucement. Josephina bâilla malgré elle, dévoilant ses rares dents encore valides. Les sédatifs faisaient leur effet…

— Bon, je vais voir ce qu'on peut faire… (Ali l'embrassa sur le front). Maintenant dors. Je repasse en fin de journée, voir si tu tiens le coup.

La vieille femme gloussa, à la fois désolée et ravie de causer toutes ces attentions.

Neuman ajusta les rideaux, pour faire le noir dans la chambre.

— Au fait, chuchota-t-elle dans son dos. Tu la trouves comment, la petite Myriam ?

La jeune infirmière attendait devant la maison, silhouette gracile dans l'azur peint.

— Un vrai boudin, dit-il.

3

Oscar et Josephina eurent leur second enfant le lendemain du combat historique de Kinshasa, en novembre 1973. Cette nuit-là, dans un chaos indescriptible, Mohamed Ali, le boxeur converti à l'islam, affrontait George Foreman, jugé par tous invincible. L'enjeu du combat n'était pas tant la ceinture de champion du monde des poids lourds que l'affirmation de l'identité noire, et la preuve par les poings que la lutte pour la défense de leurs droits n'était pas vaine. Mohamed Ali, qui avait peu boxé depuis sa sortie de prison, avait cette nuit-là vaincu la force brute de Foreman, le champion de l'Amérique blanche, et ainsi démontré que le pouvoir pouvait être foulé aux pieds, pour peu qu'on se batte avec intelligence et pugnacité.

Le message, aux pires heures de l'apartheid, avait galvanisé Oscar. L'enfant aurait le nom du champion. « Ali » : Josephina trouvait ça joli, Oscar prémonitoire.

Lettré, le Zoulou ne croyait pas beaucoup aux balivernes mais les *amaDlozi,* les ancêtres vénérés, s'étaient penchés sur le berceau de leur nouveau fils. Comme le boxeur défenseur de la cause noire, leur fils serait champion — toutes catégories…

De fait, Ali Neuman n'avait pas bénéficié de la loi de discrimination positive pour diriger le département criminel de la police de Cape Town : il avait surclassé tout le monde. Plus doué. Plus rapide. Même les vieux flics rougeauds, ceux qui avaient obéi aux ordres, les vicieux et les rôtis du matin au soir, le trouvaient plutôt malin — pour un cafre. Les autres, ceux qui le connaissaient de réputation, le prenaient pour un type dur au mal, descendant d'un quelconque chef zoulou, qu'il valait mieux ne pas trop provoquer sur les questions ethniques. Les Noirs surtout avaient souffert d'une éducation au rabais[1] et restaient minoritaires parmi l'élite intellectuelle : Neuman leur avait montré qu'il ne descendait pas du singe mais de l'arbre, comme eux, ce qui ne faisait pas de lui un être inoffensif...

Walter Sanago, le capitaine en charge du commissariat d'Harare, savait qui était Ali Neuman : le chouchou des Blancs. Il suffisait de voir la coupe de son costume — personne ici ne pouvait se payer ce type de vêtements. Sanogo n'éprouvait aucune jalousie particulière, ils vivaient simplement dans un autre monde.

Conçu pour accueillir deux cent cinquante mille personnes, Khayelitsha en comptait aujourd'hui un million, peut-être deux — ou trois : après les squatteurs, les sans-logis des autres townships surpeuplés ou les travailleurs migrants, Khayelitsha n'en finissait plus d'avaler les réfugiés de toute l'Afrique...

— Si votre mère ne porte pas plainte contre son agresseur, dit-il, je ne vois pas comment je pourrais dresser le moindre procès-verbal... Je veux bien croire que vous soyez furieux après ce qui lui est arrivé, mais

---

1. En 1983, le président Botha étendit les droits des métis et des Indiens, mais pas ceux des Noirs, qui le vécurent comme une insulte.

des bandes de gosses des rues, ça pullule comme des crickets ces temps-ci…

Le ventilateur ronronnait dans le bureau du capitaine. Sanogo avait la cinquantaine, le nez ourlé d'une vilaine cicatrice et des épaules lasses sous son uniforme. La moitié des avis de recherche placardés au-dessus de lui dataient d'un an ou deux.

— La mère de Simon Mceli était une sangoma, dit Neuman : elle semble avoir quitté le township, mais pas son fils. Si Simon appartient aujourd'hui à une bande de gosses des rues, on doit pouvoir le localiser.

Le capitaine soupira tristement. Pas tant de la mauvaise foi que de l'impuissance. Il en arrivait pour ainsi dire tous les jours, par groupes ou isolés, des gens en fuite qui avaient vu leurs champs brûler, leurs maisons pillées, leurs amis tués, leurs femmes violées sous les yeux de la famille, ou alors chassés par le pétrole, les épidémies, les sécheresses, les renouveaux nationaux bâtis à coups de machette, d'ethnocides ou de AK-47, des gens qui avaient le malheur à leurs trousses, des épouvantables épouvantés qui, par instinct de survie, convergeaient jusqu'à la pacifique province du Cap : Khayelitsha servait aujourd'hui de tampon entre Cape Town, « la plus belle ville du monde », et le reste de l'Afrique subsaharienne. Cent ? Mille ? Deux mille ? Walter Sanogo ne savait pas combien il en arrivait chaque jour, mais Khayelitsha allait exploser sous le nombre de réfugiés.

— Je n'ai que deux cents hommes ici, dit-il, pour des centaines de milliers de personnes… Croyez-moi, si votre maman n'a pas de complications médicales, laissez tomber. Je dirai à mes hommes de tirer deux ou trois oreilles dans la rue : les gamins se passeront le mot…

— Si une bande de gosses s'attaque aux vieilles dames, ce n'est pas ça qui va les effrayer, fit remarquer Neuman. Et s'ils traînent dans les environs, des gens ont dû les voir.

— Ne comptez pas trop là-dessus, rétorqua Sanogo. Les gens réclament plus de sécurité, ils organisent des manifestations contre le crime et la drogue, mais la dernière fois qu'on a fait une descente dans le township, on a été reçus à coups de pierres. Les mères protègent leurs fils, que voulez-vous… Les gens se disent que la pauvreté et le chômage sont la cause de tous leurs maux, et les trafics un moyen de survivre comme un autre. Les Casspir[1] ont laissé des traces indélébiles dans l'esprit des gens, dit-il avec fatalité, et la plupart ont peur des représailles. Même pour un cas de meurtre commis en plein jour, personne n'a jamais rien vu.

— Vous pouvez quand même jeter un œil à votre ordinateur ? dit Neuman en désignant le cube planté sur le bureau.

Le policier du township ne bougea pas d'un pouce.

— Vous êtes en train de me demander d'ouvrir une enquête au sujet d'une agression qui, juridiquement, n'existe pas ?

— Non, je vous demande de me dire si Simon Mceli fait partie d'une bande connue, ou d'un gang, répondit Neuman.

— À dix ans ?

— Les petites mains tiennent les murs pendant que les autres ramassent les miettes : ne me dites pas que vous n'êtes pas au courant.

Le ton jusqu'alors poli de l'entretien s'était soudain

1. Véhicules blindés utilisés durant l'apartheid.

rafraîchi. Sanogo secoua la tête comme s'il s'échauffait la moelle épinière.

— Ça ne vous mènera nulle part, dit-il.

Le Zoulou le fixa avec des yeux de serpent.

— Faites ça pour moi.

Sanogo eut un rictus affligé avant de pivoter vers son ordinateur avec l'inertie d'un cargo.

— Vous n'allez pas mener une enquête ? fit-il en consultant les fichiers. Khayelitsha n'est pas de votre juridiction.

— Je veux juste rassurer ma vieille mère.

L'autre acquiesça, les paupières lourdes. Des listes de noms finirent par s'afficher sur l'écran. Après lecture, aucun ne répondait à celui de Simon Mceli.

— Votre gars n'est pas dans nos fichiers, dit-il en se recalant sur son fauteuil. Mais avec un taux de résolution des affaires autour de vingt pour cent, s'il fait partie d'un gang, vous avez peut-être une chance de le trouver à la fosse commune.

— Je m'intéresse aux vivants : il y a de nouveaux gangs dans le township ?

— Bah… C'est souvent le petit frère qui prend la place de l'aîné. Les brebis galeuses, c'est pas ça qui manque.

— Effectivement, répliqua Neuman : j'ai eu quelques mots ce matin avec deux types sur le chantier du gymnase. Des tsotsis d'à peine vingt ans qui parlaient le dashiki…

— La mafia nigériane, peut-être, avança le capitaine. Ils contrôlent les principaux réseaux de drogue.

— L'un d'eux avait un Beretta semblable à ceux de la police.

— Les armes non plus, c'est pas ça qui manque.

Walter Sanogo cliqua sur l'icône de son ordinateur pour la fermer.

— Écoutez, conclut-il en se levant. Je ne peux pas lancer une enquête au sujet d'un vol à l'arraché alors que j'ai douze viols déclarés la nuit dernière, un homicide et des dizaines de plaintes pour violence. Mais dites à votre maman de ne pas s'en faire : généralement, ceux qui s'attaquent aux vieilles dames n'en ont plus pour longtemps à vivre…

*

L'annexe du Red Cross Hospital avait été créée dans le cadre d'une vaste politique sanitaire visant à freiner la propagation endémique du sida. Myriam travaillait au dispensaire depuis un an : c'était son premier poste mais elle avait l'impression d'avoir passé sa vie à soulager la détresse des autres.

Sa mère avait contracté le virus de la manière la plus commune qui soit — son amant de l'époque la frappait en la traitant d'infidèle lorsqu'elle lui demandait de mettre un préservatif. Ses sœurs parties, effrayées par la maladie, Myriam s'était occupée de sa mère jusqu'à ses derniers instants. Elle ne voulait pas mourir à l'hôpital : elle disait qu'on y battait les femmes infectées par le sida, qu'on les accusait d'ouvrir trop facilement les cuisses, qu'elles l'avaient bien cherché… Sa mère était morte en pestiférée, dans ses bras, trente-cinq kilos repus de larmes. Dès lors, Myriam pouvait soigner le monde entier : le monde entier était malade. L'Afrique en particulier…

Des enfants jouaient à une partie de *morabaraba* avec des petits cailloux dans le hall bondé du dispensaire. Neuman aperçut la jeune infirmière parmi la foule de patients, ses cheveux tressés avec soin et sa blouse blanche qui la moulait joliment. Myriam le laissa venir jusqu'à elle. Un rêve éteint sitôt allumé.

— Vous avez disparu tout à l'heure, dit-il pour s'excuser.

— J'en avais marre de vous attendre… J'ai du travail, ajouta-t-elle en désignant les seringues qui roulaient sur le plateau.

Elle boudait. Ou faisait semblant.

— Je voulais vous remercier de vous être occupée de ma mère, dit-il.

— C'est mon métier.

Ses yeux cuivrés envoyaient des paillettes. Un feu d'artifice.

— Je ne vous ai même pas payée pour votre déplacement, fit-il en lui tendant un billet de cinquante rands.

Myriam empocha l'argent sans ciller : c'était trois fois le prix de la course mais ça lui apprendrait à être désagréable quand on est si beau.

— Vous savez que je l'aurais fait pour rien, dit-elle quand même. Votre maman m'a beaucoup aidée quand je suis arrivée au dispensaire.

— Elle aiderait les pierres à se relever…

— Vous me comparez à une pierre ? s'étonna-t-elle d'un air charmant.

— Une pierre précieuse : en tout cas pour elle, s'empressa-t-il d'ajouter. Merci encore.

Elle le dévisagea. Les Zoulous avaient des formules de politesse parfois interminables mais cet étrange spécimen avait une idée derrière la tête et ses beaux yeux n'y changeraient rien.

— Je cherche un enfant, dit-il. Simon Mceli : il a été soigné ici il y a quelque temps. Un gamin qui doit

37

avoir une dizaine d'années. Sa mère était une sangoma du township.

— Je ne sais pas, répondit-elle, les yeux dans le vague. Mais ça doit être noté quelque part...

Myriam semblait beaucoup plus intriguée par la cicatrice sur son front, qu'elle venait de remarquer.

— Vous pouvez me montrer ? insista-t-il.

L'infirmière acquiesça en soufflant bruyamment (heureusement qu'il était venu pour la remercier) et partit consulter les dossiers médicaux dans le bureau voisin. Myriam tira un casier métallique et inspecta les fiches des patients. Une chaleur moite régnait dans le réduit, elle pouvait sentir son souffle sur son épaule et un sentiment plus diffus, comme un malaise de se retrouver tous les deux, ici...

— Oui, dit-elle bientôt en extrayant une fiche du casier coulissant : Simon Mceli. Il est venu en janvier 2006.

— C'était quoi son problème ? De l'asthme ?

— Je n'ai pas le droit de vous le dire, répondit l'infirmière d'un air espiègle : je ne sais même pas si j'ai le droit de faire ce que je fais.

Il la trouvait marrante.

— On peut quand même connaître sa dernière adresse...

— 124 Bico Street, bloc C.

C'était à cinq minutes en voiture.

— Merci, dit-il.

Myriam avait chaud sous sa blouse blanche. Manque de ventilation. Elle chercha un mot d'esprit pour le retenir mais c'était comme si les murs ne voulaient plus d'eux. Il disparut dans un courant d'air.

Le bloc C était un quartier pauvre où se succédaient des maisons de tôles ondulées, souvent prolongées par des *backyard shacks*, ces cabanes d'arrière-cour construites comme pièces d'appoint. On y regardait la télévision quand le voisin l'avait, le temps qui passait sans vous sur le bord de la route. Le dernier bus de touristes envoyé en résilience post-apartheid ayant été dévalisé par un gang, on n'y voyait plus un Blanc, sinon les membres d'ONG implantées dans le township. Les tour-opérateurs s'étaient rabattus sur des minibus, moins ostentatoires, pour des visites ciblées : écoles, échoppes d'artisanat local, associations caritatives…

Bico Street : Neuman se gara près du compteur électrique, dont les fils arachnéens se dispersaient vers les taudis. Le numéro 124 était peint sur une boîte de conserve fixée devant la porte. Pas de nom, ni de boîte aux lettres — personne ne recevait jamais de courrier dans le township. Il frappa à la porte de contreplaqué qui, en s'ouvrant, faillit lui tomber sur les pieds.

Une femme apparut dans l'embrasure de la cabane, vêtue d'une petite robe d'acrylique satiné qui brillait surtout par son absence. La commissure de ses yeux trahissait des malheurs répétés et pas mal de nuits blanches. Elle se levait, visiblement.

— Qu'est-ce que c'est ? lança une voix d'homme dans son dos.

— Laisse tomber, mon King Kong, t'es pas de taille…

La fille eut un sourire qui allait bien avec sa nuisette.

— Je cherche une femme, fit Neuman : Nora Mceli.

— C'est pas moi… Dommage, hein ?

— Ça dépend de ce qui lui est arrivé. Nora habitait encore ici en 2006, avec son fils, Simon. Il paraît qu'elle a quitté le township il y a quelques mois…

— Possible.

— Nora Mceli, répéta-t-il. Une sangoma du quartier.

La fille roula des hanches sur la terre battue.

— Qui c'est, bordel ?! réitéra la voix dans son dos.

— Ne l'écoutez pas, Seigneur, fit-elle sous un air de confidence : il est de mauvaise humeur quand il a bu la veille.

— Tu vas me répondre au lieu de tordre ton cul ! gueula l'autre. C'est chez moi ici !

Neuman traversa le regard de braise refroidie qui barrait le passage et s'imposa sans force à l'intérieur. Un Noir d'une trentaine d'années vêtu d'un short informe buvait une bière sur une paillasse qui encombrait la moitié de la pièce. Mégots sur le sol, slips, canettes éparpillées, un bout de moteur dans l'évier de la cuisine, la fille n'était que de passage.

— Je cherche Nora Mceli : la sangoma qui habitait ici.

— Elle est plus là, répondit le type. Qu'est-ce que vous faites chez moi ? C'est une propriété privée, ici !

Neuman présenta sa plaque à son visage fripé.

— Dites-moi ce que vous savez avant que je ne jette un œil à votre fourbi.

Le Noir rapetissa dans son short de foot — ça sentait la *dagga*[1] à plein nez.

— Je la connais pas, je vous dis. J'ai repris la maison à mon cousin, là, Sam, fit-il d'un coup de tête. Faudrait voir avec lui. Je sais rien, moi : à peine ma date de naissance !

La fille gloussa. Du coup, lui aussi.

— C'est vrai ce qu'y dit ! assura-t-elle avec aplomb.

1. Herbe locale.

La fille se dandinait toujours contre la porte. Poivre et miel : le parfum de sa peau. Ça lui rappelait qu'il n'avait toujours pas prévenu Maia…

Le cousin Sam fut heureusement plus loquace : Nora et Simon Mceli étaient partis il y a un an environ. La sangoma n'était pas très bien vue dans le quartier. On l'accusait de confectionner des *muti*, des potions magiques, de jeter des sorts, on disait même que c'est à cause de ça qu'elle était tombée malade, que ses pouvoirs s'étaient retournés contre elle. Quant à son fils, Simon, il se souvenait d'un garçon souffreteux et taciturne dont on se méfiait par atavisme, superstition…

— On les a jamais revus dans le quartier, assura le vieil homme.

— Nora n'avait pas de famille ?

Sam haussa les épaules :

Elle parlait d'une cousine, des fois, qui habitait de l'autre côté de la ligne de chemin de fer…

Les camps de squatteurs.

Le soleil chassait les ombres à midi. Neuman marchait vers sa voiture quand il reçut l'appel de Fletcher.

— Ali… Ali, ramène-toi…

*

Les nuages coulaient, azote liquide, du haut de la Table Mountain, dévalaient les pics jusqu'au Jardin botanique de Kirstenbosch, adossé à ses flancs. Neuman remonta l'allée sans un regard pour les fleurs jaunes et blanches qui égayaient les parterres. Fletcher attendait sous les arbres, les mains dans les poches, seul signe de sérénité du jeune homme. Ils échangèrent un signe amical.

La brise était plus fraîche à l'ombre du Fragrance Garden : « Wilde iris (*Dictes grandiflora*) », disait l'affichette. Neuman s'agenouilla. Ça sentait le pin, l'herbe mouillée, d'autres plantes aux noms savants… La fille reposait au milieu des fleurs : une femme blanche, qu'on devinait à peine derrière le bosquet d'acacias. Une femme très jeune, à en croire la morphologie et le grain de peau.

— C'est un employé municipal qui l'a trouvée, annonça Fletcher au-dessus de lui. Vers dix heures et demie. Les portes ouvrent à neuf heures mais cette partie du parc est assez isolée. On a évacué les visiteurs…

Sa robe d'été était relevée jusqu'à la taille, dévoilant des jambes mouchetées de sang. Un petit nuage d'insectes s'affairait autour de son visage. La pauvre avait reçu tant de coups qu'on n'y distinguait plus l'arête du nez, ni les arcades sourcilières. Les pommettes et les yeux aussi avaient disparu sous une mélasse de chair, d'os et de cartilages ; la bouche était pulvérisée, les dents enfoncées dans la gorge, le front éclaté à plusieurs endroits. On l'avait massacrée comme pour effacer ses traits, supprimer son identité.

Dan Fletcher détournait les yeux du cadavre. Il avait à peine trente ans mais déjà une solide expérience auprès de Neuman, quatre années sous ses ordres qui, selon lui, comptaient double. Fletcher avait vu des noyés, des brûlés vifs, des tués à la chevrotine. Cette gamine n'arrangerait pas ses nuits.

— On sait qui c'est ? demanda Neuman.

— On a retrouvé une carte de retrait à un club vidéo au nom de Judith Botha dans la poche de son gilet, répondit-il, avec une adresse à Observatory.

Le quartier étudiant de la ville.

— Pas de sac à main ?

— On cherche toujours dans les fourrés.

Sourd à l'agitation des grillons, Neuman semblait hypnotisé par le pétale rouge vif emmêlé aux cheveux de la victime. Le spectacle de ces doigts rétractés comme des araignées fraîchement écrasées le faisait respirer à petites goulées. Il songea aux derniers moments de sa vie, à la terreur qu'elle avait ressentie, au sort qui l'avait menée là, à mourir au milieu des iris de Wilde... Une fille qui n'avait pas vingt ans.

Dan Fletcher restait silencieux à l'ombre des acacias. Il voulait ranger un peu la maison avant le retour de Claire, c'était raté, quatre jours sans elle lui paraissaient des siècles, maintenant le service était en ébullition et tous ces effluves lui donnaient le tournis — il n'aimait que le parfum de sa femme.

Neuman se redressa enfin.

— Tu en penses quoi ? demanda Fletcher.

— Où est Brian ?

— J'ai appelé plusieurs fois sur son portable mais ça ne répond pas.

Les parfums montaient, capiteux. Neuman grimaça devant le corps désarticulé de la fille :

— Rappelle-le.

4

Le monde chavira d'un bloc dans l'océan nocturne. Brian Epkeen tomba au fond d'un abysse et se réveilla en sursaut : le glissement de la porte coulissante avait fait comme un déclic dans sa tête... Le bruit venait d'en bas, un bruit léger mais parfaitement audible, qui bientôt cessa.

Brian roula sur le lit, évita de peu la tête qui reposait sur l'oreiller voisin, recula pour faire le point. Les oiseaux pépiaient par la fenêtre de la chambre, des cheveux roux bouclés dépassaient des draps et quelqu'un venait de s'introduire dans la maison.

Epkeen chercha son revolver, il n'était pas sur le secrétaire. Il vit la tête échevelée qui lui tournait le dos mais aucun vêtement sur le parquet... Il quitta les draps sans un bruit, attrapa le calibre .38 sous le lit et marcha nu sur le tapis de la chambre : doucement, il repoussa la porte.

Il était dans le cirage, ses habits toujours hors de vue, mais il y avait bien une présence en bas : des pas furtifs venaient de quitter le salon. On entendait fouiller dans le vestibule... Il descendit l'escalier à pas de velours, frotta ses yeux qui tardaient à se mettre à niveau, atteignit le couloir du rez-de-chaussée et se plaqua contre le mur. L'intrus n'avait pas eu à escalader la grille pour pénétrer chez lui : la porte était restée ouverte.

Epkeen serra la crosse de son arme, maintenant complètement réveillé. Il ne savait pas pourquoi il avait tout laissé ouvert, ou plutôt il s'en doutait — les boucles rousses à l'étage. De toute façon la maison était trop grande pour lui, ce n'était plus une question de système de sécurité... Il avança vers le vestibule, en proie à des sentiments contradictoires. Le silence semblait fondu aux murs de la maison, le chant des oiseaux en suspens. Epkeen, qui venait de contourner la cloison, eut un bref moment de stupeur : le voleur était là, de dos, en train de fouiller les poches de sa veste, miraculeusement accrochée au portemanteau.

L'intrus venait de trouver deux billets de cent rands dans le portefeuille quand il sentit sa présence dans son dos.

— Laisse ce pognon, fit Epkeen d'une voix rauque.

Quoique surpris en flagrant délit, l'autre ne broncha pas : un jeune Blanc d'une vingtaine d'années habillé à la dernière mode, chaussures lunaires, jean doggy bag, tee-shirt XXL à l'effigie d'un groupe de hardcore, et de longs cheveux châtain clair qui rappelaient sa mère.

— Qu'est-ce que tu fais là ? rétorqua David.

Il n'avait pas lâché les billets et dévisageait son père.

— Ce serait plutôt à moi de te poser la question : c'est quand même ma maison, précisa-t-il.

David ne répondit pas. Il remit le portefeuille dans la veste, pas les billets. Nulle trace de remords ou de honte sur son visage de Brad Pitt élevé au blé complet. Le fils prodigue avait l'air pressé.

— C'est tout ce que tu as ? observa-t-il en désignant les billets.

— J'ai planqué le reste aux Bahamas.

Brian ne bougeait pas dans l'espoir que le revolver cacherait sa nudité mais David regardait sa grosse queue qui pendait d'un air dégoûté...

David était étudiant en journalisme, fumeur d'herbe, fauché, un vrai branleur. Le fils chéri de sa mère, leur unique fils, leur vedette, insolent comme une mouette et assez malin pour vivre chez les parents de sa petite amie, un Blanc nouvelle génération se proclamant gauchiste libéral qui, quand il ne parlait pas de la SAP[1] en termes injurieux, le traitait de fasciste, de réac, à lui flanquer des migraines aux genoux et des torgnoles compensatoires. Brian l'aimait bien — il était pareil à son âge.

Ce n'était pas la première fois que son fils venait le dévaliser au pied du lit : la dernière fois, David lui avait non seulement fait les poches mais aussi celles de la copine qui dormait à l'étage.

— File-moi de l'argent, lança-t-il à son père.

— Tu as vingt ans, démerde-toi.

Epkeen voulut attraper les billets mais David les fourra dans la poche extra-large de son jean et regarda alentour ce qu'il pourrait bien faucher.

— C'est ta mère qui t'envoie ? demanda Brian.

— Tu n'as pas versé de pension ce mois-ci.

— On est le 2, putain...

— Le 10 c'est pareil. Comment tu crois qu'elle vit ?

Le jeune provocateur avait plus d'une vieille scie dans son sac. Brian lui adressa un rictus amer. Il avait emprunté pour garder la maison en espérant que David

1. Police sud-africaine.

46

viendrait y habiter, avec sa copine s'il voulait, ou même son mec, pour ça non plus il n'était pas regardant ; non seulement son fils n'était jamais venu mais Ruby continuait de lui raconter des salades.

— Si ta mère se balade en coupé BM avec son dentiste, dit-il, elle doit pouvoir survivre jusqu'à la fin de la semaine, non ?

— Et moi ?

— L'école de journalisme, les deux mille rands que je te vire tous les mois, ça ne suffit pas ?

David faisait la gueule derrière ses mèches grunge rebel.

— On s'est fait jeter de chez les parents de Marjorie, expliqua-t-il.

Marjorie était sa petite amie, une « gothique » piercinguée jusqu'à l'os qu'il avait croisée une fois ou deux à la sortie de l'école de journalisme.

— Je croyais que ses parents te trouvaient super…

— C'est plus le cas.

— Vous n'avez qu'à venir vous installer ici.

— Trop drôle, singea l'autre.

— Pourquoi vous n'allez pas chez ta mère ?

— Elle a sa nouvelle vie maintenant, j'ai pas envie de la faire chier… Non, poursuivit David, il nous faudrait un appart en ville, pas trop loin de la fac. On a un plan pour une location dans le quartier malais mais les deux premiers mois sont payables d'avance, sans parler de la bouffe, les charges…

— Tu as oublié le taxi : pour aller à la fac, c'est mieux non ?

— Bon, il s'impatienta : alors ?

Brian soupira de nouveau, ému par tant de tendresse. David aperçut alors la veste de femme qui traînait sur la chaise du vestibule.

— C'est vrai que tu as du monde à entretenir, insinua le jeune homme. Tu sais au moins comment elle s'appelle, celle-là ?

— Pas eu le temps de demander. Maintenant débarrasse le plancher.

— Et toi, va te laver la bite.

David passa devant lui en coup de vent, traversa le salon sans un mot et claqua la porte, laissant à sa suite un silence assourdissant.

Brian se demanda comment le petit garçon qui courait après les pingouins sur la plage pouvait être devenu cet étranger filiforme aux airs de mère supérieure, cynique à foutre le feu à son tonneau, alors qu'il sentait si bon... Ce n'était pas tant de le trouver en train de lui faire les poches durant son sommeil qui le rendait triste, que cette façon qu'il avait de le quitter sans un mot, juste ce regard détestable, toujours le même, mépris et amertume superposés, comme s'il le voyait pour la dernière fois... Brian reposa le revolver qui pendait à son bras — il n'était de toute façon pas chargé —, aperçut ses vêtements tirebouchonnés sur la table de la cuisine, le chemisier violet à terre, le soutien-gorge assorti, et grimpa l'escalier, maussade.

Il faisait chaud dans la chambre ; la femme aux boucles rousses était couchée sur le lit, les draps maintenant refoulés sur ses fesses. Elles étaient d'un blanc diaphane, toutes courbes dehors, fines et douces comme de la cire. Tracy, la barmaid du Vera Cruz. Une rousse aux couettes décolorées d'environ trente-cinq ans qu'il fréquentait depuis peu, un petit gabarit qui donnait le maximum... Sentant sa présence, Tracy ouvrit ses yeux vert pomme et sourit en le voyant.

— Bonjour...

Son visage froissé avait encore les marques de

l'oreiller. Il eut envie de l'embrasser, pour effacer ce qu'il venait de vivre.

— Il est quelle heure ? demanda-t-elle sans se couvrir.

— Je ne sais pas. Vers les onze heures.

— Oh ! non, minauda-t-elle comme s'ils venaient à peine de s'endormir.

Brian s'assit près d'elle, entre deux eaux. La confrontation avec son fils l'avait mis sur le flanc, il se sentait dans la peau d'une bestiole échouée, en proie aux mouettes, aux corbeaux...

— Qu'est-ce qu'il y a ? dit-elle en caressant sa cuisse. Tu as l'air préoccupé...

— Non, ça va.

— Dans ce cas, reviens te coucher. On a bien le temps, avant de partir chez ton ami Jim...

— Qui ça ?

Tracy fronça ses sourcils en une rousse arabesque :

— Eh bien, ton ami, là... Jim... Tu m'as dit qu'on allait passer le dimanche à la mer... qu'il t'avait donné les clés de sa villa.

Epkeen fit celui qui se rappelait deux ans après – bon Dieu, il fallait qu'il arrête avec ce Jim : la dernière fois qu'il avait déliré au sujet de ce soi-disant ami, c'était pour inviter une jeune avocate à venir jouer au golf dans son club privé de Betty's Bay. Qu'est-ce qui lui prenait de parler de ce type ? Il avait vraiment l'imaginaire d'un malade...

Tracy ouvrit les draps, découvrant deux seins onctueux, dans ses souvenirs très sensibles.

— Viens là, toi, sourit la barmaid.

Brian se laissa entraîner par le jeu de ses doigts. Ils s'aiguisèrent un moment les sens, puis s'activèrent avec une frénésie compulsive, jouirent à distance, échangèrent quelques caresses épuisées, s'embrassèrent pour finir.

Il disparut bientôt dans la salle de bains, prit une douche en se demandant ce qu'il allait raconter comme bourre à Tracy, croisa son visage dans le miroir, laissa tomber aussi.

Brian Epkeen avait été beau mais c'était du passé. Il avait vu trop de sabotages, salopé trop de rendez-vous. Pas assez aimé, trop, mal, ou de travers. Quarante-trois ans qu'il allait en crabe, de dérives lointaines en diagonales quantiques, une fuite à ciel ouvert.

Il attrapa une chemise pas repassée qui lui rappelait un vague lui-même dans la glace, enfila un pantalon noir et déambula à travers la chambre. Tracy, allongée sur le lit, demandait des précisions sur leur dimanche à la mer quand Brian alluma son portable.

Il avait douze messages.

*

Cape Town s'étendait au pied de la Table Mountain, le massif somptueux qui, du haut de son kilomètre, dominait l'Atlantique Sud. La « Mother City », comme on l'appelait. Epkeen habitait Somerset, le quartier gay où bars et boîtes branchés se succédaient, certains ouverts à tous et sans restrictions. Colons européens, tribus xhosas, coolies indiens ou malais, Cape Town était métissée depuis des siècles : la ville phare du pays, petit New York à la plage, où résidait le Parlement et qui, de ce fait, avait été la première à appliquer les mesures de l'apartheid. Epkeen connaissait la ville par cœur. Il en avait tiré autant de nausées que d'émotions vives.

Son arrière-arrière-grand-père était arrivé ici illettré, en haillons, un de ces fermiers parlant l'espèce de hollandais dégénéré qui deviendrait l'afrikaans, appliquait la loi du talion et maniait aussi bien le fusil que l'Ancien Testament. Lui et les pionniers boers qui l'accompagnaient n'avaient trouvé que des terres arides et des bushmen aux mœurs préhistoriques sur leur route, des nomades incapables de faire la différence entre un gibier et un animal domestique, des types qui arrachaient les pattes des vaches et les mangeaient crues pendant qu'elles mugissaient à mort, des bushmen qu'ils avaient chassés comme des loups. Le vieux n'en graciait aucun, car dans le cas contraire, il avait toutes les chances de retrouver sa famille massacrée. Il refusait de payer les impôts au gouverneur de la colonie anglaise qui les laissait au contact des populations hostiles, défrichant le pays et se battant pour survivre. Les Afrikaners n'avaient jamais compté sur rien ni personne. C'est ce sang-là que Brian avait dans les veines, du sang de poussière et de mort : du sang de brousse.

Atavisme anthropologique ou syndrome d'une fin de race annoncée, les Boers étaient les éternels perdants de l'Histoire — suite à la guerre éponyme qui avait vu leur vainqueur britannique brûler leurs maisons et leurs terres, vingt mille d'entre eux parmi lesquels femmes et enfants étaient morts de faim et de maladie dans les camps de concentration anglais où on les avait parqués — et l'instauration de l'apartheid leur plus vaine défaite[1].

Brian considérait que ses ancêtres, en instaurant ce système, avaient chié dans leur froc : la peur du Noir

---

1. Le *Native Land Act*, accordant 7,5 % du territoire aux populations autochtones, inventait l'apartheid.

avait envahi les consciences et les corps avec une charge animale qui rappelait les vieilles peurs reptiliennes — peur du loup, du lion, du mangeur d'homme blanc. On ne pouvait rien bâtir là-dessus : la phobie de l'autre avait dévoré la raison, ses mécaniques, et si la fin du régime honni avait rendu aux Afrikaners un peu de leur dignité, quinze années ne suffisaient pas à effacer leur part d'Histoire…

Epkeen longea les buildings vieillots du centre-ville, puis les façades colorées des maisons à colonnades de Long Street. Les avenues étaient dégagées, les gens pour la plupart partis à la plage. Il remonta vers Lions Head et attrapa un peu de fraîcheur en passant la main par la vitre ouverte — le système de climatisation de sa Mercedes avait rendu l'âme il y a mille ans. Un modèle de collection, comme lui — une formule de Tracy, qu'il avait prise pour un compliment. Il roula sans plus penser à elle, ni à cette histoire de week-end chez ce « Jim ».

L'intrusion de David lui laissait un goût amer. Six ans qu'ils ne se parlaient plus, ou si mal qu'il aurait mieux valu se taire. Brian espérait que les choses s'arrangeraient mais David et sa mère lui en voulaient toujours. Il l'avait trompée — c'est vrai — avec des Noires — surtout. Brian n'était fidèle qu'à ses convictions, mais au fond, tout était de sa faute. Ruby avait toujours été une furie tragique blessée jusqu'aux os, et lui un demeuré de première : ça crevait les yeux que cette fille était un avis de tempête force dix. Ils s'étaient rencontrés à un concert de Nine Inch Nails lors d'un festival de soutien pour la libération de Mandela, et sa façon de s'autotorpiller au milieu du fracas électrique l'avait rendu capteur d'orages féminins : une fille qui rebondissait sous les riffs de Nine

Inch Nails était forcément de la pure dynamite… Brian était tombé amoureux, une rencontre comme une collision de lignes de fuite et un faisceau brûlant d'amour qui filait droit jusqu'à ses yeux de cinglée…

Kloof nek : Epkeen évita de peu le métis qui zigzaguait au milieu de la rue, un bandage sur la tête, et s'arrêta au feu rouge. La chemise trouée et parsemée de taches de sang, la loque s'écroula un peu plus loin, les bras en croix sous le soleil. D'autres rebuts cuvaient sur les trottoirs, trop abrutis d'alcool pour tendre la main aux rares passants.

La Mercedes bifurqua à l'angle de l'avenue et prit la M3 en direction de Kirstenbosch.

Deux véhicules de police gardaient l'accès du Jardin botanique. Epkeen vit le van de l'équipe du coroner sur le parking, la voiture de Neuman près des boutiques de souvenirs, des groupes de touristes déroutés par la nervosité qu'on mettait à les refouler. Les nuages tombaient des sommets de la montagne, moutons affolés. Brian montra sa plaque d'officier au constable[1] qui filtrait les portillons, passa sous la voûte du grand bananier à l'entrée et, une horde d'insectes à ses trousses, suivit le chant des oiseaux vers l'allée principale.

Kirstenbosch, musée vivant, plantes alambiquées, arbres et fleurs multicolores étendus en marée végétale au pied de la montagne ; Brian croisa un faisan sur la pelouse à l'anglaise, qui déguerpit en se gaussant, et marcha jusqu'au bosquet d'acacias.

Sa Majesté se tenait un peu plus loin, son mètre quatre-vingt-dix voûté sous les branches, s'entrete-

1. Agent en uniforme.

nant à voix basse avec Tembo, le légiste. Un vieux Noir en salopette verte faisait le pied de grue dans leur dos, réduit de moitié sous le soleil et sa casquette trop grande. Une équipe du labo relevait les empreintes sur le sol, une autre achevait de prendre les photos. Epkeen salua Tembo, qui s'en allait sous son chapeau de feutre jazzy, puis le vieux Noir dans sa salopette municipale. Neuman l'attendait avant de vider les lieux.

— Tu as une sale gueule, fit-il en le voyant.

— Tu verras dans dix ans, mon joli…

Epkeen aperçut alors le corps au milieu des fleurs : sa façade, passablement mitraillée depuis le réveil, s'effondra un peu plus.

— C'est monsieur qui l'a trouvée ce matin, dit Neuman en se tournant vers le jardinier.

Le vieux Noir ne disait rien. On voyait qu'il n'avait pas envie d'être là. Epkeen se pencha vers les iris en faisant le plein de bêtabloquants. Le corps de la fille gisait sur le dos, les genoux repliés, mais c'est la vision de la tête qui le fit reculer : on ne voyait pas ses yeux, ni ses traits. On l'avait rayée de la carte, et ses mains crispées vers un agresseur à la fois invisible et omniprésent la laissaient comme pétrifiée dans la peur…

— Le crime a eu lieu vers deux heures, cette nuit, dit Neuman d'une voix mécanique. Le terrain est sec mais on a des fleurs piétinées tachées de sang. Probablement celui de la victime. Pas d'impact de balle. Tous les coups sont concentrés sur le visage et le sommet du crâne. Tembo pencherait pour un marteau, ou un objet similaire.

Epkeen observait ses cuisses blanches mouchetées de sang, des jambes encore un peu potelées, une fille qui avait l'âge de David. Il chassa ses visions d'horreur, vit qu'elle était nue sous sa robe.

— Viol ?

— Difficile à déterminer, répondit Neuman. On a retrouvé un string à ses côtés, l'élastique intact. En tout cas, il y a eu un rapport sexuel. Consentant ou non, ça reste à déterminer.

Epkeen passa le doigt sur l'épaule dénudée de la fille et le porta à ses lèvres : la peau avait un léger goût de sel... Il enfila les gants de latex que lui tendait Neuman, examina les mains de la victime, ses doigts bizarrement rétractés (il y avait un peu de terre sous les ongles), puis les marques qui filaient sur ses bras : des petites écorchures, presque rectilignes. La robe était déchirée par endroits, des trous comme des accrocs.

— Elle a deux doigts cassés ?

— Oui : à la main droite. Elle a dû chercher à se protéger.

Deux infirmiers attendaient dans l'allée, brancard à terre. La station prolongée sous le soleil commençait à leur taper sur les nerfs. Epkeen se redressa, les jambes comme du mercure.

— Je voulais que tu voies ça avant qu'on l'emporte, fit Neuman.

— Merci, Seigneur. On sait qui c'est ?

— On a retrouvé une carte de vidéoclub au nom de Judith Botha dans la poche de son gilet. Une étudiante. Dan est parti vérifier.

Dan Fletcher, leur protégé.

Les insectes bourdonnaient sous les acacias du Jardin botanique. Epkeen oscilla un instant au hasard de leurs trajectoires mais deux soleils noirs croisaient dans les yeux de Neuman : le pressentiment qu'il traînait depuis l'aube ne l'avait pas quitté.

*

Une ambulance hurlante avait créé un attroupement devant le Seven Eleven de Woodstock : un corps sur le trottoir, des gens affolés qui se tenaient la tête, les hommes de l'Explosive Unit qui déboulaient en gilet pare-balles... Dan Fletcher longea l'avenue sale du quartier populaire avant de bifurquer vers la M3. Si jusqu'alors Cape Town échappait aux *brinks*, ces actes de terreur quotidiens dont Johannesburg était l'épicentre, ce genre de scène devenait de plus en plus fréquent, même en ville. Une évolution inquiétante, dont les journaux faisaient leurs choux gras.

Fletcher avait fouillé le studio de Judith Botha sans trouver d'indices définitifs quant à sa disparition : les voisins n'avaient pas vu la jeune femme du week-end et le studio semblait mariner dans son jus d'étudiant — bouquins, paperasse de la fac, cartes postales débiles, DVD, bouts de pizza, et la photo d'une blonde souriant à l'objectif qui répondait au signalement de la victime... Dan avait obtenu le numéro des parents, Nils et Flora Botha : l'employée de maison qui avait fini par répondre au téléphone n'avait pas la moindre idée de l'endroit où se trouvait madame Botha, mais son mari, Nils, devait être « au rugby »...

Fletcher ne connaissait pas Nils Botha, ni rien au rugby, mais Janet Helms, qui pilotait l'enquête depuis le central, le mit au parfum. Ancien sélectionneur des Springboks, l'équipe nationale, lui-même joueur durant la période de l'embargo et du boycott sportif, Nils Botha était depuis vingt ans le coach emblématique des Stormers du Western Cape. Lui et sa femme Flora avaient un fils aîné, Pretorius, résidant à Port

Elizabeth, et Judith, qui venait d'intégrer la fac d'Observatory…

Fletcher revoyait le visage défiguré au milieu des fleurs, les lianes poisseuses de ses cheveux blonds, les grumeaux de cervelle qui s'échappaient du crâne… Il avait caché ses répulsions à Neuman mais ça ne trompait personne, surtout pas les vieux flics du central, qui en avaient vu d'autres. « Bouche à foutre » était le surnom que lui avait donné Van Vlit, le sergent instructeur des tirs sur cibles mouvantes, la terreur des jeunes recrues. « Bouche à foutre » avait fait le tour du service, Dan avait même trouvé des magazines gay dans le tiroir de son bureau, les pages collées, ah ah ah, et puis ça s'était calmé… Fletcher s'imaginait que la période de bizutage était terminée : il se trompait. Neuman l'avait choisi pour ses talents de sociologue, pas pour essuyer les remarques homophobes des rougeauds du commissariat central. Le Zoulou avait assommé le sergent instructeur d'un coup de poing derrière la nuque et lui avait baissé son froc devant les autres : il avait empoigné son fameux Colt chromé, dont Van Vlit était si fier, le lui avait enfoncé jusqu'au barillet et il l'avait laissé là, avec son gros cul boutonneux, ceint d'une rage froide qui valait tous les avertissements. Fin des sobriquets. Début de leur collaboration.

Dan Fletcher s'extirpa de la M3 qui surplombait la ville et, basculant de l'autre côté de la montagne, atteignit le complexe sportif.

Les Stormers préparaient le Super 14, le championnat des provinces de l'hémisphère Sud. On en était encore au travail foncier mais les Sud-Africains mettaient les bouchées doubles pour combler leur retard sur les Néo-Zélandais ; Fletcher trouva Botha sur le bord de touche, invectivant les gros bébés suants qui répétaient leur maul pénétrant avec opposition. Chaque ballon tombé le mettait hors de lui : il fallut l'insigne de police pour que le technicien daigne prêter attention au gringalet aux yeux de femme qui venait de débarquer. Il laissa son adjoint poursuivre l'entraînement des avants — séance de joug jusqu'à épuisement...

Les trapèzes saillant du tee-shirt malgré sa soixantaine grisonnante, trapu, Botha arborait une casquette aux couleurs du club et la pilosité des grands singes sur ses avant-bras.

— Qu'est-ce qui se passe ? fit-il, alerté par la mine du policier.

— Nous cherchons votre fille, Judith... Vous savez où elle est ?

Le regard du coach vira au sanguin :

— Eh bien... chez elle ! Pourquoi ?

— Je suis passé au studio d'Observatory, il n'y a personne, répondit calmement le flic. Son portable non plus ne répond pas.

Quelque chose de grave était arrivé, Botha le sentit tout de suite.

— Comment ça, son portable ne répond pas ?

Il tâta les poches de son short beige en quête de son téléphone, comme une solution au problème.

— Vous pouvez me décrire Judith ? demanda Fletcher. Je veux dire, physiquement...

— Eh bien, blonde, les yeux bleus, un mètre soixante-huit... Pourquoi vous cherchez ma fille ? Elle a fait quelque chose de grave ? !

Botha le regardait, incrédule. Le pouls de Fletcher s'accéléra.

— On a retrouvé le cadavre d'une jeune femme ce

matin, annonça-t-il, dans le Jardin botanique de Kirstenbosch. Le corps n'est pas encore identifié mais il y avait une carte d'abonnement vidéo au nom de Judith dans son gilet. Le signalement de la victime correspond à votre fille mais rien n'est sûr… Vous connaissez l'emploi du temps de Judith, ce qu'elle avait prévu de faire, par exemple hier soir ?

Le visage rosi de l'entraîneur se décomposa lentement. Botha était connu pour ses coups de gueule à la mi-temps et son amour du rugby rugueux. Ce petit flic efféminé l'avait mis KO.

— Judith… Judith devait réviser ses partiels, avec sa copine Nicole. Au studio… C'est ce qui était convenu.

— Nicole comment ?

— Wiese… Nicole Wiese. Elles sont à la fac ensemble…

Les avants tombaient comme des mouches sous le soleil.

— Vous avez son numéro de portable ? demanda Fletcher.

— Nicole ? Non… Mais j'ai celui de son père, se reprit-il. Les filles se connaissent depuis toutes gamines.

— Une idée de l'endroit où elles sont sorties ?

— Non…

— Judith a un copain ?

— Deblink… Peter Deblink. Il habite Camps Bay, ajouta Botha comme un gage de moralité. Ses parents ont un restaurant où nous allons souvent avec ma femme…

— Ils étaient ensemble hier soir ?

— Je vous ai dit que Judith révisait ses partiels avec sa copine de fac.

— Votre fille vous a menti, renvoya Fletcher.

Les rugbymen ahanaient sous le joug mais Botha ne les voyait plus : si le cadavre était celui de sa fille… Il sentit ses cuisses se durcir, ses poils se hérisser. Le portable de Fletcher vibra alors dans la poche de sa veste. Il s'excusa auprès du coach, blême, et prit la communication. C'était Janet Helms, son équipière.

— Je viens d'avoir Judith Botha au téléphone, dit-elle bientôt : elle est à Strand avec son copain et n'a rallumé son portable que tout à l'heure…

Les entrailles du policier se dénouèrent.

— Tu l'as mise au parfum ?

— Non, répondit Janet. J'ai pensé que tu préférerais l'interroger toi-même.

— Tu as bien fait… Dis-lui que je l'attends chez ses parents.

Botha avait dressé l'oreille sur le bord de touche. Accroché à ses lèvres, il cherchait un indice, n'importe lequel, pour qu'elle vive.

— Votre fille est à la plage, lâcha Fletcher.

Les épaules du sportif s'affaissèrent. Un soulagement de courte durée : Dan composa le numéro de Neuman, qui décrocha aussitôt.

— Ali, c'est moi… Je crois avoir le nom de la victime : Nicole Wiese.

5

— C'est elle…

Les doigts de Stewart Wiese s'enlaçaient comme des boas devant le marbre gris. La pièce sentait l'antiseptique et ce n'était pas les efforts du coroner pour rendre sa fille présentable qui allaient tempérer sa colère : la tristesse, il verrait ça avec sa femme.

Stewart Wiese était un ancien deuxième ligne Springbok : champion du monde en 95, une cinquantaine de sélections en équipe nationale, des cuisses taillées dans le buffle et un crâne à fendre les pierres. Les terrains de rugby l'avaient rôdé aux coups, l'Afrikaner en était roué et avait maltraité plus de corps qu'à son tour, mais il était bien placé pour savoir que les chocs qu'on ne voit pas venir étaient les plus violents. Maintenant la perle de ses yeux n'en avait plus, ni rien qui pût lui rappeler les traits de sa fille aînée…

— Vous voulez vous asseoir ?

— Non.

Wiese avait dû prendre une quinzaine de kilos depuis l'époque où il hachait du pilier, mais son envie d'en découdre était la même. Il renvoya le verre d'eau fraîche que l'assistante du coroner lui proposait, puis

61

décocha un regard cuirassé à Neuman. Il songea à sa femme, folle de douleur avant même la confirmation du meurtre, au gouffre qui grandissait sous ses pieds.

— Vous avez une idée du fils de pute qui a fait ça ?

C'était moins une question qu'une menace.

Neuman observa la photo de la jeune femme, une blonde qui venait d'avoir dix-huit ans, résidant au 114 Victoria, la banlieue chic de Camps Bay. Nicole Wiese : une poupée pomponnée à qui on avait envie de payer une glace à la vanille, pas de massacrer le visage à coups de marteau.

— J'imagine que votre fille n'avait pas d'ennemis, avança-t-il.

— Aucun de ce genre.

— Un permis voiture ?

— Non.

— Nicole n'est pourtant pas venue à pied à Kirstenbosch : une idée de la personne qui l'accompagnait ?

Wiese pétrissait ses grosses mains pour ne pas trembler.

— Jamais Nicole n'aurait traîné la nuit avec des inconnus, dit-il.

Il regardait le visage mâché de sa fille comme celui d'une autre. Il ne voulait pas croire que le monde n'était qu'une illusion banale. Un château de cartes.

— Vous croyez à la mauvaise personne au mauvais endroit ? demanda Neuman.

La rage qu'il contenait éclata d'un coup :

— Non, je crois à un sauvage : un sauvage qui a massacré ma fille ! (Sa voix tonna dans l'air glacé.) Qui d'autre peut avoir fait une chose pareille ?! Qui d'autre ?! Vous pouvez me le dire !

— Je suis désolé.

— Pas tant que moi, rétorqua Wiese sans desserrer

ses mâchoires. Mais ça ne se passera pas comme ça. Non : pas comme ça…

Le teint rubicond de l'Afrikaner avait disparu, une fureur sourde battait contre ses tempes. Il croyait sa fille chez Judith Botha, où les étudiantes devaient passer la soirée à revoir leurs partiels devant une pizza, et on l'avait retrouvée morte à plusieurs kilomètres de là, assassinée dans le Jardin botanique de Kirstenbosch, en pleine nuit.

— Nicole… Nicole a été violée ?

— On ne sait pas encore. L'autopsie le dira.

L'ancien rugbyman redressa le buste, coiffant Neuman d'une courte mèche.

— Vous devriez le savoir, éructa-t-il. Qu'est-cc qu'il fout, votre coroner ?!

— Son métier, répondit Neuman. Votre fille a eu un rapport sexuel la nuit dernière mais rien n'assure qu'elle ait été violentée.

Wiese s'empourpra, comme frappé de stupeur.

— Je veux voir le chcf de la police, dit-il d'une voix blanche. Je veux qu'il s'en occupe personnellement.

— Je dirige le département criminel, précisa Neuman : c'est exactement ce que je vais faire.

L'Afrikaner hésita, dérouté. L'assistante du coroner avait replié le drap sur le cadavre qu'il fixait toujours, les yeux vagues.

— Pouvez-vous me dire quand vous avez vu Nicole pour la dernière fois ?

— Vers quatre heures de l'après-midi… Samedi… Nicole devait faire les boutiques avec cette petite garce de Judith Botha, avant de réviser ses cours.

— Vous lui connaissez un petit ami ?

— Nicole a rompu avant l'été avec le dernier en date, dit-il. Ben Durandt. Aucun depuis.

— À dix-neuf ans, on ne raconte pas forcément tout à son père, avança Neuman.

— Ma femme me l'aurait dit. Vous insinuez quoi ? Que je ne sais pas tenir ma fille ?

La fureur voilait ses yeux métalliques : il trouverait le type qui avait massacré sa fille, il en ferait du pilier, un champ d'os, de la boue.

— Ma fille a été violée et assassinée par une bête, dit-il, péremptoire, un monstre de la pire espèce qui se promène aujourd'hui dans la nature, en toute impunité : je ne peux pas l'accepter. Impossible. Si vous ne savez pas qui je suis, vous allez apprendre à me connaître… Je ne suis pas le genre à renoncer, capitaine. Je remuerai ciel et terre jusqu'à ce qu'on ait attrapé cette ordure. Je veux que tous les services de votre foutue police soient concernés, que vos putains d'inspecteurs bougent leur cul et surtout qu'ils obtiennent des résultats : vite. C'est clair ?

— La justice est la même pour tous, assura le flic noir avec un appoint que Wiese prit pour de l'arrogance. Je retrouverai le meurtrier de votre fille.

— Je vous le souhaite, lâcha-t-il entre ses dents.

La nuque rasée de l'Afrikaner ruisselait de sueur. Stewart Wiese jeta un dernier regard sur le drap qui recouvrait sa fille.

Neuman commençait à comprendre ce qui l'irritait dans cet entretien.

— Un officier passera chez vous demain matin, dit-il avant de le laisser filer.

Un Blanc.

*

Les collines et la végétation touffue qui coiffaient les criques paradisiaques de Clifton avaient fait place à des résidences de luxe, des villas avec parking sur le toit, vigile et accès direct à la plage. Pris dans la toile immobilière, on construisait encore à flanc de colline, de plus en plus haut — c'était de toute façon trop tard pour le paysage.

25, West Point. Dorures, laques, miroirs à gogo, sauf à aimer le clinquant des années 80, l'appartement de la famille Botha était fardé comme une drag-queen à Sydney. Flora, la mine tirée par le soleil et le fond de teint, attendait le retour de Judith sur le canapé du salon panoramique. Son mari, qui s'agitait autour de la table basse, parlait pour deux. En mentant à tout le monde, la jeune sotte avait créé un lourd antagonisme entre les deux familles : Stewart Wiese avait appelé un peu plus tôt, une discussion houleuse qui n'avait rien résolu. Le Springbok avait fini sa carrière aux Stormers de Nils Botha, et les deux hommes étaient restés amis : leurs filles fréquentaient les mêmes bancs d'école, le même cercle de connaissances, les mêmes lieux de sortie, elles n'avaient jamais manqué de rien ni causé le moindre souci. Elles étaient censées travailler leurs cours, pas traîner la nuit dans les rues ou partir en week-end sur la côte. Trahison. Incompréhension. Botha fulminait. Fletcher le laissa mariner pendant que sa femme triait ses doigts sur le canapé à fleurs.

Dan pensait à Claire, sa femme, qu'il allait chercher tout à l'heure à l'hôpital, quand on sonna à l'interphone. Flora sursauta sur son coussin, se dressa comme un ressort et fit trépigner ses talons hauts sur le marbre. Nils décrocha le premier l'interphone. Le gardien annonça l'arrivée de leur fille.

Judith apparut bientôt au pied de l'ascenseur privatif, affublé de son copain Peter, un minet du coin qui avait tombé les Ray Ban pour une mèche blonde.

— Qu'est-ce qui se passe ?! lança Judith en voyant la mine défaite de sa mère. Il est arrivé quelque chose ?

Botha bouscula sa femme, fondit sur sa fille et lui assena une claque en pleine face. Flora eut un cri de stupéfaction. Judith couina en s'écroulant sur le sol.

— Nils ! tenta Flora. Tu…

— Toi, tais-toi ! Et toi, écoute-moi bien, rugit-il à l'attention de sa fille. Oui, il est arrivé quelque chose : Nicole a été assassinée ! Tu entends ?! On l'a tuée !

La bonne, terrée au fond du couloir, fila vers la cuisine. Judith éclata en sanglots. Le jeune branché qui l'accompagnait reflua vers l'ascenseur. Botha le fusilla du regard avant de se pencher vers la gamine en pleurs, qu'il tira par le bras comme on arrache une mauvaise herbe.

— Je ne pense pas que le traitement soit très approprié à la situation, s'interposa Fletcher.

— Je traite ma fille comme je l'entends !

— Vous voyez bien qu'elle tient à peine debout…

Botha s'en fichait. Il avait déjà frappé des hommes à terre. C'était valable au rugby comme dans la vie. Il ne voyait que le mensonge, la tromperie, la perte définitive du lien avec Stewart Wiese, les réseaux, les affaires, la cascade d'ennuis qui se profilait. À cause de cette jeune imbécile qui était sa fille.

Judith sanglotait sur le marbre, les mains plaquées sur le visage. Flora vint à ses côtés, empruntée, ne sachant par quel bout la prendre.

— J'aimerais m'entretenir seul avec Judith, dit Fletcher.

— J'ai le droit de savoir pourquoi ma fille nous a menti !

— Je vous en prie, monsieur Botha : laissez-moi faire mon travail...

Le père eut un rictus aigre. Le petit flic parlait à mi-voix et regardait Judith avec une compassion qui lui mettait les nerfs en pelote. Elle se tenait repliée contre la porte de l'ascenseur, pitoyable, son empotée de mère tentant de la consoler, inaudible.

Fletcher s'agenouilla à son tour, aperçut des taches de rousseur sous ses cheveux défaits, prit la main de Judith et l'aida à se relever. Le rimmel avait coulé jusque sur ses doigts. Adossé à l'ascenseur, Peter Deblink recomptait les plaques de marbre.

— Toi aussi tu viens, lui lança Fletcher.

Évitant le tir de barrage paternel, le jeune couple suivit le policier jusqu'à la terrasse du salon panoramique.

Un vent frais grimpait avec les oiseaux, des vagues turquoise tonnaient sur la plage immaculée en contrebas, un coin de paradis qui se serait trompé d'étage ; Judith, encore sous le choc, s'affala sur une chaise pliante, où elle put pleurer plus librement.

Il y eut un moment de silence, ponctué par le fracas des rouleaux. Fletcher avait la silhouette fragile de Monty Clift et le regard qui brillait pour celui de sa femme : il se pencha vers la jeune étudiante, la trouva jolie, sans plus.

— Il faut que tu m'aides, dit-il. D'accord ?

Judith ne répondit pas. Elle ramassait ses larmes.

— Qu'est-ce qui s'est passé ? renifla-t-elle.

— On ne sait pas encore, répondit Fletcher. On a retrouvé le corps de Nicole dans le Jardin de Kirstenbosch, ce matin...

Judith releva la tête, incrédule. Les doigts de son père avaient fait une œuvre paléolithique sur sa joue.

— Tu étais la meilleure amie de Nicole, d'après ce qu'on m'a dit…

— On se connaît depuis qu'on est petites, confirma Judith, la gorge nouée. Nicole habite à Camps Bay, de l'autre côté de la colline…

Mais son mouvement de tête allait à peine jusqu'aux plantes vertes.

— Tu lui servais souvent de couverture ?

— Non… Non…

Fletcher fouilla dans ses yeux mouillés, n'y vit que honte et tristesse.

— Dis-moi la vérité.

— J'ai… j'ai un studio à Obs', près de la fac… Nicole disait à ses parents qu'elle venait y dormir pour travailler ses cours.

— C'était faux ?

— C'était juste un prétexte pour sortir… Je n'aime pas mentir mais je le faisais pour elle, par amitié… J'ai essayé de lui dire que nos parents finiraient par le savoir mais Nicole me suppliait et… Enfin, je n'ai pas eu le courage de refuser… Je m'en veux. C'est horrible.

Elle se réfugia dans ses mains.

— Vous n'étiez pas avec elle hier soir ? demanda Fletcher en se tournant vers Deblink.

— Non, relaya le blondinet : on était à Strand pour plonger en cage avec les requins blancs. Le départ pour l'excursion était prévu à sept heures du matin. On a dormi dans la guest-house qui organisait la sortie en mer.

C'était facile à vérifier.

— Et Nicole ?

68

— Elle avait un double des clés, répondit Judith. Comme ça on était libres.

— Elle t'a dit où elle sortait, avec qui ?

— Non...

— Je croyais que vous étiez copines ?

L'expression de son visage changea :

— À vrai dire, on se voyait peu ces derniers temps...

— Vous êtes dans la même fac.

— Nicole n'y allait presque plus, expliqua Judith.

— Ah oui ?

— Ça ne la passionnait pas beaucoup, l'Histoire...

— Elle préférait les garçons, poursuivit Fletcher.

— Ne me faites pas dire ce que je n'ai pas dit.

— Mais elle couchait avec des garçons...

— Nicole était tout sauf une salope ! protesta la copine.

— Je ne vois pas le mal à aimer les garçons, tempéra Fletcher. Nicole avait rencontré quelqu'un ?

Judith haussa les épaules, désarmée.

— Je crois.

— Tu crois ?

— Elle ne m'en a pas parlé directement, mais... je ne sais pas... Nicole avait changé. Elle était devenue fuyante.

— C'est-à-dire ?

— Je ne sais pas, souffla-t-elle. C'est une intuition... On se connaît depuis longtemps mais quelque chose avait changé chez elle. Je ne saurais pas dire pourquoi, mais Nicole n'était plus la même, surtout ces derniers temps. C'est pour ça que je crois qu'elle avait rencontré quelqu'un.

— Bizarre qu'elle ne t'en ait pas parlé : tu étais sa meilleure amie.

— J'étais, oui...

Un vent de tristesse balaya la terrasse.

— Nicole changeait souvent de petit copain ?

— Non… non : ce n'était pas une collectionneuse, je vous ai dit. Elle aimait bien les garçons mais comme tout le monde quoi : modérément.

Deblink ne tiqua même pas.

— Ben Durandt, relança Fletcher : tu connais ?

— Un copain de Camps Bay, dit-elle, morose. Ils sont restés six mois ensemble.

— Durandt, il était comment avec Nicole ?

— Très bien pour conduire une décapotable, estima Judith.

— Le genre jaloux ?

— Non… (Elle secoua la tête.) Durandt est trop fasciné par sa petite personne pour s'intéresser aux autres. De toute façon, ce n'était qu'un flirt. Nicole se faisait chier avec lui.

La jeune femme se déridait un peu.

— Tu sais s'ils ont déjà couché ensemble ?

— Non. Pourquoi vous me demandez ça ?!

— J'essaie de savoir si Nicole couchait avec des garçons, si le rapport sexuel qu'elle a eu la nuit du meurtre était consentant ou pas.

Judith baissa les yeux.

— Et toi, lança-t-il à Deblink : tu en penses quoi ?

— On se connaissait à peine, répondit-il avec une moue ingrate.

— Je croyais que vous étiez des assidus de Camps Bay ?

La jeunesse dorée y paradait le week-end, le long des plages.

— Oui, confirma le play-boy, c'est là qu'on s'est rencontrés, avec Judith. Mais Nicole, je l'ai vue qu'une fois, et encore, en coup de vent…

— Tu veux dire que Nicole ne traînait plus à Camps Bay ?

— Ouais.

— Elle avait changé, je vous dis, renchérit Judith.

Une mouette en suspension brailla à hauteur de la terrasse. Fletcher se tourna vers l'étudiante :

— Vous étiez convenues de quoi toutes les deux, pour hier soir ?

— Nicole m'a avertie par téléphone qu'elle comptait sortir. J'avais prévu de voir les requins avec Peter, ça lui laissait le studio libre pour la soirée...

— Quel intérêt de mentir à vos parents ?

— Mon père, encore, ça va, répondit Judith en se mordillant les lèvres, il m'a laissée prendre un studio près de la fac... Mais le père de Nicole est très... disons, conservateur. Il n'aimait pas qu'elle sorte. Ou alors avec des garçons qu'il connaissait. Il avait peur des agressions, des viols...

Un toutes les cinq minutes, selon les statistiques nationales.

— C'est pour ça que tu couvrais ses sorties ?

— Oui.

— Nicole sortait dans les bars du quartier ?

— C'est ce qu'elle me disait.

— Elle avait de nouveaux amis ?

— Sans doute...

Fletcher acquiesça dans la brise du soir.

— On a retrouvé une carte de vidéoclub à ton nom dans son gilet, dit-il.

— Oui : je lui prêtais, si elle voulait voir des films.

— C'était le cas hier soir ?

— Je ne sais pas. Nicole avait les clés et rentrait quand elle voulait. Je ne lui posais pas de questions.

On se croisait à peine le matin, quand elle ne découchait pas...

— C'est arrivé ?

— Oui, une fois, cette semaine... Mercredi. Oui : mercredi, répéta-t-elle. Je me suis réveillée le matin mais il n'y avait personne dans le canapé.

— Nicole ne t'a pas dit où elle avait dormi ?

— Non... Je lui ai juste dit que ça ne pouvait plus continuer comme ça. Qu'on finirait par se faire pincer par les parents... J'ai quand même cédé, pour samedi. Comme une conne...

Des souvenirs d'enfance lui remontaient dans la gorge ; poupées relookées, fous rires, confidences... Judith réprima ses sanglots mais la vague la submergea. Elle plaqua ses mains sur son visage.

Le soir tombait doucement sur l'océan. Fletcher regarda sa montre : Claire sortait dans moins d'une heure.

À deux pas de là, la mèche malmenée par le vent, le play-boy en bois n'avait toujours pas eu un geste de réconfort pour sa copine. Dan serra l'épaule de la jeune femme en pleurs, avant de filer vers l'hôpital.

*

À partir de demain (tout à l'heure), c'est la course vers toi. Une course lente, comme on les aime en calèche... Quel goût a ton sexe ? Sais-tu qu'il change selon les saisons, l'inclinaison du soleil, l'humeur de la lune ? Ta bouche est-elle toujours ce virtuose de l'« orgasme agonique » ? Serai-je toujours le poisson pilote qui court en tête ? J'y pense, donc j'y suis déjà — imaginant, de loin, le délice de l'immersion... Vivement toi, mon amour !

Claire relut pour la douzième fois le mot que Dan avait glissé avec les fleurs. Elle garda le billet et donna les roses à l'infirmière xhosa qui, depuis trois nuits, la chouchoutait.

À trente ans, on se méfie de ses choix, pour la plupart définitifs, du mariage, des accidents de voiture, pas du cancer — un cancer du sein, qui s'était déclaré trois mois plus tôt, et des métastases par kilos. Le sol s'effondrait, Dan n'y voyait qu'un abîme mais Claire semblait supporter la chimiothérapie et la perte de ses cheveux. La dernière série d'examens s'avérait globalement positive : restait à voir l'évolution... Les enfants bien sûr n'en savaient rien : Tom, quatre ans et demi, croyait dur comme fer que sa mère avait « attrapé l'automne », ses cheveux finiraient bien par repousser, Eve n'avait carrément rien remarqué...

Dan cueillit sa femme dans le hall du Sommerset Hospital. Claire portait un béret noir sur son crâne chauve et une jupe courte qui dévoilait ses genoux amaigris : elle sourit en le voyant traverser la foule, le prit par les épaules et lui roula une pelle devant l'accueil. Un baiser long et langoureux, comme à leurs premiers rendez-vous... Baiser le malheur, c'était ses mots d'ange déboulonné : la maladie n'aurait pas sa peau — c'était sa chasse gardée, à lui.

Les gens passaient devant eux, qui n'en finissaient plus de se retrouver.

— Ça fait longtemps que tu attends ? chuchota-t-il à son oreille.

— Vingt-six ans dans deux mois, répondit Claire.

Dan se dégagea de son étreinte amoureuse :

— Alors foutons le camp...

Il prit sa main frêle, son sac de voyage, et l'entraîna

vers la sortie. L'air du parking était nouveau tout à coup, le ciel presque aussi lumineux que ses yeux bleus d'hirondelle.

— Les enfants t'attendent pour une petite fête, annonça Dan. C'est un peu le bordel à la maison, je n'ai pas eu le temps de ranger mais la nounou s'occupe des gâteaux.

— Cool !

— Je leur ai dit qu'on n'arriverait pas avant huit heures, ajouta-t-il, avec son air de rien.

Il était à peine six heures et quart…

— Tu m'emmènes où, Casanova ?

— À Llandudno.

Claire sourit. Ils connaissaient une petite crique le long de la péninsule, un endroit tranquille où l'on pouvait se baigner nu sans risquer de mauvaises rencontres. Elle se blottit contre lui, vit sa voiture banalisée sur le parking.

— Tu es en service ?

— Oui… Ça tombe mal, je sais… Une jeune femme qu'on a retrouvée ce matin, à Kirstenbosch.

— La fille du rugbyman ?

— Tu es au courant ?

— Ils en parlaient à la radio, tout à l'heure… Les gars viennent dîner ?

Elle parlait d'Ali et Brian, leurs précieux amis, et du petit rituel consistant à s'inviter à la maison pour s'excuser des horaires flexibles, du stress et du boulot de chien qui les attendait.

— On avait pensé à demain soir. Si tu te sens bien, évidemment, s'empressa-t-il d'ajouter.

— On en a déjà parlé, fit Claire comme une chose entendue. Ne changeons rien, OK ?

Elle voulait être traitée comme une convalescente,

pas comme une malade. Ali et Brian étaient à la même enseigne. Dan l'embrassa encore.

— Tu as trouvé ce que je t'ai demandé ? fit-elle en grimpant dans la voiture.

— Oui : c'est sur le siège arrière.

Claire se déhancha vers la banquette avant de poser la boîte à chapeau sur ses genoux.

— Ferme les yeux, dit-elle.

— Ça y est.

Claire lui jeta un regard en biais, ôta très vite son béret, saisit la perruque à l'intérieur de la boîte à chapeau et l'ajusta dans le miroir du rétroviseur : un carré court, blond platine, avec deux mèches Sixties qui lui tombaient au-dessous des oreilles... Hum, pas trop mal... Elle tapota le bras de son mari :

— Tu me trouves comment en acrylique ?

Dan frémit malgré lui ; un sourire avide et cruel flottait sur ses lèvres, un sourire de poupée maltraitée, et ces yeux bleus où brillait sa propre mort...

— Superbe, dit-il en mettant le contact.

Ils avaient deux heures devant eux : autant dire toute la vie.

*

Les journaux du soir ouvraient leur édition sur le meurtre de Nicole Wiese. Son père avait été champion du monde au lendemain des premières élections démocratiques, Mandela avait revêtu le maillot des Springboks et écouté le nouvel hymne sud-africain en serrant la main du capitaine, Pienaar, un Afrikaner. Ce jour-là, le deuxième ligne Stewart Wiese était devenu l'un des ambassadeurs de la nouvelle Afrique du Sud — et qu'importe si les invincibles All Blacks avaient attrapé une gastro-entérite la veille de la finale.

Au cœur de la tourmente, Stewart Wiese avait annoncé qu'il donnerait une conférence de presse, ce qui, dans un pays en proie à la violence et au crime, n'augurait rien de bon ; on rappellerait les chiffres, plus de cinquante meurtres par jour, les manquements de la police, incapable de protéger ses concitoyens, avant de gloser sur la pertinence du rétablissement de la peine de mort…

La nuit tombait sur le township. Ali coupa la radio et servit le repas dans la cuisine. Il avait préparé un plat de lentilles à la coriandre et un cocktail de jus de fruits. Soûlée de médicaments, sa mère avait dormi une partie de l'après-midi mais semblait reprendre du poil de la bête : l'agression de ce matin ? Quelle agression ? Josephina prétendait se porter comme un charme, tout juste si elle ne s'était jamais sentie aussi bien de sa vie. Lui en revanche, s'il était toujours aussi beau, fort, etc., avait une mine fatiguée… Le cirque habituel.

Neuman ne dit rien de sa journée, de ce qu'il avait vu : il déposa ses chocolats préférés sur la table de la cuisine, c'était son seul plaisir, et un baiser sur son front avant de la quitter, en lui jurant que oui, oui, un jour il lui présenterait sa « petite amie »…

Des simulacres.

Sans éclairage public, fragmentés en une multitude de micro-territoires, les townships étaient particulièrement dangereux le soir. Marenberg n'échappait pas à la règle ; les Rastafari[1] avaient organisé des marches contre le crime et la drogue mais les bandes organi-

1. Adeptes du retour à l'Afrique.

sées continuaient de faire la loi : on avait même vu les écoles de Bonteheuwel fermer par décret des gangs, et les autorités rester impuissantes pour assurer la sécurité des élèves. À Marenberg, les trois quarts d'entre eux consommaient de la drogue et gravitaient autour des tsotsis…

Neuman gara la voiture devant la maison de Maia, une des rares constructions en dur du quartier. Les long-courriers clignotaient dans le ciel mauve. Il jeta un regard sur les rues de terre battue qui s'évanouissaient dans le noir et ferma la portière. Un rai de lumière filtrait par la lucarne de sa chambre ; il frappa doucement à la porte, pour ne pas l'effrayer — quatre fois, c'était un des codes. Des pas feutrés approchèrent.

Maia sourit en le voyant, son demi-dieu taillé dans la nuit.

— Je t'ai attendu toute la journée, dit-elle sans reproche.

La métisse ne portait qu'une nuisette aux reflets argentés et la paire de pantoufles qu'il lui avait achetée. Elle embrassa la main du Zoulou et le tira à l'intérieur. La décoration du coin-salon avait changé depuis la semaine dernière : Maia avait arraché les morceaux de tapisserie disparates et exposé des tableaux aux murs, les siens, qu'elle peignait sur des planches, ou du bois de récupération. Maia était heureuse de le voir mais elle se tut — code numéro quatre. Ali avait établi une liste pour eux. Il fallait juste s'en souvenir.

Elle l'entraîna vers la chambre sans prononcer un mot, alluma la bougie près du matelas et s'allongea sur le ventre. Ses cuisses dorées miroitaient dans le clair-obscur de la chambre, ces jambes dont il connaissait chaque muscle, chaque repli pour l'avoir mille fois parcouru. Maia ferma les yeux et se laissa contempler, les bras détachés du corps, comme si elle allait s'envoler. Un chien aboya dehors.

Un autre avion passa. La cire finit par couler sur le bout de moquette. Sculptée dans l'attente, Maia se tenait immobile, les yeux clos, comme morte. Enfin, il passa la main dans ses cheveux savamment tressés et, doucement, caressa la courbe de sa nuque. Elle eut un sourire qui n'avait pas besoin d'ouvrir les yeux :

— Je reconnaîtrais ta main à trois mètres…

Elle était chaude et douce comme ses lèvres. Il caressa ses épaules, son dos, légèrement rugueux… Une, deux, trois… il compta cinq cicatrices. Maia se tortillait en minaudant. Peut-être qu'elle simulait… Qu'importe. Il remonta sa nuisette, découvrit ses reins, l'arrondi de ses fesses, qu'elle lui tendit bientôt, en offrande. Ali ne pensait pas : le bout de ses doigts faisait des traînées de poudre sur son corps saccagé, un fil invisible qui lui tirait mille petits miaulements ravis…

Il releva la tête et, à la lueur de la bougie, vit les photos accrochées aux murs ; des photos de magazines que Maia avait mis là pour égayer la chambre, ou lui faire plaisir, des femmes en tailleur chic ou en maillot, des femmes publicitaires dans des décors paradisiaques de plages et d'atolls isolés, de pauvres photos à demi froissées dont certaines, ramassées dans la rue, avaient pris l'humidité, la souillure des déchets… Côté pitié, une forte envie de dégueuler.

Neuman repartit sans même jeter un œil à ses tableaux, en laissant une poignée de billets sur le frigo.

*

Le Jardin botanique était vide à cette heure, l'aube encore un souvenir. Neuman marcha sur la pelouse taillée à l'anglaise, ses chaussures à la main. L'herbe était tendre et fraîche sous ses pieds. Les feuillages des acacias frémissaient dans l'obscurité. Neuman rabattit les pans de sa veste et s'agenouilla près des fleurs.

« Wilde iris (*Dictes grandiflora)* », disait l'affichette. Il y avait encore les rubans de la police, qui battaient dans la brise…

On n'avait pas retrouvé le sac de Nicole sur les lieux du crime. Le tueur l'avait emporté. Pourquoi ? L'argent ? Qu'est-ce qu'une étudiante pouvait avoir dans son sac à main ? Il leva les yeux vers les nuages affolés qui filaient sous la lune. Le pressentiment était toujours là, omniprésent, qui lui comprimait la poitrine.

Ali ne dormirait pas. Ni ce soir ni demain. Les cachets étaient sans effet, sinon à traîner ce goût de pâte molle dans la bouche ; insomnies chroniques, désespoir, phénomènes compensatoires, désespoir, son cerveau tournait en boucle. Pas seulement depuis ce matin. Les promenades le long du cap de Bonne-Espérance non plus n'y changeraient rien. Il y avait ce monstre froid au fond de lui, cette bête impossible à recracher ; il pouvait lutter, nier, faire que chaque matin soit le premier plutôt que le dernier, il menait une guerre perdue d'avance. Maia : piètre façade… Des larmes montèrent à ses yeux. Il pouvait s'inventer des lieux de vie, des codes érotiques, des listes d'attractions passionnelles comme autant d'amours fantômes, le ciment ne prenait pas. Ses masques tomberaient en une pluie de plâtre, bientôt, des cloisons d'empire qui emporteraient tout dans leur chute, des décors trop vieux envoyés à la casse. La réalité éclaterait un jour :

elle l'attraperait par le cou et lui ferait mordre la poussière, comme dans le jardin de son enfance. Sa peau de Zoulou ne tenait qu'à un fil : il pouvait remodeler la réalité autant qu'il le voulait, tracer des plans, des prénoms aux lignes féminines, il retombait, moteur en flammes, sur le même no man's land. Une terre sans homme — sans homme digne de ce nom.

Neuman n'en était plus un. Il ne l'avait jamais été.

Maia pouvait se tortiller sur le matelas, fissurer les atomes du désir qui les séparait, le sexe d'Ali était mort : il était mort avec lui.

6

Ruby avait une confiance limitée en l'homme : aucune dans le mâle. Son père était parti du jour au lendemain, sans laisser d'adresse, abandonnant femme et enfants.

Ruby, la benjamine, avait treize ans à l'époque. Aucune explication. Son père n'avait laissé que du vide. Il avait simplement refait sa vie ailleurs, avec d'autres gens.

Les années étaient passées mais Ruby n'avait pas cherché à retrouver sa trace. Sa sœur était devenue anorexique, son frère un divorcé endurci après deux mariages aussi pathétiques que précipités, et leur mère était restée comme veuve : ce salaud avait bousillé leur existence, il pouvait crever incognito.

Le manque affectif qui les rongeait s'était transformé en rage. Ruby adorait son père. Elle avait tout cru. Ce qu'il lui avait dit, laissé espérer, quand il la prenait sur ses genoux et lui faisait des tours de cartes, ou tirait les tarots pour elle — « Plus tard tu seras grand reporter ! ». Il semblait si fier d'elle, si sûr de lui, du temps qui jouait pour eux… Ruby ne s'était pas méfiée : son père, tous les hommes du monde étaient des traîtres. Brian en particulier. Brian Epkeen, l'amour dont elle n'avait jamais osé rêver, son prince cabossé qu'elle ramassait dans les fossés, le visage tuméfié, Brian qu'elle avait épongé, pansé, remis sur pied, le salaud avait tout saboté. Ruby lui avait tout donné, son amour, son cul, son temps : il n'avait rien pris.

Six ans qu'ils s'étaient séparés. Elle avait depuis collectionné les pétards mouillés mais Ruby ne se résolvait pas à vieillir sans amour. Impossible. L'amour était sa dope, sa dépendance chérie, le deuil de son père qu'elle ne ferait jamais. Heureusement, aujourd'hui il y avait Rick.

Cinquante-trois ans, un physique encore agréable, Rick Van der Verskuizen avait le cabinet dentaire le plus chic de la ville, une propriété au milieu des vignes où elle venait de s'installer, et des enfants suffisamment grands pour leur ficher la paix. Un homme attentionné qui offrait des perspectives, un réseau de connaissances, un avenir, quelqu'un qui ne rentrait pas n'importe quand à la maison dans des états de choc assommants, shooté à l'adrénaline ou au speed, et qui sous ses beaux discours égalitaires se faisait payer en nature…

To bring you my love
to bring you my love
to bring you my love !

Ruby déambulait au milieu de la chambre, la musique à plein tube. Elle ne s'était pas encore maquillée, à peine habillée, elle allait du lit à la salle de bains, chantant à tue-tête.

Son label de musique n'avait pas résisté à l'ère du téléchargement ; douze ans de passion, de travail acharné, de prises de risques et autant de dingueries nocturnes partis en fumée. Elle avait mis la clé sous la porte, la mort dans l'âme. Elle aurait pu changer de métier, comme la plupart des artistes qu'elle produisait, mais Ruby ne connaissait rien aux autres métiers, et surtout elle n'en avait rien à foutre.

Cette façon de penser ne l'avait pas aidée à trouver un job : aucune major ne voulait travailler avec cette excitée, les autres l'avaient trop souvent vue bourrée backstage, pendue au cou de n'importe qui, à prendre n'importe quoi. Trois ans de galères, à croire qu'elle n'en sortirait pas, mais une nouvelle vie s'annonçait depuis qu'elle avait décroché ce job d'assistante de production ; finis les castings pour les reality-shows ou les shoots de magazines branchés qui te payaient en fringues, la valse dégradante des sourires au banquier pour les chèques impayés, les contrats intérimaires et le chômage. Elle aurait de nouveau une activité sociale reconnue, un peu d'argent, d'autonomie... Bien sûr, ce n'était pas le job de ses rêves. Rick avait fait jouer ses relations. Elle qui n'avait jamais compté sur personne avait dû sourire à des gens. Écraser sa grande gueule de suffragette en vinyle. Ravaler ses quarante-deux ans et faire comme si elle vivait pour la première fois. Qu'importe : ce job la sortait de l'ornière et Ruby n'avait plus beaucoup le choix. Quarante-deux ans : elle passerait bientôt le cap de la fécondité. Encore quelques années, songeait-elle, et ce serait fini la croupe éblouissante roulée dans l'hypnose, les promesses de lointains ailleurs, les baisers implacables à l'autel des blablas. Qu'allait-elle devenir si Rick la jetait, lui aussi ?

Son portable sonna sur la commode de la chambre. Ruby baissa le volume du CD, cala le portable sur son oreille tout en tirant le zip de sa robe.

— Salut.

— Putain, maugréa-t-elle.

— Oui, c'est moi.

Brian. Bref silence dans le chaos des ondes.

— Tu me déranges, lâcha Ruby. Qu'est-ce qu'il y a ?

— C'est toi qui as envoyé David me faire les poches ?

— J'ai rien à te dire, répliqua-t-elle.

— Avoue.

— Je t'ai dit que tu pouvais aller te faire foutre.

— David aussi visiblement, insinua-t-il : qu'est-ce qui s'est passé avec les parents de Marjorie ? Il paraît qu'il s'est fait virer, qu'il cherche un studio…

— Je ne suis pas au courant.

— Tel que je le connais, il a dû fumer des pétards dans le salon des vieux…

— Tu ne connais pas ton fils, Brian. Tu ne t'es jamais intéressé qu'à ta bite. Ne t'étonne pas s'il ne peut pas te saquer.

— Tu exagères.

— Je t'assure que non.

Il ricana pour se donner une contenance mais la voix de Ruby était du bois d'ébène.

— David m'a dit que tu t'installais chez ton nouveau copain…

— Ce n'est pas tes affaires.

— On peut peut-être s'arranger pour la caution du studio, poursuivit Brian. Cinquante-cinquante : ça te va ?

— Non.

— Ton dentiste est plein aux as, fais un effort.

— Ce n'est pas à lui de payer pour ton fils.

— C'est quand même un peu le tien.

— Rick n'a rien à voir avec nos histoires. Fous-nous la paix.

— Depuis quand ça t'intéresse, les dents ?

— Depuis que je ne vois plus les tiennes.

— Ha ha !

Il se forçait, que c'en devenait poignant.

— Tu ne m'as jamais fait rire, Brian, dit-elle, glaciale : jamais. Maintenant lâche-moi : OK ?!

Ruby jeta son portable sur le lit, tourna le bouton du volume et partit se maquiller dans la salle de bains, la musique au maximum. Mascara léger, fard à paupières... Sa main tremblait légèrement devant le miroir. Brian. Elle se maudit dans la glace... Brian l'avait trompée, comme son père. Ruby lui en voulait pour ça : à mort. Elle croyait que ça passerait, mais ça ne passait pas.

Les guitares qui hurlaient depuis la chambre s'arrêtèrent net.

— C'est quoi cette musique de sauvage ?!

P.J. Harvey : un mètre cinquante-cinq d'explosif, une voix au silex et des riffs à casser la Terre... Rick apparut par l'embrasure de la porte, les cheveux encore trempés après ses longueurs dans la piscine. Il portait une sortie de bain en tissu-éponge et une montre en forme de téléviseur. Ruby finissait de se maquiller. Il passa la main sur ses fesses rebondies.

— Tu t'en vas ?

— Oui, répondit-elle, je suis déjà en retard.

— Dommage...

Ruby sentit son érection dans son dos, plus dure à mesure qu'il se lovait contre elle. Rick souriait de ses trente-deux dents impeccables dans le miroir de la salle de bains ; il glissa la main sous sa robe, contourna le string et plongea le long de son pubis.

— On va être obligés de se presser, souffla-t-il à son oreille.

Ruby se cambra tandis qu'il commençait à la masturber.

— Je n'ai pas le temps, minauda-t-elle.

— Deux minutes, dit-il, respirant plus fort.

— Je vais être en retard…

— Oui… Ça va être bon…

— Rick…

Elle se tortillait pour s'échapper en douceur mais il la tenait fermement. Rick malaxait son clitoris ; il releva sa robe et pressa son sexe entre ses fesses.

— Rick… Non, Rick…

Mais il avait baissé son string.

C'était une belle journée d'été, les insectes virevoltaient dans le jardin ombragé, poursuivis par des oiseaux de course. Ruby sortit par la terrasse, son sac à bout de bras — elle allait finir par être en retard… Rick réajusta son peignoir de bain et empoigna le journal qui traînait sur la chaise longue.

— À ce soir, ma chérie ! lança-t-il.

— Je t'appelle après le briefing !

— OK !

Elle sourit pour masquer sa gêne. Il lui avait fait mal tout à l'heure…

Le bullmastiff qui gardait la propriété vint quémander une caresse mais reflua vite. Ruby grimpa à bord du coupé BM garé dans la cour, évita son regard trouble dans le rétroviseur, manqua de peu le chien qui aboyait sous ses roues et fila sur le chemin des vignes, Polly Jean à fond, pour écraser ses larmes.

*

Aussi huppée que sa sœur Clifton, Camps Bay avait vu sur l'Atlantique et les contreforts de la Table Mountain, qui la protégeait des vents polaires. Quelques nuages vaporeux sur les sommets, des cargos pointant à l'horizon bleu ciel, les palmiers indolents le long de Victoria Road, la banlieue dégageait un parfum d'eldorado en croisière.

— Vous en faites une tête, fit remarquer le barman.

Epkeen buvait un café en regardant la mer. Il venait d'avoir Ruby, hésitait entre rire ou pleurer…

— Sers-moi donc un autre espresso au lieu de faire l'andouille, dit-il.

La terrasse du Café Caprice était presque vide à cette heure. Tatoués bodybuildés, bolides décapotés, bimbos et cocottes à la chaîne, lunettes à écran plat, les jeunes branchés de Camps Bay ne défileraient pas avant onze heures.

— Une viennoiserie ? proposa le barman en passant l'éponge sur la table voisine.

— Non.

— Si vous voulez, j'ai d'excellentes sauciss…

— Nan je te dis !

Brian détestait les *boerewors*, ces saucisses au goût de pied sale qu'on lui refilait le matin, gamin, sous prétexte qu'il était afrikaner. Il referma le *Cape Times* et soupira dans l'azur ; Stewart Wiese avait lancé un communiqué de presse particulièrement salé quant à la politique sécuritaire du pays, notamment sa police, jugée incapable de prévenir les meurtres et les viols dont sa fille venait d'être la énième victime, celle de trop — déclaration aussitôt reprise par les médias nationaux… Brian avait fait le tour des barmen qui travaillaient le long de Victoria avec la photo de l'étudiante, mais aucun ne se souvenait de l'avoir vue ces temps-ci, ce qui corroborait le témoignage de Judith Botha. Prenant le relais de Fletcher, il avait interrogé Ben Durandt. « Très bien pour conduire une décapotable » : le seul amant (connu) de Nicole collait au tableau dépeint par sa copine Judith… Il paya l'addition et, l'esprit vaguement apaisé par le bruit de la mer, grimpa la petite corniche qui menait chez les Wiese.

Malgré les problèmes d'insécurité et la curée immobilière, Camps Bay restait la banlieue phare de Cape Town, une station balnéaire résidentielle préservée par Chapman's Speak, l'une des plus belles routes au monde, dont l'accès était aujourd'hui payant. Ici les Noirs garaient les voitures ou aidaient en cuisine. Il fallait redescendre vers Hout Bay pour voir les premiers townships, tout au plus des îlots de baraquements qui venaient se greffer autour des villages de la côte.

La peur du criminel avait remplacé la peur du Noir chez la plupart des Blancs aisés, repliés sur leur *laager*[1] : réponse armée, accès sécurisé par vidéo, muraille surmontée de fils barbelés puis de lignes électrifiées, la maison où avait grandi Nicole bénéficiait de l'équipement minimal pour une habitation de ce standing.

La terrasse en teck surplombait la villa d'un cinéaste absent la moitié de l'année ; Epkeen fuma une cigarette contre la rambarde, appréciant la vue sur la baie. L'employée de maison, une Xhosa d'un autre âge qui parlait le *pidgin*[2], l'avait prié d'attendre près de la piscine : Stewart Wiese s'entretenait dans le salon voisin avec le responsable des pompes funèbres.

---

1. Camp retranché, concept clé de la mentalité afrikaner.
2. Nom désignant l'anglais puéril des domestiques.

L'ancien Springbok s'était reconverti dans le commerce du vin et possédait des parts dans plusieurs sociétés locales, parmi les meilleures exploitations de la région. Epkeen se pencha vers la baie vitrée qui donnait sur le bureau du rez-de-chaussée : il aperçut des trophées sur les étagères, des fanions de match, le drapeau du Parti national, il y a peu encore majoritaire dans la province du Western Cape[1].

Un pas lourd fit alors plier les planches de la terrasse.

Brian avait oublié son visage mais il le reconnut aussitôt : Stewart Wiese était un bloc de deux mètres zéro un à la tête cabossée, les oreilles froissées par des milliers de mêlées et les yeux gris acier encore rouges de larmes.

— C'est vous qui êtes chargé de l'enquête ? lança-t-il au flic en treillis noir qui venait d'arriver.

— Lieutenant Epkeen, dit-il en perdant sa main dans celle du colosse.

Malmené par la nuit de samedi, il avait déposé son costume au pressing. Wiese eut un rictus dubitatif devant son tee-shirt. Ses deux petites filles, âgées de quatre et six ans, étaient parties chez leurs grands-parents jusqu'aux obsèques de leur sœur, sa femme dormait dans la chambre, sous sédatif, incapable de supporter le moindre entretien. Il expédia le reste comme une formalité : Nicole était en première année d'Histoire à la fac d'Observatory, l'Histoire il fallait bosser, pas passer son temps dehors, les rues n'étaient pas sûres, les clients du restaurant le plus branché de

1. Le Parti national au pouvoir sous l'apartheid ayant décrété certaines lois favorables aux métis au détriment des Noirs, une majorité d'entre eux avaient continué à voter pour lui plutôt que pour l'ANC, par peur des discriminations dont ils pourraient faire l'objet.

la ville s'étaient fait dévaliser par une bande armée pas plus tard que la semaine dernière, en plein samedi soir, les jeunes Blanches étaient une population à risque, raison pour laquelle il surveillait les sorties de Nicole et ses relations. Jamais il n'avait douté de Judith Botha, de sa loyauté. Lui et sa femme ne comprenaient pas ce qui avait pu se passer : c'était au-dessus de leurs forces.

Epkeen comprenait l'humeur belliqueuse du père de famille — la mort d'un branleur comme David l'anéantirait — mais quelque chose le dérangeait dans l'agencement de ses arguments…

— On ne voyait plus votre fille dans les bars de Camps Bay, commença-t-il. Nicole vous a parlé d'un nouvel endroit où elle aimait sortir ?

— Ma fille n'a pas l'habitude de traîner dans les bars, dit-il en le fixant.

— Justement : on a pu l'entraîner, la faire boire…

— Nous sommes de stricts adventistes, certifia Wiese.

— Vous êtes aussi un ancien sportif de haut niveau : entre les tournées et les mises au vert, j'imagine que vous n'avez pas beaucoup vu grandir votre aînée.

— Je l'ai eue jeune, c'est vrai, concéda-t-il, j'étais très pris par la compétition mais depuis ma retraite sportive, on a eu le temps de se connaître.

— Votre fille avait donc des rapports privilégiés avec sa mère, poursuivit Epkeen.

— Elle lui parlait plus qu'à moi.

Ça n'avait pas l'air très compliqué.

— Nicole est sortie plusieurs fois la semaine dernière…

— Je vous répète qu'elle était censée réviser ses cours avec Judith.

— Si Nicole avait besoin d'un alibi pour sortir, c'est qu'elle connaissait d'avance votre réaction, non ?

— Quelle réaction ?

— Imaginez par exemple qu'elle ait rencontré des jeunes d'un autre milieu social, des *coloured*[1], voire des Noirs...

Stewart Wiese retrouva son air de deuxième ligne avant l'entrée dans la mêlée :

— Vous êtes venu ici pour me traiter de raciste ou trouver le salaud qui a tué ma fille ?

— Nicole a eu un rapport sexuel la nuit du meurtre, fit Epkeen : je cherche à savoir avec qui.

— Ma fille a été violée et assassinée.

— Nous n'en savons rien pour le moment... (Epkeen ralluma une cigarette.) Désolé d'entrer dans les détails, monsieur Wiese, mais il arrive que le vagin d'une femme se lubrifie pour se protéger des violences sexuelles subies. Ça ne fait pas d'elle une victime consentante.

— Impossible.

— On peut savoir pourquoi ?

— Ma fille était vierge, dit-il.

— J'ai eu vent d'un certain Durandt...

— Ce n'était qu'un flirt. J'en ai parlé avec ma femme cette nuit : Nicole ne l'aimait pas. Du moins pas assez pour prendre la pilule.

Il y avait d'autres moyens contraceptifs, surtout avec le sida qui ravageait le pays, mais la pente semblait savonneuse et Durandt avait confirmé qu'ils n'avaient jamais couché ensemble.

— Nicole ne s'est donc jamais confiée à votre femme ? reprit Epkeen.

1. Nom donné aux métis du Cap, issus de plusieurs ethnies.

— Pas sur ce sujet-là.

— Sur un autre en particulier ?

— Nous sommes une famille unie, lieutenant. Vous voulez en venir où ?

Ses yeux envoyaient des billes chromées sous le soleil.

— On a retrouvé une carte d'abonnement à un vidéoclub dans le gilet de Nicole, dit Epkeen. D'après les retraits, plusieurs films à caractère pornographique ont été loués ces dernières semaines.

— Cette carte était au nom de Judith Botha, à ce que je sache ! s'agaça l'Afrikaner.

— Nicole l'utilisait.

— C'est ce que Judith vous a dit ?!

— Ce n'est pas elle qui a mis cette carte dans le gilet de Nicole.

Le colosse était décontenancé : il n'aimait pas le ton que prenait la conversation, ni l'air du flic venu l'interroger.

— Ce n'est pas pour ça que ma fille louait ce genre de films, affirma-t-il. Ce que vous insinuez est tout simplement odieux !

— J'ai eu Judith au téléphone tout à l'heure : elle prétend n'avoir jamais loué de films X.

— Elle ment ! aboya Wiese. Elle ment comme elle nous a toujours menti, à Nils Botha et à moi !

Epkeen opina — il vérifierait auprès des vendeurs du vidéoclub…

— Votre fille tenait-elle un journal intime, ou quelque chose du genre ? demanda-t-il.

— Pas à ma connaissance.

— Je peux voir sa chambre ?

Wiese avait croisé les bras, deux troncs, comme s'il montait la garde.

— Par ici, dit-il en poussant la baie vitrée.

Les pièces de la maison étaient vastes, lumineuses. Ils grimpèrent à l'étage. Wiese passa sans bruit devant la chambre où sa femme cuvait leur malheur et désigna la porte au bout du couloir. La chambre de Nicole était celle d'une post-adolescente studieuse : quelques photos de stars de cinéma au-dessus du bureau, ordinateur, matériel de musique, une série de photomatons avec sa copine Judith qui datait du collège, rires et singeries à l'appui, un lit avec couette tirée à quatre épingles, des étagères remplies de livres, *A Long Way to Freedom*, l'autobiographie de Mandela, quelques polars sud-africains et américains, des boîtes, des bougeoirs, des babioles… Epkeen ouvrit la table de nuit, trouva des lettres en vrac, les parcourut. Des lettres d'ados, qui parlaient de rêve et d'amour pour demain. Pas de nom cité sinon celui d'un certain Ben (Durandt), décrit comme superficiel et plus intéressé par les grands prix de Formule 1 que les ressorts d'une âme sœur. La jeune femme avait rencontré quelqu'un d'autre. Quelqu'un qu'elle avait caché à tout le monde…

Le père de Nicole se tenait dans l'embrasure de la porte, vigie silencieuse. Hormis le chemisier sur le dossier d'une chaise en rotin, tout était soigneusement rangé. La salle de bains aussi était en ordre, avec du maquillage et des produits de beauté empilés devant le miroir. Epkeen fouilla l'armoire à pharmacie : coton, antiseptique, médicaments divers. Il ouvrit les petites boîtes d'artisanat africain sur l'étagère, les tiroirs de la commode, le placard à chaussures, ne découvrit que des vêtements de luxe aux poches vides ou des accessoires de fille à l'utilité énigmatique. Rien non plus sous le matelas, l'oreiller, les coussins. Nicole ne tenait aucun journal écrit. Il alluma l'ordinateur du bureau, ouvrit les icônes…

— Vous cherchez quoi ? demanda le père dans son dos.

— Une piste, figurez-vous.

Epkeen explora la messagerie Internet, les mails envoyés, reçus, nota les noms, les adresses, mais ne trouva rien de précis. La vie de Nicole se résumait à un brouillard. Il vida ses poumons, ferma les yeux pour balayer ce qu'il avait vu, et les rouvrit bientôt, comme neufs. Il réfléchit un moment avant de se pencher sur la tour de l'ordinateur : il y avait des traces de doigts, qu'on devinait à travers une épaisse couche de poussière.

Il s'agenouilla, sortit son couteau suisse, dévissa le flanc gauche de la tour et ôta le bloc de ferraille… Il y avait un petit sac plastique près des barres de mémoire, et de curieux objets roulés à l'intérieur : boules de geisha, mini-vibromasseur avec oreilles de lapin à brancher sur iPod, préservatifs, neige de corps comestible, anneau vibrant avec stimulateur de clitoris, gélules « woman power caps », spray anal lubrifiant et anesthésiant, toute une gamme de sex-toys dernier cri, soigneusement empaquetés…

Penché sur lui comme un arbre mort, l'ancien rugbyman ne réagit pas tout de suite. Il détourna le visage et se tourna vers la piscine qui miroitait par la fenêtre. Pudeur inutile : les épaules du géant se mirent à tressauter, de plus en plus vite…

7

Cape Town était la vitrine de l'Afrique du Sud. Échaudée par le meurtre d'un historien réputé l'année passée, scandalisée par la mort du chanteur de reggae Lucky Duke, légende vivante engagée dans la lutte contre l'apartheid, abattu par des malfrats devant ses enfants alors qu'il les menait chez leur oncle, la First National Bank lançait une vaste campagne de communication contre le crime, regroupant le secteur privé et les principales instances de l'opposition.

La passivité du gouvernement face à l'insécurité chronique était clairement mise en cause : l'argument « crime = pauvreté + chômage » ne tenait plus. Contrairement à ce qu'avait annoncé le président, le crime n'était pas « sous contrôle ». Il suffisait d'allumer la télévision ou d'ouvrir le journal pour constater l'ampleur du fléau. Le nombre d'homicides avait peut-être baissé de trente pour cent depuis l'arrivée au pouvoir de l'ANC, mais les statistiques comptabilisaient les crimes interethniques qui avaient précédé la prise du pouvoir, soit des milliers de victimes appartenant à une époque révolue. L'enjeu aujourd'hui était tout autre : comment la première démocratie d'Afrique pouvait être le pays le plus dangereux au monde ?

Économiquement, le manque à gagner était énorme — on parlait de cent vingt-cinq mille emplois créés avec une réduction de cinquante pour cent des homicides — et le pays, qui à l'heure de la mondialisation connaissait la plus forte croissance de son histoire, avait besoin d'investisseurs étrangers. D'autant que l'Afrique du Sud se préparait à organiser l'événement le plus médiatisé de la planète, la Coupe du monde de football, qui aurait lieu en 2010 : quatre milliards de téléspectateurs pour les matchs de finales, un million de supporters à qui il faudrait assurer sécurité, reportages, rencontres, interviews… Le monde entier aurait les yeux braqués sur le pays, et l'Afrique du Sud *ne pouvait pas* donner une image aussi effroyable. Qui avait envie d'investir dans un pays estampillé comme le plus dangereux ? Il fallait rassurer les financiers coûte que coûte. La FNB avait ainsi engagé vingt-cinq millions de rands sous forme de pétition afin de protester contre l'inaction du gouvernement et de mobiliser l'opinion devant le sort qui frappait les symboles mêmes du pays.

Ce n'était pas les pauvres qui attaquaient les convoyeurs au bazooka, ni les chômeurs qui avaient assassiné le directeur du « Business Against Crime » l'année dernière : on avait affaire à une vague de crimes organisés, de gangs, petits ou grands, liés aux mafias, des bandes aux méthodes sophistiquées comparables aux USA des années 30 : corruption de la police, voire collaboration, inefficacité de la justice, passivité du gouvernement… À travers la campagne anti-crime, le secteur privé n'attaquait pas la démocratie mais les hommes qui géraient la poudrière : l'ANC en particulier…

Karl Krugë transpirait depuis son rond de cuir. Trop de kilos pris ces dernières années. Krugë dirigeait la SAP de Cape Town depuis les élections de 1994 : rester comme l'homme de la transition démocratique était son ambition et son devoir. Le superintendant prenait sa retraite dans deux ans et pilotait en coulisse pour que Neuman lui succède : un jeune officier zoulou chef de la police dans une province xhosa où les Noirs étaient minoritaires témoignerait d'une petite révolution de palais et d'un signe fort dans un pays qui peinait à tenir ses promesses. Krugë connaissait Neuman, son histoire, son dégoût presque aristocratique pour la corruption qui régnait à tous les étages des administrations : son successeur à la tête de la SAP serait un Noir ultra-compétent, pas un Zoulou incapable… La médiatisation du meurtre n'arrangeait pas ses affaires.

— Vous avez lu les journaux ?

— Certains, répondit Neuman.

— Tous disent la même chose.

— Tous sont aux mains des mêmes groupes d'intérêts.

— Nous ne sommes pas là pour faire le procès de la concentration des médias, répliqua Krugë. Tout ce joli monde va nous tomber dessus.

Le bureau donnait sur l'artère de Long Street et le marché africain. Neuman haussa les épaules :

— Je ne crains pas la tempête.

— Moi si : je viens d'avoir l'attorney général au téléphone, dit Krugë. Il leur faut un os à ronger : vite. Stewart Wiese a le bras long et remue ciel et terre pour rallier l'opinion à sa cause. Ses réseaux fonctionnent à plein, le public est sous le choc et vous connaissez la puissance des symboles...

Neuman acquiesça dans son costume noir. La FNB était aussi l'un des principaux sponsors de l'équipe des Springboks, ce qui expliquait la rapidité et la virulence de la campagne médiatique. Ce n'était pas le moindre des paradoxes que de voir les banques partir en guerre contre le crime alors que ces mêmes banques alimentaient les paradis fiscaux et le blanchiment d'argent sale, mais Neuman savait l'argument sans poids à l'heure de la mondialisation.

— J'ai rendez-vous tout à l'heure avec le légiste pour les premiers résultats de l'autopsie, dit-il. Contrairement à ce qu'a affirmé Wiese lors de sa conférence de presse, nous ne sommes pas sûrs que sa fille ait été violée. Il semblerait plutôt qu'elle ait cherché à s'émanciper et fuir l'éducation, disons tatillonne, de son milieu social. Nicole sortait à l'insu de ses parents et découchait à l'occasion. On cherche le suspect : un garçon qu'elle fréquentait depuis peu... J'ai mis Epkeen et Fletcher sur l'affaire.

— Fletcher est brillant, concéda son supérieur, mais Epkeen, je ne vous suis pas.

— C'est mon meilleur détective.

— On le voit rarement avant onze heures, fit remarquer Krugë.

— Rarement après aussi, ironisa Neuman.

— Je n'aime pas ce genre d'électrons libres.

— Je conçois chez lui une certaine forme de débandade, mais j'ai une totale confiance en lui.

— Pas moi.

Epkeen était « de l'autre côté » durant l'apartheid, il avait eu maille à partir avec la police et n'avait pas intégré le service criminel pour obéir aux procédures :

il était venu parce que Neuman était allé le chercher. Un jour, il leur claquerait dans les mains.

Krugë soupira en massant la bûche qui lui servait de nuque :

— Vous assumerez vos choix, capitaine, conclut-il. Mais je ne tiens pas à finir ma carrière sur un échec. Trouvez-moi ce suspect : et surtout le coupable.

Neuman prit congé.

Tembo l'attendait à la morgue de Durham Road.

*

Epkeen n'avait jamais songé à s'engager dans la police, même après l'élection de Mandela. La rencontre avec Neuman avait changé la donne.

Comme le leader de l'ANC, Ali était devenu avocat — défendre les droits de ceux qui alors n'en avaient pas — avant d'intégrer la SAP de Cape Town. La nouvelle Afrique du Sud avait soif de justice et Neuman connaissait Epkeen de réputation — peu de Blancs se chargeaient de retrouver la trace de militants disparus. L'un avait changé de nom pour échapper aux milices des bantoustans, l'autre à un postulat historique qui puisait ses racines dans le colonialisme. Neuman avait foi en sa destinée, il sut se montrer convaincant. Ils étaient faits du même bois. Voulaient le même pays. Car pour le reste, Epkeen était à peu près le contraire de Neuman : ambition zéro, noceur en diable, divorcé mille fois avec lui-même et le monde qui l'avait vu grandir. Ali aimait sa vitalité, cette façon si naïve de désespérer, et surtout l'élan qui le poussait vers les femmes, comme s'il n'avait qu'à exister pour être aimé… Sous ses airs détachés, Brian était le filin au-dessus de son vide, sa dernière balle, le seul homme à qui il aurait pu parler.

Ali ne l'avait jamais fait.

Ils débarquèrent chez Dan avec des fleurs pour Claire.

Le jeune couple habitait Kloof Nek, une petite maison sur les hauteurs de la ville. Dan Fletcher partageait leur point de vue sur la société sud-africaine, les moyens mis en œuvre pour l'améliorer, et la nature du lien qui les unissait. Le malheur qui frappait sa femme avait fini de sceller le pacte.

Claire les accueillit à la grille avec une accolade et un sourire courageux.

— Ça va ? sourit Ali.

— Mieux que vous, les gars : vous avez de ces têtes d'enterrement !

Sa silhouette s'était affinée, son teint de pêche avait pâli sous les rayons mais Claire restait toujours aussi jolie. Sa perruque blonde lui allait bien. Ils s'accrochèrent à son bras, prirent des nouvelles de sa santé sans cesser de plaisanter — ils s'aimaient en vie — et la suivirent dans l'allée. Dan attendait sous les roses trémières de la tonnelle, sacrifiant au rituel du barbecue dans le jardin ; les enfants, très énervés, leur firent un triomphe.

Ils dînèrent tous ensemble sur la terrasse de la maison, en oubliant qu'une rechute pulvériserait leur existence.

Le verre de pinot que Claire s'était autorisé la rendait joyeuse. Brian ouvrit une deuxième bouteille.

— Je suis avec une barmaid en ce moment, fit-il en guise d'explication.

— C'est original… Elle est comment ?

— Aucune idée.

— Allez ! pouffa Claire. Tu connais quand même son prénom ?!

— Écoute, s'emporta-t-il, j'ai déjà du mal à retenir le mien !

Elle rit pour de bon, c'était le but.

— En attendant, reprit la jeune femme, entre toi et Ali qui nous cache sa dulcinée, je suis toujours la seule fille à table.

— Oui, acquiesça Brian, c'est aussi ce que me reprochait Ruby quand on allait au restaurant.

Ali sourit avec eux, pour faire bonne figure, mais les fissures de son blockhaus se lézardaient. Il n'avait jamais présenté Maia à ses amis. Aucun Blanc ne venait jamais dans les townships : Ali l'avait choisie pour ça. Il leur aurait dit quoi, de toute façon ? Qu'il avait ramassé cette pauvre fille dans la rue, comme un sac-poubelle éventré par les chiens, qu'elle ne savait ni lire ni écrire, à peine peindre sur des bouts de bois, qu'il entretenait une femme pour la caresser à loisir, pour assouvir ses pulsions d'homme ou ce qu'il en restait, que Maia lui servait de façade, de couverture sociale, de carte postale ?! Il ne la leur présenterait jamais : jamais.

Une ombre passa dans le crépuscule. Neuman se leva pour débarrasser et resta un moment sous les arbres, le temps que ça passe.

Brian l'observait de loin, blaguant pour donner le change, mais il n'était pas dupe — Ali était bizarre ces derniers temps...

Dans le jardin, c'était l'heure du chat — deux bâtards tigrés qui faisaient semblant de s'entre-dévorer. Les enfants avaient mis leurs pyjamas et les regardaient faire en piaffant de joie ; on finit de desservir la table, marquant l'heure du coucher, mais les petits voulaient du rab.

— Tonton Brian ! On fait la bagarre ?! Allez ! Tonton Brian !

— Je ne me bats pas avec des gargouilles.

— Je suis Darth Vador ! singea Tom en faisant des moulinets avec son bout de plastoc.

Eve, extatique, s'y connaissait aussi en gesticulations.

— Vous devriez arrêter le trichlo, leur conseilla-t-il.

Les petits ne comprenaient pas la moitié de ce qu'il racontait, le ton suffisait. Ils passèrent bientôt de bras en bras avant de suivre leur mère à l'étage. Le jardin était soudain calme à la nuit tombée. Dan alluma les bougies des lampes tempête tandis que Neuman ouvrait le dossier en cours. On oublia vite la douceur du soir.

Nicole Wiese avait pris la tangente et on pouvait la comprendre — à dix-neuf ans, elle voulait voir la vie, pas son carton d'emballage, si doré soit-il. Judith Botha lui servait de couverture et, à l'occasion, lui laissait son appartement. L'équipe scientifique avait passé le studio au peigne fin sans relever d'autres empreintes que celles des filles et du jeune Deblink. L'enquête de voisinage n'avait rien donné, pas plus que les recherches à l'université d'Observatory : Nicole n'y passait que pour remplir les formulaires, ce qui confirmait les dires de son amie Judith.

Epkeen avait suivi la piste des sex-toys : ne trouvant pas la trace de la vente via Internet de sa chambre (Nicole n'aurait de toute façon pas pris le risque de se faire livrer chez elle), il avait arpenté les sex-shops de la ville et dégoté la boutique qui les lui avait vendus — plusieurs achats, échelonnés sur les trois dernières semaines. La vendeuse interrogée avait le latex collant et la mémoire des visages : aucun garçon ne l'accompagnait alors. Epkeen était passé au vidéo-club : *Dans ton cul, Rendez-vous dans ma chatte, Fist-Fucking in the rain,* Nicole n'avait pas loué de film samedi soir mais plusieurs ces dernières semaines. L'employé interrogé se souvenait de la jeune étudiante (il lui avait demandé sa carte d'identité) mais elle était seule...

Fletcher avait heureusement obtenu plus de résultats.

— J'ai épluché les appels et les comptes de Nicole, dit-il en consultant son carnet d'enquête : on a une liste de numéros qui, pour le moment, n'ont rien donné. Côté argent, Nicole avait des dépenses régulières qui couvraient largement son train de vie, assez modeste compte tenu du standing familial. Les achats en carte bancaire concernent, pêle-mêle, des vêtements dans les magasins du centre-ville, quelques fournitures scolaires, des verres dans divers bars d'Observatory. La dernière carte utilisée date de mercredi soir, au Sundance : soixante rands.

— Un club d'étudiants, précisa Epkeen.

— Mercredi, poursuivit Fletcher : soit la nuit où Nicole a découché... J'ai cherché dans les hôtels de la ville mais son nom ne figure sur aucun registre. On ne sait donc pas où elle a dormi cette nuit-là, ni avec qui, mais on a la trace d'un retrait d'argent liquide le jour du meurtre, à huit heures du soir : mille rands, au guichet automatique de Muizenberg, sur la côte sud de la péninsule... Mille rands, continua-t-il : ça représente pas mal d'argent pour une gamine de son âge, d'autant qu'elle retirait toujours des petites sommes.

— Il y a du trafic au Sundance ? demanda Neuman.

— Même pas de la coke, répondit Dan.

— Bizarre...

— Pourquoi ?

— Nicole était complètement défoncée quand on l'a tuée, dit-il.

Tembo venait de lui livrer le premier rapport d'autopsie. Nicole Wiese était morte vers une heure du matin, dans le Jardin botanique, on l'avait assassinée à coups de marteau ou avec un objet similaire — massue, barre de fer : trente-deux points d'impact, concentrés essentiellement sur le visage et le crâne. Lésions, hématomes et fractures multiples, dont l'humérus droit et trois doigts. Enfoncement de la boîte crânienne. Pas de fragments de peau sous les ongles, ni de sperme dans le vagin. Contrairement aux déclarations hâtives de son père, le viol n'était pas avéré — pas de rapport anal non plus. Seule certitude, la jeune femme n'était pas vierge au moment du crime. On avait par ailleurs trouvé du sel de mer sur sa peau, des grains de sable dans ses cheveux, et d'étranges écorchures sur ses bras et son thorax, provoquées par du fil de fer rouillé. Les marques étaient récentes.

— Elle a pu s'écorcher en passant par-dessus une clôture, avança Epkeen.

— L'accès au Jardin botanique est libre, répondit Neuman.

Mais le plus surprenant provenait des analyses toxicologiques : le labo avait relevé la présence d'un mélange de plantes dont l'absorption remontait à plusieurs jours (analyses en cours), et surtout d'un cocktail constitué de marijuana, d'une base de méthamphétamine et d'une autre substance chimique, encore non identifiée...

— Méthamphétamine, répéta Epkeen.

— La base du tik, confirma Neuman.

La nouvelle drogue qui ravageait la jeunesse de Cape Town.

— D'après Tembo, le produit a été inhalé peu de temps avant le meurtre, poursuivit Neuman. Nicole était probablement dans les vapes quand on l'a agressée. Le tueur a pu se servir de la dope pour abuser d'elle, ou la mener au Jardin botanique sans qu'elle oppose de résistance...

La nouvelle les laissa un moment perplexes. Fabriquée à partir d'éphédrine, la méthamphétamine pouvait être fumée, inhalée ou injectée en intraveineuse. Sous forme de cristaux (*crystal meth*), le tik coûtait le sixième du prix de la cocaïne pour un effet dix fois plus puissant. Fumer ou injecter de la méthamphétamine produisait un flash rapide : stimulant physique, illusion d'invincibilité, sentiment de puissance, maîtrise de soi, énergie, volubilité excessive, euphorie sexuelle... À moyen terme, les effets s'inversaient : fatigue intense, décoordination des mouvements, nervosité incontrôlable, paranoïa, troubles hallucinatoires visuels et auditifs, plaies et irritation de l'épiderme, délire (fourmillement d'insectes sur la peau), sommeil incoercible, nausée, vomissements, diarrhée, vision brouillée, étourdissements, douleurs à la poitrine... Hautement addictif, le tik menait à la dépression ou à des psychoses proches de la schizophrénie, avec des dommages irréversibles au niveau des cellules du cerveau. La paranoïa pouvait en outre entraîner des pensées meurtrières ou suicidaires et les symptômes psychotiques persister pendant des mois après le sevrage...

Ou la jeune femme était totalement inconsciente, ou on l'avait trompée sur la marchandise.

— L'amant de Nicole ne s'est toujours pas manifesté, fit Neuman : il y a donc des chances qu'il soit lié à la drogue. Le tik s'est répandu dans les townships, beaucoup moins sur la côte ou dans les milieux blancs... Quelque chose ne colle pas dans cette histoire.

— Tu crois qu'elle comptait acheter de la came avec l'argent retiré à Muizenberg ?

— Hum.

— Les indics, ils en disent quoi ?

— On les secoue, sans résultat pour le moment. S'il y a un trafic sur la côte ou une nouvelle drogue sur le marché, personne ne semble au courant.

— Bizarre.

— C'est peut-être en rapport avec la substance non identifiée, avança Epkeen.

— Possible.

La méthamphétamine formait la base du tik mais on y trouvait de tout, éphédrine, ammoniac, solvant industriel, Drano ou lithium de batterie, acide chlorhydrique...

Claire apparut alors sur le bout de pelouse. Il faisait plus frais à la nuit tombée, elle avait couché les enfants et serrait ses bras dénudés comme s'ils allaient s'écrouler.

Les trois hommes se turent, suspendus à ses lèvres.

— Je peux venir ?

Claire flottait un peu dans son jean mais sa grâce n'avait pas perdu une plume. Un oiseau de paradis, dégommé en plein vol.

*

Le quartier d'Observatory abritait une partie de la population estudiantine mais pouvait se résumer à un bout de rue, Lower Main Street, qui concentrait bars et restaurants alternatifs. Neuman se gara devant un tex-mex à l'enseigne clignotante, et louvoya entre les groupes de jeunes qui déambulaient sur les trottoirs.

Une clientèle métissée se pressait devant le Sundance. Un Xhosa gras comme un morse filtrait l'entrée d'un air paresseux. Neuman repéra la caméra de surveillance au-dessus de la grille, planta sa plaque et la photo de la jeune femme sous le nez du gros type :

— Vous avez déjà vu cette fille ?

— Hum… (Il recula pour faire le point.) J'crois bien.

— Vous êtes physionomiste ou astrologue ?

— Ben…

— Nicole Wiese, la fille dont on parle dans les journaux. Elle est venue cette semaine.

— Oui… Oui.

Le morse chercha parmi ses souvenirs mais ça semblait être le foutoir là-dedans.

— Mercredi ?

— P't'être bien, oui…

— Samedi aussi ?

— Huuuum…

Il ruminait.

— Seule ou accompagnée ? s'impatienta Neuman.

— Ça, je saurais pas dire, fit-il en avouant son impuissance : y a le festival en ce moment, et à partir de minuit c'est entrée libre. Difficile de savoir qui est avec qui…

Il aurait dit la même chose des conflits au Moyen-Orient. Neuman se tourna vers les paillotes qui dépassaient du mur d'enceinte.

— Quel barman a travaillé ici samedi soir ?

— Cissy, répondit le portier. Une métisse, avec des gros seins.

Pour ça, il était physionomiste… Neuman traversa le jardin de sable où des jeunes buvaient leur bière en braillant comme à la plage. Le chevelu qui envoyait valser les capsules derrière le comptoir du bar extérieur avait l'air aussi bourré que ses clients.

— On la trouve où, Cissy ?

— À l'intérieur ! cria-t-il.

Suivant le regard injecté du boutonneux, Neuman poussa la porte de bois qui donnait dans la boîte. Le dernier Red Hot crachait dans les enceintes, la salle était bondée, la lumière basse sous les spots : ça sentait l'herbe en dépit des interdictions affichées aux murs, mais aussi une curieuse odeur de feu… Neuman se fraya un passage jusqu'au comptoir. Une clientèle excédant rarement plus de trente ans s'enfilait en grimaçant des petits verres de cocktail à la couleur suspecte, qui finiraient généralement dans les toilettes ou dans le caniveau, s'ils l'atteignaient. Cissy, la barmaid, avait la peau brune et la poitrine compressée sous un body particulièrement élastique que reluquaient une bande de blancs-becs éméchés. Neuman se pencha par-dessus les parapluies des cocktails verdâtres qu'elle préparait :

— Vous avez déjà vu cette fille ?

À la grimace en chewing-gum qu'elle jeta à la photo, Cissy semblait plus préoccupée par l'échancrure de son body que par la fonte des glaciers.

— J'sais pas.

— Regardez mieux.

La barmaid eut une moue qui allait bien avec le banc de poissons collé au comptoir.

— Peut-être que oui… Oui, ça me dit quelque chose.

— Nicole Wiese, une étudiante, précisa Neuman. Vous n'avez pas vu son visage dans les journaux ?

— Bah… Non.

Cissy n'écoutait pas ce qu'elle disait, elle pensait à ses cocktails et aux piranhas qui les attendaient.

— Ils ne vont pas refroidir, fit Neuman en écartant les verres sur le comptoir. Une jolie blonde comme ça, insista-t-il, ça ne s'oublie pas si vite : essayez de vous rappeler. Il lui avait pris le poignet délicatement mais il ne la lâcherait pas. Nicole était là mercredi soir, dit-il, et peut-être aussi samedi…

La lumière baissa d'intensité.

— Samedi, je sais pas, fit enfin la barmaid, mais je l'ai vue mercredi soir. Oui : mercredi. Elle a discuté un moment avec la fille qui fait la performance…

Les éclairages tombèrent brusquement, plongeant la salle dans l'obscurité. Neuman lâcha le poignet de la barmaid. Les regards s'étaient concentrés sur la scène. Il abandonna le comptoir et se rapprocha. Il faisait chaud et l'odeur se précisait : celle du charbon. Des braises fumaient au milieu de la scène, un tapis rougeoyant qu'il devinait entre les têtes anonymes… Des tambours firent alors trembler le sol. *Dum dum dum*… Une mince fumée s'échappait le long du proscenium, chaque frappe était ponctuée d'un flash éblouissant vers le public, mais Neuman était ailleurs : ces tambours, ces coups, ce rythme hypnotique sorti du fond des âges, c'était l'*indlamu*, la danse de guerre zouloue. Ali, un instant, revit son père, quand il dansait, sans arme, dans la poussière du KwaZulu… Le rythme devint de plus en plus soutenu ; les quatre Noirs qui frappaient les peaux se mirent à chanter, et la scène se souleva pour ne plus redescendre. La violence des tambours, ces voix graves et tristes qui sortaient de terre à l'approche du combat, la main de son père sur sa tête d'enfant quand il partait manifester avec ses étudiants, sa voix lui répétant qu'il était encore trop jeune pour l'accompagner mais un jour, oui, un jour, ils iraient ensemble : sa main chaude et rassurante, son sourire de père déjà si fier de son fils, tout lui revenait comme un boomerang parti au bout de l'univers.

Une femme apparut, vêtue d'un *kaross*[1] qui lui descendait à mi-cuisse. Vaisseau fumant, parfumé d'huiles et du piment des fleurs, elle commença à danser sous les battements sourds. Sa peau luisait comme des yeux de chat à la nuit tombée, *dum dum dum*, elle dansait dans le cœur même de la bête, elle était la brousse, la poussière zouloue et les herbes hautes où rôdaient les *tokoloshe,* les esprits des ancêtres : Ali pouvait les voir surgir des ténèbres où l'Histoire les avait consignés, les membres de la tribu, ceux qu'il aimait et dont il avait perdu le lien, ceux qu'il n'avait pas pu connaître et qu'on avait tués à sa place, tous les rafistolés d'un peuple mort au fond de lui. Le bruit des tambours fissura son écorce, l'air en était saturé et lui restait planté devant la scène, comme un arbre attendant la foudre.

Les premiers rangs retinrent leur souffle quand la danseuse se jeta sur les braises. Ses pieds nus martelèrent le tapis de feu qui rougissait là, sautaient, revenaient chercher la brûlure au rythme des tambours et des chœurs déchirant l'espace-temps. Elle dansait les yeux mi-clos, envoyait ses genoux au-dessus de sa tête, piétinait le sol tandis que les braises éjectées faisaient reculer les premiers rangs. Esthétique de la

1. Couverture de peau.

colère. Au bout de la transe, il n'y avait plus qu'elle, un mètre quatre-vingts de muscles campés sur le gril, une foule magnétique devant la scène et sa beauté fumante au-dessus du chaos.

Neuman frissonna quand les autres applaudirent — bon Dieu, d'où sortait cet animal ?

*

Zina portait une petite robe rouge carmin et visiblement rien d'autre. Ce qu'elle montrait se suffisait à lui-même. Ali l'avait trouvée dans sa loge, entre un sachet de coton et ses costumes de scène qui traînaient sur le canapé de moleskine.

Une odeur de feu flottait dans la pièce. De fines tresses tombaient sur sa nuque, et deux mèches teintes savamment ondulées le long de ses pommettes. Les commissures de ses yeux trahissaient la quarantaine, mais son corps affûté était celui d'une athlète. Ses traits aussi semblaient taillés dans l'argile, un visage dur et beau où sourdaient une colère diffuse et une noblesse presque hautaine : Zina regarda à peine la photo que le policier lui présentait, occupée à passer de l'Intizi sur la corne de ses pieds, une pommade traditionnelle à base de graisse animale qui calmerait les brûlures...

— Vous savez ce qui est arrivé à cette jeune femme, n'est-ce pas ?

— Difficile de passer à côté de l'info, répondit-elle.

Masques, tubes de peinture, pigments, instruments de musique, la loge de la danseuse était un joyeux bordel. Il vit ses peaux de léopard, les casse-tête zoulous contre le mur et les boucliers traditionnels avec lesquels l'Inkatha défilait...

— Vous connaissiez Nicole Wiese ?

— Si vous êtes là, j'imagine que vous avez une petite idée sur la question, rétorqua-t-elle.

— On vous a vues ensemble mercredi soir.

— Ah oui ?

Assise sur le tabouret de la coiffeuse, Zina continuait de masser ses pieds — marcher sur le feu n'était pas bien sorcier, danser un peu plus.

— C'est tout ce que vous pouvez me dire ? poursuivit Neuman.

— Nous jouons ici pour la durée du festival. Nicole est venue me parler au bar, après le show. On a bu un verre. C'est à peu près tout.

— Nicole était seule quand elle vous a abordée ?

— Je crois. Je n'ai pas fait attention.

— Elle vous a dit quoi ?

— Que j'étais formidable.

— Ça vous arrive souvent ?

Elle releva la tête et sourit méchamment :

— Vous êtes flic : vous n'imaginez pas l'aura qu'on a sur scène.

Ironie ou venin, elle s'y entendait très bien. Lui la jaugeait, perplexe.

— Pourquoi vous me regardez comme ça ? lui lança-t-elle.

— Nicole a découché ce soir-là.

— Je ne suis pas sa maman.

— Personne ne sait où Nicole a dormi cette nuit-là. Vous avez parlé de quoi, avec Nicole ?

— Du spectacle évidemment.

— Et après ?

— On a bu un verre, et je suis rentrée me coucher.

— Nicole ne vous a pas dit où elle allait ? Qui elle rejoignait ?

— Non.

— Ça n'a pas l'air de vous laisser un souvenir impérissable…

— Nous n'avions pas grand-chose à nous dire, monsieur Neuman. Nicole était une fille gentille mais elle me regardait comme si j'étais de l'or… J'ai l'habitude de ce genre de groupie. Ça fait partie du métier, ajouta-t-elle d'un ton neutre.

— Vous avez quand même pris le temps de boire un verre.

— Je n'allais pas lui jeter à la figure… Vous êtes toujours comme ça, chez les flics ?

— Il y a des cadavres qu'on a du mal à oublier, mademoiselle. Celui de Nicole par exemple. Vous vous êtes vues samedi soir ?

— On s'est croisées brièvement, après le show…

— C'est-à-dire ?

— Vers onze heures et demie.

C'est ce que lui avait dit le régisseur, qui filtrait l'accès aux coulisses.

— Nicole était seule ?

— Quand je l'ai vue, oui… Mais le club était bondé. Zina croisa les jambes pour gratter les restes de charbon incrustés.

— Elle paraissait dans son état normal ?

— Si vous voulez dire les yeux pleins d'étoiles, oui. On était loin du compte.

— On a découvert une drogue à base de tik dans son corps, fit Neuman : une drogue dure qu'on trouve plutôt dans les townships…

— J'ai passé l'âge de ces conneries, si c'est ça qui vous tracasse, répondit-elle tout de go.

— Nicole a menti à tout le monde : elle ne côtoyait plus les jeunes de son milieu, elle n'allait pas plus à la fac, sortait en catimini, ses parents la croyaient vierge alors qu'elle collectionnait les sex-toys et elle avait des relations sexuelles avec un ou plusieurs inconnus.

Zina n'était pas le genre à baisser les yeux :

— Elle était majeure, non ?

On frappa alors à la porte de la loge : un des musiciens entra — Joey, un Zoulou râblé avec un tee-shirt à l'effigie de Che Guevara et un joint à la bouche.

— Je ne t'ai pas dit d'entrer, lui lança Zina.

— Je deviens complètement sourdingue avec tes histoires ! Tu nous rejoins ? On mange au resto à côté.

— J'arrive...

Le musicien jeta un œil circonspect au grand Noir adossé au mur, et disparut dans un nuage de fumée âcre.

— Vous avez d'autres questions à la noix à me poser ? abrégea la danseuse. J'ai une faim de louve.

Il secoua la tête :

— Non... Pas pour l'instant.

— Parce que vous comptez revenir à la charge ?

— *Sinjalo thina maZulu*[1].

Elle sourit d'un air entendu :

— Je me disais bien que vous n'aviez pas une tête de flic...

Sur ces mots, Zina empoigna le sac de lin près de la coiffeuse et se leva. Son corps était souple, ses muscles, mille petits animaux qui grondaient sous l'étoffe... Neuman se pencha vers ses pieds nus :

— Vous sortez comme ça ?

— Vous croyez quoi : que je danse sur le feu grâce à mes pouvoirs surnaturels ?

---

1. « Nous, les Zoulous, nous sommes comme ça. »

Une pluie tropicale battait le trottoir de Lower Main Street. Les couche-tard avaient déserté les terrasses comme une volée de moineaux et s'entassaient maintenant dans les bars. Zina évalua la distance qui la séparait du restaurant où l'attendaient les musiciens, croisa une dernière fois le regard de Neuman, indifférent à la pluie.

— Vous jouez jusqu'à quand ? demanda-t-il.

— C'était le dernier show au Sundance, dit-elle. On reprend ce week-end à l'Armchair, un peu plus loin dans la rue...

Avec la pluie, sa robe était pleine de nouveaux motifs. Ils allaient se quitter.

— Excusez-moi si je vous ai un peu brusquée, dit-il.

— Ce n'est pas vous, c'est ce qui vous amène.

— Je cherche le meurtrier de cette gamine, c'est tout...

— Dois-je vous souhaiter bonne chance ?

La pluie collait à ses hanches. Ou l'inverse. Neuman baissa les yeux vers ses chevilles, ruisselantes sur l'asphalte. Ils étaient maintenant trempés tous les deux.

— Bon, je vous laisse, dit-elle, ou mes pieds vont finir par se noyer...

Zina s'extirpa du caniveau où s'écoulait l'orage, et partit rejoindre le reste de la troupe. Neuman regarda la danseuse s'éloigner dans la rue déserte, plus sombre que jamais — une robe de pluie était tombée sur sa vie...

8

Les services de police et de renseignements ne manquant pas de se tirer dans les pattes, l'ANC avait dû créer le Presidential Intelligence Unit, une unité spéciale chargée de surveiller leurs différends en sus de la collecte d'informations à l'étranger et à l'intérieur du pays. Janet Helms travaillait pour le service en question quand Fletcher l'avait débauchée — cette jeune métisse était un petit génie de l'informatique, une hackeuse hors pair qui, sous ses airs de gentil phoque, cachait bien son jeu. Fletcher insistant, Neuman avait obtenu sa mutation grâce à l'intervention du superintendant.

L'équipe Fletcher/Helms avait vite dépassé le cap de l'efficacité : son regard tourmenté, son élégance fragile, ses manières presque féminines... Janet était tombée instantanément amoureuse du jeune sergent. Un amour cul-de-sac, un de plus, et sans avenir : Dan Fletcher avait des enfants, et une épouse qu'il semblait aimer à la folie. Janet avait vu sa photo sur son bureau, une jolie fille, on ne pouvait pas lui enlever ça, qui lui bouchait un horizon déjà encombré par ses rondeurs impossibles.

Janet Helms s'était toujours vue grosse. Rien à faire dans ces cas-là. Elle avait essayé les compléments nutritionnels, les psychiatres, les magazines féminins, les émissions de télé, les conseils des gourous, son enveloppe restait désespérément trop grande pour elle. Janet avait tiré le mauvais costume. Un problème de taille. Elle serait à jamais une métisse au visage plutôt quelconque, ses hanches héritées de sa mère dévoilant un fessier conséquent qu'aucun stratagème ne remodèlerait : il lui faudrait faire avec ce modèle, dépit taille XXL.

La rumeur au sujet du cancer de sa femme l'avait frappée au cœur : commisération, espoir, honte, Janet détestait ses pensées — qu'elle meure ! — mais son imagination la projetait loin. Vingt-cinq ans sans garçon, elle pouvait attendre encore un peu. Elle seule, un jour, saurait le consoler. Janet prendrait tout : la part de deuil, les enfants, ses mains sur son corps, le reste. Elle éprouvait un amour au-delà de la honte. Dan sentait si bon, penché là, au-dessus d'elle...

— On dirait qu'on a attrapé un poisson, dit-il, les yeux rivés sur l'écran.

— Oui...

Ils visionnaient les bandes rapportées du Sundance. On y voyait Nicole en compagnie d'un homme, quelques heures avant le meurtre, un jeune Noir qui n'avait pas répondu à l'appel à témoins.

— Je lance des recherches dans les fichiers du central, annonça Janet en faisant glisser son siège jusqu'à l'ordinateur voisin.

Elle avait dressé le portrait-robot du suspect et lancé son moteur de recherche quand Neuman débarqua dans le bureau. Janet Helms salua le capitaine, qu'elle connaissait à peine, et se concentra sur sa tâche. Neuman l'impressionnait. Il se pencha bientôt sur l'écran. L'image vidéo était mâchée par des bandes grisâtres mais il reconnut Nicole Wiese à l'entrée du Sundance, en compagnie d'un jeune Noir, grand, costaud, portant des bijoux et des sapes à la mode gangster... Il grommela dans sa barbe — c'est le papa qui allait être content.

— La vidéo a été prise samedi soir, fit Fletcher, à neuf heures cinquante, lors de leur arrivée. On retrouve le couple deux heures plus tard, c'est-à-dire peu avant minuit, à la sortie du club... On ne sait pas encore qui est ce type mais il accompagnait Nicole mardi soir.

— Mardi ?

— Oui, je sais, c'est mercredi que Nicole a découché. En tout cas, ces deux-là étaient ensemble une heure avant le meurtre.

Neuman observa l'arrêt sur image, la silhouette élancée du jeune Noir.

— S'il est dans nos fichiers, Janet ne devrait pas tarder à le trouver, dit Fletcher en se tournant vers la métisse qui pianotait dans un coin du bureau.

L'agent de renseignements ne broncha pas, absorbée par le jeu de ses doigts sur le clavier. Neuman laissa filer la bande. Nicole ne semblait sujette à aucun trouble du comportement, ils avaient juste l'air de deux jeunes qui sortaient d'un bar...

— Tu as visionné les bandes de la soirée de mercredi ?

— Oui, répondit Dan. Nicole est arrivée à neuf heures trente, avant de repartir vers minuit. Mais elle était seule ce soir-là. Ni copain ni copine...

Dans l'expectative, les deux hommes élaborèrent un premier scénario avec les informations dont ils disposaient : Nicole quitte le domicile familial samedi

118

après-midi, prétextant faire les boutiques avec sa copine Judith, et se rend sur une plage de la péninsule, probablement Muizenberg, pour retrouver son amant noir. Nicole retire mille rands au distributeur automatique à huit heures, ils mangent sur la route et rentrent à Cape Town sans même se rincer au studio de Judith. Ils passent la soirée au Sundance, assistent à la performance du groupe zoulou que Nicole a vu trois jours plus tôt, et ressortent du club peu avant minuit. Nicole meurt une heure plus tard, à Kirstenbosch…

Le parc se situait à une demi-heure de voiture d'Observatory : ça leur laissait environ quarante minutes de battement. Qu'avaient-ils fait pendant ce temps ? L'amour sous les étoiles, après avoir initié Nicole aux joies de la méthamphétamine ? L'avait-on au contraire droguée à mort pour mieux abuser d'elle ? Quel intérêt, si la jeune femme était consentante ? Le tik amenait les consommateurs à omettre les règles de sécurité sexuelle élémentaires mais le GHB était facile à obtenir et un moyen plus sûr de violer des filles sans qu'elles le sachent… Une troisième personne avait pu les suivre, ou les surprendre dans le Jardin botanique. Si c'était le cas, qu'était devenu le jeune Noir ?

L'agent Helms, qui maltraitait son clavier à deux pas de là, stoppa net.

— Je l'ai, dit-elle. Stanley Ramphele : un petit revendeur de marijuana actuellement en sursis avec mise à l'épreuve. On a l'adresse d'un mobil-home, à Noordhoek.

Un village sur la côte de la péninsule.

Epkeen arriva quand ils partaient. Neuman l'embarqua avec eux : lui aussi avait besoin de prendre l'air.

*

— Toujours autant le dépotoir ta bagnole, fit remarquer Fletcher en ouvrant le vide-poches de la Mercedes.

Des fourmis se partageaient de vieux bouts de gâteaux.

— C'est le dernier goûter de mon fils, mentit Epkeen.

Il y avait de tout dans le vide-poches : cassettes au boîtier fissuré, crayons, enveloppes prétimbrées, lampe torche, brosse à dents, capotes, un livre aux pages ruinées par le sable, et aussi un knout — une tige de cuir d'hippopotame prolongée d'une boucle de cuivre, avec laquelle ses aïeux fouettaient le bétail… Dan extirpa le Colt 45 du fourbi, essuya les miettes de gâteaux collées au canon, nota que le barillet était vide. Brian ne le chargeait jamais. Il serait capable de tuer des gens. Ça lui était déjà arrivé. Il ne regrettait rien : le souvenir était assez lourd comme ça.

Sur la banquette arrière, aveugle au panorama grandiose de Chapman's Peak, Neuman recoupait les informations du central ; Stanley Ramphele, vingt et un ans, était le frère cadet de Sonny, un dealer multi-récidiviste qui purgeait actuellement une peine de deux ans à la prison de Poulsmoor, Western Cape. Stanley aussi revendait de la came, job qui lui avait valu une peine de sursis avec mise à l'épreuve. Il n'avait ni diplômes ni activités recensées par les services sociaux mais le cadet semblait se tenir tranquille depuis son arrestation, six mois plus tôt. Une allocation du gouvernement payait le loyer du mobil-home qu'il partageait avec son frère, à Noordhoek, un village isolé dans la baie la plus sauvage de la péninsule. D'après les flics locaux, les frères Ramphele se contentaient de dealer l'herbe locale.

— Ils ont pu passer aux cristaux, commenta Fletcher.

— Les surfeurs de la côte sont plus branchés ecstasy ou coke.

— Sauf si on leur vend du tik sous un autre nom...

La Mercedes lambinait derrière un car de touristes ; ils dépassèrent la statue de bronze du dernier léopard de la région abattu un siècle plus tôt et atteignirent la corniche. Des falaises de grès plongeaient dans la mer démontée, qu'on entendait gronder depuis les hauteurs. Une route poussiéreuse bordait l'océan en contrebas, coupant à travers les dunes, d'un blanc immaculé.

Fletcher se pencha sur la carte.

— Ça doit être par là, dit-il : après le haras...

La baie de Noordhoek était dangereuse et peu fréquentée : les rouleaux et les requins qui croisaient au large interdisaient toute baignade, et plusieurs crimes ayant été commis sur la plage, un panneau avertissait les promeneurs de ne pas trop s'éloigner du parking... La Mercedes passa le village et rebondit sur la piste fatiguée qui longeait la mer. Quelques maisons se nichaient au creux des dunes, des cahutes souvent délabrées ; Epkeen stoppa enfin devant un vieux pickup, garé à quelques mètres d'un mobil-home à l'aspect vétuste, à demi rongé par le sel. Celui de Ramphele, d'après leurs infos. Les rideaux, jaunes de nicotine, étaient tirés. Ils sortirent de voiture. Neuman fit un signe à Epkeen, qui contourna le logement de fortune.

Une moto était parquée à l'abri du vent, sous une bâche. Neuman et Fletcher s'avancèrent jusqu'à la porte déglinguée. En quelques enjambées, Epkeen avait atteint l'arrière du mobil-home : il jeta un œil par la fenêtre et distingua une forme à travers le voile crasseux des rideaux. Il plaqua ses mains contre la vitre : il y avait quelqu'un de l'autre côté, à quelques centimètres… Un Noir, la tête inclinée contre la banquette, qui ne dormait pas — des mouches galopaient sur son crâne…

Neuman n'eut pas à forcer la serrure, la porte était ouverte. Un essaim d'insectes bourdonnait à l'intérieur de la caravane. Le jeune Noir se tenait devant la table plastifiée du coin-salon, les yeux mi-clos fixant un point définitif au plafond. Stanley Ramphele, d'après la photo anthropométrique. Une seringue usagée traînait sur le coussin, et un peu de poudre blanchâtre dans un sachet plastique… Fletcher vint prendre son pouls, la respiration bloquée — l'odeur de merde était assez épouvantable —, fit signe qu'il était mort.

— J'appelle le service, souffla-t-il en refluant vers la porte.

Neuman oublia l'odeur de merde et les mouches. Les yeux du jeune Xhosa étaient vides, comme passés au crayon à papier, le corps froid comme la pierre. Mort depuis plusieurs jours — les sphincters s'étaient relâchés et les excréments qui souillaient son pantalon avaient séché sur la banquette. Il inspecta le cadavre. Aucune trace de lutte, d'ecchymoses, ni de blessures apparentes. Une marque de piqûre, au bras gauche. Le garrot reposait à ses côtés, sur la banquette. Neuman enfila des gants de plastique et évalua la poudre sur la table. Méthamphétamine sans doute… Il fouilla le mobil-home.

Un ordinateur portable, des sapes de marque sur le lit défait, une paire de lunettes de soleil italiennes, quelques bijoux — du toc massif —, un casque de moto : Neuman trouva un peu de marijuana sous le matelas mais pas de poudre. Il se pencha sous le lit et tira bientôt un objet de la poussière amoncelée là : un sac à main. Il y avait un portable à l'intérieur, des kleenex, trois préservatifs dans leur emballage, plusieurs petites fioles et des papiers au nom de Nicole Wicse.

Il ouvrit le porte-monnaie, compta à peine cent rands, déboucha une des fioles. Le liquide était verdâtre, l'odeur difficile à identifier. Il n'y avait pas d'inscription sur les mignonnettes, mais l'une d'elles avait été vidée...

La mer tonnait par la porte ouverte du mobil-home. Neuman se redressa, aperçut Epkeen qui inspectait le sol poussiéreux, se dirigea vers le cabinet de toilettes et eut un brusque mouvement de recul en pénétrant à l'intérieur : une mygale à poils sombres l'observait depuis le tuyau de la chasse d'eau. L'araignée avait la taille de sa main, l'opercule ouvert comme pour battre en retraite, prête à mordre. Huit petits yeux bruns qui le fixaient, en agitant les pattes... Le battant de la cuvette était rabattu, la lucarne fermée par un loquet... Comment s'était-elle introduite ici ? Neuman tira la porte des toilettes, des sueurs glacées le long de l'échine.

Epkeen se tenait dans l'entrée du mobil-home, silhouette surexposée au soleil de midi.

— La moto dehors a quatre cents kilomètres au compteur, dit-il : une Yamaha avec des éclairs qui doit valoir dans les trente mille rands... Pas mal pour un rebelle sans profession, non ?

Neuman faisait une drôle de tête.

— Qu'est-ce qui se passe ?

— J'ai trouvé le sac de Nicole sous le lit et un peu de dope, dit-il. Il y a aussi une mygale dans les chiottes.

— Une mygale ? grimaça Epkeen.

— Velue.

Fletcher arriva à son tour, son portable à la main.

— L'équipe scientifique sera là dans vingt minutes, dit-il.

Dehors, un vent tiède faisait voler le sable. Neuman fouilla le pick-up garé devant la caravane. Les papiers dans le vide-poches étaient encore au nom de Sonny Ramphele. Des emballages de barres chocolatées traînaient sur les sièges, des bâtons de glace, des canettes de soda. Le sable sur le tapis de sol était plus sombre qu'à Noordhoek, où l'eau glacée interdisait toute baignade. Stanley n'avait pas de casque samedi soir en arrivant au club, ils avaient dû prendre cette voiture et se rendre à l'est de la péninsule, où la côte était plus hospitalière…

Son portable vibra alors dans sa poche. C'était Myriam, l'infirmière du dispensaire. Il décrocha.

*

Des minibus en surcharge tentaient de slalomer en klaxonnant mais la N2 était passablement encombrée à l'heure de midi. Neuman rongeait son frein derrière un camion-citerne flambant neuf — sa mère ayant encore fait des siennes, il avait laissé Epkeen au mobil-home expédier les affaires courantes — quand il reçut l'appel de Tembo. Le légiste avait fini les analyses complémentaires de l'autopsie de Nicole Wiese.

— J'ai trouvé le nom de la plante ingérée quelques jours avant le meurtre, dit-il bientôt : de l'iboga, une plante d'Afrique occidentale utilisée lors des cérémonies chamaniques. Par contre, le nom de la substance inhalée avec le tik nous est inconnu.

— Comment ça, inconnu ?

— Il y a bien une molécule chimique, fit le biologiste, mais sa composition ne figure nulle part.

124

— Une saloperie quelconque qu'on aura rajoutée pour couper la dope ? avança Neuman.

— C'est possible, répondit Tembo. Ou bien il s'agit d'une nouvelle combinaison de produits, qui formeraient une nouvelle drogue.

Neuman gambergea, pris dans un nouveau ralentissement. L'extrême droite de l'AWB ou les groupuscules sectaires qui sous l'apartheid trafiquaient des pilules pour abrutir la jeunesse blanche progressiste n'avaient plus pignon sur rue. Nicole Wiese était issue de l'élite afrikaner et son père un important soutien financier du Parti national : les loups n'avaient aucun intérêt à s'entre-dévorer.

— L'idéal serait d'avoir un échantillon du produit, reprit le légiste depuis le portable. On pourrait faire des tests, approfondir nos recherches...

Une flèche annonça la bifurcation pour Khayelitsha. Neuman songea au sachet de poudre trouvé près de Ramphele.

— Ne vous en faites pas pour ça, dit-il en prenant la sortie : je crois avoir trouvé de quoi vous occuper...

L'annexe du Red Cross Hospital se situait à l'angle du Community Center, séparé en quatre « villages ». Des gamins en short jouaient devant le bâtiment en bois peint, d'autres sortaient agrippés aux bras encombres de leurs mères. Myriam fumait une cigarette, assise sur les marches, et du bout du pied faisait des ronds dans la poussière — elle était partie pour dessiner des rêves aborigènes, ça ressemblait vaguement à Ali Neuman... Sa voiture arrivait justement dans la cour du dispensaire. Le temps que la jeune infirmière efface ses dessins, il était là, au-dessus d'elle, avec son auréole noire et son regard plein d'épines.

125

— Merci de m'avoir appelé, dit-il en guise de préambule.

— C'est ce que vous m'avez demandé, non ?

— Tout le monde n'agit pas comme vous.

La main en l'air pour se protéger du soleil, Myriam laissa le Zoulou mariner dans ses traditionnelles formules de politesse — au moins il la regardait.

— Comment elle va ?

— Il a fallu la réhydrater, répondit l'infirmière. Votre mère déconne complètement, si je puis me permettre.

— Oui.

Josephina avait quitté Khayelitsha vers neuf heures du matin, et on l'avait retrouvée trois heures plus tard perdue dans un camp de squatteurs près de Mitchells Plain, une zone tampon entre le township et la N2. Prendre le bus, s'arrêter le long de la nationale, marcher sur les terrains accidentés qui mènent aux camps de squatteurs, son comportement frisait l'inconscience.

— Qu'est-ce qu'elle faisait là-bas ? grogna-t-il.

— Ça, vous lui demanderez, fit-elle sans cacher son exaspération. Des gens bien intentionnés ont appelé le dispensaire mais la prochaine fois, les choses risquent de mal tourner... Il serait temps de lui tirer les oreilles, monsieur le capitaine : votre maman n'est plus une jeunesse et elle s'est beaucoup fatiguée à marcher pendant des heures sous le soleil. Je ne sais pas en quoi vous êtes faits, mais après la syncope du week-end, ça devient suicidaire.

Ses yeux bruns luisaient d'une saine révolte. Neuman lui tendit la main pour l'aider à se lever :

— Elle est où ?

— Dans la petite salle, répondit Myriam en serrant sa paume, sur la droite...

Mais elle ne pensait plus qu'à ses pattes d'ours qui

la hissaient si facilement vers le ciel… Elle aussi déconnait complètement : elle l'entraîna à l'intérieur.

Une petite foule colorée tâchait de ne pas trop s'agiter sous les pales d'un ventilateur. Il n'y avait pas de climatisation mais des bouteilles d'eau qu'on distribuait aux malades résignés. Josephina reposait sur un brancard qui, vu sa corpulence, tenait plus de la poussette. Elle tourna ses yeux troubles et sourit au son de ses pas.

— Oh ! Tu es là, mon grand ! J'ai dit cent fois à Myriam que tu avais autre chose à faire mais la petite a son caractère !

— Jolie mentalité de débiner les copines, dit-il en l'embrassant.

— Hi hi hi !

Sa position de mammifère échoué sur la grève ne la dérangeait plus, elle avait Dieu en cinéma noir et blanc.

— Dis donc, maman, tu ne crois pas que tu as passé l'âge de fuguer ?

Elle attrapa sa main et ne semblait pas prête à la rendre à qui que ce soit.

— Je ne pensais pas me perdre, mais forcément, comme je ne vais pas souvent par là-bas…

— Qu'est-ce que tu allais faire dans la zone ?

— Oh…

— Réponds-moi.

Josephina soupira, manquant de chavirer du brancard.

— On m'a dit que Nora Mceli était morte, dit-elle. Tu sais, la maman de Simon… Je ne sais pas si c'est vrai, mais quelqu'un m'a donné le nom d'une cousine, qui se serait occupée du petit pendant sa maladie. Winnie Got, une cousine de Nora. On m'a dit qu'elle vivait dans un camp de squatteurs entre Mandalay et

Mitchells Plain… Je voulais savoir si elle avait des nouvelles de Simon.

— Tête de pioche.

— Il est perdu cet enfant, Ali… Si on ne fait rien pour lui, il va mourir : je le sais.

Accident, maladie, balle perdue, l'espérance de vie des gamins des rues était limitée.

— Je voudrais bien, dit-il, mais on ne peut pas tous les sauver.

Josephina prit un air grave.

— J'ai fait de mauvais rêves, dit-elle de ses yeux vides. Les ancêtres ne seraient pas contents si on abandonnait Simon à son sort. Non, ils ne seraient pas fiers de nous…

Des liens immémoriaux les unissaient les uns aux autres — défendre l'idéal de l'*ubuntu*, accueillir plusieurs générations sous le même toit, le sens de la famille élargie, essentielle à la culture sud-africaine et revendiquée comme telle malgré des décennies de politique séparatiste… Sans cette solidarité, eux aussi auraient été perdus. Simon faisait partie du sérail.

— Pourquoi tu ne m'en as pas parlé ? lui reprocha-t-il. On y serait allés tous les deux.

— J'ai vu ton nom dans le journal, répondit sa mère : au sujet de cette pauvre jeune fille assassinée. Je ne voulais pas te…

— Déranger. Bon… (Il changea de ton.) Tu peux te lever ou tu préfères qu'on te porte jusqu'à la voiture ? Je suis à deux pas…

— Oh ! Si tu m'aides, je peux essayer de me lever ! Ça fait deux heures que je n'ose plus bouger de ce brancard : j'ai l'impression d'être un océan sur une coque de noix, hi hi hi !

Elle avait l'air de s'en foutre complètement.

*

L'axe principal qui traversait le township de Khaye-litsha partait de Mandalay Station et traversait les Cape Flats, plaine sableuse balayée par les vents violents où cohabitaient des immeubles dégradés, des « boîtes d'allumettes[1] » et des cabanes bricolées, à peine visibles depuis l'autoroute. C'est sur cette zone grise que les squatteurs s'étaient établis, un camp qui ne cessait de grossir et où la police mettait rarement les pieds : panneaux de bois, fils de fer, piquets, tôle ondulée, panneaux publicitaires, vieux journaux, on échafaudait des cabanes avec les moyens du bord, fétus qui s'envolaient aux premiers avis de tempête. Les mieux lotis habitaient des conteneurs. Tous se lavaient dehors, par manque d'espace ou d'eau courante. Rare signe de « durcification » du camp, quelques plaques de béton ouvragé venaient remplacer les barrières qui délimitaient les parcelles, et même quelques haies, véritable exploit dans le sable des Cape Flats.

D'après les informations de Josephina, Winnie Got habitait un *spaza shop*, une petite épicerie sans patente où l'on vendait des produits de première nécessité — allumettes, bougies, alcool à brûler, farine, piles, lait, et quelques boissons fraîches... Neuman roula un moment sous les mines hostiles ou curieuses des passants. Une ligne électrique traversait la zone, avec des branchements sauvages comme des lianes létales raccordées à des bouts de rien. Le camp se transformait si vite et de manière si anarchique qu'il était difficile

1. Surnom donné à des constructions de fortune.

de se repérer : enfin, après un fastidieux jeu de piste, il trouva la tutrice de Simon dans sa boutique.

Winnie portait un *kikoi*, une robe de tissu d'Afrique orientale, et des escarpins en peluche d'un rose à vous décoller la rétine. Neuman se présenta comme le fils de Josephina. Il faisait une chaleur étouffante dans le réduit. Une étagère de verres Duralex était fièrement exposée près d'un frigo déglingué. Neuman lui acheta deux sodas acidulés. Ils s'installèrent sur la banquette pour parler, un matelas à fleurs qui avaient trop vu le soleil.

Winnie Got parlait un mélange d'anglais et d'argot des townships : elle avait trente-huit ans et trois enfants issus de pères différents, qui n'avaient jamais connu leur grand-mère — sans quoi, selon la tradition, cette dernière se serait occupée des gamins. Sa cousine Nora avait débarqué chez elle un an plus tôt, avec son gosse et sa maladie. Winnie ne savait pas de quoi retournait cette maladie, les rumeurs parlaient de mauvais œil, de sorts jetés qui lui seraient revenus en boomerang ; en tout cas, la pauvre était déjà très faible en arrivant chez elle. Nora était morte deux mois plus tard. Winnie avait gardé Simon qui, faute de père, se retrouvait à la rue. Le gosse était resté chez elle quelque temps, et puis il avait disparu un beau jour, sans laisser d'adresse…

— Je l'ai pas revu, conclut Winnie.

Aucune tendresse sur le visage de la Xhosa : sa cousine était morte et n'avait laissé derrière elle que des rumeurs et un orphelin dont elle n'avait que faire.

— Qu'est-ce qui s'est passé avec Simon ? demanda Neuman. Pourquoi il a fugué ?

— Je sais pas, dit-elle avec un haussement d'épaules. J'ai bien essayé de lui parler mais il jouait au dur avec sa bande de va-nu-pieds.

— Quelle bande ?

— Des gamins des rues, répondit Winnie. C'est pas ça qui manque dans la zone. Simon allait jouer au foot avec eux sur la plage : un jour, il est plus revenu...

— C'était quand ?

Winnie s'éventa à l'aide d'un magazine féminin qui datait de l'année précédente :

— Je dirais trois mois.

— Vous ne l'avez pas vu depuis ?

— Si, je l'ai vu rôder un moment en bordure de la zone, mais c'était quasiment impossible de les approcher.

— Pourquoi ?

— Il était devenu sauvage... Il était devenu comme les autres.

Winnie eut un rictus amer.

— Vous pouvez me décrire ces gamins ?

— Ils étaient une demi-douzaine... Simon, d'autres petits, et un plus grand, avec un short vert.

Il devait y en avoir des milliers dans le township, des gosses en short vert.

— Une idée de l'endroit où on peut les trouver ?

— Pourquoi vous me demandez tout ça ?

— Simon a été vu à Khayelitsha la semaine dernière, dit Neuman.

— Faut bien traîner quelque part...

— Il a agressé une vieille aveugle qui se trouve être ma mère, précisa-t-il. C'est une emmerdeuse mais j'y tiens. Alors ? On la trouve où, cette bande ?

— Je sais pas, répondit Winnie. On les a pas revus depuis un paquet de temps, je vous dis...

Neuman acheva son soda. D'après Josephina, Simon était seul quand il l'avait agressée : leur force résidait pourtant dans le groupe. Seuls, ils n'étaient rien...

— Simon a laissé des affaires ? demanda-t-il.

— Pas grand-chose.

— Je peux les voir ?

Tout ce qu'elle possédait était stocké dans des valises ; Winnie revint bientôt de la chambre voisine, avec une boîte en fer-blanc au couvercle enfoncé.

— C'est tout ce que j'ai gardé...

Il y avait des papiers de naissance à l'intérieur (Simon avait eu onze ans le mois dernier), une fiche de vaccins faits au dispensaire de Khayelitsha, un livret scolaire et une photo, agrafée sur un bord. Le garçon avait du mal à sourire malgré ses joues rondes.

— Voyez, y a pas grand-chose...

Neuman observait le cliché : ce visage...

— Vous voulez une bière ? demanda Winnie. C'est moi qui offre...

— Non, dit-il, ailleurs. Non, merci...

La photo datait d'un an à peine mais Ali mit du temps avant de le reconnaître : l'autre jour, sur le chantier, le gamin chétif au visage nécrosé qu'il avait sauvé des tsotsis, et qui s'était enfui par la tuyauterie... Simon.

9

Ruby n'était pas au courant. À peine Ali, un soir où ils avaient baissé la garde… Brian avait dix-sept ans à l'époque, Maria vingt.

Maria n'avait pas lu *Ada ou l'ardeur*, ou ne l'aurait pas compris ; chez elle, on ne batifolait pas dans les herbes qui bordaient le château avec son cousin ou sa cousine, les murs de sa maison n'avaient pas été bâtis par les premiers fermiers blancs d'Afrique australe, son père n'était pas haut fonctionnaire ni amateur de chevaux de course, sa mère ne préparait pas des *boerewors* le matin en se demandant quel temps il ferait aujourd'hui, la fenêtre de sa cuisine ne donnait pas sur un pré, ni celle de sa chambre sur un petit bois qui faisait oublier les grilles électrifiées autour de la propriété ; Maria n'avait pas d'écuries, de chevaux, de chaîne hi-fi, de disques trente-trois tours, Clash, Led Zeppelin, Plimsouls, elle n'y connaissait rien aux groupes de rock qui nourrissaient sa révolte, aux cœurs fissurés qu'on rencontrait dans les livres, aux désirs subtils, à la transgression, elle n'avait jamais entendu parler de Nabokov, de l'ardeur à aimer : Maria ne savait pas lire.

Elle aurait voulu devenir assistante sociale mais on ne le lui avait pas permis. Maria était noire. Elle avait deux robes, une rouge et une bleu ciel, la plus belle : Brian lui avait dit, un jour où elle revenait des écuries, avec ses seaux pleins de merde, ses bottes de caoutchouc et son tablier sale. Maria avait d'abord eu peur — ce jeune Blanc qui souriait était le fils du *bass* — mais ses yeux vert d'eau luisaient si fort qu'elle avait oublié les mises en garde de sa mère. Aucun Blanc ne lui avait dit qu'elle était jolie… Deux mois avaient suffi pour s'apprivoiser. Maria se substituant à l'Ada de ses songes, Brian fit l'amour pour la première fois dans le petit bois derrière la maison familiale, à la dérobée, sous les grésillements des fils électriques qui ceinturaient le domaine. Brian jubilait — si son connard de père savait…

— Je t'apprendrai à lire, avait-il décrété, allongé avec elle dans les fougères.

— Ha ha !

Il ne savait pas qu'on pouvait rire si bien. Si merveilleusement. Comme si, dans ses bras, l'apartheid n'existait pas. Fin de l'enfance, début du romanesque. Brian fit très vite n'importe quoi pour croquer son fruit défendu, il inventait les stratagèmes les plus scabreux, séchait les cours, les copains, le sport, pour l'entraîner dans les bois. Maria riait : il prit ça pour de l'amour.

Deux ans passèrent sans anicroches ni modifier leur appétit charnel. Maria déchiffrait les mots des livres qu'il apportait dans les fougères, Brian le mode d'emploi du corps féminin qu'elle lui offrait en partage. Maria sentait le musc, l'épice, les fruits des bois.

— Tu ne me quitteras jamais ?

— Tu es fou !

Elle riait.

Bien sûr qu'il prenait ça pour de l'amour…

Brian était rentré un jour où Maria travaillait, un midi, pour lui faire la surprise. La maison était vide, sa mère partie en ville faire du shopping avec d'autres poupées laiteuses qui étaient ses amies. Il avait contourné le garage, vérifié qu'aucun employé ne coupait la haie du jardin et filé jusqu'aux écuries. Le pur-sang paissait dans l'enclos voisin, quand il entendit du bruit depuis la grange. Maria… Il s'approcha doucement, imagina ses reins fléchis sur le balai-brosse, son odeur si particulière, et reçut le choc de plein fouet : Maria se tenait penchée contre la balustrade d'un box, la robe relevée, pendant qu'un gros type la besognait. Son père. Il ahanait en soufflant comme un bœuf, les pieds dans le crottin. Brian ne voyait que son cul énorme qui se contractait sous les coups de boutoir, son pantalon tirebouchonné sur ses bottes, et Maria qui se cramponnait pour ne pas tomber…

— Je le tuerai… Je le tuerai, répétait-il, les yeux embués de larmes.

Mais c'était trop tard. Brian n'avait pas osé prendre la fourche qui trônait à l'entrée de l'écurie, il n'avait pas eu le cran de clouer son père comme un papillon de nuit à la porte de la grange, de lui enfoncer la fourche dans le dos jusqu'à ce qu'elle ressorte par la gorge.

Il avait peur de lui.

— Je le tuerai…

Maria ne répondait rien. Elle pleurait dans le bois où ils s'aimaient. Elle avait honte. Elle se terrait dans ses mains misérables, en pure perte. Brian ne demanda pas depuis combien de temps cela durait, s'il l'avait forcée la première fois, si elle avait eu le choix. Son rire ne se cacherait plus avec eux sous les fougères, ses épaules, ses jambes, son sexe ne sentiraient plus que l'odeur infâme de son père...

Maria était revenue travailler les mois suivants mais Brian l'avait soigneusement évitée. Il se sentait trahi, humilié, confusément amoureux. Et puis un jour, Maria n'était plus réapparue. Il l'avait guettée tout le week-end, puis le week-end suivant, en vain... Il avait questionné sa mère, un matin, dans la cuisine, de la manière la plus anodine qui soit.

— Maria ? Ton père l'a congédiée la semaine dernière, expliqua-t-elle, les mains dans la pâte à tarte.

— Ah oui ?

— Les écuries étaient dans un état abominable ! certifia sa mère, qui n'y mettait jamais les pieds.

Brian avait gambergé quelques jours avant de fouiller le bureau de son père. Il avait trouvé l'adresse de l'employée dans un classeur, avec ses fiches de paye et les papiers administratifs lui permettant de venir travailler en ville. Maria habitait le township. Dix kilomètres — le bout du monde.

Aucun Blanc ne s'aventurait dans les townships. Brian avait demandé au chauffeur de taxi noir de l'attendre devant la maison, une cabane de contreplaqué barbouillée de jaune, un luxe dans le quartier. La mère de Maria eut un geste de peur en voyant l'adolescent à sa porte. Trois petits s'accrochaient à son tablier, curieux, craintifs. La Xhosa ne voulut d'abord pas parler mais Brian insista tant qu'elle finit par céder : Maria était partie un jour au travail, et n'était plus jamais revenue. Des rumeurs disaient qu'une voiture de policiers l'avait enlevée à la sortie du township, mais sa mère n'y croyait pas. Maria était enceinte de quatre mois : elle avait dû filer avec le père du bébé,

136

sans doute un de ces vauriens qui promettaient la lune et ne décrochaient que des emmerdes...

Brian était rentré chez lui et avait comparé la date de la disparition avec le planning des employés : Maria devait travailler aux écuries ce jour-là.

Il raconta des bobards aux flics du coin, porta plainte pour vol en donnant le nom de la jeune femme et son signalement, insista pour avoir une réponse, évoqua son père procureur et obtint ce qu'il voulait. Un inspecteur mena des recherches, qui s'avérèrent négatives : Maria ne figurait sur aucun fichier de la police. Pas de délit, ni d'arrestation. Le flic voulait bien prendre sa plainte mais elle avait peu de chances d'aboutir...

La mère de Maria, que Brian avait tenue au courant de ses recherches, finit par l'aiguiller vers un militant de l'ANC. La clandestinité, la torture, les disparitions, les procédures arbitraires des services spéciaux, les meurtres d'opposants : Brian découvrit une réalité qu'il ne connaissait pas. Mais il fit le rapprochement : son père était procureur, un maillon inflexible du pouvoir...

Un mois était passé depuis la disparition de la jeune Noire. Brian avait attendu que son père soit seul dans la cuisine pour lui parler.

— Tiens, au fait, lâcha-t-il : tu sais que Maria est enceinte ?

Son père l'avait fusillé du regard, l'espace d'une seconde, avant de corriger son erreur.

— Enceinte ?

Mais ses yeux le trahissaient. Il le savait, bien sûr...

— C'est toi qui l'as fait disparaître, hein ? lui lança Brian d'un air de défi. C'est toi qui as envoyé les flics à la sortie du township ?

L'Afrikaner dressa son corps massif au-dessus de son fils :

— Qu'est-ce que tu racontes, toi ?!

La colère gonflait ses veines mais Brian n'avait plus peur de lui. Il le haïssait.

— L'enfant qu'elle attendait n'était pas de toi, dit-il, mais de moi… Pauvre con.

Apartheid : « développement séparé »…

Brian avait changé de toit, de vie, de nom, d'amis. Il s'était aguerri loin de sa famille abhorrée avant d'ouvrir un bureau d'investigation. Rechercher les Noirs que son père faisait disparaître était devenu sa spécialité, une corvée obligatoire et salutaire qui l'avait mis en contact avec l'ANC clandestin et les policiers lancés à leurs trousses. Ruby l'avait ramassé plus d'une fois dans les fossés en bordure d'autoroute, salement dérouillé. On l'épargnait eu égard au statut de son père mais la haine restait la même. Brian avait déterré des cadavres, certains ensevelis à même la terre depuis des mois, des squelettes aux dents cassés, les vertèbres disloquées pour ceux qu'on avait précipités des toits du commissariat, des opposants ou de simples sympathisants, mais il n'avait jamais retrouvé le corps de Maria.

Son besoin d'amour était inconsolable. Il gardait le souvenir de la jeune Noire au chaud, comme un secret honteux. Il ne savait pas pourquoi il n'en parlait jamais. Pourquoi il mettait la tête où d'autres ne mettraient pas les pieds. De quoi il se punissait. Si les bras des femmes où il se réfugiait procédaient d'un même désir de sabotage… Ruby finalement avait raison. Son cœur était en glace : il fondait à volonté…

Tracy par exemple, tour de magie numéro cinquante-quatre, peignoir blanc, tunique rousse au milieu de la cuisine, un crayon savamment perché sur sa tête, préparant des œufs brouillés pour le petit déjeuner avec la dextérité d'un nouveau-né :

— Dis donc, s'esclaffa la barmaid, c'est le bazar chez toi !

Ils venaient de se réveiller. Les Young Gods hurlaient depuis les enceintes du salon — des Suisses, d'après le livret du CD — tandis qu'elle s'affairait aux fourneaux.

— Tu n'aimes pas la musique ? lança-t-il d'un air qui lui allait comme une cravate.

— J'en ai plein les oreilles tous les soirs ! plaida Tracy.

— Tu n'as qu'à les fermer, darling.

— T'es marrant le matin, dis donc.

— Je suis dans le cirage, expliqua-t-il : j'ai l'impression que c'est le soir.

Elle massacra la poêle avec sa fourchette.

— Tu parles ! Tu roupillais déjà quand je suis rentrée...

— Désolé, darling.

Tracy l'avait rejoint chez lui après le service mais Brian s'était écroulé au troisième joint de Durban Poison. C'était la première fois qu'ils se revoyaient depuis la folle nuit de samedi et leur dimanche avorté chez l'ami « Jim ». Tracy avait trente-cinq ans : elle savait que derrière le comptoir elle pouvait s'envoyer autant de mecs qu'elle voulait, le problème c'était toujours la deuxième fois. D'autres alcools les menaient à d'autres filles, et la rousse rigolote à couettes qui servait derrière le bar ne vivait plus qu'au passé. « T'as qu'à te trouver un job normal, ma vieille, se disait-elle les soirs de déprime, pas un truc où tout le monde

139

reluque tes fesses. » Mais Tracy n'y croyait pas trop, aux autres boulots — ni aux mecs en général.

Elle remua la bouillie dans la poêle, circonspecte.

— J'espère que je suis meilleure au lit, fit-elle.

— Un caviar d'aubergine.

— C'est bon, ça ?

— Faut aimer l'ail.

Tracy poussa les restes d'œufs dans les assiettes et jeta la casserole dans l'évier, à s'en fracturer les acouphènes.

Brian grimaça — cette fille ne lui rappelait pas du tout la lavande.

— Je peux te demander quelque chose de personnel ? dit-elle en s'asseyant face à lui.

— Je chausse du quarante-trois, si tu veux tout savoir.

— Je suis sérieuse…

— Je t'écoute, darling.

Tracy baissa les yeux. Une mèche s'était détachée de son crayon, tombant en tortillons roux le long de sa nuque.

— Faut que tu me dises si je suis chiante… J'ai tellement plus l'habitude que j'ai toujours l'impression d'en faire trop… C'est con ce que je dis, hein ?

— Un peu, darling.

Malgré son stoïcisme de façade, le tour de magie n'en finissait plus de s'éventer, tellement qu'on le voyait filer par le jardin, escamoté… Brian regarda sa montre. Ce n'est pas lui qui était en retard, c'est le monde qui fuyait.

*

L'ANC refusant de cautionner le système des bantoustans, le gouvernement de l'apartheid avait enfermé Mandela et ses compagnons à Robben Island, une petite île verdoyante au large de Cape Town qui avait l'avantage de mettre l'opposition politique à l'isolement total — Mandela dut patienter vingt et un ans avant de *retoucher* la main de sa femme.

Sonny Ramphele n'eut pas à subir cette cruelle double peine : le frère de Stanley purgeait une condamnation de deux ans à la prison de Poulsmoor, un bâtiment bétonné, insalubre et surpeuplé où les mouches aussi crevaient en enfer.

— Vous trouvez votre bonheur ? lança le chef des surveillants.

Penché au-dessus du registre, Dan Fletcher se faisait une idée des visites et de ses fréquences. Kriek, le rougeaud que tout le monde appelait Chef, jouait avec son trousseau de clés, en attendant. Fletcher ne répondit pas. Epkeen fumait, l'œil torve en direction du maton. Lui non plus n'aimait pas les prisons, navré qu'on n'ait pas trouvé mieux en huit mille ans d'humanité, encore moins ce genre de petit chef, bénéficiaire de la clause du « coucher de soleil[1] » et qui avait rempilé parce que la population carcérale, au fond, n'avait pas changé — *coloured* et cafres à gogo.

Sonny Ramphele était en sursis quand on l'avait arrêté au volant d'une voiture volée avec trois kilos de marijuana compressée sous le siège. L'aîné n'avait rien balancé, si bien qu'il en avait pris pour deux ans ferme. Sonny avait un parcours classique : des parents

1. Afin de faciliter une transition « en douceur », les fonctionnaires blancs de l'apartheid ont été maintenus en place pour une durée de cinq ans.

métayers morts trop tôt, l'exode vers la ville avec le petit frère, surpeuplement, désœuvrement, misère, délinquance, prison. Sonny venait d'y fêter ses vingt-six ans et, s'il ne faisait pas de grabuge, sortirait dans quelques mois.

La police scientifique avait fouillé le mobil-home mais si le cadet en charge de son business avait une planque pour un éventuel stock de drogue, elle risquait d'avoir disparu avec lui. On avait relevé peu d'empreintes, toutes appartenaient à Stanley, et l'enquête de voisinage n'avait pas donné grand-chose. La cabane la plus proche était inhabitée et les marginaux qui vivaient sur la côte ne se mêlaient pas des affaires des autres — pour preuve, le cadavre du jeune Xhosa pourrissait depuis quatre jours. Certains avaient connu Sonny, « un grand gars pas bien méchant, qui s'occupait de son petit frère », et Stan, très porté sur la mode et les motos. Personne ne l'avait jamais vu avec Nicole Wiese — une petite blonde comme ça, ils s'en souviendraient. Seul indice confirmant leur piste, on avait plusieurs empreintes de la jeune Afrikaner dans le pick-up, utilisé le jour du meurtre...

Fletcher releva la tête du registre.

— Stanley Ramphele est venu régulièrement en visite depuis l'incarcération de son frère, dit-il, mais plus du tout depuis un mois...

Kriek se curait les ongles avec les dents.

— J'savais même pas qu'il avait un frangin, dit-il.

Un surveillant gloussa dans son dos. Epkeen oublia un instant la porcitude du chef des surveillants et cette odeur rance d'homme enfermé qui empestait l'air ambiant :

— On peut avoir une pièce tranquille pour interroger Sonny ?

— Pourquoi ? Z'avez l'intention d'y regarder le trou de balle ?

— Z'êtes un marrant, Chef.

— Le Ramphele, c'est un coriace du rectum, s'embourba Kriek. C'est pas moi qui le dis, c'est les autres détenus !

On approuva dans son dos.

— Ça veut dire quoi, s'agaça Fletcher : que Ramphele est protégé ?

— On dirait.

— Ce n'est pas mentionné dans son dossier.

— Les fauves se dévorent entre eux, faut pas croire.

— Les balances, elles en disent quoi ?

— Qu'il a la fesse dure.

— Ça vous passionne, on dirait.

— Moi non : eux si !

Kriek rigola le premier, bientôt imité par sa clique. Epkeen fit signe à Dan de changer d'air. Kriek était tout à fait le genre de types qui le dérouillaient jadis, et le laissaient pour mort dans les fossés…

Deux cents pour cent de surpopulation, quatre-vingt-dix de récidive, tuberculose, sida, absence de soins médicaux, canalisations bouchées, dortoirs à même le sol, viol, agressions, humiliations, Poulsmoor synthétisait l'état des prisons d'Afrique du Sud. La population carcérale ne cessant d'augmenter, on avait chargé le secteur privé de construire les nouveaux centres de détention, dont la plupart dataient de l'apartheid. Les travailleurs sociaux y étaient rares, la réinsertion une utopie, la corruption endémique. Les taux d'évasion battaient tous les records, avec la complicité d'un personnel mal formé, sous-payé, voire criminel. Certains détenus devaient payer des droits de péage pour

143

assister aux cours ou participer aux activités, quand d'autres, condamnés à perpétuité, passaient le week-end dehors. Les nouveaux détenus étant à l'occasion vendus par les gardiens à ceux qui en faisaient la demande, leur premier réflexe consistait à se mettre sous la protection d'un des caïds, qui monopolisaient les *wifye*, les « femmes », et distribuaient les blanc-seing.

Putes, drogue, alcool, huit syndicats du crime se partageaient le territoire carcéral. Dans cette jungle, Sonny Ramphele s'en était plutôt bien sorti. Il avait passé un deal pour ça, comme les autres. Il avait attrapé la gale, ou alors les poux cherchaient à lui coller des palmes (Sonny n'avait jamais été très fortiche en soins de beauté, pas comme son minet de frère), mais il avait réussi à préserver son intégrité : il attendait la fin de sa peine, écoutant ses codétenus s'engueuler au sujet du prochain tour aux latrines, quand un surveillant le sortit de sa longue apathie.

Sonny ronchonna — qu'est-ce que c'était que cette visite médicale à la con... — avant d'obtempérer sous les sarcasmes.

Ça sentait le chou et le jus d'humain dans les couloirs de la prison. Tirant un invisible boulet, Ramphele passa deux grilles à déclenchement magnétique avant d'être introduit dans une pièce à l'écart, sans ouverture. Rien à voir avec une infirmerie : il y avait une table, deux chaises en plastique, un petit brun aux yeux perçants, assis devant des photos, et un type plus grand adossé au mur, qui à une époque avait dû être en forme.

— Asseyez-vous, dit Fletcher en présentant la chaise vide devant lui.

Comme son frère, Sonny était un solide Xhosa avoisinant le mètre quatre-vingts, au regard oblique qui chassait sur les ailes : il avança avec le métabolisme du paresseux et s'assit sur la chaise comme s'il y avait des clous.

— Tu sais pourquoi on est là ?

Sonny secoua à peine la tête, les paupières lourdes du dur à cuire virant gros fumeur.

— Tu n'as pas vu ton frère depuis un moment, continua Fletcher : un mois, d'après le registre... Tu as des nouvelles ?

Bref signe de dédain, comme quoi tout lui coulait dessus. Des centaines de policiers étaient mis en examen pour violence, meurtre, viol ; Sonny n'avait pas envie de leur parler, encore moins de Stan.

— C'est lui qui a repris ton business, n'est-ce pas ? fit Dan. Trop occupé, sans doute, pour rendre visite à son grand frère...

Sonny gardait un œil sur l'autre flic, qui rôdait dans son dos.

— Stan revendait quoi ? De la dagga ? Quoi d'autre ?

Le détenu ne réagissait pas. Epkeen se pencha sur sa nuque :

— Tu as eu tort de donner les clés du camion à ton petit frère, Sonny... Tu ne lui as pas dit qu'il n'allait nulle part ?

Le Xhosa ne réagit pas tout de suite. Fletcher tourna les photos éparpillées sur la table.

— Stan a été retrouvé mort dans votre mobil-home, dit-il en présentant les clichés. Hier, à Noordhoek... Le décès date déjà de plusieurs jours.

Sa moue de gangster blasé changea à mesure qu'il découvrait les photos : Stan livide sur la banquette du mobil-home, son visage en gros plan, les yeux ouverts, fixant un objectif à jamais indéfini...

145

— Ton frère est mort d'overdose, enchaîna Fletcher : un mélange à base de tik… Tu savais que ton frère se défonçait ?

Sonny rapetissait sur sa chaise, la tête penchée sur ses baskets sans lacets. Stan et son rire de gosse, les beignes qu'il lui collait derrière la tête, leurs bagarres dans la poussière, leur vie défilait, fondue au noir…

— Stan n'avait pas d'autres traces de piqûre sur les bras, fit Fletcher. Tu en penses quoi ?

— Rien.

Sonny était devenu causant.

— Ton frère était impliqué dans une grosse affaire : on le soupçonne notamment de dealer une nouvelle dope aux petits Blancs de la ville… Tu le savais ?

L'aîné secoua la tête, encore sous le choc.

— Ton frère sortait avec une fille, Nicole Wiese, la gamine dont parlent les journaux. Stan ne t'en a jamais touché un mot ?

— C'est pas mes oignons.

Ses yeux ne pouvaient se décoller des photos.

— Nicole Wiese a été massacrée et tout accuse Stan : on a retrouvé de la drogue chez vous, le sac à main de la fille, et la preuve qu'ils étaient ensemble au moment du meurtre. C'est quoi cette dope ?

— Je sais pas.

Sonny s'emmêlait les doigts.

— Je ne te crois pas, Sonny. Fais un effort.

— Stan m'a rien dit.

— À part le Chef, personne n'est au courant de notre visite, assura Fletcher. Personne ne saura que tu nous as parlé, ton nom n'apparaîtra nulle part. Le juge d'application des peines est clément pour les repentis : aide-nous et on s'arrangera.

146

Ramphele rumina sur sa chaise, et ça avait l'air très mauvais.

— Stan a repris ta tournée des plages, relança Epkeen. On cherche son fournisseur : tu le connais forcément.

— Je connais personne qui vend du tik. Stan non plus.

— Ton fournisseur a pu se recycler.

— Non... Trop dangereux.

Epkeen s'assit sur le rebord de la table :

— D'après toi, pourquoi ton frère n'est pas venu te voir ces temps-ci ? Pourquoi il faisait le mort depuis un mois ? Il s'est mis à dealer de la dure, à gagner de l'argent et mener la belle vie avec les petites Blanches du bord de mer : il s'est même acheté de chouettes fringues et une moto avec des éclairs... Stan n'est plus venu au parloir parce qu'il savait que tu n'apprécierais pas la façon dont il avait repris ton territoire : sauf qu'il est tombé sur un os... Ils se sont servis de ton frère, Sonny. N'attends aucun respect de ces gens-là : ils vous traitent comme des bêtes d'abattoir.

Le détenu haussa les épaules : ici c'était pareil.

— On t'offre un moyen de t'en sortir, s'adoucit Fletcher : dis-nous qui fournissait ton frère et on révise ta peine.

Sonny ne bougeait plus, le menton échoué sur son tee-shirt miteux, comme si la mort du cadet lui avait cassé la nuque. Il n'y avait plus que lui maintenant : autant dire rien.

— La dagga, man, dit-il enfin. Juste la dagga...

Un silence pesant enveloppa la salle d'interrogatoire. Fletcher adressa un signe à Epkeen, qui éteignait sa cigarette : ou le frangin ne savait rien, ou il avait une bonne raison de mentir... Il allait renvoyer le détenu à sa cellule quand Brian lui lança à brûle-pourpoint :

— Stan avait peur des araignées, hein…

L'expression morne de Sonny changea du tout au tout : il leva des yeux interrogateurs vers le flic au treillis noir.

La faille était là, béante.

— Une peur bleue, insista Epkeen. Une phobie, comme on dit…

Le Xhosa était décontenancé : Stan était tombé dans un puits quand il était petit, un trou à sec qui ne servait plus depuis longtemps. On l'avait cherché des heures avant de le retrouver, tremblant de peur, au fond du trou : il n'y avait plus d'eau mais des araignées, par centaines. Quinze ans plus tard, Stan supportait à peine de voir une photo de ces saloperies d'araignées, encore moins de les approcher…

— Ils ont pompé ton frère le temps d'écouler la came, continua Epkeen, et quand Stan est devenu trop voyant, ils ont bourré l'aiguille pour faire croire à une overdose. Ou plutôt, on lui a laissé le choix entre se shooter à mort ou passer un quart d'heure avec une de ces charmantes bestioles… On a retrouvé une mygale dans les toilettes du mobil-home, ajouta-t-il : une grosse.

Ramphele frotta son visage entre ses mains. Les photos sur la table faisaient des kaléidoscopes sinistres dans son esprit ; les derniers pans de son monde partaient à la dérive et il n'avait aucun endroit où s'accrocher, que les yeux mouillés du petit flic face à lui.

— Muizenberg, lâcha-t-il enfin. On dealait sur la plage de Muizenberg…

*

Utilisée depuis cinq mille ans par les Pygmées pour ses vertus médicinales, les racines de l'iboga contenaient une douzaine d'alcaloïdes, dont l'ibogaïne, une substance proche de celles présentes dans différentes espèces de champignons hallucinogènes. Agissant sur la sérotonine, l'ibogaïne renforcerait la confiance en soi et le bien-être général. Si la plante et plusieurs de ses dérivés présentaient des propriétés psychostimulantes, ils pouvaient, à doses plus élevées, être responsables d'hallucinations auditives et visuelles, parfois très anxiogènes, pouvant mener au suicide. Étymologiquement dérivée d'un verbe signifiant « soigner », l'iboga était une plante initiatique dont les propriétés thérapeutiques et le pouvoir hallucinogène permettaient de faire le lien avec le sacré et la connaissance. L'iboga était utilisée au cours de séances appelées *bwiti*, des cérémonies introspectives conduites sous la houlette d'un guide spirituel, un chaman appelé *inyanga,* qui faisait figure d'herboriste. En dehors de ces rituels secrets, la racine d'iboga était employée comme aphrodisiaque ou filtre d'amour.

Les plus convaincus assuraient que l'ibogaïne provoquait des érections pouvant durer six heures, dans des délices indescriptibles. Selon la médecine occidentale, l'ibogaïne avait pris place dans les psychothérapies et le traitement de l'héroïnomanie mais les connaissances relatives à ses vertus aphrodisiaques demeuraient maigres, faute de tests scientifiques.

Un filtre d'amour africain…

Neuman ruminait comme un vieux lion penché sur son reflet. Nicole Wiese avait pris de l'iboga quelques jours avant le meurtre, une forte dose d'après les analyses du coroner, probablement sous forme d'essence.

Les fioles retrouvées dans le sac à main de Nicole ?
Son copain Stan dealait-il aussi de l'iboga ?

Neuman fila à l'institut médico-légal.

Tembo était le premier Noir à diriger la morgue de Durham Road. Sa courte barbe grise rappelait un ancien secrétaire des Nations unies, ses lunettes de vue qu'il était myope comme une taupe. Célibataire endurci, Tembo n'aimait que les vieilleries, la musique baroque, les chapeaux passés de mode, et vivait une passion exclusive pour les hiéroglyphes égyptiens. Les cadavres étaient pour lui des parchemins qu'il s'agissait de déchiffrer, des marionnettes dont il serait le ventriloque assermenté. Il ne les lâchait qu'une fois vidés de leur sens. Un acharné, qui collait au tempérament de Neuman.

Les deux hommes s'installèrent dans le labo du coroner en chef.

L'autopsie de Stan Ramphele concluait à une overdose suite à une injection à base de méthamphétamine. L'heure de la mort était incertaine mais elle remontait à quatre jours, soit peu après le meurtre de Nicole. Le sable sur le tapis de sol du pick-up correspondait aux grains retrouvés dans les cheveux de la jeune Afrikaner. On avait également relevé des traces de sel sur la peau du Xhosa et du pollen de *Dictes grandiflora*, fleur plus connue sous le nom d'iris de Wilde, confirmant ce qu'ils savaient déjà : Stan et Nicole étaient ensemble dans le Jardin botanique…

— Mais le plus intéressant vient des analyses toxicologiques, fit le légiste. D'abord l'iboga. Ramphele en a lui aussi consommé, mais la prise est plus récente : quelques heures seulement avant de mourir. C'est-à-dire aux alentours du meurtre de Nicole Wiese. On retrouve la même essence dans les fioles de son sac à main. Une formule très concentrée, comme je n'en avais jamais vu jusqu'alors...

— Une concoction artisanale ?

— Oui. Je me suis d'abord demandé si cette essence pouvait modifier le comportement des usagers mais les cobayes qui ont testé le produit se sont très vite endormis... (Tembo tripota son collier de barbe.) Je me suis donc penché sur la poudre qui a provoqué l'overdose de Ramphele et j'ai constaté que la même molécule figurait dans le cocktail pris par Nicole... L'échantillon ramené du mobil-home m'a permis d'affiner mes recherches. Comme toutes les drogues synthétiques, la méthamphétamine a des composants intermédiaires toxiques pour le cerveau, mais on a eu beau chercher parmi les substituts usuels, impossible de savoir de quoi il retourne. Le nom de cette molécule nous échappe.

— Comment vous expliquez ça ? demanda Neuman.

Tembo haussa les épaules :

— Les mafias ont souvent un temps d'avance sur la recherche publique, et leurs moyens sont autrement plus importants que les nôtres...

Tembo connaissait le sujet : depuis le LSD et le gaz BZ, les innovations apportées par les neurosciences et la recherche pharmacologique avaient ouvert le champ de tous les possibles. On savait aujourd'hui reprogrammer les molécules pour qu'elles ciblent certains mécanismes régulant le fonctionnement neuronal ou le rythme cardiaque. Ce qui relevait de l'expérience lourde était de plus en plus informatisé, les composés bioactifs les plus prometteurs pouvaient être identifiés et testés à une vitesse prodigieuse. Après avoir expérimenté en Irak des drogues accentuant la vigilance des soldats, les militaires espéraient voir, dans un avenir proche, des troupes partir au combat chargées de médicaments accroissant l'agressivité, la résistance à la peur, la douleur et la fatigue, tout en agissant, via un effacement sélectif de la mémoire, sur la suppression des souvenirs traumatiques. Tembo, qui suivait ces affaires de près, n'était pas très optimiste. Le 11 Septembre avait engendré une période de violation des normes internationales, en particuliers aux USA : on continuait l'expérimentation *a priori* interdite d'armes chimiques, sous prétexte de préserver la peine de mort par injection et le maintien de l'ordre par recours aux gaz lacrymogènes, mais l'« antiterrorisme » s'était engouffré dans une faille où le droit n'avait plus de place. Les Russes n'avaient pas révélé le nom de l'agent chimique utilisé lors de l'assaut du théâtre de Moscou en 2005, et les projets de recherche continuaient d'être menés tous azimuts. L'armée de l'air américaine envisageait, dès la première guerre du Golfe, la mise au point et l'épandage d'aphrodisiaques ultra-puissants capables de provoquer des comportements homosexuels dans les rangs ennemis, un labo tchèque travaillait sur la transformation d'anesthésiants combinés à une série d'antidotes ultra-rapides, des commandos spéciaux se chargeant alors de procéder à des exécutions ciblées au milieu d'une foule en état de choc, ou anesthésiée.

Écartées pour cause d'effets secondaires indésirables, des milliers de molécules dormaient sur les étagères des laboratoires : certaines avaient pu être recyclées par des organisations peu scrupuleuses...

Neuman l'écoutait sans mot dire. Les mafias ne manquaient pas dans le pays — cartels colombiens, russes, mafias africaines. L'une d'elles avait pu mettre au point un nouveau produit. Le regard de Tembo s'illumina enfin, comme s'il venait de découvrir le secret des pyramides.

— J'ai testé vos échantillons sur des rats, dit-il avec un sourire clinique. Intéressant… Venez voir.

Neuman le suivit dans la salle voisine.

Des spécimens en bocaux s'enlaçaient sur les étagères. Deux laborantines s'affairaient autour des paillasses.

— Le protocole est prêt ? demanda le médecin-chef.

— Oui, oui, répondit une silhouette, énigmatique sous son masque. Commencez par le numéro trois…

Ils se dirigèrent vers les cages à souris au fond de la pièce. Il y en avait une dizaine, hermétiques, avec une fiche correspondant aux expérimentations.

— Voici la cage dont je vous parlais tout à l'heure, dit le légiste : celle où nous avons testé l'iboga…

Neuman se pencha sur les petites bêtes : elles étaient une demi-douzaine qui dormaient, paisibles, les unes sur les autres.

— Mignon, n'est-ce pas… (Tembo désigna la cage voisine.) Nous avons enfumé celle-ci avec la poudre retrouvée dans le mobil-home. Les rats que vous voyez sont actuellement en phase numéro un : c'est-à-dire qu'ils ont inhalé le produit depuis peu.

Neuman fronça les sourcils. Une agitation anarchique régnait dans la cage ; la moitié des spécimens tournaient en rond à toute vitesse, les autres copulaient, le tout dans la plus grande confusion.

— Viol, comportements déviants, érotomanie… Après un flash de deux à trois minutes, les couples et les hiérarchies ont volé en éclats, comme vous pouvez le remarquer, avec le plus grand naturel… La phase numéro deux est un petit peu moins folklorique.

Une dizaine de rats erraient, hagards, dans la cage suivante.

— Apathie, perte de repères sensoriels, répétitions d'actes *a priori* sans logique, désolidarisation du groupe, comportements asociaux, voire paranoïaques… Cette phase peut durer plusieurs heures avant que les spécimens ne sombrent dans un profond sommeil. Les premiers cobayes ne se sont pas encore réveillés… Par contre, fit-il avec des yeux de glace, regardez ce que ça donne quand on augmente la dose…

Neuman se pencha sur la cage et retint son souffle. Il y avait des dizaines de cadavres derrière les vitres, dans un état affreux : pattes rognées, museau arraché, pelage écorché, tête à moitié emportée ; les survivants, qui déambulaient au milieu du charnier, ne valaient guère mieux…

— Après une brève euphorie, la totalité des spécimens ont perdu le contrôle, pas seulement de leurs inhibitions, expliqua Tembo. Certains ont commencé à s'entre-dévorer. Les dominants ont agressé les plus faibles, n'hésitant pas à les tuer, avant de les déchiqueter. Puis ils sont passés au reste des cobayes… Le carnage a duré des heures, jusqu'à épuisement.

Il ne restait que les dominants : deux rats de laboratoire qui avaient dû être blancs, sans queue, avec chacun un bout de tête scalpée et qui se regardaient de loin.

— Ils sont en état de choc, commenta le légiste. Nous avons autopsié plusieurs cadavres et décelé de graves séquelles au niveau du cortex… La drogue semble provoquer une accélération des réactions chimiques, certaines générant alors une substance qui agit comme un catalyseur, si bien que la vitesse de réaction part de zéro puis s'emballe, déclenchant la catalyse et accélérant encore le processus... Comme une bombe atomique, et la fission de noyaux d'uranium.

— En clair ?

— Euphorie, hébétude, manque, fureur, état de choc : le comportement du consommateur varie selon la dose administrée.

— Une idée de la réaction chimique sur les humains ?

Le légiste lissa la pointe de sa barbe.

— Les résultats peuvent varier selon les antécédents, le système nerveux et le poids de la personne, dit-il, mais d'après nos tests comparatifs, on peut avancer sans trop se tromper qu'avec une dose d'un centimètre cube, la personne intoxiquée décolle. À deux centimètres cubes, passé le moment d'excitation, on flotte dans une forme de torpeur paranoïaque : c'était l'état de Nicole quand on l'a assassinée... Avec une dose de trois centimètres cubes, on entre dans une phase d'agressivité incontrôlée. À quatre, on détruit tout sur son passage, en finissant généralement par soi... Bref, on devient dingue.

— Stan était dans quel état au moment de sa mort ? s'enquit Neuman.

— Totalement hors cadre, répondit Tembo. Il s'est injecté plus de dix doses.

Le soir tombait quand Neuman quitta la morgue de Durham Road.

Il avait vu Dan et Brian un peu plus tôt, de retour du pénitencier de Poulsmoor : Sonny Ramphele dealait de l'herbe aux surfeurs de Muizenberg et le petit frère avait visiblement pris la suite, avec un produit beaucoup plus toxique. Stan jouait de son physique pour piéger sa clientèle féminine blanche et étendre

155

son réseau parmi la jeunesse dorée de Cape Town. Avait-il profité de la virée à la plage de Muizenberg avec sa copine Nicole pour se fournir en drogue ? L'iboga pouvait expliquer l'intrusion nocturne dans le Jardin botanique — planer sous les étoiles et faire l'amour dans les fleurs — mais le reste ne collait pas : si les amants avaient échangé leur trip en vue d'une partie de jambes en l'air, Stan avait trompé Nicole sur la marchandise. Il lui avait fait prendre un produit sophistiqué et ultra-dangereux, noyé dans des cristaux de tik...

La rumeur qui grondait dans le corps de Neuman remontait de loin. Qu'on ait massacré une jeune femme alors qu'elle faisait l'amour parmi les plus belles fleurs du monde, l'idée qu'on doive payer pour son plaisir l'écœurait.

*

Dan raconta l'histoire du zèbre mal aimé et de la pie, qui lui avait volé ses rayures. Il finissait par les récupérer mais toutes mélangées, si bien que plus personne ne le reconnaissait dans le troupeau ; ça l'arrangeait, le zèbre.

— Et la pie ? s'enquit Tom.

— Elle a attendu la saison des pluies et l'arrivée d'un arc-en-ciel pour lui voler ses couleurs, répondit son père.

Franc succès dans les travées des lits superposés. Il fallut encore dire bonsoir à Baggera, la panthère étonnamment noire, parlementer avec la clique de Tom disposée sur son lit, après quoi seulement c'était le tour d'Eve, qui alors consentait à la boucler, attraper son doudou par la peau du cou et se coller le pouce jusque-là.

— Bonne nuit, mon girafon, dit-il en l'embrassant sur les yeux.

Dan ferma la porte de la chambre avec une lame dans le ventre. La peur toujours : peur de perdre Claire, de ne pas être à la hauteur... Les petits anges dormaient dans des draps de fakir.

Il se calma un peu avant de rejoindre sa femme, qui lisait en bas.

Ils ne regardaient plus la télé depuis sa maladie ; au début ils trouvaient ça bizarre — ça ne leur traversait même plus l'esprit de l'allumer — et puis ils s'étaient rendu compte que leur temps ensemble valait mieux que des émissions de cuisine.

Dan et Claire s'étaient rencontrés cinq ans plus tôt dans un bar de Long Street, un soir anodin qui avait changé leur vie. Fletcher avait grandi dans une famille de la petite bourgeoisie anglophone de Durban où son homosexualité latente s'était résumée à quelques masturbations semi-honteuses dans les toilettes du club de sport où de jeunes gaillards entreprenants l'avaient soulagé sans qu'il osât passer à l'acte — la pénétration, grand tabou masculin. Claire chantait ce soir-là des standards des années 1970, accompagnée par un guitariste noir accrocheur — *I Wanna Be Your Dog* ; même *unplugged*, ça l'avait mené en laisse jusqu'à ses hanches souples qui, dans sa robe cintrée, ondoyaient sous les spots... Sa grâce, les dreadlocks blondes qui tombaient sur ses épaules dénudées, sa voix grave et triste, presque masculine : Dan grésillait. Il l'avait abordée au bar avec ses yeux cassés et Claire avait dit oui à tout, tout de suite : des enfants, la vie.

Cinq ans.

Aujourd'hui Claire ne chantait plus, ses cheveux étaient tombés par poignées, même le dessin miraculeux de ses hanches avait fondu sous les rayons. La beauté bombardée, et l'effroi qui gisait sous les fleurs : Dan ne supporterait pas sa disparition. La menace qui pesait sur eux les avait taillés dans le cristal et sous ses airs mâles et rassurants, c'était lui le plus fragile…

— Ça va ? fit Claire en le voyant revenir de la chambre.

— Oui, oui…

Sa femme lisait, les pieds repliés sur le canapé du salon. Elle portait un chemisier blanc qui descendait sur ses cuisses, un short moulant en coton et des lunettes à monture d'argent qui, avec son livre, lui donnaient un air studieux assez appétissant… Il se pencha sur la couverture :

— C'est quoi ?

— Rian Malan.

Le Sud-Africain qui avait écrit *My Traitor's Heart*, ce terrifiant chef-d'œuvre.

— C'est son dernier, précisa Claire.

Mais Dan ne semblait pas très concentré sur l'œuvre du journaliste-écrivain. Il la regarda recaler une mèche blonde derrière son oreille — elle n'avait pas encore l'habitude de sa perruque — et s'agenouilla sur le parquet. Elle avait les chevilles fines, douces, émouvantes… Claire oublia son livre et dans un sourire ferma les yeux : il embrassait ses pieds, une foule de petits baisers comme une poudre d'amour répandue là, il les léchait et sa langue en se lovant entre ses orteils l'excitait… terriblement. Elle adora ses mains à fleur de peau, ses doigts furetant sous le coton de son short…

Elle sentit qu'elle mouillait et, ravie, se laissa basculer en arrière…

Ils avaient à peine fini de faire l'amour que le téléphone sonnait au pied du canapé. Craignant qu'il ne réveille les enfants, Dan fit un mouvement pour attraper l'appareil. Claire s'agrippa dans le même mouvement, encore tout encastrée en lui : il décrocha à la cinquième sonnerie.

— Je te dérange ?

C'était Neuman.

— Non… Non…

Dan avait des étoiles dans la tête et un archipel de comètes en guise d'oreiller.

— Je passe te prendre demain matin pour une petite balade en bord de mer, annonça Neuman. Brian aussi est dans le coup…

Le ventre de sa femme le tenait au chaud, fermement :

— OK.

— N'oublie pas ton arme, cette fois…

— Non, promis.

Dan sourit en raccrochant. Pur camouflage. Il n'en avait jamais fait part à Neuman, encore moins à Claire, en réalité une trouille bleue lui mordait la tripaille : sa fée malade, les enfants, il n'était qu'une mauviette qui tremblait pour les siens… Claire le rappela à elle par une subtile contraction du périnée. L'amour avait rosi ses joues pâles : elle souriait pour de vrai, courageuse, amaigrie, confiante.

Dan ravala une gorgée de pitié devant sa perruque légèrement désaxée, mais son bassin ondulait doucement le long de son sexe. Elle murmura :

— Encore.

10

Gulethu ne savait plus quand les choses avaient commencé à se détraquer. Dix ? Douze ans ? La puberté perturbée, des actes sauvages, incandescents — était-ce sa sœur, sa cousine ? Gulethu ne se souvenait plus. De rien. Un refoulement qui avait englouti jusqu'à sa propre surface. L'iceberg flottait aujourd'hui au gré du courant, sans destination ni pilote.

La tradition zouloue voulait que les gens coupables d'inceste pourrissent vivants. *Sonamuzi* : le péché de famille, dont il s'était rendu coupable. « Pas ma faute », criait-il dans le noir : c'était la malédiction qui pesait sur lui et ces sales petites garces qui l'avaient mené en bateau. C'était l'*ufufuyane* qui les rendait folles. Sexuellement hors de contrôle. L'*ufufuyane,* la maladie qui touchait les jeunes filles et s'abattait sur lui. Le danger était partout, il suffisait de voir leurs déhanchements en revenant de la corvée d'eau, leurs seins lourds décolletés au soleil, et leurs sourires qui vous accrochaient sur le chemin comme à une toile d'araignée… Gulethu avait été leur victime, leur proie, et non l'inverse, comme l'avait décrété le chef du village : l'*ufufuyane* était la cause de tout, l'*ufufuyane* avait été envoyé par les esprits pour le tromper. Mais personne ne l'avait écouté. On l'avait banni du village : « Qu'il pourrisse vivant ! »

On aurait pu l'égorger comme un zébu sacrifié, l'écorcher pour lui rappeler la puissance du tabou ancestral, les villageois avaient préféré le laisser se décomposer lentement, selon la tradition. Gulethu avait rejoint la ville, du moins ses townships, où d'autres avant lui s'étaient mêlés aux ordures.

Le pouvoir du *sonamuzi* était puissant : l'*umqolan,* la sorcière qu'il avait consultée, le savait bien. Quelqu'un lui avait parlé d'elle, Tonkia, une vieille édentée qui concoctait des remèdes, à qui on prêtait des accointances avec les esprits contraires. L'*umqolan* connaissait sa malédiction. Elle en avait déjà soigné. Elle repousserait le péché de famille qui pesait sur ses nuits. Elle confectionnerait un *muti* pour lui, une potion magique qui l'éloignerait de sa destinée. Il ne pourrirait pas. Pas maintenant. Une jeune Blanche le sauverait. N'importe laquelle, pourvu qu'elle soit vierge. Il suffisait de lui ramener le sperme qui l'avait déflorée.

Gulethu avait soigneusement préparé son coup. Il avait promis beaucoup au jeune Ramphele, sans tout lui dire. Les choses s'étaient déroulées comme il l'avait espéré jusqu'à ce que cette maudite garce se mette à crier : des cris de chienne en rut. L'*ufufuyane* l'avait rattrapée, elle aussi : zouloues, métisses ou blanches, les chiennes étaient toutes possédées. Jamais une jeune vierge n'aurait écarté les cuisses de la sorte, ni proféré toutes ces insanités : les esprits contraires étaient intervenus, avant qu'il eût la moindre chance de confectionner son *muti*.

Il avait essayé de la contenir, mais la garce hurlait de plus belle…

Les cris le réveillèrent en sursaut. Gulethu se dressa sur son séant, les yeux grands ouverts. Des sueurs froides inondaient son visage, il haletait, entre deux mondes, distinguant à peine les murs miteux du hangar. Il vit bientôt les paillasses éparpillées sur le sol, les autres qui ronflaient, et revint à la réalité... Non, ce n'était pas les hurlements de la fille qui l'avaient réveillé : c'était l'*umqolan* qui l'avertissait d'un danger.

Stan était mort mais les flics pouvaient interroger son frère en prison. Ils pouvaient venir fouiner sur la plage... Le Chat ne devait pas être mis au courant : *jamais*.

Le malaise le prit dès le réveil. Un poids sur le cœur, comme s'il avait couru sous l'eau pendant des heures, la tête à l'envers. Une mort en apnée. Epkeen s'assit sur le bord du lit, chercha dans le fatras de ses souvenirs, ne trouva pas la queue d'un rêve. Une impression de corvée flottait dans l'air de la chambre, comme quoi le petit matin aurait mieux fait de fermer sa grande gueule. Ce con de réveil n'avait pas sonné. Ou il avait oublié. Sa tête le grattait. Mal dormi. La station debout n'arrangea rien.

Brian avait rendez-vous avec les autres, au train où allaient les choses il n'aurait pas le temps de déjeuner, il faisait déjà chaud et cette virée à la plage, avec ou sans son copain « Jim », ne lui disait rien.

— Hum… minauda Tracy, enfoncée sous les draps. Tu t'en vas ?

— Oui. Je suis en retard…

Brian releva la mèche rousse qui courait sur sa joue. Maladroite en tendresse, Tracy attrapa sa main et la tira vers elle.

— Viens, dit-elle sans ouvrir les yeux : reste avec moi.

C'était stupide, il venait de lui dire qu'il était en retard.

— Allez ! insista Tracy.

— Lâche-moi, darling.

Il n'avait pas envie de jouer. Sa ténacité l'agaçait. Il n'était pas amoureux : il aurait dû lui dire hier soir que ça ne servait à rien, une histoire sans espoir, il n'était que le sel d'un océan de larmes, mais Tracy avait roulé sur lui ses gros seins pleins d'amour et son cœur s'était fendu comme une bûche, à la première incartade, vaincu volontaire... Une défaite de plus.

— Qu'est-ce qu'il y a ? lança la barmaid en risquant un œil au-dessus des draps.

Brian sortait de la douche :

— Rien... Rien du tout.

Il s'habilla avec ce qui lui tombait sous la main.

— Les clés sont sur la table de la cuisine, dit-il. Tu n'auras qu'à les balancer dans les pots de fleurs.

Tracy le regardait sans comprendre. Il prit son arme et sortit de chez lui.

*

Un vent violent soufflait sur la plage de Muizenberg. Neuman ferma le bouton de sa veste qui couvrait son Colt 45. Epkeen et Fletcher suivaient en se protégeant le visage des nuages de sable que soulevaient les bourrasques. Passé les cabines pittoresques et désuètes, la plage s'étendait sur des kilomètres, jusqu'au township.

Ils avaient interrogé les parqueurs de voitures aux dossards criards qui dealaient aussi un peu de dagga : l'un d'eux avait reconnu Stan Ramphele sur la photo (il avait un pick-up) et la fille (une jolie petite blonde).

164

Pas d'autres infos, ni des flics locaux, ni des indics cuisinés depuis des jours.

Ils quittèrent la jetée de bois qui longeait les premières dunes et commencèrent à marcher sur le sable meuble. Contrairement aux week-ends où les citadins affluaient, la plage de Muizenberg était presque vide ; les rares baigneurs se concentraient devant la promenade et la cabine de secouristes, où deux blondinets aux colliers africains surveillaient de près leur musculature. Neuman leur avait montré la photo de Ramphele, mais des jeunes Noirs en Gap et Ray Ban en plastique, ils en voyaient passer des dizaines tous les jours. Idem pour la petite blonde censée l'accompagner...

Les vagues s'abattaient avec fracas, gobant quelques surfeurs au passage : ils interrogèrent les chevelus en combinaison qui en ressortaient vivants, n'obtinrent que des moues salées. Ils marchèrent. Encore. Les habitations se firent rares. Il ne resta bientôt plus qu'un planchiste au large et des paquets de vagues mal léchées qui déboulaient en trombe. Epkeen était en sueur sous son blouson de toile, il commençait à en avoir marre de cette balade, vingt minutes qu'ils marchaient dans la glu. Fletcher à ses côtés ne disait rien, silhouette indolente sous le soleil et les tourbillons qui venaient fouetter leur visage. Neuman marchait devant, insensible aux éléments. Un, deux kilomètres... Ils aperçurent alors un groupe d'hommes, à l'abri d'une dune. Des Noirs, une demi-douzaine, qui buvaient de la *tshwala*[1] sous une paillote dépenaillée. Une fille dansait à l'ombre ; la musique, contre le vent, ne leur par-

1. Bière artisanale très amère.

165

vint que plus tard — une sorte de reggae, que crachait un ghettoblaster…

Neuman fit signe à Epkeen d'aller y jeter un œil : eux poursuivraient jusqu'aux dunes — une mince fumée grise s'échappait un peu plus loin, emportée par le vent. Brian fila droit sur le bar improvisé, des cuisses dorées en ligne de mire…

Les rafales soulevaient des nuées. Fletcher se cala dans le sillage de Neuman et le suivit jusqu'aux dunes blanches.

Une odeur de poulet grillé flottait dans l'air, et une chose encore indicible. Ils virent une cabine de plage vermoulue, un *braai*[1] installé à l'abri du vent, et deux hommes avec une casquette en toile qui s'occupaient des grillades. Neuman évalua le terrain, ne vit que la crête des dunes et les types tournés vers eux. Porté par les bourrasques, le reggae de la paillote leur parvenait par bribes. Neuman approcha. La porte de la cabine, entrouverte, ne tenait debout que par pure fantaisie. Les deux Noirs en revanche étaient raides.

— Nous cherchons cet homme, dit-il : Stan Ramphele.

Les types tentaient de sourire, les yeux rouges : un Noir tout en nerfs, la trentaine, les dents partiellement pourries par la malnutrition et la dope, l'autre plus jeune, qui s'enfilait une bière en regardant sa canette comme si le goût changeait à chaque gorgée.

— On connaît pas ce gars-là, dit-il, l'haleine chargée.

— Vous avez pourtant la tête d'un de ses clients, répliqua Neuman. Stan, insista-t-il : un dealer de dagga qui s'est mis à la dure…

1. Barbecue.

166

— Je sais pas, man… Nous on profite de la plage, c'est tout !

Le vent fit voler les cendres dans le barbecue. Ils avaient des cicatrices sur les bras, le cou…

— Vous venez d'où ? demanda Neuman.

— Du township. Pourquoi, man ?

Fletcher se tenait en retrait, la main sur la crosse de son arme.

— On a retrouvé Stan dans son mobil-home avec une dose de poudre à s'en casser les veines, répondit Neuman. Un mélange à base de tik. Vous en pensez quoi, les gars ?

— Faudrait avoir envie d'en parler, répondit Tout-en-nerfs.

Neuman poussa la porte de la cabine de plage, vit une paire de jumelles sur le sol miteux. Un modèle haut de gamme, qui ne collait pas avec ces minables. Ils les avaient vus venir. Ils les attendaient.

Le sourire de Tout-en-nerfs se figea, comme s'il devinait ses pensées. Son compère fit un pas pour contourner le barbecue.

— Toi tu bouges pas, lâcha Fletcher en sortant son arme du holster.

Il sentit au même instant une présence dans son dos :

— Toi non plus !

Un revolver se planta contre sa moelle épinière. Caché derrière la cabane, un troisième homme venait de surgir. Neuman avait dégainé son arme mais il ne tira pas : le chien était relevé sur les cervicales de Fletcher et le type au Beretta avait les yeux vides, d'un noir éteint. Un tsotsi d'à peine vingt ans qu'il avait déjà croisé quelque part : l'autre jour, sur le terrain vague, les jeunes qui savataient Simon… Fletcher balaya les environs du coin de l'œil mais c'était trop tard : les

167

autres avaient tiré deux revolvers du sac de charbon sous le barbecue.

— On lève les mains, les poulets ! siffla Tout-en-nerfs, le canon braqué sur Neuman. Gatsha, tu prends son flingue : doucement !

— Un geste, et ton copain a une balle dans la tête ! aboya le plus jeune.

Gatsha avança vers Neuman comme s'il mordait, et arracha le Colt de ses mains.

— Calmez-vous…

— Ta gueule, négro !

Le calibre dans la nuque, le chef édenté avait forcé Fletcher à s'agenouiller, les mains sur la tête. Les autres sifflèrent quelques insultes en dashiki, avec des rictus de victoire. Le Zoulou ne bougea pas : Fletcher suait à grosses gouttes devant le barbecue, exsangue, et ses jambes tremblaient de concert. Neuman jura entre ses dents : Dan était en train de flancher. On pouvait le sentir à la dilatation de ses pores, au vent de peur qui l'étreignait et à ses mains perdues sur sa tête…

— Colle-toi là, toi ! lança Tout-en-nerfs à l'attention de Neuman. Les mains plaquées !… T'entends, connard !

Neuman recula contre la cabine de plage, plaqua le dos et les mains sur le bois fissuré. Gatsha l'avait suivi. Il retint son souffle quand le tsotsi pressa le revolver contre ses testicules.

— Tu bouges d'un pouce, je te fais sauter les couilles et toute la merde qui va avec…

Joey, le jeune Noir croisé sur le chantier, tira alors un couteau de sa ceinture, qu'il passa devant ses yeux :

— On s'est déjà vus, hein poulet ?

Il ricana et, d'un coup sec, planta la lame dans le

bois vermoulu. Neuman tressaillit : le tsotsi venait de lui clouer l'oreille contre la porte.

— On bouge pas, j'ai dit ! prévint le gosse, les vaisseaux des yeux éclatés.

Le canon compressait ses testicules. Son oreille le brûlait, un sang tiède coulait le long de son cou, lobe et cartilages avaient été transpercés par la lame qui le tenait rivé contre la porte. À quelques pas de là, Fletcher tremblait sous les bourrasques, à genoux, le calibre planté dans la nuque.

— Alors poulet, on a peur ? Tout-en-nerfs pressa le policier face contre terre. Tu sais que tu as une gueule de petit pédé… On t'a déjà dit ça ? Sale petit pédé de flic…

Le plus jeune gloussa. Gatsha gardait le doigt sur la queue de détente.

— Qu'est-ce que vous diriez d'un poulet grillé, les gars ? relança le chef sous sa casquette. Celui-là a l'air à point !

— Hey, man ! Du poulet grillé ! Oh oh !

— On pourrait lui donner une chance, non ?

— Ouais !

— Non !

Les deux tsotsis se disputaient pour le plaisir, mais Gatsha ne relâchait pas la pression sur les testicules de Neuman, la gorge serrée.

— Allez Joey ! Apporte de quoi découper le poulet !

Fletcher, maintenant allongé sur le sable, ne cessait plus de trembler. Joey tendit un *panga*[1] à son aîné.

— Laissez-le, souffla Neuman, cloué au bois de la cabane.

— Va te faire foutre, négro.

1. Machette.

Ali eut un regard furtif vers la paillote, comme si Epkeen pouvait le voir.

— Inutile de compter sur ton petit copain blanc : on s'occupe de lui…

Il crut distinguer la silhouette de Brian à travers la brume de chaleur, se trémoussant sur la piste improvisée de la paillote… Qu'est-ce qu'il foutait, ce con ?

Tout-en-nerfs se pencha vers le jeune flic à terre, passa la machette sur son dos comme pour en nettoyer la lame :

— Maintenant tu vas faire le poulet… Tu entends ? (Il susurra à son oreille :) Tu vas faire le poulet, ou je te saigne, petit pédé… Tu entends ? ! … FAIS LE POULET !

Fletcher adressa un regard paniqué à Neuman.

— Laissez…

La pression du canon lui vrilla le bas du ventre. Le temps se figea. Il n'y avait plus que le vent scalpant les dunes et les yeux cruels du tsotsi suintant de mépris au-dessus de Dan. Même la musique ne lui parvenait plus. Le chef allait frapper : Fletcher pouvait le sentir dans ses os, ce n'était plus qu'une question de secondes. Il chercha Neuman du regard, ne le trouva pas.

Il émit un pauvre hoquet qui ne couvrait pas le bruit de ses sanglots.

— La moitié d'un geste et t'es mort, souffla Gatsha à l'oreille sanguinolente de Neuman.

— Mieux que ça ! éructa l'autre, le *panga* à la main. Mieux que ça !

Fletcher éructa un pauvre *keut keut*, qui alla se perdre dans le fracas des rouleaux.

— Ah ! Ah ! s'esclaffa l'autre, les yeux fous. Regardez-moi ce poulet ! Oh ! Le joli petit poulet !

Le flic tremblait près du barbecue, le visage enfoui contre le sable. Le tsotsi se dressa :

— Regarde ce que j'en fais, moi, des pédés dans ton genre !

D'un coup de machette, il lui trancha la main droite.

*

Epkeen jaugea la petite foule assemblée devant la glacière. Ils étaient une demi-douzaine à danser sous la paillote, notamment une métisse à la robe franchement décolletée. Elle se pavanait en buvant sa bière, le regardait d'un air insistant, les lèvres jouant sur le goulot. Le ghettoblaster crachouillait du reggae, des musiciens de Marley... La fille se tortillait sur le sable, les types butinaient autour comme des abeilles : seul le grand Noir qui servait la *tshwala* avait plus de trente ans. Des tatouages aux bras, de mauvaise qualité — probablement faits en détention...

— Salut ! lança la fille en abordant Epkeen.

— Salut.

— Tu danses ?

La métisse prit sa main sans attendre de réponse et, l'enroulant de ses bras, l'entraîna sur la piste improvisée. Il respira son parfum de réglisse et l'ajout malheureux du houblon. Sa bouche, malgré une dent manquante, restait jolie.

— Je m'appelle Pamela ! cria-t-elle par-dessus la musique. Mais tu peux m'appeler Pam ! ajouta-t-elle sans cesser de danser.

Il se pencha vers son décolleté pour répondre à son oreille :

— Comme une pam pam girl !

La fille sourit d'un air goulu. Les autres leur adressaient des signes amicaux, suivant le rythme des Wailers. Emporté par l'élan de la fille, Epkeen se trémoussa un peu : Pamela se lovait contre lui, joueuse, provocante... Il sortit la photo de Ramphele.

— Tu connais ?

La liane se dandina autour du cliché, secoua la tête pour dire non, et se colla en un long frisson contre son échine — sa peau poivrée crachait le feu.

— Tu me paies une bière ?

Pam le regardait avec une expression de supplication enfantine, comme si le monde était suspendu à ses lèvres. Les autres les observaient. Epkeen fit signe au tatoué qui brassait la bière. Ils attrapèrent leur verre en plastique avec une sensualité d'acrobate et, dansant toujours, trinquèrent au vide. La musique empêchant de soutenir une conversation, l'Afrikaner tira la fille vers les herbes qui bordaient les dunes.

Pam lui souriait comme s'il était très beau.

— Stan Ramphele, insista-t-il en lui plantant de nouveau la photo sous les yeux : un jeune qui passait ses journées sur la plage... Un beau mec. Tu l'as forcément croisé.

— Ah oui ?

— Stan dealait de la dagga et depuis peu une sorte de tik... Ici, sur la plage.

La fille se trémoussait toujours.

— Tu es flic ? lança-t-elle.

— Stan est mort : je cherche à savoir ce qui lui est arrivé, pas à t'embarquer, toi ou tes copains.

Le vent faisait tinter les breloques dans ses cheveux. Pam haussa les épaules :

— Tu sais, moi, je suis qu'une fille de plage...

Son sourire troué s'échoua à ses pieds. Le reste

continuait de tanguer dans l'azur : elle but sa bière d'un trait, se rattrapa à lui et se mit à rire.

— Ne me dis pas que tu m'as attirée jusqu'ici pour me parler de ce gars !

— Tu avais la tête d'une fille honnête, mentit-il.

— Et là, dit-elle en posant sa main sur ses fesses : je suis honnête ou malhonnête ?

Les herbes pliaient sous la brise, le bruit des vagues se mêlait au reggae et Pam tâtait la marchandise, en connaisseuse : elle poussa son bas-ventre contre le sien, s'alanguit sur son sexe, s'abaissa pour le frôler de ses seins, s'agenouilla enfin. Epkeen sentit la main de la métisse filer dans son dos : en une seconde, Pam avait tiré l'arme du holster.

Elle se redressa à une vitesse stupéfiante compte tenu de sa position, ôta la sécurité et braqua le calibre .38 sur l'Afrikaner, qui avait à peine esquissé un geste.

— Tu bouges plus, fit-elle en armant le chien. Les mains sur la tête !... Allez !

Epkeen ne cilla pas. Un homme apparut, terré derrière la dune. Le tatoué qui servait la bière...

— C'est bon, lui lança-t-elle sans cesser de menacer le flic. Mais ce con refuse de lever les bras.

— Ah oui ? fit le tatoué en approchant.

Il avait une arme sous sa chemise rasta.

— Tu vas mettre ta sale gueule face contre terre ! siffla Pam.

Au lieu d'obéir, Epkeen tira un curieux objet de sa veste en toile : le knout des aïeux, et sa boucle de cuivre.

— Tans pis pour ta gueule ! éructa Pam en visant la tête.

La fille pressa la détente, deux fois, tandis qu'Epkeen

173

se ruait sur le type. Pam continua de tirer, à vide, comprit que le .38 n'était pas chargé. Le tatoué dégaina mais la tige de cuir, en s'abattant sur sa joue, lui arracha un morceau grand comme un steak. L'homme eut un cri étouffé et, chancelant sous un rideau de larmes, ne vit pas venir le second coup : le .32 qu'il tenait sous sa chemise lui gicla littéralement de la main.

Pam avait vidé le chargeur entre les omoplates d'Epkeen, qui fit volte-face. Le knout brisa le poignet de la fille, qui lâcha le .38 en couinant. Dans son dos, le tatoué voulut ramasser le calibre à terre : le cuir d'hippopotame lui ouvrit les phalanges jusqu'à l'os. Le cœur d'Epkeen battait à tout rompre : ils n'avaient pas affaire à des petits dealers de plage mais à des tsotsis tueurs de flics. Une rafale de vent fit cligner ses yeux. Abandonnant son arme, le tatoué déguerpit vers la paillote en se tenant la joue. La fille n'avait pas encore pensé à s'enfuir : elle regardait son poignet cassé comme s'il allait tomber. Epkeen la crocheta à la pointe du menton. Il releva la tête, vit le tatoué remonter la dune en courant.

Il entendit alors un cri au loin, par-dessus les rouleaux. Le hurlement d'un homme, qui venait de l'autre côté des dunes...

Dan.

*

— Vas-y, souffla Gatsha à l'oreille fendue de Neuman. Fais-moi le plaisir d'ouvrir ta sale gueule de négro. Vas-y, que je te fasse sauter les couilles...

Il pressait si fort que Neuman avait envie de vomir. Un geste et il était mort. L'autre n'attendait que ça. Fletcher pleurait en regardant sa main tranchée, effaré, comme s'il ne voulait pas croire à ce qui lui arrivait. Le sang arrosait les pieds du barbecue, le vent tourbillonnait, il sanglotait comme un enfant terrorisé que personne ne viendrait sauver. Il était seul avec son moignon et sa main sur le sable, détachée du corps. Il vivait un cauchemar.

Neuman ferma les yeux quand le tsotsi lui coupa l'autre main.

Fletcher eut un cri affreux avant de s'évanouir.

— Du poulet rôti ! éructa Tout-en-nerfs, la machette brandie.

Joey souriait, extatique. Le tsotsi ramassa les mains coupées et les jeta sur la grille du barbecue. Neuman rouvrit les yeux mais c'était pire : le flot de sang qui giclait des moignons, son ami à terre, évanoui, les braises attisées par le vent, l'odeur de viande, le grésillement des mains sur la grille incandescente, la lame du couteau qui le clouait comme une chouette au cabanon, le revolver dans ses tripes et les yeux défoncés de Gatsha qui riaient, insensés.

— Ah ah ! Du poulet rôti !

Les bourrasques volaient, furieuses, dans les braises ; Tout-en-nerfs planta son genou dans le dos de Fletcher, qui ne réagissait plus. Il le tira par la racine des cheveux et, d'un coup de machette, l'égorgea.

Le cœur de Neuman cognait à tout rompre. Le fantôme de son frère passa dans son dos ruisselant. Ils allaient découper Dan en morceaux, ils allaient le faire griller sur la plage, après quoi ils passeraient à lui. Il serra les dents pour chasser la peur qui ramollissait ses cuisses. Un liquide tiède continuait de couler sur sa chemise et Fletcher agonisait sous ses yeux épouvantés.

Le tsotsi à la machette se tourna vers le plus jeune :

— Joey ! Va donc voir où en sont les autres pendant qu'on s'occupe du négro…

Tout-en-nerfs songeait à des morts spectaculaires quand la tête de Gatsha explosa : projeté par l'impact, le gamin n'eut pas le temps de presser la détente. Les autres se tournèrent aussitôt vers la paillote d'où provenait le coup de feu : une silhouette longiligne dévalait la dune — un Blanc, qui tenait un revolver à la main. Ils brandirent leurs armes et le prirent dans leur mire.

Des bouts de chair et d'os avaient giclé sur son visage mais Neuman réagit en un éclair : il tira la lame qui le rivait au cabanon et se rua sur eux. Tout-en-nerfs sentit le danger. Il retourna son arme vers l'homme au couteau, trop tard : cent kilos de haine se plantèrent dans son abdomen. Le tsotsi recula d'un mètre, avant de tomber à genoux.

Epkeen essuya un premier coup de feu, qui souleva un peu de sable à ses pieds, le second se perdit dans l'azur : il stoppa sa course au pied de la dune, et visa. Face au soleil, le type n'avait pas une chance : il l'abattit d'une balle dans le plexus.

Près du barbecue, le chef du gang regardait son ventre, incrédule, la lame enfoncée jusqu'à la garde. Neuman ne prit pas le temps de retirer le couteau : il attrapa les mains qui grésillaient sur la grille et les jeta sur le sable.

Epkeen regardait le monde comme un ennemi, à la recherche d'une autre cible. Il vit alors le corps mutilé de Fletcher au pied de la dune. Neuman s'était précipité à son chevet. Il ôta sa veste, prit son pouls. Dan respirait encore.

Epkeen accourut enfin, pâle comme un linge.

— Appelle les secours, lui lança Neuman en pressant la jugulaire. Vite !

DEUXIÈME PARTIE

ZAZIWE

1

— *Qu'as-tu, grand frère ?*
— *Je brûle.*
— *Et tes genoux ?*
— *Ils cognent.*
— *Ton short rouge ?*
— *Tu vois bien, il ruisselle.*
— *Et tes joues, grand frère, tes joues ?!*
— *Deux sillons de pétrole.*

Andy avait brûlé sous ses yeux : les larmes noires s'évaporaient comme du caoutchouc sur ses joues, des bulles crasseuses qui crevaient là, pétrifiées... Les miliciens avaient lâché le supplicié, ce n'était plus la peine, il tenait debout tout seul, ou plutôt il cherchait un endroit où il pourrait se tenir debout. Andy avait voulu se rouler à terre mais la gomme s'était déjà fondue à lui : il pouvait toujours gesticuler, pousser des cris à vriller les tympans de la Terre, ça ne lui donnerait pas un endroit où disparaître.

Le temps s'était compressé dans l'esprit d'Ali. Sans doute trop petit pour vraiment comprendre. Tout était flou, irréel, étrangement dépassé. Il distinguait des silhouettes dans la nuit, les yeux injectés sous les cagoules, l'arbre-potence au milieu du jardin, la lune fissurée, les gyrophares de la SAP au bout de la rue, les vigilantes[1] qui montaient la garde autour de la maison, les flics en civil qui éloignaient les voisins, mais tout était faux, sauf ces larmes noires qui dégringolaient sur les joues de son frère...

Andy était devenu incendie, une torche consumée, un phare renversé. Ali n'entendait ni les voix ni les échos de la rue, il était sourd au chaos et les images continuaient de se superposer, vides de sens : il y avait sa mère derrière la fenêtre, le visage plaqué contre la vitre et qu'on forçait à regarder, les vociférations, les haleines fétides des géants, même l'odeur de caoutchouc lui passait telles des flèches au-dessus de la tête.

Les hommes le tenaient pour qu'il ne rate rien du spectacle « Regarde bien, petit Zoulou ! Regarde ce qui arrive ! », mais la peur de mourir l'avait mis KO. Ali avait honte, une honte de faible, à en oublier Andy qui brûlait : lui vivait encore, cela seul importait.

Il ne vit pas ce qui arriva ensuite : le monde avait basculé côté pile, la lune tombée en morceaux.

Quand il rouvrit les yeux, les hurlements avaient cessé. Le corps ramassé d'Andy gisait à terre, un oiseau mazouté, et toujours cette effroyable odeur de grillé... Ali vit alors son père pendu et la réalité lui revint comme un boomerang.

Pas de doute : il était bien chez lui, en enfer.

Une main l'empoigna par la racine des cheveux et le tira derrière la maison...

---

1. Miliciens qui opéraient dans les bantoustans pour le compte de chefs locaux achetés.

Le vent lissait les herbes et l'océan vif-argent qui miroitait au crépuscule. Neuman suivit le chemin de pierres jusqu'au sommet de la falaise. Passant à sa hauteur, une mouette en suspension le dévisagea avant de plonger dans le gouffre.

Le phare de Cape Point rougeoyait, désert. Ali contourna le mur tagué, s'accouda au muret. Tout en bas, des vagues grises se jetaient sur les criques. La peur passait, pas l'odeur de chair brûlée.

On avait transféré Dan à l'hôpital le plus proche, dans un état critique. L'hélicoptère de l'équipe des secours avait mis près de vingt minutes avant d'atterrir sur la plage de Muizenberg : une heure dans leur tête.

Ils eurent beau serrer des garrots, bloquer le flux des artères, colmater les brèches avec leur veste, leur chemise, Dan fuyait comme d'un chinois. Ils lui parlaient, ils lui disaient qu'on allait recoudre ses mains, ils connaissaient un spécialiste, le meilleur, il en aurait des neuves, des plus belles encore, plus habiles, des mains pour ainsi dire chirurgicales, ils disaient n'importe quoi. Claire, les enfants, eux aussi avaient besoin de lui, aujourd'hui, demain, les autres jours de la vie, ils lui parlaient alors que Dan était inconscient, étendu comateux, la gorge tranchée dans un rictus affreux, et tout ce sang que le sable buvait... Neuman revoyait son visage terrifié devant la machette, ses yeux clairs qui le suppliaient, et puis ses pleurs d'enfant quand on avait tranché la première main... C'est lui qui l'avait mené dans ce cauchemar.

L'équipe médicale, les premiers soins sur le brancard, la transfusion d'urgence, l'hélicoptère qui l'avait emporté dans les cieux, l'assurance de faire le maximum pour le sauver, tout ça ne changeait rien. Epkeen n'était pas intervenu trop tard : c'est lui qui avait failli.

Restait la vie, accrochée aux lambeaux, et l'espoir qu'il s'en sorte — son cœur battait faiblement quand on l'avait transféré...

Neuman enjamba le muret qui ceinturait le phare et descendit vers les éboulis, suspendus au précipice. Un bout de lune bâillait dans l'azur mort ; il grimpa sur les rochers jetés là, ferma les yeux et se laissa malmener par les bourrasques. Un pas de plus et le vide l'aspirait. Un repos de haute voltige... Mais il pouvait retourner la peau de la terre comme on dépiaute un lapin, se mêler aux flots argentés pour une étreinte ultime, au bout du vertige il était seul.

Neuman regarda la nuit tomber avant de redescendre le chemin.

La lune le guida sur la lande. Malgré les sutures, son oreille s'était remise à saigner. Un babouin approcha, un vieux mâle, que le Zoulou chassa d'un regard meurtrier. Il pensait à Claire, aux petits, à tout ce qu'il n'avait pas fait pour le sortir de là... Il passait les barrières de la réserve quand Epkeen appela sur son portable. Brian était à l'hôpital, avec eux.

Une chance sur dix, avait dit le médecin.

— Alors ?

Neuman retint son souffle, en vain :

— C'est fini...

2

Joost Terreblanche avait servi durant seize ans comme colonel d'armée au 77ᵉ bataillon d'infanterie, l'unité spéciale chargée de maintenir l'ordre dans le bantoustan du KwaZulu.

Le gouvernement de l'apartheid avait délégué le pouvoir à l'intérieur des enclaves à des chefs tribaux, sous tutelle du ministère. Ces chefs « achetés » avaient l'appui de miliciens choisis parmi les va-nu-pieds locaux, les *vigilantes*, qui faisaient régner la loi à coups de nerf de bœuf. La population noire vivait dans la terreur, d'autant que les militants de l'ANC ou de l'UDF menaient des représailles féroces contre les contrevenants au boycott, et toute personne collaborant avec l'oppresseur. Politiquement isolé, l'apartheid avait survécu en divisant ses ennemis. On avait ainsi laissé l'Inkatha zoulou du chef Buthelezi contester à l'ANC son rôle de chef de l'opposition, puis critiquer sa participation éventuelle à une coalition gouvernementale, provoquant dix ans de guerre civile larvée et la pire violence de son histoire[1]. Les manifestations dégé-

---

1. Il y eut trois fois plus de crimes interethniques dans les années 1980 que de victimes des balles policières.

néraient en bains de sang : quand les émeutes menaçaient de tourner au soulèvement, on envoyait les Casspir du 77e bataillon, les fameux véhicules blindés, qui avaient traumatisé leur génération.

Joost Terreblanche s'était montré d'une remarquable efficacité, un « nettoyeur de bantoustans » qu'on citait dans les écoles militaires. Récompensant ses loyaux services, le gouvernement avait alloué une nouvelle résidence à la famille du militaire.

Ross et François, les deux fils vigoureux que sa femme lui avait donnés en dépit de ses carences, avaient jusqu'alors grandi dans l'atmosphère austère et confinée des casernes : le cadre enchanteur de la nouvelle propriété serait, à respectivement seize et quatorze ans, leur nouveau terrain de liberté. Joost était fier de sa situation, confiant en l'avenir. Ruth, sa femme, lui causait plus de soucis : elle était le maillon faible de la famille.

D'une constitution fragile, Ruth prétendait ne pouvoir s'occuper seule d'une maison si grande — une demeure du plus pur style colonial, que n'auraient pas reniée les ancêtres huguenots de Joost. Cuisinière, jardinier, femme de ménage, boy, Ruth s'était vite entourée d'une ribambelle de serviteurs. L'accès de la maison était bien entendu surveillé : Joost ne savait pas que l'ennemi viendrait de l'intérieur.

Le jardinier noir, un Zoulou dénommé Jake. Sous son sempiternel bob au rouge défraîchi et ses gants râpés armés de sécateurs, se cachait l'âme d'un fourbe : Ruth n'aurait jamais dû laisser François avec ce type, encore moins l'aider à planter ses maudites fleurs. François était plus jeune, plus impulsif, plus fragile que Ross, solide en tout — il fallait le voir scier du bois. Le jardinier avait mis des idées noires dans la tête du cadet. Il savait que François était vulnérable. Il l'avait manipulé avec ses sourires humbles de cafre abruti sous le soleil... Il n'avait pas fallu deux ans à François pour répéter ses sornettes à la face de son père, un soir à table, en plein dîner, avec toute la conviction du jeune imbécile découvrant le monde. Joost s'était montré ferme mais François lui tenait tête. Explications, menaces, punitions, coups, Ruth avait eu beau se répandre en larmes, aucun ne céda. Le jardinier avait été battu et renvoyé, François mis en pension. Joost se disait que ce n'était qu'une crise d'adolescence : il en avait maté d'autrement plus coriaces que cette chiffe molle. Il le remercierait plus tard.

L'année de ses dix-huit ans, François était rentré un jour de la pension, et leur avait annoncé qu'il quittait définitivement le foyer familial. Son père menaça de le renier, sa mère de se suicider, son frère aîné de lui « péter la gueule ». François était parti en douce, rejoindre ses copains beatniks (comme son père les appelait), une bande de drogués au droit-de-l'hommisme et à la marijuana, qui avaient fini de l'endoctriner avec leurs utopies égalitaires — égalitaires mon cul, fulminait le colonel : comme si les Noirs étaient capables d'égalité ! Il suffisait de voir l'Afrique, l'Afrique et ses yeux cernés de mouches : roitelets en képi s'appropriant les richesses du pays pour leur clan, empereurs en stuc, chefs de guerre cupides et sanguinaires, ministres laveurs de vitres, populations affamées et ignares qu'on déplaçait comme du bétail ! Les Noirs au pouvoir étaient immatures, violents, menteurs, incompétents, déculturés : ils n'avaient rien à apprendre aux Blancs, l'esprit de liberté et d'égalité moins que tout. On ne partageait pas deux siècles de labeur avec des adeptes de la machette. Il suffisait de voir leur beau symbole, Mandela, et sa femme Winnie qui assistait aux séances de torture des opposants à l'ANC, ces milliers de crimes commis au nom de la « libération » — Apazo, ANC, Inkatha, UDF, ils s'entre-tuaient tous pour le pouvoir ! Les Blancs soi-disant libéraux qui militaient pour la cause noire étaient des gauchistes inconséquents, et François bien fou pour ainsi défier son père — qu'il ne remette plus jamais les pieds ici, compris ?!

De fait, ils ne l'avaient plus revu. Trois ans sans nouvelles, jusqu'à cette note de service, que Joost avait reçue de la SAP : François Terreblanche venait d'être arrêté pour le meurtre de sa petite amie, Kithy Brown, retrouvée morte dans un taudis sordide du centre-ville de Jo'burg. Honte, colère, amertume, le colonel n'avait rien fait pour défendre son fils : cinq ans de prison ferme.

Ils avaient rendu visite à François avant le transfert en détention. Folle de douleur, Ruth avait prédit à son fils qu'elle mourrait la veille de sa libération, et qu'il aurait sa mort sur la conscience. Plus sobre de nature, Joost lui avait souhaité bonne chance chez les nègres.

Le temps était passé. Trois années où Ruth avait sombré dans le spiritisme et les cures de repos. La santé n'était pas son fort, et la fatalité son obses-sion : elle était morte d'une rupture d'anévrisme la veille de sa sortie de prison. François, que son père n'avait pas autorisé à assister aux obsèques, l'avait suivie dans le mois : un suicide, d'après l'enquête interne.

De l'histoire ancienne.

Joost Terreblanche n'avait pas témoigné à la

Commission Vérité et Réconciliation[1]. Il avait obéi aux ordres d'un pays qui combattait l'expansion du communisme en Afrique : la chute du mur de Berlin avait précipité celle de l'apartheid mais les pays occidentaux, sous couvert de boycott, les avaient soutenus dans leur lutte contre les Rouges. Voilà la vérité. Pour la réconciliation, ils pouvaient toujours faire des commissions.

Terreblanche avait aujourd'hui soixante-sept ans, une reconversion extrêmement lucrative, et ce qui relevait de cette période tragique de sa vie le laissait aussi froid qu'une pierre dans la tourbe. L'opération dont il avait la charge, une fois menée à terme, lui permettrait de retrouver Ross, son fils aîné qui, après l'expulsion des fermiers blancs du Zimbabwe, s'était réfugié en Australie. Ils prendraient leur revanche, avec un paquet de fric à la clé : ils agrandiraient la ferme. Ils en feraient la plus vaste exploitation de la Nouvelle-Galles du Sud.

Restait à gérer ces satanés cafres... Celui-là — ou plutôt celle-là — n'avait pas l'air en forme.

— Tu l'as trouvée où ? demanda Terreblanche.

— Ici, avec les autres...

Le Chat se tenait dans l'ombre du hangar, une lime à la main, qu'il passait avec soin sur ses ongles taillés en pointe. La manche de sa chemise était rougeâtre, ses yeux troubles sous ses paupières faussement endormies. La proie qu'il avait ramenée à son maître faisait presque peine à voir, suspendue à la poutre, les bras tirés par des chaînes de vélo. Pam, la petite

---

1. En 1996, sous l'impulsion de Desmond Tutu, les bourreaux de l'apartheid étaient invités à raconter les exactions commises par le régime en échange d'une amnistie.

pute de la bande, qui avait élu domicile dans le hangar...

Terreblanche s'approcha de la négresse qui grimaçait sous la lumière blême du néon. Ses orteils touchaient à peine le sol et l'acier crasseux lui sciait les poignets : l'un d'eux, cassé, semblait avoir épuisé ses larmes.

— Maintenant tu vas me raconter ce qui s'est passé sur la plage, dit-il.

Le sang gouttait du scalp à demi arraché de la petite pute. Un souvenir du Chat.

Massif, compact, roué aux sports de combat et aux opérations spéciales, Joost Terreblanche n'était pas de nature patiente :

— Alors ?! cria-t-il dans le vide du hangar.

Pam fit un effort terrible pour relever les yeux. Ils étaient bruns, globuleux, fixés sur la cravache.

— Gulethu... C'est lui qui nous a dit d'éloigner les flics...

Gulethu était le chef de la bande de traîne-savates. Un homme sûr, d'après le Chat. Foutaises toujours : il manquait un véhicule dans le hangar, le Toyota, et les cinq hommes qui le pilotaient.

— Ils voulaient quoi, ces flics ?

— Ils... ils cherchaient des infos sur un gars, pleurnicha la fille.

— Quel gars ?!

— S... Stan.

— Stan quoi ?

— Ramphele, geignit Pamela.

— Un petit dealer local, précisa le Chat depuis son coin d'ombre. Ramphele a repris le business de son frère sur la côte. On l'a retrouvé mort il y a deux jours. Une overdose, il paraît.

188

Terreblanche serra plus fort sa cravache. Il venait de comprendre.

— Gulethu a refourgué la came à Ramphele : c'est ça ? feula-t-il.

La fille opina, les yeux révulsés. Il enragea en silence : chargé du deal dans les camps de squatteurs, Gulethu était bien placé pour connaître l'effet accrocheur de la dope. Il avait cherché à les doubler en écoulant une partie du stock via un petit revendeur de la côte, sans savoir ce qu'il y avait dedans : l'imbécile.

— Ce petit manège dure depuis combien de temps ?

— Deux... deux mois.

— Combien de dealers ?

— Ramphele... Y avait que lui...

Il brandit sa cravache :

— Qui d'autre ?!

— Personne ! s'étrangla la fille. Gulethu : lui il sait tout !

Elle se mit à pleurer. Terreblanche garda son sang-froid : le chef de la bande avait disparu dans la nature mais il n'était pas trop tard. Gulethu se cachait sûrement dans la zone, on pouvait encore boucler le secteur, localiser le Toyota...

— Combien de types ont touché à la came ? la pressa-t-il.

— Je sais pas... Y avait une trentaine de clients... Que des Blancs. Ils en voulaient toujours plus... Les tarifs augmentaient quand les types étaient accros...

À plein régime, ils pouvaient ramasser des milliers de rands par jour... Une somme dérisoire quand on connaissait l'enjeu. Terreblanche releva la tête pantelante de la petite pute :

— Qu'est-ce qui s'est passé avec les flics ?

189

— On devait les baratiner… les tenir éloignés de la maison…

— Qu'est-ce qui a merdé ?

— …

— Réponds ?!

— Besoin d'aide ? lança le Chat.

Pam se tortilla au bout de la chaîne. Ses chevilles cédaient. Elle n'avait plus de force. Son poignet cassé lui vrillait le crâne.

— Joey, geignit-elle. Un des flics l'avait déjà croisé… On a essayé de le planquer mais ils se sont doutés d'un truc…

La bande de Gulethu était composée de douze hommes, répartis en deux groupes. Les flics étaient tombés sur l'équipe de jour : trois étaient morts sur la plage, trois autres se trouvaient désormais entre leurs mains — la fille pendue à la poutre, et les deux cafres qui recomptaient leurs dents dans le dortoir d'à côté. Il restait donc six brebis galeuses.

— Où est Gulethu ? demanda Terreblanche.

— Je ne sais pas… Il est parti avec les autres sans nous dire où. Il… il nous a dit de rester ici. Qu'il s'occupait de tout…

Terreblanche empoigna son scalp et, au cri qu'elle poussa, la crut.

Gulethu partagerait le magot en six plutôt qu'en douze. Ils avaient fouillé le hangar sans trouver d'argent, rien que leurs affaires crasseuses dans des sacs de toile et les grigris de Gulethu sous son matelas. L'argent du deal parallèle était planqué quelque part, dans un endroit où personne ne viendrait le chercher. Il fallait retrouver le reste de la bande, avant les flics… Terreblanche se pencha vers les colifichets, les massues courtes et autres parures entassées dans un coin du hangar. Il y avait du sang incrusté sur l'un des casse-tête.

— C'est à Gulethu, n'est-ce pas ? dit-il à la fille. Il faisait quoi avec ces grigris ?

— Il... Il parlait d'une *umqolan* qui chassait le mauvais sort...

Une sorcière, selon le jargon des townships.

Terreblanche eut un rictus méprisant. Il avait arpenté les bantoustans zoulous assez longtemps pour connaître leurs croyances, leurs rituels, toutes ces salades qu'ils appelaient leur culture. Mais ils avaient une piste.

— Tu sais où on la trouve, cette sorcière ?

— Non ! Non... Je vous jure... Je vous en prie...

Prise de nausées, Pamela se laissa choir au bout de la chaîne. L'ancien colonel souleva une paupière mais la négresse avait perdu connaissance. Elle ne tiendrait pas longtemps dans cet état.

— Qu'est-ce qu'on en fait ? demanda le Chat. On la balance avec les autres ?

— Non... Non : ils peuvent encore nous servir...

— À quoi ? Passer la serpillière ?

Le sang de Pamela avait fait une flaque noirâtre sur la terre battue. Terreblanche releva la tête. La maison avait été évacuée mais il restait forcément des traces...

3

Are you such a dreamer ?
To put the world to rights ?

La voix de Tom Yorke miaulait depuis l'autoradio
de la Mercedes. Du désespoir en barre. Le soleil de
midi mijotait sur l'asphalte, Epkeen guettait la sortie
de l'école de journalisme. David n'allait pas tarder.
Quelques types au look after grunge de son genre
sortaient de l'enceinte, aussi des filles, jeunes pim-
pantes blondes ou métissées qui n'égayaient en rien
l'atmosphère. Fletcher était mort, pour ainsi dire
dans leurs bras, et ils n'avaient rien pu faire pour le
sauver.

Brian pensait à Claire, à la scène de l'hôpital, et
son cœur se serra un peu plus. C'était la première fois
qu'il voyait quelqu'un tomber de chagrin. Ses jambes
avaient cédé. Une douleur d'estropiée, qui attaquait
la moelle. La pauvre avait beau crier pour qu'on la
laisse, elle s'arrachait les cheveux, écroulée sur le sol
plastifié de l'hôpital, elle criait, à demi folle, alors
qu'elle n'avait plus qu'une perruque blonde échouée à
ses pieds et son crâne chauve pour support. Il l'avait

relevée mais elle, si menue, pesait le poids d'une enclume. D'un mort...

Brian aperçut alors la silhouette dégingandée de son fils sur le trottoir, qui lui rappelait un très lointain lui-même. Une blonde sexy l'accompagnait, sans doute sa copine (il avait oublié son prénom — Marjorie, non ?). Il poussa la portière sans vitre et traversa la rue.

Ses semelles collaient au bitume, chauffé à blanc. David vit son père et aussitôt se figea.

— Salut ! lança Brian.

— Salut. Qu'est-ce que tu veux ?

La blonde mâchait son chewing-gum comme s'il était coriace et dévisagea le paternel avec un air effronté.

— Eh bien, dit-il les mains dans les poches, rien de spécial ; je voulais juste discuter un peu...

— Pour quoi faire ?

Sa sincérité crucifiait des montagnes. Brian haussa les épaules :

— Je sais pas : qu'on arrive à se comprendre...

— Il n'y a rien à comprendre, lâcha David d'un air définitif.

Un diamant à la narine, deux clous chromés dans les paupières, la blonde au chewing-gum semblait d'accord.

— C'est bientôt ton examen, non ?

— Demain, répondit David.

— Fêtons ça. Un restaurant, ça vous dit ?

— File-nous plutôt de l'argent : ça nous fera économiser du temps à tous les trois.

— Je connais un cuisinier japonais qui...

— Te fatigue pas, coupa-t-il : maman m'a dit comment tu la harcelais au téléphone... Tu es jaloux de son bonheur, c'est ça ?

— Coucher avec le roi du dentier, merci bien.

David secoua la tête comme s'il n'y avait rien à faire :

— Tu es vraiment taré…

— Oui… J'ai pensé faire du théâtre où on s'ouvre les veines, et puis je me suis dit que je n'allais pas piquer le boulot des jeunes.

— Sale réac.

La fille souriait. C'était bien son seul espoir.

— Vous êtes jolie quand vous cessez de mâcher votre chewing-gum, mademoiselle, fit remarquer Brian. J'espère que David ne vous a pas trop parlé de moi ?

— Bof.

C'est délicat à cet âge-là.

— Je t'avais dit que c'était un obsédé de première, commenta l'apprenti journaliste. Allez, fichons le camp avant qu'il nous montre sa bite.

— Cool, rigola-t-elle.

— Vous avez trouvé un studio ? s'enhardit Brian.

— Wale Street 7, répondit Marjorie.

Tamboerskloof, le vieux quartier malais qui, à force d'être bohème, avait doublé ses loyers.

— Venez un jour, lança la blonde avec une innocence à bouclettes.

— N'y pense même pas, s'interposa David.

— Prenons juste un verre dans le bar d'à côté, proposa Brian.

— Avec un flic ? Non merci ! railla son fils. Maintenant tu es gentil, tu retournes avec tes fachos et tes putes, et tu nous lâches : OK ?

— Les putes ne sont pas des femmes comme les autres ? Un sous-produit de l'humanité, peut-être ? Je croyais que c'était toi, le libéral qui avait le cœur sur la main.

— En attendant, je ne côtoie pas des types qui ont

balancé des Noirs du dernier étage des commissariats.

— Mon meilleur ami est zoulou, plaida-t-il.

— Joue pas les mère Teresa, daddy : ça te va comme un arc-en-ciel au milieu de la figure.

À ces mots, David attrapa la main de sa copine et la tira vers d'improbables pluies.

— Allez, cassons-nous...

Marjorie se convulsa brièvement pour lui adresser un signe d'au revoir, avant de trépigner à la suite du fils prodigue. Brian resta planté sur le trottoir, las, meurtri, agacé.

Pas de terrain d'entente.

Aucun devenir ensemble.

Autant courir après le désert.

*

La nouvelle Afrique du Sud devait réussir là où l'apartheid avait échoué : la violence n'était pas africaine mais inhérente à la condition humaine. En étirant ses pôles, le monde devenait toujours plus dur pour les faibles, les inadaptés, les parias des métropoles. L'immaturité politique des Noirs et leur tendance à la violence n'étaient qu'une vieille scie de l'apartheid et des forces néo-conservatrices aujourd'hui aux commandes du bolide. Il faudrait des générations pour former la population aux postes stratégiques du marché. Et si la classe moyenne noire qui émergeait aspirait aux mêmes codes occidentaux, il fallait connaître un système de l'intérieur avant de le critiquer et, pourquoi pas, le réformer en profondeur... Neuman vivait avec cet espoir, qui était celui de son père : ils n'étaient pas sortis des bantoustans pour échouer dans les townships.

Seulement la réalité se heurtait aux chiffres : dix-huit mille meurtres par an, vingt-six mille agressions graves, soixante mille viols officiels (probablement dix fois plus), cinq millions d'armes à feu pour quarante-cinq millions d'habitants, les chiffres du pays étaient effrayants.

Le gouvernement et Krugë ne pouvaient pas se réfugier éternellement derrière un manque d'effectifs pour la plupart sous-payés : le massacre du jeune sous-officier laissait supposer que la violence restait le principal moyen d'expression de ce pays, que la police était impuissante et même victime de cet état de fait.

La campagne anti-crime de la FNB battait son plein. Un tour de vis sécuritaire était demandé de manière quasi unanime, la perspective de la Coupe du monde exacerbait les esprits échaudés, le défi devenait national.

Karl Krugë se retrouvait aujourd'hui sous le feu des projecteurs et il venait de s'entretenir avec Marius Jonger, l'attorney général : assassinat en plein jour, actes de barbarie, cette fois-ci ils ne s'en tireraient pas avec une déclaration rassurante du président. Pire, le rapport que venait de lui livrer Neuman alimentait les critiques formulées dans les médias. Les forces de police avaient bouclé le secteur de la plage mais les tueurs s'étaient échappés par les dunes ; on n'avait trouvé qu'une vieille cuve à demi pleine de bière artisanale sous une paillote rudimentaire, des traces sur le sable en direction de la nationale, une paire de jumelles et un talkie-walkie dans un cabanon, et les corps de trois tsotsis près d'un barbecue fumant où agonisait le jeune sergent...

— Vous avez au moins une piste ? lança Krugë depuis son bureau.

L'oreille gauche recouverte d'un pansement, les épaules voûtées sous son costume sombre, Neuman avait le visage d'un naufragé portant le deuil de sa survie. On venait de retrouver Sonny Ramphele dans les latrines de la prison de Poulsmoor, pendu avec son jean. Comme d'habitude, personne n'avait rien vu, ni rien entendu.

— On a identifié un des trois hommes abattus sur la plage, dit-il d'une voix rauque. Charlie Rutanga : un Xhosa de trente-deux ans, qui a déjà séjourné en prison pour car-jacking et violences aggravées... Probablement affilié à un gang du township. J'ai envoyé sa fiche et son signalement aux commissariats concernés. Les deux autres sont inconnus des services. On ne connaît que leurs surnoms, Gatsha et Joey. Sans doute infiltrés de l'étranger : j'ai croisé l'un d'eux à Khayelitsha la semaine dernière, qui parlait le dashiki avec un de ses petits copains...

Krugë croisa les coudes sur son ventre de femme enceinte.

— Vous croyez à un gang mafieux ?

— Les Nigérians contrôlent la drogue dure, et il semble qu'un nouveau produit ait été lancé sur le marché, expliqua Neuman : une drogue aux effets dévastateurs, que Stan Ramphele dealait sur la côte. Lui et Nicole Wiese se sont rendus à Muizenberg le jour du meurtre, son frère Sonny a confirmé la piste, signant par là même son arrêt de mort. Jumelles, talkie-walkie, armes quasi neuves : nous n'avons pas affaire à une bande de tsotsis défoncés mais à un gang organisé. Les sillons relevés à travers les dunes mènent à la nationale : s'ils sont passés à travers les barrages, il y a de fortes chances qu'ils se soient réfugiés dans un township...

197

Il y en avait une demi-douzaine autour de Cape Town, soit une population de deux à trois millions de personnes, sans parler des camps de squatteurs. Autant demander à Dieu s'il avait du feu.

— Vous comptez faire quoi avec ça ? répliqua le surintendant. Envoyer les Casspir dans les townships en espérant qu'ils vous tombent tout crus dans la bouche ?

— Non. J'ai besoin de votre confiance, c'est tout.

Les deux hommes se jaugèrent sous l'air climatisé. Un duel sans vainqueur.

— L'affaire Wiese n'était pas un simple crime crapuleux, insista Neuman. On a voulu faire porter le chapeau à Stan Ramphele. Ceux qui l'ont fourni en dope sont impliqués, j'en suis sûr...

Krugë massa ses sinus entre ses gros doigts.

— Vous savez ce que je pense de vous, soupira-t-il enfin. Seulement nous n'avons plus beaucoup de temps : la meute est à nos trousses, Neuman, et vous êtes la première cible...

Le Zoulou ne cilla pas : il tirerait le premier.

*

Dan Fletcher désarticulé sur le sol, Dan Fletcher et ses moignons pleins de sable, Dan Fletcher et sa jolie gorge ouverte jusqu'à l'os, Dan Fletcher et son sourire en sang, Dan Fletcher et ses mains carbonisées, marquées par la grille du barbecue... Janet Helms avait regardé les clichés du meurtre avec une fascination morbide. On avait tué son amour, celui qu'elle gardait au secret pour quand sa femme crèverait, dans ce lit où il ne viendrait jamais. Deux jours qu'elle pleurait, déboussolée de larmes, la rage au cœur et le cœur sur la braise. Elle le vengerait. Coûte que coûte.

La métisse releva la tête de son ordinateur quand Epkeen passa devant la porte ouverte du bureau. Elle arrangea sa jupe remontée sur ses cuisses et courut à sa suite :

— Lieutenant ! lança-t-elle dans le couloir. Lieutenant Epkeen ! S'il vous plaît !

L'Afrikaner s'arrêta devant la fontaine d'eau minérale. Il avait cherché une trace de la fille croisée sous la paillote, mais aucun des centaines de visages visualisés dans les fichiers du central ne lui revenait. Idem pour le type qu'il avait balafré avec son knout. Trop de javas. Mémoire zéro. Fletcher aurait su. C'était leur disque dur. Mais Fletcher n'était plus là... Sa collaboratrice accourait justement, boudinée dans son uniforme bleu marine.

L'agent de renseignements connaissait Epkeen de réputation (fantasque) ou de commérages (féminins), mais elle préférait se fier à l'appréciation de Dan : un homme désintéressé par le pouvoir, quoique très à cheval sur la façon dont on l'exerçait, un dandy bancal qui s'oubliait dans les bras des jolies femmes. Aucune chance de le substituer à Dan...

— Si vous avez deux minutes, lieutenant, fit-elle, essoufflée par sa course, j'ai trouvé quelque chose qui pourrait vous intéresser...

Il regarda sa montre — ce n'était pas le moment d'être en retard —, lui accorda cinq minutes.

Les affaires de Dan étaient toujours entreposées sur les étagères du bureau, avec la photo de Claire près de l'ordinateur... Janet Helms prit place devant son écran :

— La police de Simon's Town a ramassé le corps

d'un certain De Villiers, dit-elle bientôt, un surfeur de la péninsule… Une patrouille l'a interpellé il y a deux jours alors qu'il cherchait à braquer une pharmacie de nuit. De Villiers était armé et a commencé à tirer pour couvrir sa fuite : il a été abattu dans la rue…

Un visage apparut sur les cristaux liquides : un rasta blanc d'une vingtaine d'années, le menton flanqué d'une longue barbichette nouée par une perle.

— D'après les témoignages des employés, De Villiers était particulièrement agressif lors du braquage, poursuivit l'agent de renseignements. Une vraie boule de nerfs. La police locale l'a déjà serré pour possession de stupéfiants, marijuana, cocaïne, ecstasy, mais jamais pour violences ou attaques à main armée… Simon's Town n'est pas loin de Muizenberg, ajouta-t-elle : je me suis permis de demander une autopsie.

Janet craignait une réaction — elle avait outrepassé ses prérogatives — mais Epkeen regarda sa montre.

— On a les résultats ?

— Ils viennent de tomber, s'enhardit la métisse : De Villiers était sous l'emprise de la drogue lors du braquage. Un produit à base de tik, qui semble l'avoir rendu fou…

— Méthamphétamine et une molécule non identifiée ?

— Tout juste.

Epkeen alluma une cigarette dans le bureau non-fumeur. De Villiers n'était sans doute pas un cas isolé. Combien de types étaient devenus accros ?

— Il y a autre chose, lieutenant, dit-elle en sentant son impatience à vider les lieux : en quadrillant le périmètre autour de la plage, j'ai noté la présence d'une maison inhabitée en bordure de Pelikan Park. C'est à un kilomètre environ après la paillote.

J'ai cherché à joindre les propriétaires mais je n'y arrive pas.

— Ils sont peut-être partis en vacances...

— Non : je n'obtiens aucun nom, précisa la métisse. La vente a été visiblement effectuée sous un prête-nom, ou une société-écran, via une banque étrangère.

— C'est possible, ça ?

— Tout ce qu'il y a de légal, assura Janet. C'est une agence de gestion de biens qui s'est occupée de l'opération ; je leur ai téléphoné mais personne n'a pu m'en dire plus.

Il grimaça — ces connards de l'immobilier...

— Personne n'habite cette maison ?

— Non. Elle n'a jamais été louée... On l'a peut-être acquise comme bien spéculatif, hasarda Janet : s'il y a une extension du parc voisin, le terrain peut se retrouver sur un site protégé et valoir ainsi le double ou le triple de sa valeur. La maison semble laissée à l'abandon, en attendant des jours meilleurs. Je ne sais pas où ça nous mène, ajouta-t-elle, en tout cas c'est la seule habitation entre la paillote et la réserve de Pelikan Park...

— Poursuivez les recherches, dit-il. Vous avez les pleins pouvoirs sur cette affaire.

Janet Helms n'était qu'agent de renseignements.

— Vous voulez dire que j'intègre l'équipe du capitaine ?

Son cerveau bouillait, ambition et étoiles mortes pêle-mêle. Epkeen haussa les épaules :

— Si vous aimez qu'un Zoulou vous appelle à n'importe quelle heure de la nuit pour rendre la justice dans notre beau pays...

— Un bourreau de travail ?

— Non, un insomniaque.

201

Janet sourit dans le vague, tandis qu'il quittait le bureau : d'un coup de machette, elle venait de prendre le costume de Dan.

*

Epkeen trouva une place dans le parking du funérarium. Le corps de leur ami reposait dans un cercueil pour la veillée funèbre, avant l'incinération... Il abandonna la Mercedes sous un palmier décharné et se dirigea vers le bâtiment de brique. Neuman attendait sur les marches, perdu dans ses pensées.

— Salut, Votre Altesse.

— Tu es à l'heure.

— Ça m'arrive...

Ils tentèrent un sourire mais le bleu du ciel, l'ombre paisible sur les marches, leur amitié, tout sonnait faux. Ils s'étaient à peine vus depuis le drame. Neuman n'était pas venu à l'hôpital. Il l'avait laissé seul avec Claire. Il avait disparu jusqu'au lendemain, sans un mot d'explication...

— Qu'est-ce qui s'est passé avec le frangin Ramphele ? demanda Brian.

Il venait d'avoir l'info.

— Une grosse déprime, d'après Kriek.

— Tu y crois ?

— Non.

— Kriek est une merde, assura Epkeen. Si un gang de la prison a fait le coup, il ne bougera pas le petit doigt.

— Sans doute. Une autopsie est en cours mais ça ne nous avancera pas beaucoup.

Mourir en prison semblait naturel en Afrique du Sud.

— Et Krugë, il en dit quoi ?

— Pour le moment il nous couvre, répondit Neuman. Ça ne durera pas.

— On ne pouvait pas savoir ce qui arriverait.

— Des types armés qui nous attendent pour nous faire la peau, je n'appelle pas ça un accident, dit-il entre ses dents. Ils nous ont vus venir de loin et l'un d'eux me connaissait. Ils ont allumé un barbecue un peu plus loin pour nous séparer, avec la perspective de nous liquider en cas de complications... Nous sommes tombés dans un piège, Brian. Tout est de ma faute.

— Tu as dit à Krugë que je dansais le collé-serré avec une négresse pendant qu'ils vous découpaient en rondelles ?

— Ça n'aurait servi à rien. Sonny Ramphele a été tué parce qu'il nous a parlé de la plage de Muizenberg. Le gang a des antennes en prison et un lieu de repli dans les townships. J'ai croisé l'un d'eux à Khayelitsha. Il en voulait à un gosse des rues, Simon Mceli, que connaît ma mère...

Brian s'assit à son tour sur les marches.

— On est dans le coup tous les deux, mon vieux, que tu le veuilles ou non.

— C'est moi qui ai chapeauté l'opération, s'entêta Ali

— Rien à foutre de tes trucs de chef.

Ils étaient amis, pas subalternes. Un regard suffit pour s'entendre.

— Bon, on a fait le tour des indics ?

— Khayelitsha est hors de notre territoire, répondit Neuman. Quant aux trafics du côté de Muizenberg, apparemment personne n'est au courant. Ou Stan était l'unique revendeur, ou une chose nous échappe...

Un moineau sautillait sur la dalle de marbre : il s'arrêta à leur hauteur, les regarda de travers.

— Il y a une maison isolée au bout de la plage, dit alors Epkeen : un kilomètre environ après la paillote. La baraque semble à l'abandon mais le nom du propriétaire ne figure nulle part. Peut-être une histoire de spéculation immobilière... On a aussi un mort à Simon's Town, un surfeur de la côte. Le type a été tué par la patrouille d'intervention mais d'après l'autopsie, le type était défoncé au cocktail à base de tik. Le même que nos deux jeunes.

— Nicole n'était donc pas la seule cible des dealers. Le réseau s'est étendu.

— On dirait. J'ai mis Janet Helms sur l'affaire...

Brian laissa sa phrase en suspens : Claire venait d'apparaître sur le perron du crématorium. Elle portait une robe noire qui l'amaigrissait et un petit sac à main en vinyle. Les membres de la famille sortaient à sa suite, des lunettes sombres voilant leur chagrin.

Claire aperçut les deux hommes sur les marches, glissa quelques mots à sa sœur et se dirigea vers eux. Ils se levèrent ensemble, croisèrent son regard abîmé et la prirent dans leurs bras. La jeune femme s'abandonna un court instant avant de retrouver son équilibre. Elle ne dormait plus, qu'importait le médicament, mais elle ne craquerait pas. Pas maintenant.

— J'ai à vous parler, dit-elle en se dégageant de leur étreinte.

Il pleuvait des cordes dans ses yeux bleu-Atlantique. Ils firent quelques pas vers le parking, en silence. Claire s'arrêta à l'ombre d'un palmier et se tourna vers Neuman.

— Qu'est-ce qu'ils ont fait à ses mains ? demanda-t-elle d'une voix blanche.

Brian resta de marbre. Se fissurait à vue d'œil.

— Rien, répondit Ali. Tout s'est passé très vite…

Claire se mordit l'intérieur de la bouche. Ses yeux tremblaient derrière ses lunettes noires.

— Dan n'a pas eu le temps de souffrir, si c'est ça qui te pèse, ajouta-t-il. Je suis désolé.

Ali mentait mais il allait lui dire quoi, à cette boule de détresse ? Qu'il avait vu son mari se faire découper vivant, qu'il pleurait au moment de la mise à mort et que lui n'avait pas bougé le petit doigt sous prétexte qu'il avait un couteau planté dans l'oreille et le canon d'un revolver vissé sur les couilles ?

— Tout est de ma faute, dit-il.

Claire le sondait, pâle sous la voilette qui coiffait sa perruque. Elle ne dit d'abord rien, cherchait ses mots. Ali et Brian étaient devenus leurs amis : elle leur en voulait pour ça. Dan avait peur de la violence physique. Son odeur dans le lit n'était pas la même, les veilles d'intervention. Claire avait essayé de lui parler mais Dan feignait l'indifférence. Il n'en avait pas davantage parlé à Neuman, sous prétexte que ce dernier comptait à terme en faire son bras droit, lui plutôt qu'Epkeen, peu concerné. Claire ne leur en voulait pas tant de n'avoir pu le sauver que de leur aveuglement devant sa frousse pour ce genre d'opération. Neuman avait raison : tout était de sa faute.

— Dan n'aurait pas aimé qu'on parle de lui au passé, dit-elle d'une voix monocorde. Alors je vais me taire, et m'occuper des enfants comme si ma vie n'était jamais arrivée… Je vous remercie pour le soutien que vous nous avez apporté quand je suis tombée malade, et pour ce que vous avez pu faire pour lui… Mais je ne veux pas de votre aide. (Elle enfonça ses petites canines dans ses chairs.) D'aucune sorte : vous comprenez ? (On ne devinait que des fragments derrière ses lunettes noires.) Je préfère que vous n'assistiez pas à l'incinération, ajouta-t-elle. Ni vous, ni personne de la police.

Claire baissa le voile noir qui ondulait sous la brise et se tourna vers le crématorium. Brian fit un geste pour la retenir.

— Je sais, le coupa-t-elle : tu es désolé. Adieu.

*

— Vous avez l'air fatigué, fit remarquer Tembo.

— Pas autant que ces types-là, répondit Neuman.

Les tsotsis de la plage reposaient sur la table d'aluminium, les entrailles ouvertes exhalant une odeur doucereuse, prégnante. L'un d'eux avait une vilaine blessure à la tempe — la balle d'Epkeen avait emporté la moitié de sa boîte crânienne. Joey, un Noir boiteux d'une vingtaine d'années, qu'il avait croisé sur le chantier de Khayelitsha. Ses traits et sa morphologie n'étaient pas ceux d'un Xhosa, encore moins d'un Zoulou. Parmi ses nombreux tatouages et scarifications, il y avait ce dessin sur le haut du triceps, un scorpion en position d'attaque... Celui qui se faisait appeler Gatsha avait le même : le dessin, qui visiblement datait de plusieurs années, n'avait rien d'original en soi, sauf ce sigle, « T.B »... Neuman fit des clichés des tatouages avant de se tourner vers le légiste.

Tembo menait sa danse macabre autour d'un abdomen ouvert, celui de Charlie Rutanga. Plusieurs cicatrices aux bras et au thorax, vieux souvenirs de combats au couteau, mais pas de scorpion tatoué...

— J'ai prélevé des échantillons de fluides et de tissus, fit Tembo en déposant des humeurs sur ses lamelles de verre. Outre pas mal de carences liées à une hygiène de vie déplorable, j'ai trouvé un peu de bière artisanale, du porridge de maïs, pain, lait, haricots secs... Bref, le régime de base des townships. Il y a aussi des piqûres d'insectes, un humérus mal ressoudé, quelques cors au pied... Les deux plus jeunes sont criblés d'impacts de balles. Une demi-douzaine chacun, sur différentes parties du corps... Des blessures anciennes.

Anciens soldats ? Miliciens ? Déserteurs ? L'Afrique recrachait des tueurs en série comme les rivières des squelettes à la saison sèche.

— Et la dope ? demanda Neuman.

— Ces trois-là ont consommé de la marijuana dernièrement, reprit Tembo ; j'ai aussi retrouvé des traces de cristaux, assez anciennes, mais pas celles du fameux cocktail.

Le business consistait généralement à rendre le client accro à la came, pas à se détruire avec. Les tsotsis n'avaient donc pas agi sous un coup de folie...

— Et l'iboga ?

Tembo secoua sa tête grisonnante :

— Rien du tout.

*

Avec la fin de l'isolement dû à l'apartheid, les activités criminelles étaient devenues transnationales (drogue, diamants), le pays un centre de transit où se pressaient les criminels de tous les horizons. Neuman avait poursuivi les recherches au central, dans le bureau impersonnel du dernier étage où il passait la moitié de ses nuits.

Il commença par les tatouages des deux tsotsis

abattus sur la plage : un scorpion en position d'attaque, et ce sigle, ou ces initiales, « T.B. », tatoué sur le
haut du bras. Il fouilla parmi les gangs répertoriés par
la SAP, les archives, les données disponibles, ne
trouva rien de ressemblant. Il élargit les recherches et
dénicha l'information sur un site de l'armée : « T.B. »
comme « ThunderBird », oiseau de tonnerre, le nom
donné à une milice d'enfants-soldats qui avait combattu
au Tchad, infiltrée depuis le Nigeria... Le dashiki,
leur violence, l'absence totale de compassion... Gatsha
et Joey avaient sûrement échoué en Afrique du Sud,
comme des milliers d'autres recalés de l'Histoire, et
ils s'étaient tout naturellement mêlés aux paumés et
repris de justice qui les attendaient dans la zone...
Quel rapport avec Nicole Wiese ? Travaillaient-ils
avec Ramphele ? Un détail continuait de le tarabus-
ter : l'iboga que Nicole et Stan avaient pris, ces petites
fioles qu'elle promenait avec elle la nuit du meurtre,
et qu'elle avait déjà testé quelques jours avant le
drame... Neuman hésita, le regard perdu sur l'écran.
L'angoisse monta jusqu'à ses jambes, le clouant un
instant au bureau. L'oppression, toujours la même, qui
lui mordait le cœur...

La nuit tombait par la vitre teintée du bureau. Beau
suicide...

Il tapa deux mots sur le clavier : Zina Dukobe.

Les informations ne tardèrent pas à s'afficher. La
danseuse qui se produisait au Sundance ne figurait sur
aucun fichier de la SAP mais il trouva ce qu'il cherchait sur Internet : née en 1968 dans le bantoustan du
KwaZulu, fille d'un *Induna*[1] déchu de son statut pour

---

1. Premier ministre au sein d'une tribu, gardien et exégète des
Mthetwa, les lois tribales.

refus de collaboration avec les autorités bantoues, ancienne militante de l'Inkatha, Zina Dukobe défendait la culture zouloue, en recul depuis l'évangélisation et les troubles politiques, à travers sa troupe, « Mkonyoza », fondée six ans plus tôt... *Mkonyoza* : « se battre », en zoulou, dans le sens d'écraser par la force...

Le groupe était constitué de musiciens et d'*amashinga*, combattants spécialisés dans l'art martial zoulou, l'*izinduku*, canne (ou bâton) traditionnelle, dont les noms variaient selon la taille et la forme. Selon ses dires, l'*izinduku* permettait de sauvegarder l'expression de l'ethnicité zouloue, arguant que la décontextualisation et son exploitation à des fins politiques avaient donné une image négative de cet art. La danseuse faisait référence aux marches protestataires zouloues durant l'apartheid, quand les membres de l'Inkatha et son chef Buthelezi avaient revendiqué et obtenu le droit de porter les cannes traditionnelles, jusqu'alors interdites par le régime, ce qui avait provoqué violences et émeutes avec les membres de l'ANC, à majorité xhosa. Mandela emprisonné, c'était légitimer l'opposition zouloue. Diviser pour mieux régner : une technique qui avait provoqué un bain de sang.

Pour beaucoup, l'*izinduku* était devenu synonyme de violence, et non plus d'art, fût-il martial. On ne trouvait plus d'*umgangela*, ces compétitions interethniques jadis si prisées, que dans les régions à faibles tensions politiques, alors que cet art avait pour fonction de sociabiliser les jeunes, transmettre les normes de la communauté, tout en constituant un moyen de maîtriser son corps et son esprit : les performances du groupe visaient à reconsidérer cette part perdue de la culture zouloue tout en la modernisant — vidéos, instruments électriques, sons, la troupe dressait des ponts entre l'art traditionnel et les courants actuels pour une culture vivante...

Neuman commençait à cerner le personnage. « Mkonyoza » se produisait à Cape Town depuis le début du festival, et finissait la tournée par les clubs du centre-ville... Il visionna de nouveau les bandes vidéo ramenées du Sundance. Il cala le moniteur sur la soirée du mercredi, le soir où Nicole avait découché : onze heures, minuit, minuit cinq, six... Minuit douze : on voyait la jeune étudiante sortir du club, seule, comme ils l'avaient vérifié l'autre jour avec Dan... Neuman laissa la bande défiler.

Le portier se dandinait, de dos, des gens entraient, d'autres sortaient, grisâtres... Quatre minutes passèrent, quand une silhouette traversa le champ panoptique.

Neuman recala la bande vidéo, des picotements sous la peau : le passage était furtif mais la silhouette alerte, reconnaissable entre mille... Zina.

4

— Quand je tue un Blanc, ma mère est contente !

Pour sortir du bantoustan où le gouvernement de l'apartheid les avait parqués, les Noirs sud-africains devaient se munir d'un *pass*, qui régulait leur immigration en zone blanche. Tirant parti des rivalités interethniques ou familiales, le pouvoir avait laissé l'autorité des bantoustans à des chefs locaux chargés de collaborer, sous peine d'être déposés. Certains d'entre eux n'avaient pas hésité à recourir à des miliciens, ou *vigilantes*, armés de gourdins qui, le cas échéant, suppléaient la police à l'intérieur de l'enclave ou du township. L'ANC interdit, le chef Buthelezi avait formé l'Inkatha zoulou, un parti qui, bien que se proclamant anti-apartheid, avait accepté de prendre la tête du bantoustan du KwaZulu. Considérant cette collaboration comme un double jeu, Oscar, le père d'Ali, s'était tourné vers le mouvement de la Conscience Noire mené par Steve Biko, dont les interventions furieusement anti-apartheid avaient réveillé un mouvement de résistance sérieusement ébranlé par quinze ans de répression policière.

— Quand je tue un Blanc, ma mère est contente !

Biko était issu du milieu étudiant, Oscar professeur d'économie à l'université du Zululand. Le ton du jeune militant était radical, au mépris du Noir répondrait la haine du Blanc, c'en serait fini de la mentalité d'esclave. Biko proposait un syndicat étudiant, des boycotts pour protester contre leur enseignement au rabais[1], un mouvement de résistance actif. Oscar se battait pour faire comprendre à ses élèves que leur destin leur appartenait, que personne ne les aiderait. Il avait organisé une tribune pour le leader de la Conscience Noire à l'université malgré l'hostilité de l'Inkatha. En raison de sa situation géographique à l'intérieur des frontières territoriales du KwaZulu, c'était à l'université que le gouvernement du bantoustan recrutait ses fonctionnaires, ses experts, ses idéologues : l'Inkatha n'avait pas besoin d'un leader étudiant impétueux appelant au meurtre, elle avait au contraire besoin de techniciens du pouvoir pour asseoir leur mouvement de résistance. Le meeting d'Oscar avait été interrompu par des bagarres et la police anti-émeute avait dispersé la foule à coups de *purple rain*[2].

Trois mois plus tard, Biko mourait entre les mains de cette même police.

— *Quand je tue un Blanc, ma mère est contente !*

Ali avait cinq ans quand la radio avait annoncé la nouvelle. Son père avait été tellement choqué que sa peau s'était partiellement dépigmentée : Oscar porterait désormais le masque de la mort, une part du cadavre de Steve Biko, le teint mortel des Blancs…

— *Quand je tue un Blanc, ma mère est contente !*

---

1. L'Afrique du Sud dépensait cinq fois plus d'argent pour un étudiant blanc que pour un métis, et dix fois plus que pour un Noir.
2. Nom donné à la teinture violette utilisée pour les canons à eau en Afrique — les Occidentaux ont, quant à eux, peur de la teinture verte.

Ali n'avait jamais vu son père pleurer : Oscar était une sorte de demi-dieu bienveillant qui savait tout, en plusieurs langues, un homme à l'aspect tranquille sous ses lunettes d'intellectuel, qui comprenait son ennemi mais ne lui pardonnait rien, quelqu'un qui embrassait sa femme devant tout le monde et qui avait déjà fait de la prison. Ali se souvenait surtout de sa main qui les amenait, lui et son frère, voir les étoiles sur le toit de la maison, ses mains chaudes et douces qui racontaient des histoires de rois zoulous, de vieux singes, de léopard et de lion...

— *Quand je tue un Blanc, ma mère est contente !*

Neuman connaissait ce chant zoulou : Biko et ses activistes en avaient fait leur cri de guerre, une façon de dire aux défenseurs de l'apartheid qu'ils n'avaient pas d'armes mais qu'ils resteraient dangereux, même après leur mort. Biko assassiné, l'ANC clandestin avait repris le chant à son compte.

— *Quand je tue un Blanc, ma mère est contente !*

Les voix résonnaient sous les voûtes en briques de « l'Armchair ». Neuman se tenait debout au milieu du public, figé devant son totem : de vieux singes grimaçants remontaient à la surface...

— *Quand je tue un Blanc, ma mère est contente !*

Sur la scène enfumée, Zina et ses Zoulous dansaient le *toi*, la danse de guerre des townships : leurs pieds frappaient le sol, soulevant un nuage de poussière comme dans les enclaves où on les avait parqués, les tambours redoublaient sous les gyrophares des spots, des photos de manifestants passaient en flashs sanglants sur une toile en fond de scène, ils piétinaient sur place en serrant dans leurs bras des AK-47 imaginaires, comme jadis, sans cesser de scander :

— *Quand je tue un Blanc, ma mère est contente !*
Drrrrrrr !

Zina, la première, tira une rafale sur la foule agglutinée. La poussière tournoyait sur la scène, répondant
au vacarme des tambours. Elle aperçut alors le visage
de Neuman dans la foule, qui dépassait tous les autres...
Dans un sourire, elle le décapita.

*

— Qu'est-ce que vous faites là ?
— Vous m'avez raté tout à l'heure, dit Neuman.

Ses yeux scintillaient dans le couloir de la loge.

— Vous avez bougé, dit-elle : la preuve, vous voilà.

Zina était pieds nus, en sueur, couverte de poussière. Le policier l'attendait en sortie de scène, elle se
sentait électrique, confuse, vulnérable.

— Vous ne m'avez pas tout dit l'autre jour, fit-il en
substance.

Son air d'en savoir long la mit un peu plus sur la
défensive :

— Vous n'avez pas dû poser les bonnes questions...
— Essayons celle-ci : il y a une caméra à l'entrée
du club, vous le saviez ?

— Le monde de la télésurveillance ne m'intéresse
pas, répondit-elle.

— Moi non plus, mais ça vaut le coup de s'y pencher de temps en temps. On peut en discuter dans un
endroit tranquille ?

Les musiciens arrivaient à leur tour, se tapant dans
les mains. Zina poussa la porte de sa loge.

— Qu'est-ce qui est arrivé à votre oreille ? demanda-
t-elle en entrant.

— Rien.

Neuman la fixait, en proie à des sentiments contradictoires. La danseuse enfila le châle coloré qui traînait sur la coiffeuse et le toisa de son mètre quatre-vingt.

— Vous avez votre tête de serpent, lança-t-elle : qu'est-ce qui se passe ?

— Nicole Wiese a découché trois jours avant le meurtre, dit-il, et d'après les vidéos du club, elle en est ressortie ce soir-là à minuit douze. Vous, quatre minutes plus tard. Nous ne savons pas où, ni avec qui Nicole a passé la nuit... Quatre minutes : ça vous laissait le temps de retourner prendre vos affaires dans la loge, avant de la retrouver. Vous en dites quoi ?

— Je préfère les quadras sans enfants mais je ne crache pas sur une petite friandise de temps en temps... C'est quoi votre cirque ?

La poussière faisait des cratères gris sur sa peau, qui commençait à se craqueler.

— Nicole était une jeune femme trop couvée qui cherchait à s'émanciper, et qui pour ça grillait les étapes : elle collectionnait les sex-toys et les expériences érotiques. Nicole a pris de l'iboga ce mercredi-là, et je crois que vous avez passé la nuit ensemble.

Leurs regards se croisèrent, deux brutes. Il bluffait.

— Amenez-moi un mandat, renvoya-t-elle, et je vous ouvre mon nid.

Neuman attrapa le cheveu collé à la sueur de son épaule :

— Vous parlez maintenant, ou vous préférez qu'on attende l'expertise du labo ?

Un éclair fila dans les yeux noirs de Zina. Il l'avait prise dans ses anneaux.

— Je n'ai pas cassé la tête de Nicole, dit-elle entre ses dents.

— Non : vous êtes beaucoup trop maligne pour ça. Mais vous m'avez menti.

— Ce n'est pas parce que je ne dis pas ce que vous voulez entendre que je mens.

— Dans ce cas je vous conseille de me dire la vérité.

Zina serra le châle sur ses épaules.

— Nicole m'a abordée après le spectacle, dit-elle, au bar, mercredi… Le show lui avait plu : moi aussi, je l'ai vite compris. Puisqu'elle voulait voir la vie en rose, je l'ai initiée à l'iboga.

Neuman opina — c'est aussi ce qu'il craignait…

— Vous étiez seules ?

— Comme des grandes.

— Où avez-vous passé la nuit ?

— Dans la chambre qu'on me loue pour la tournée, à deux pas d'ici.

— Pourquoi me l'avoir caché ?

— Je ne suis pas une *impimpi*, dit-elle.

Ceux qui donnaient les secrets aux Blancs.

— De quel secret parlez-vous ?

— Ma grand-mère était herboriste, dit-elle avec une pointe d'orgueil : elle m'a légué certains de ses talents… La concoction de l'iboga en fait partie. Nous n'avons pas l'habitude de divulguer nos petites chimies.

— Un simple philtre d'amour, rétorqua-t-il. Ça ne valait pas tous ces mystères.

— Ne me prenez pas pour une idiote : je suis l'une des dernières personnes à avoir vu Nicole vivante et nous avons passé la nuit ensemble trois jours avant le meurtre. Je n'avais aucune envie que la police vienne fouiller dans ma vie privée.

— Vous avez tant de choses que ça à vous reprocher ?

— À part vous avoir rencontré, non.

Un silence passa dans la loge.

— Alors ? insista-t-il.

Zina eut un rictus provocateur :

— Alors Nicole était une jolie poupée blonde qui, figurez-vous, s'est montrée ravie de passer la nuit en ma compagnie. L'expérience lui a plu mais j'ai passé l'âge de jouer les nounous : on en est restées là. C'était mercredi, effectivement. Nicole est repassée samedi soir dans ma loge pour me saluer et récupérer les fioles que je lui avais préparées. Elle me l'avait demandé — et un philtre d'amour, vous connaissez meilleur cadeau d'adieu ?

Ses yeux brillaient sans joie.

— Elle vous a payée ?

— Je ne suis pas bénévole.

— Vous faites ça pour arrondir vos fins de mois ?

— La vulgarité ne vous va pas, monsieur Neuman.

— Nicole ne vous a pas dit avec qui elle comptait partager ses précieuses fioles ?

— On ne s'est pas beaucoup parlé, pour tout vous dire.

— Les meilleures confidences se font sur oreiller, fit-il remarquer.

— Entre filles, on se parle en silence.

— Assourdissant… (Il sortit la main de sa poche.) Stan Ramphele. Ça ne vous dit rien ?

Zina se pencha vers la photo qu'il lui présentait — un Noir d'une vingtaine d'années, plutôt beau gosse…

— Non, dit-elle.

— Nicole et Stan étaient défoncés quand ils sont morts : une substance chimique à base de tik, qui modifie les comportements. Extrêmement toxique.

— Je ne fais que dans le naturel, cher ami, tint à

préciser la Zouloue. L'effet de l'iboga est plus subtil... Vous voulez tester ?

— Dans une autre vie peut-être.

— Vous avez tort, mes secrets sont inoffensifs, assura-t-elle.

— Je n'en suis pas sûr.

— Je suis danseuse, dit-elle en le fixant : pas serial killer.

Il remarqua la petite cicatrice au-dessus de ses lèvres.

— Qui vous parle d'autres meurtres ?

— Vos yeux en sont pleins... Je me trompe ?

Zina le dévisageait comme un être familier. Neuman biaisa :

— Pourquoi vous n'avez pas collaboré avec la police ?

— Vous faites chier avec vos questions.

— Vous faites chier avec vos réponses.

Le visage de Zina s'aiguisa, tout proche du sien. Un brusque virement de cap.

— Écoutez ce que je vais vous dire, Ali Neuman, écoutez bien... J'ai vu des policiers piétiner le ventre de ma mère, je l'entends encore crier parce qu'elle était enceinte, et mon père se taire : oui, je l'entends encore se taire ! Tout ça parce qu'ils n'avaient que ce droit, ces pauv' nègres ! L'enfant qu'elle attendait n'a pas vécu, et ma mère en est morte. Et quand mon père a voulu porter plainte, on lui a ri au nez, lui, l'*induna* ! Des policiers sont venus un jour lui dire qu'il avait été déchu de son statut de dirigeant, pour insubordination aux autorités bantoues. Ce sont encore des policiers qui sont venus nous chasser, et détruire notre maison à coups de bulldozer. Ce sont les mêmes qui ont tiré dans la foule désarmée pendant le soulèvement de Soweto, tuant des centaines d'entre nous... Maintenant ce n'est pas parce que les temps ont changé et qu'on peut s'envoyer une petite Blanche sans prendre une *kafferpack*[1] que je vais me jeter dans vos bras.

— Il ne s'agit pas de ça.

— C'est pourtant ce que vous me demandez, sifflat-elle. Si je n'ai pas collaboré avec la police, c'est que je n'ai aucune confiance en elle. Aucune. Ça n'a rien de personnel, vous l'avez sans doute déjà noté, à moins que vous soyez aussi aveugle que buté. Maintenant j'aimerais prendre une douche et qu'on me fiche la paix. Ça n'enlève rien à mon envie de vomir sur ce qui est arrivé à Nicole... Et arrêtez de me regarder avec vos yeux de serpent, j'ai l'impression que vous me prenez pour un putain de cobaye !

On était loin des souris du coroner. C'était pourtant le carnage dans ses pupilles.

— Vous avez adhéré à l'Inkatha, dit-il.

— Il y a longtemps.

— Pour combattre les Blancs ?

— Non, s'irrita-t-elle : pour combattre l'apartheid.

— Il y avait des moyens moins violents.

— Vous êtes venu me parler de mon passé ou du meurtrier de Nicole ?

— Le sujet a l'air sensible.

— Ma mère en est morte. Ça ne vous paraît pas une raison suffisante ?

Son air aristocrate reprit le dessus mais il sentit qu'il l'avait blessée.

— Excusez-moi, se radoucit Neuman, je n'ai pas trop l'habitude d'asticoter les femmes...

— Vous devez vous sentir seul.

— Comme mort.

1. « Raclée de cafre », en afrikaans.

Zina sourit, le visage plein de poudre.

— Mon nom zoulou est Zaziwe, dit-elle.

« Espoir »…

Mais dans ses pupilles, un noir sidéral.

*

Ukuphanda : le terme signifiait littéralement gratter le sol pour se nourrir, comme les poulets dans une basse-cour.

Dans le contexte des townships, le *phanding* — néologisme anglais — consistait pour les femmes à chercher un petit ami dans le but d'obtenir de l'argent, de la nourriture ou un logement. Ce type de rapport ne se limitait pas seulement à une relation transactionnelle « sexe contre sécurité matérielle » : il s'agissait aussi de trouver quelqu'un qui se soucie de vous, et permette d'échapper à la brutalité de la vie quotidienne. Une quête partagée par bon nombre de jeunes femmes, qui se traduisait le plus souvent par une exposition à la violence et à la contamination par le sida.

Maia n'avait pas failli à la règle : elle était devenue un objet de compétition entre des hommes qui, au mieux, la considéraient comme leur propriété. Son dernier boy-friend, répondant aux commérages d'une voisine éméchée, avait emmené Maia au bord de la rivière. Il l'avait déshabillée, enduite de liquide vaisselle et lui avait ordonné de se laver dans l'eau saumâtre, pour lui apprendre à se prostituer avec d'autres. Après quoi, il avait pris un martinet de cuir et il l'avait battue pendant des heures : six, huit, dix, Maia ne se souvenait plus… Puis il l'avait prise.

On l'avait récupérée au petit matin au bord de la rivière, comme morte.

C'est en rendant visite à sa mère au dispensaire que Neuman l'avait vue pour la première fois, alitée au milieu d'autres malades. La jeune femme pouvait à peine cligner des yeux tant les lanières de cuir avaient fait gonfler son visage. Étaient-ce les marques affreuses sur son corps qui lui rappelaient le martyre de son père, son sourire quand il avait serré sa main, ses beaux yeux bruns désemparés qui le buvaient comme un faux élixir ? Ali lui avait promis ce jour-là que plus personne ne lui ferait de mal.

Il l'avait installée dans le township de Marenberg, essentiellement peuplé de *coloured*, une petite maison en dur avec de vraies fenêtres, et une porte solide où il venait frapper, parfois.

Au début, Maia s'était demandé si ce grand flic aux yeux de pierre n'était pas encore un de ces tordus, à la fois fascinés et horrifiés par le sexe des femmes — il pouvait la caresser des heures, aller et revenir sur elle comme une crème à double tranchant — mais après tout, elle avait connu pire pâture. Son nouveau boy-friend pouvait bien la tripoter autant qu'il le désirait, il pouvait lui demander de dresser son cul comme un phare pour y frotter des glaçons (code numéro trois), du bout de doigt lui picorer l'anus (code numéro cinq), il pouvait la fourrer avec tout ce qu'il voulait et même ce qu'elle ne voulait pas, Maia n'était plus très regardante. Elle survivait à Marenberg avec les moyens du bord : le troc, la débrouille, les petits boulots, la peinture, les types de passage… Deux ans étaient passés depuis le début de leur relation, deux ans où tout avait changé. Aujourd'hui Maia guettait son pas sur le perron, ses coups à la porte, son visage, ses mains sur son corps, elle, son animal de compagnie… Avec le temps, la jeune métisse était passée de la corvée obligatoire au plus doux des supplices. On ne l'avait jamais caressée ainsi.

On ne l'avait jamais caressée du tout.

Il était plus de minuit quand Ali frappa ce soir-là à la porte. Maia se réveilla en catastrophe — il ne l'avait pas prévenue de sa visite. Elle enfila la nuisette qu'il lui avait offerte le mois dernier, bouscula le sommeil jusqu'à la porte d'entrée, ôta le loquet et le trouva là, la mine défaite.

Ali avait un pansement à l'oreille et un regard douloureux sous la lune. Il était arrivé quelque chose, elle le sut tout de suite. Maia posa la main sur sa joue pour le réconforter mais il l'intercepta.

— Il faut que je te parle, dit-il.

— Bien sûr… Entre.

Elle ne savait pas quoi dire, comment se comporter. Ils n'avaient jamais parlé d'amour. Il n'en avait jamais été question. C'était déjà un miracle qu'il daigne la toucher. Maia au fond se sentait impure, souillée, sans honneur, lui venait d'une famille cultivée, un clan sûrement de haut rang. Maia s'imaginait mille choses — Ali ne lui faisait pas l'amour de peur de s'abaisser, de se compromettre avec une fille de la campagne, une métisse qui était passée de bras en bras et qu'il avait ramassée dans la boue. Elle ne savait rien de ses sentiments, de ses plaisirs bizarres, mais elle espérait, malgré tout, parce que c'était dans sa nature.

L'homme qu'elle aimait ne prit pas le temps de s'asseoir : son regard la repoussa vers le canapé.

— Je ne reviendrai pas, dit-il soudain.

— Quoi ?

— On avait un accord : je t'en libère.

Sa voix n'était plus la même : elle venait des ténè-

222

bres, d'un endroit où Maia n'avait jamais mis les pieds, un endroit où elle n'irait pas.

— Mais... Ali... Je ne veux pas être libérée. Je veux rester avec toi.

Il ne dit rien. Il regardait les peintures fièrement exposées au mur du salon, des dessins naïfs barbouillés sur des bouts de planche, des couleurs vives représentant des scènes de vie du township — c'était courageux, pathétique, mauvais.

— Je continuerai à t'aider, dit-il, si c'est ça qui te tracasse.

Maia serra les dents sur le canapé où il l'avait acculée : ce n'était plus une question d'argent, il le savait très bien. La colère grondait dans sa poitrine. Même lui, si bon, la jetait comme une malpropre : il la renvoyait à son rôle d'animal de compagnie.

— Tu ne veux plus de moi ?

— C'est ça.

Sa méchanceté lui faisait mal. Il s'était passé quelque chose depuis la semaine dernière. Il ne pouvait pas l'abandonner comme ça, sans un mot d'explication.

— Tu as trouvé une autre fille ?... C'est ça ? Tu as trouvé une autre paumée qui croira que tu la sauveras ?! À moins que tu en aies plusieurs ? s'enflamma-t-elle. Un harem, c'est comme ça qu'on dit, non ?

Il y eut comme un coup de feu au loin, dans la nuit, ou une porte qu'on claque.

— Tais-toi, dit-il tout bas.

— Tu la baises ?

— Tais-toi !

— Dis, lui lança-t-elle avec fiel : est-ce que tu la baises, *elle* ?!

Ali leva la main sur elle qui, d'instinct, se protégea le visage. Le coup partit si vite que Maia sentit le

223

souffle sur ses cheveux défaits : le poing frôla sa tempe avant de s'écraser contre la cloison, qui craqua sous l'impact. Maia lâcha un cri de stupeur. Ali frappa de toutes ses forces, plusieurs fois : il détruisit un à un ses tableaux accrochés au mur, pulvérisa la cloison de contreplaqué, à mains nues. Le petit bois volait à travers la pièce tandis qu'il s'acharnait, les éclats retombaient sur ses cheveux, Maia criait pour qu'il s'arrête mais les coups pleuvaient sans discontinuer : il allait la réduire en miettes, elle, la maison, leur vie, à coups de poing.

L'orage stoppa soudain.

Maia n'osait plus bouger, recroquevillée sur le canapé, geignant tout bas. Elle risqua un œil entre ses mains affolées : Ali se tenait au-dessus d'elle, le poing serré, plein d'écorchures, d'échardes, les yeux étincelants de rage.

Un feulement lui remonta des entrailles, un son qui lui glaça le sang :

— Tais-toi…

5

Une robe rouge passa dans le champ de vision. D'une main, la femme retenait son chapeau de paille qui menaçait de s'envoler au bout de la terre, de l'autre elle se balançait avec grâce sur la plage immaculée... Epkeen croisa l'apparition aérienne quand une rafale lui sabla le visage.

Il avait dépassé les cabanes de bois colorées le long de la promenade, le poste de secours, les parasols épars et les quelques édentés qui vendaient des babioles du township voisin ; la plage de Muizenberg se vidait à mesure qu'il longeait l'océan, le vent brassait la poussière et le sable qui se perdait au loin, dans les vapeurs de midi. Il se retourna mais la fille n'était plus qu'un point rouge dans la brume de chaleur ; on apercevait à peine la station balnéaire... Il poursuivit sa marche, peina dans le sable meuble, crachant tabac et alcools.

Brian était passé hier soir au bar de Long Street, où travaillait Tracy. Il voulait lui parler sérieusement, mais la rouquine n'en finissait plus de s'extasier sur les jongleries de son jeune collègue derrière le comptoir... Si ses yeux brillaient pour trois shakers qui tournent en l'air, autant en rester là, non ? Tracy était tombée des nues. Les mots de Brian avaient fait mouche mais manqué toutes leurs cibles. Il était nul en rupture. Pas le mode d'emploi. L'envie déglinguée. La mort de Dan l'avait rendu paresseux. Déception, amertume, tristesse, ils s'étaient quittés sans espoir de rechute...

Epkeen vit l'emplacement de la paillote, puis le barbecue au creux des dunes, la cabane vermoulue. Il restait les traces de sable noirci, le charbon renversé... Un frisson remonta le long de son échine. La métisse l'avait dragué en se trémoussant sur sa cuisse alors qu'elle comptait déjà lui faire la peau. Elle et le type qu'il avait balafré lui auraient fait ce qu'ils avaient fait à Dan. Peut-être qu'ils l'auraient découpé en morceaux, lui aussi, et mis à griller... Epkeen passa la langue sur ses lèvres, goûta le sel de l'océan tout proche et chassa la peur qui l'empêchait de penser.

La plage s'étendait jusqu'à la réserve de Pelikan Park : la maison qu'il cherchait ne devait plus être très loin... Il ajusta ses lunettes noires, grimpa au sommet d'une dune, vacilla sous les rafales. Pendues au ciel, les mouettes le fixaient de leurs yeux fous. Il aperçut la ligne de chemin de fer au loin, puis l'amorce d'un grillage qui filait derrière les arbustes pliés par le vent du large. La M3 se situait à deux kilomètres à peine, en suivant une piste cahoteuse... Brian dévala la pente jusqu'à l'entrée principale, fermée par un gros cadenas. Un panneau à demi rongé par le sel était rivé à la clôture, interdisant l'accès à la propriété privée, menace qui n'effrayait plus que les papillons : il escalada la clôture, pesta en s'écorchant le poignet contre le grillage et retomba sur le sable de la cour. Les mouettes s'éclipsèrent alors dans un cri : trottant sur le chemin, la silhouette d'une femme à cheval approchait...

Epkeen se tenait encore près du grillage lorsque la cavalière l'aborda, grimpée sur un frison à la robe noire luisante de sueur.

— Bonjour !

C'était une brune d'environ trente-cinq ans, un grand gabarit aux yeux bleus rieurs passablement renversants.

— Vous avez perdu quelque chose ? demanda-t-elle.

— Disons que je cherche.

— Ah oui ? feignit-elle de s'étonner. Vous cherchez quoi ?

— C'est que je cherche...

Elle tira la bride de sa bête qui, visiblement, ne demandait qu'à foncer vers l'océan.

— Vous vous promenez souvent dans le coin ? relança-t-il.

— Ça m'arrive... J'ai mon cheval en pension au club hippique, à côté du parc.

Pelikan Park, la réserve naturelle située à quelques centaines de mètres... Epkeen oublia les perles d'océan qui scintillaient au-dessus de la clôture et se tourna vers la maison :

— Vous savez qui habite là ?

La cavalière secoua la tête d'un signe négatif, curieusement imitée par sa monture :

— Non.

— Vous avez déjà vu des gens ?

Elle secoua de nouveau la tête.

— Un véhicule ? insista-t-il.

Le frison tirait sur la bride. Elle lui fit faire un pas de deux, très élégant, puis son visage s'éclaira lentement, comme si les souvenirs lui revenaient par bouquets d'azur :

— Oui... J'ai vu un 4x4 une fois, très tôt le matin,

227

qui passait la grille… Je coupe parfois par les dunes, mais généralement je suis la plage. Pourquoi vous me demandez ça ?

— Quel genre de 4x4 ?

La femme se pencha sur sa selle pour détendre son fessier.

— Eh bien, je dirais un gros 4x4, sombre, un modèle récent, le genre à massacrer les dunes… À vrai dire, je l'ai à peine vu… Pas comme vous, relança-t-elle : c'est une propriété privée, vous avez remarqué ?

— Vous avez dit tôt le matin : vers quelle heure ?

— Six heures… J'aime bien monter le matin, quand la plage est déserte…

Lui aussi tout à coup.

Il faudrait juste trouver un cheval dépressif porté sur la tournée générale.

— C'était quand ?

— Je ne sais pas… (Elle haussa les épaules sous son tee-shirt moulant.) Une dizaine de jours…

— Et depuis, vous n'avez vu personne ?

— Que vous.

Ses perles bleues le traversaient comme de l'anti-matière.

— Si on vous montre une liste de véhicules similai-res, vous croyez que vous pourriez identifier le 4x4 en question ?

— Vous êtes policier ?

— Des fois.

Le frison mastiquait son mors, le sabot fiévreux. Elle fit un tour complet sur elle-même.

— Vous travaillez au club hippique ? dit-il à la fin du ballet.

— Non. Je me contente de monter… Il a trois ans,

fit-elle en tapotant l'encolure, il est encore fougueux. Vous aimez les chevaux ?

— Je préfère les poneys, dit-il.

Elle éclata de rire, ce qui énerva un peu plus l'animal.

— Je me disais aussi que vous n'aviez pas une tête à cheval.

— Ah oui ?

— C'est moi que vous regardez et il sent que vous avez peur de lui, acquiesça-t-elle : une tête à cheval aurait fait l'inverse...

— Je peux quand même avoir votre numéro de portable ?

Elle acquiesça tandis qu'il tirait son carnet, donna ses coordonnées. Le frison piétinait, au supplice, l'œil globuleux en direction du large.

— Je m'appelle Tara, conclut-elle avant de tendre sa main par-dessus le grillage. Je vous ramène ?

— Un autre jour, si vous voulez... On ira n'importe où.

Elle sourit comme un démon :

— Tant pis !

La cavalière tourna la bride de l'animal et, du talon, libéra la furie qui bouillait entre ses jambes. Ils disparurent bientôt, entre ciel et embruns... Epkeen resta planté devant son bout de grillage, sceptique, avant de revenir à la réalité.

Le vent tourbillonnait dans la cour. Le soleil était haut, écrasant, les mouettes comme des vigies... L'Afrikaner se tourna vers le bâtiment, isolé sous les pins.

La maison repérée par Janet Helms ressemblait à une ancienne station météo, avec ses volets clos et son antenne rouillée. Il marcha jusqu'à la porte blindée, évalua la façade. Pas d'étage ni d'affiliation à une entreprise de sécurité, juste un toit incliné et un soupirail à barreaux dont l'ouverture était bouchée par du carton. Tout semblait cadenassé, à l'abandon... Cette histoire de 4x4 lui laissait une impression bizarre. Il contourna l'habitation.

Epkeen n'avait pas de mandat mais un petit pied-de-biche qu'il tenait dans sa poche revolver : il comptait forcer la porte à l'arrière de la maison mais elle n'était pas fermée. Un squat ? Il saisit son .38 et se colla contre le mur. Il chargea son arme, poussa doucement la porte et risqua un œil à l'intérieur. Les courants d'air s'invitaient par la porte ouverte, croisant quelques mouches. Il pointa le canon vers la semi-obscurité. Ça sentait le renfermé dans la maison, et une odeur bizarre, brassée par le vent du dehors. Il se dirigea vers la pièce voisine, vide ; il trouva le compteur — l'électricité fonctionnait — et une troisième pièce qui donnait sur la cour, aux fenêtres condamnées. Il y avait une table en bois sur le sol en ciment, barbouillée de peinture, des pinceaux au crin durci, de vieux bouts de tapisserie décollés du mur et des mouches affolées qui zigzaguaient autour de lui. L'odeur flottait toujours, désagréable.

Une porte menait au sous-sol ; Epkeen se pencha sur les marches et porta aussitôt la main à son visage. L'odeur venait de là : une odeur de merde. Une odeur de merde humaine, épouvantable... Il poussa l'interrupteur et retint son souffle. Un essaim de mouches bourdonnait dans la cave, des milliers de mouches. Il descendit les marches, le doigt crispé sur la détente. Le sous-sol couvrait l'étendue du bâtiment, une pièce aux ouvertures calfeutrées où régnait une atmosphère de fin du monde. Il frémit, les yeux glacés, compta trois cadavres sous la nuée : deux mâles et une femelle.

Leur état affreux rappelait les cobayes de Tembo. Scalpés, les membres arrachés, ils baignaient dans une mare de sang coagulé, noyés de mouches. Des corps difformes, éventrés, sans dents, le visage lacéré, méconnaissable. Un champ de bataille en vase clos. Une cage... Il releva la tête des cadavres et vit les murs, couverts d'excréments. On avait barbouillé de la merde aux quatre coins de la pièce, à hauteur d'homme...

Epkeen respira par la bouche mais ça n'allait pas mieux. Il traversa le nuage d'insectes en se protégeant de ses mains. Il y avait un lavabo au fond du réduit, et une paillasse carrelée où l'on s'était vidé les tripes. Deux couteaux gisaient à terre, le manche encore poisseux. Le bourdonnement entêtant, l'odeur de merde et de sang lui soulevaient le cœur. Il se pencha sur les cadavres, du plat de la main repoussa les mouches grouillant sur leurs visages. L'un des Noirs avait une plaie énorme à la joue gauche, et des tatouages sur les bras : même défiguré, il reconnut le type de la paillote, celui qui l'avait suivi derrière les dunes, et qu'il avait fouetté de son knout... La fille désarticulée à ses côtés devait être Pam. Il lui manquait la moitié du cuir chevelu... À bout de souffle, Epkeen remonta de la cave. Il claqua la porte derrière lui et resta là un moment, adossé au mur.

Il avait déterré des corps de militants abattus par les services spéciaux, des zombis croupissant dans des cachots, des corps calcinés par les *vigilantes* de l'Inkatha ou les *comrades*[1] de l'ANC, des gens sans peau et la gueule grimaçante en guise de remerciement ; il n'avait jamais ressenti de pitié — ce n'était pas son bou-

---

1. Unités d'autodéfense dans les bantoustans.

lot. Aujourd'hui il n'éprouvait que du dégoût… Il courut vers la porte et vomit dans l'entrée tout ce qu'il avait sur le cœur.

*

Le commissariat d'Harare était un bâtiment de brique rouge cerné de barbelés avec vue sur le nouveau palais de justice. Un constable écrasé de chaleur sous son béret stationnait à la grille. Neuman le laissa à ses mouches, évita les quelques soûlards qu'on poussait vers les cellules et se fit annoncer à la fille de l'accueil.

Walter Sanogo l'attendait dans son bureau, s'épongeant sous le ventilateur paresseux. Il croulait sous les dossiers en cours et la requête de Neuman ne l'avait mené nulle part ; les trois Noirs abattus sur la plage de Muizenberg ne figuraient pas parmi leurs suspects, les photos avaient fait le tour de Khayelitsha mais on n'avait rien trouvé, aucun lien avec un gang, nouveau ou ancien. La plupart des homicides qu'il traitait étaient le fait de bandes rivales, beaucoup n'avaient pas de papiers, les clandestins se comptaient par milliers : pour sa vie et celle de ses hommes, Sanogo les laissait s'entre-dévorer gentiment, pour ainsi dire en famille…

— J'ai croisé un de ces types il y a une dizaine de jours, fit Neuman en désignant la photo du plus jeune, près du gymnase en construction. Il se faisait appeler Joey.

Sanogo allongea une moue d'iguane sur le cliché :

— Généralement les types s'inventent des surnoms à la con : Machine Gun, Devil Man…

— Il y avait un autre jeune avec lui, un boiteux…

— Qui vous dit qu'il traîne encore dans le coin ?

— Ces tatouages, biaisa Neuman en montrant ses clichés, ça vous dit quelque chose ?

Des scorpions en position d'attaque, et deux lettres, « T.B. », à l'encre défraîchie... Sanogo fit un signe négatif.

— ThunderBird, expliqua Neuman : une ancienne milice tchadienne, infiltrée du Nigeria. Ils ont tué un de mes hommes et trafiquent de la came sur la péninsule. Une nouvelle merde à base de tik.

— Écoutez, souffla le capitaine d'un air paternaliste. Je suis désolé pour votre gars, mais nous ne sommes que deux cents policiers ici, pour plusieurs dizaines de milliers de personnes. J'ai à peine assez d'hommes pour gérer les affrontements entre les compagnies de taxis collectifs, quand celles-ci ne se retournent pas contre nous... Moi aussi j'ai perdu un agent le mois dernier : abattu comme un lapin, dans la rue, pour lui voler son arme de service.

— La meilleure sécurité pour vos hommes serait de neutraliser les gangs.

— Nous ne sommes pas à la ville, répliqua Sanogo : ici c'est la jungle.

— Tentons donc d'en sortir.

— Ah oui ? Et qu'est-ce que vous comptez faire : trouver chaque chef de gang pour lui demander s'il n'aurait pas un tuyau sur l'assassin de votre gars ?

— Oh ! je ne vais pas y aller seul, répliqua Neuman d'un air glacé : vous allez venir avec moi.

Sanogo s'agita sur son siège de plastique.

— N'y comptez pas, lança-t-il comme une chose entendue : j'ai bien assez de travail avec les affaires en cours.

Son regard vagabonda sur les piles de dossiers.

— Joey avait un Beretta M92 quasi neuf, dit Neuman.

Les numéros de série ont été rayés mais ils proviennent à coup sûr d'un lot de la police : vous préférez une enquête approfondie sur vos stocks ?

Le nombre d'armes déclarées perdues dépassait tous les seuils tolérés, Neuman l'avait vérifié. Des armes pour ainsi dire volatiles.

Sanogo se tint un instant silencieux — il savait lesquels de ses constables alimentaient le trafic, lui-même touchait régulièrement ses « étrennes ». Neuman le toisa, méprisant :

— Réunissez vos hommes.

*

La proclamation de zones blanches avait entraîné des déplacements massifs de population, éparpillé les communautés et détruit le tissu social. Les Cape Flats où on avait parqué les Noirs et les métis étaient divisés en territoires, tenus par des bandes aux activités variées. Ils avaient ici une tradition ancienne, et s'étaient même transformés en syndicats — considérant que le gangstérisme était issu de l'apartheid, mille cinq cents tsotsis avaient ainsi manifesté devant le Parlement pour bénéficier de la même amnistie que les policiers. Certains gangs étaient employés par les propriétaires de débits de boissons illégaux, les *shebeens*, ou par les barons de la drogue, afin de protéger leur territoire. D'autres formaient des organisations pirates, pillant d'autres gangs pour se fournir en drogue, alcool et argent. Il y avait les bandes de pickpockets qui agissaient dans les bus, les taxis collectifs ou les trains, les mafias spécialisées dans le racket, et enfin les gangs des prisons qui géraient la vie en détention (contrebande, viols, exécutions, évasions), et auxquels tout prisonnier adhérait, de gré ou de force.

Khayelitsha était contrôlé depuis des années par le gang des Americans. Leur chef, Mzala, était craint et respecté. Mzala avait volé durant son enfance, tué à l'adolescence, et purgé trois ans de prison avant de se tailler une place parmi les tsotsis du township. Ils étaient sa seule famille, à lui comme aux autres — une famille qui au premier signe de faiblesse n'hésiterait pas à lui trouer la peau. Les Americans géraient le trafic, la prostitution, les jeux. Ils possédaient également le Marabi[1], le *shebeen* le plus lucratif du township, où Mzala et sa garde rapprochée avaient établi leur QG.

Les trois quarts de la population se trouvant exclus du marché du travail, c'est ici que se concentrait l'économie secondaire : lieux par excellence de la culture populaire, les *shebeens* avaient été créés par les femmes des campagnes qui avaient utilisé leurs compétences traditionnelles de brasseuses de bière. On tolérait les *shebeens* malgré la faune qui gravitait autour et les bandes armées qui trouvaient là un moyen d'écouler drogues et alcools.

Le Marabi était un endroit sale et bondé où une population noire et pauvre se soûlait avec l'application des sans-remède ; brandy, gin, bière, skokiaan, hops, hoenene, barberton ou des mixtures plus puissantes encore, on y vendait de tout sans autorisation ni scrupules. La *shebeen queen* qui tenait l'établissement se nommait Dina, sorte de sorcière gélatineuse à voix de cataclysme qui faisait régner la loi. Neuman la trouva

---

1. Désigne à la fois un style musical et un style de vie ; sert aussi d'insulte.

derrière le comptoir, robe rose, balconnet pigeonnant, harcelant un vieil ivrogne pour qu'il boive plus vite.

— Où est Mzala ? demanda-t-il.

Dina vit la plaque d'officier, le visage peu amène derrière. Les semi-délirants sur les paillasses se turent. Les constables du township avaient neutralisé les deux mollassons censés surveiller l'entrée du bar. Sanogo suivait, à l'ombre du grand flic.

— C'est qui, lui ?! lança-t-elle au chef du commissariat. On a pas…

Dina fit une brève contorsion au-dessus du comptoir. Neuman lui avait saisi le poignet comme un piège à loup :

— La ferme.

— Lâchez-moi !

— Écoutez-moi ou je vous casse le bras.

Prise dans l'étau, la *shebeen queen* se vit plaquer sur le comptoir humide.

— Je veux parler à Mzala, fit Neuman d'une voix blanche. Une discussion amicale pour le moment.

— Il est pas là ! couina-t-elle.

Il colla la bouche à son oreille pleine de breloques :

— Ne me prends pas pour un négro… Allez, dépêche-toi.

La douleur irradiait dans son épaule. Dina acquiesça d'un signe de tête qui fit trembler ses chairs. Neuman la lâcha comme un ressort. La tenancière pesta en se massant le poignet — cette brute avait failli lui démettre le bras —, remit de l'ordre dans sa robe qui venait d'éponger le comptoir et donna un coup de pied dans un des types avachis à terre. Le Zoulou la toisait, menaçant. Elle fila derrière la cloison métallique.

Les voix des clients commencèrent à chuchoter. Sanogo fit signe à ses hommes de les tenir en respect.

Mzala cuvait dans une des chambres du fond, en compagnie d'une fille défoncée à la dagga qui l'avait sucé sans passion et ronflait maintenant sur sa couche. L'irruption de Dina le sortit de sa torpeur. Le chef du gang renvoya la *shebeen queen*, repoussa la sangsue qui l'avait pompé et enfila les fringues qui traînaient là. Les deux tsotsis qui gardaient l'accès du salon privé l'escortèrent derrière la cloison qui délimitait leur territoire.

Sanogo était là, avec son armada. Il y avait un type avec lui, un grand Noir musculeux qui l'observait depuis les pompes à bière, crâne rasé, le regard comme un pavé. Son costume devait valoir dans les cinq mille rands. Rien à voir avec les autres policiers...

— Qu'est-ce que vous foutez là, Sanogo ? lança Mzala.

— Monsieur dirige le département criminel de Cape Town, répondit-il en se tournant vers l'intéressé : il voudrait vous poser quelques questions.

Neuman voyait Mzala pour la première fois : un Noir anguleux aux yeux déteints avec un tee-shirt à l'effigie d'une marque de whisky bon marché et de longs ongles taillés en pointe, épais comme de la corne...

— Ah oui ?

Deux Noirs encadraient le chef de gang. D'un coup de pied entre les cuisses, Neuman transforma le premier en statue. Le type resta une seconde interloqué, avant d'agrandir sa face d'une grimace. Son acolyte eut le malheur de bouger : Neuman visa sa jambe d'appui et, du talon, lui déboîta le genou. Le type poussa un cri de douleur en refluant contre la cloison métallique.

— Je ne suis pas d'humeur pacifique, gronda Neuman en s'approchant du chef de gang. À partir de maintenant c'est moi qui pose les questions et tu réponds sans faire d'histoires. OK ?

Mzala sentait la sueur rance et le coup de couteau dans le dos. Dina se cala contre ses flancs comme un poisson pilote au requin.

— Y a rien à trouver ici, répondit-il sans un regard pour ses hommes, évincés à coups de pied. Feriez mieux de retourner d'où vous venez.

— Et toi de changer de registre : je viens aujourd'hui en repérage, je peux revenir demain avec les Casspir.

— C'est quoi le problème ? tempéra Mzala.

— Un nouveau gang, qui écoule de la came sur la côte, dit Neuman. Un de mes hommes a été tué.

— J'ai aucune raison de m'en prendre à des flics. On a nos petits arrangements, comme partout : demandez au chef, dit-il en prenant Sanogo à témoin. Nous, les Americans, on se contente de dealer de la dagga. On est corrects, plaida-t-il : putain, je paie même ma licence !

C'était rare.

— C'est qui, la concurrence ?

— La mafia nigériane, dit-il. Des fils de pute, mon frère, des vrais fils de pute…

Son rictus dédaigneux s'échoua dans le décolleté de la tenancière.

— On les trouve où, ces fils de pute ?

— Deux à la fosse commune, répondit Mzala, un autre sous la chaux : les autres ont dû foutre le camp. En tout cas, on les a pas revus dans le coin depuis un paquet de temps. Et ça m'étonnerait qu'ils reviennent, les empaffés !

On gloussa. Neuman se tourna vers Sanogo, qui inclina la tête en guise d'assentiment : règlements de comptes entre gangs, il les laissait faire son boulot

238

sans trop se mêler de leurs affaires. Le Zoulou tendit les photos numériques des tueurs de la plage :

— Vous avez déjà vu ces hommes ?

Déjà peu expressif, le visage de Mzala se gela.

— Non… Tant mieux, il ajouta, parce qu'ils sont pas jolis à voir.

Son ironie tomba à plat.

— Curieux, ironisa Neuman, parce que j'ai vu un de ces types près du gymnase en construction il y a une dizaine de jours : c'est-à-dire en plein milieu de votre territoire.

Mzala haussa les épaules.

— On peut pas être partout.

— Ils dealent une nouvelle drogue à base de tik.

— Je suis pas au courant. Mais si c'est vrai, je devrais pas tarder à le savoir.

— La mafia nigériane contrôle le tik, poursuivit Neuman.

— Peut-être bien, mais pas chez nous. Je vous ai dit qu'on les a pas revus depuis des mois, ces fils de…

— Putes, oui je sais. Et ces tatouages ?

— Un scorpion, non ?

— Tu t'y connais en bestioles, dis donc.

— Les reportages à la télé, ça remplit la cervelle, singea Mzala.

— Une balle dans la tête aussi. Alors ?

Les dents du tsotsi étaient partiellement pourries, tribut payé à la malnutrition infantile, ses bras couverts de cicatrices.

— Je peux rien vous dire, grommela-t-il : jamais vu ces gars. Mais si je les vois traîner, comptez sur moi pour leur botter le cul.

— Ils en voulaient à ce gamin, insista Neuman en montrant la photo d'écolier : Simon Mceli.

Mzala eut un sourire torve.

— Il a pourtant pas l'air méchant.

— Tu connais ?

— Non. Je m'en fous des gamins.

Mzala n'avait eu qu'un petit frère, encore plus voleur que lui, qui était mort comme un con, en faisant le zouave avec sa pétoire.

— Stan Ramphele, ça te dit rien non plus ? Et son frangin Sonny, qui avait un business sur la plage de Muizenberg ?

Le Xhosa secoua la tête, comme s'il faisait fausse route.

— Notre business, c'est la dagga et la défense du territoire, répéta-t-il : vos frangins, leur trafic sur la côte, c'est pas nos affaires.

Neuman dominait le chef du gang d'une tête.

— C'est bizarre, souffla le Zoulou, les types que je cherche ont tout à fait des sales gueules dans ton genre.

Un léger vent de panique souffla dans le *shebeen*. Sanogo faisait la girouette près du pilier, les policiers serraient les crosses de leurs armes, sur le qui-vive. Ils n'étaient pas chez eux ici…

— On est au courant de rien, assura Mzala. Ici on fait du business tranquille. Pas de poudre. C'est trop cher pour la clientèle et ça attire que des emmerdes… (Il cracha par terre.) C'est la vérité, mon frère : tran-quille…

Ses pupilles jaunies plaidaient pourtant le contraire. Neuman hésita. Ou ce type disait la vérité, ou ils devraient l'embarquer au commissariat pour un inter-rogatoire plus poussé, sachant que le reste du gang devait déjà avoir encerclé le *shebeen* et attendait, fusil au poing, de voir comment les choses allaient évoluer… Les rangs semblaient s'être resserrés autour d'eux. À neuf et mal armés, ils avaient peu de chances de vider les lieux sans grabuge.

— On devrait y aller, souffla Sanogo dans son dos.

Le brouhaha des clients entassés dans le *shebeen* grandissait ; certains commençaient à reluquer les fenêtres ouvertes. Une bousculade et l'intervention virait à l'émeute…

— J'espère pour toi que tu m'as dit la vérité, fit Neuman en guise d'adieu.

— Moi aussi, rétorqua Mzala.

Mais ça ne voulait rien dire.

*

Un tourbillon de poussière traversa le chantier. Neuman marcha parmi les détritus. Les ouvriers étaient rentrés chez eux, il ne restait plus que les gamins attirés par les véhicules de police et le bruit du vent dans les structures du gymnase. Quelques canettes vides jonchaient le sol, parmi les papiers gras et les bouts de ferraille. Neuman reconnut le tuyau de béton par où Simon s'était enfui quelques jours plus tôt. Une évacuation d'eau, d'après les plans qu'il s'était procurés…

Sanogo et ses hommes se tenaient en retrait, à l'ombre. Neuman s'accroupit et glissa la tête par l'ouverture du tuyau : la conduite était à peine assez large pour passer les épaules. Le faisceau de sa torche dansa un moment sur les parois de béton, avant de se perdre dans l'obscurité… Au prix d'une belle contorsion, Neuman se faufila à l'intérieur du conduit.

Ça sentait la pisse, il pouvait à peine lever les coudes ; enfin, il commença à ramper, la torche serrée entre ses dents. Le tuyau semblait courir dans le noir. Il redressa la tête, qui ripa contre le béton. Il faisait plus frais à mesure qu'il s'enfonçait dans la conduite. Neuman rampa encore sur une dizaine de mètres, avant de stopper. Ça ne sentait plus l'urine mais une odeur désagréable, forte : l'odeur de décomposition.

Simon était là, sous le feu de sa torche, enroulé dans une couverture sale qui s'en allait en lambeaux. Il lui fallut un peu de temps avant de le reconnaître : son visage était nécrosé, livide, son ventre sous la couverture en partie dévoré par les bêtes... Neuman dirigea le faisceau sur les objets qui traînaient là, reconnut le sac à main de Josephina. Il y avait aussi une bouteille d'eau à côté du cadavre, des bougies consumées, un paquet de gâteaux vide et une photo, épargnée par les rats et l'humidité, que l'enfant serrait encore entre ses doigts. La photo de sa mère.

6

Mzala était surnommé « le Chat » — il aimait, paraît-il, jouer avec ses victimes, avant de les laisser pour mortes. Mzala savait que sa situation de chef de gang était éphémère, et la peur sa meilleure alliée. Gulethu et le reste de la bande dans la nature, il pouvait s'asseoir sur ses dollars. Chat ou pas, les autres allaient le lyncher.

Heureusement, ils avaient fini par localiser l'*umqolan*, la vieille sorcière qui soignait ce taré de Gulethu. Une cabane dans le camp de squatteurs, ou plutôt un amas de planches avec des peaux de bêtes mortes depuis mille ans clouées à la porte. Mzala était venu en personne secouer les breloques de la vieille folle et, selon son habitude, l'avait longuement tourmentée. Les autres, pourtant peu portés sur l'apitoiement, avaient détourné les yeux. Entre deux sanglots, l'*umqolan* avait dit ce qu'elle savait : Gulethu était passé deux jours plus tôt dans sa boutique puante, il avait pris l'argent qu'elle planquait pour lui, avant de repartir, visiblement pressé, avec le Toyota et la poignée d'hommes qui l'accompagnaient... Sept heures du soir, le jour du carnage sur la plage de Muizenberg...

Les Americans surveillaient les accès au camp de squatteurs bien avant le crépuscule : à moins de s'enfuir à pied, Gulethu et sa bande étaient toujours dans la zone — on n'avait pas retrouvé le Toyota, ni sa carcasse calcinée... Mzala avait martyrisé l'*umqolan* pour savoir où se cachaient les fugitifs mais elle avait tourné de l'œil et ne le rouvrirait pas. Pas dans cet état. Il en frissonnait encore — vieille sorcière...

Les Americans avaient arpenté le camp de squatteurs les poches pleines de rands, et les langues s'étaient déliées. Le Toyota était caché sous une bâche dans la cour arrière d'un *backyard shack* — peinture, enjoliveurs, ils avaient commencé à maquiller le 4x4 en vue de prendre la fuite. Gulethu et ses sbires se terraient dans un trou voisin, creusé à même le sol, une toile de jute en guise d'abri...

— Tu espérais quoi, Saddam Hussein ? railla Mzala à la face livide qui pendait à la poutre du hangar. Un signe des esprits pour tenter ta chance, avec ta bagnole barbouillée et tes trois tarés ? Tss...

Pauvre type.

Gulethu avait les intestins en feu. Le Chat avait soigné leurs retrouvailles mais Terreblanche le voulait intact... Le boss venait d'arriver, la chemise kaki roulée sur les biceps, accompagné de deux sbires au crâne rasé, des Blancs pur jus, qu'il détestait cordialement...

— C'est lui ? lança Terreblanche.

— Oui.

Les pieds de Gulethu ne touchaient pas le sol. Il pendait là depuis deux heures, se tordait en grimaçant. Un Zoulou aux traits grossiers, plus près du primate : menton en galoche, front bas, arcades d'arriéré congénital, et ces yeux marronnasses, tremblant de fièvre...

Terreblanche fit claquer sa cravache dans la paume de sa main.

— Maintenant tu vas tout me raconter, dit-il : depuis le début... Tu m'entends, face de singe ?!

Gulethu se tordait toujours au bout de sa chaîne. Mzala lui avait fourré du piment rouge dans le rectum, qui lentement lui brûlait l'intérieur des intestins... Terreblanche n'eut pas à utiliser sa cravache : Gulethu raconta ce qu'il savait. Sa voix haut perchée collait mal avec son récit, hallucinant. Terreblanche écouta les inepties du Zoulou, stoïque — voilà le genre de spécimens que son fils cadet voulait sauver, un cafre à face de chimpanzé, pervers et psychopathe... Il sortit deux sachets de sa poche, qu'on avait trouvés sur lui.

— C'est quoi ça ?

Une poudre verdâtre était compressée sous le plastique.

— Des plantes, grimaça Gulethu. Des plantes mixées... L'*umqolan* me l'a donné...

— Tu comptais en faire quoi ?

— Un rituel... L'*intelezi*... Pour me soigner.

Un rituel zoulou avant le combat... Terreblanche gambergea sous les tôles surchauffées du hangar. Mzala venait de lui apprendre qu'un flic de la ville était venu ce matin au Marabi, le chef du département criminel, Neuman en personne. Ali Neuman... Terreblanche avait connu son père, Luyinda, un agitateur politique, qu'on avait battu à mort : sa femme et son fils cadet avaient changé d'enclaves et de noms — Neuman, « nouvel homme », une contraction de l'afrikaans et de l'anglais. Lui aussi cherchait la bande...

7

— Papa brûle ?

— Oui, ma chérie.

— Il va où ?

— Papa s'en va faire un joli petit nuage dans le ciel...

Tom soupira, visiblement circonspect. Eve aussi trouvait le temps long. Leur deuil passant par l'épreuve du feu, Claire les tenait serrés contre elle, devant le four qui avait englouti le cercueil de Dan. Le malheur est contagieux, Claire le savait, mais elle avait besoin de leur force pour effacer ses visions de cauchemar. Les enfants ne savaient pas ce qui était arrivé à leur père, juste qu'il avait été tué par des bandits... La jeune femme tremblait devant le crématoire. Elle se demandait pourquoi ils lui avaient coupé les mains, elle aurait aimé entendre leurs explications, les raisons qui les avaient poussés à faire tout ce mal, s'il y en avait...

What Will You Say passait dans la sono pourrie, un morceau de Jeff Buckley qu'elle reprenait avec Chris, son guitariste black. Dan l'adorait : une voix comme une onde en suspens virant au tragique, Jeff et son sourire éthéré qui, comme son père Tim, s'était noyé, une nuit d'ivresse, dans le Mississippi... Claire ne se sentait pas épuisée malgré les calmants : juste violente. Le cancer, les rayons, ses cheveux partis par poignées, elle avait fait face avec un courage qu'elle ne se connaissait pas mais on ne l'avait pas préparée à ça.

Déjà petite, il suffisait d'un sourire et l'auréole lui poussait : dans l'esprit des gens, Claire était celle sur qui tout glissait, celle à qui il n'arriverait jamais rien de mal — elle était si jolie... Balivernes. Fausseté partout. Pas besoin de baignade nocturne dans le Mississippi. Le petit ange blond qui souriait aux photos n'avait plus d'auréole, il n'avait même plus de cheveux. Son mari était mort : crevé.

Sa sœur Margot n'avait pas attendu la fin de la crémation pour ramener les enfants à la maison : réunir les cendres et régler les dernières formalités prendraient des heures et Claire avait besoin d'être seule avec lui, une dernière fois.

Elle avait attendu que la famille s'en aille, puis elle avait pris l'urne et roulé jusqu'à leur crique, près de Llandudno. C'était leur pèlerinage d'amoureux, une façon de se retrouver, et aujourd'hui de se quitter. Les vagues défilaient sur la plage déserte, un horizon crépusculaire où elle répandrait sa poudre d'homme. Claire avait serré l'urne contre son cœur et marché dans l'écume, aussi loin que ses jambes pouvaient la porter. Elle lui avait parlé sur le chemin, des mots d'amour, les derniers, avant de jeter ce qui restait de lui dans les flots. Les cendres flottèrent un moment à la surface, avant que les tourbillons ne les emportent. L'urne aussi avait coulé, *Titanic* affolé parmi les remous...

— Tu as faim ? demanda Margot. J'ai fait un poulet aux pruneaux.

Leur plat préféré, quand elles étaient petites. Claire venait de rentrer à la maison.

— Non, merci.

Leurs regards se croisèrent. Compassion, détresse. Elles discuteraient plus tard, quand les enfants seraient couchés.

— Qu'est-ce qui est arrivé à ta robe ? reprit sa sœur aînée pour faire la conversation. Tu as vu ?

Le sel, en séchant, avait fait des auréoles sur sa robe noire. Claire ne répondit pas. Les enfants, attablés dans la cuisine, repoussaient des bouts de pruneaux déchiquetés sur le rebord de l'assiette. Margot serra l'épaule de sa petite sœur, même si ça ne servait à rien.

— Maman, bouda Zoé. J'aime plus les pruneaux...

Claire vit la boîte posée sur le bar de la cuisine.

— Ah, oui ! fit Margot. Un ami à toi est venu déposer ce paquet pour toi tout à l'heure : un grand brun, l'air pas bien réveillé... (Puis elle se tourna vers la table des enfants.) Mais si, enfin, c'est *très* bon les pruneaux !

Il s'agissait d'une boîte en fer-blanc, qui valait dix fois son prix dans les boutiques de Long Street. Claire trouva des photos d'elle à l'intérieur — elle et les enfants, elle et Dan, elle seule, parmi les oiseaux du parc Kruger... Il y avait aussi un dépliant de voyage à destination de l'Europe, ses carnets d'enquête, que Dan gardait par phobie des bugs informatiques, deux ou trois bricolages ramenés de l'école par les enfants, et les mots d'un autre, sur une feuille blanche pliée en deux :

Dan ne gardait presque rien dans ses tiroirs — tout dans sa tête. J'ai pensé que ça te ferait plaisir d'avoir ces affaires. Je ne sais pas quoi dire, Claire : amitié ? Tendresse ? Appelle dès que tu peux. Ali aussi t'embrasse.

Brian

Des mots comme lui, beaux et maladroits.

*

Tara débarqua dans le bureau d'Epkeen et le monde, le temps d'un mirage, devint bleu Klein. L'amazone avait troqué son habit de cavalière pour un jean moulant et un tee-shirt tout aussi sexy. Tara déambula dans la pièce en foutoir comme s'ils visitaient leur premier appartement, se pencha sur la baie vitrée qui donnait sur les puces de Greenmarket Square avant de se retourner vers Epkeen, qui suivait son manège en rêvassant :

— Sympa la vue !

— Comme vous dites.

Tara était aussi belle de dos que de face.

— Merci d'être venue, dit-il en préambule.

— Si on peut rendre service à la police, fit-elle sans en croire un traître mot. Je m'assois où ?

— Où vous voulez.

Tara poussa les dossiers qui encombraient le passage et posa son généreux fessier sur le rebord du bureau. Elle le surplombait, tanguant au-dessus de lui d'un air enjoué, visiblement très au courant de ses charmes, au point qu'il en avait mal au cœur... Brian ouvrit les icônes.

— Ce sera long ?

— Ça dépend de vos souvenirs.

— Je sais à peine la date d'aujourd'hui, plaisanta Tara.

On était le 8. Le jour de la crémation de Dan.

— Mais je vais faire un effort, ajouta-t-elle, promis.

— Bon, j'ai préparé une sélection de véhicules correspondant au signalement que vous m'avez donné. Dites-moi oui, non ou peut-être.

— OK !

Brian se demanda d'où sortait ce trublion anatomique, réduisit la tension du courant électrique qui le tirait vers elle et retomba bientôt sur terre : des 4x4 commencèrent à défiler sur l'écran de l'ordinateur. Tara secoua ses longs cheveux bruns, négative. Son attention était totale, ses yeux cobalt envoyaient des éclairs luminescents aux cristaux liquéfiés, les véhicules tout-terrains passaient par dizaines, avec ou sans boue, des 4x4, des 6x6, pare-buffles, pare-kangourous, des modèles de toutes les marques, non, non, non, non, non, non, non...

— Vous avez remarqué, dit-elle au bout d'un moment : il n'y a que des hommes qui conduisent sur les photos...

— Les femmes s'en foutent des 4x4, non ?

— Passionnément.

— Vous êtes super... (Il se tourna vers l'écran.) Rien de ressemblant ?

Tara fit la moue devant le modèle proposé :

— Non, répondit-elle. Le mien était un gros truc, haut sur pattes...

— Moche ?

— Très.

Elle fit une grimace dégoûtée.

Epkeen alla directement à la marque Pinzgauer.

Ça ne traîna pas.

— Celui-là ! s'écria Tara. Le Steyr Puch 712K !

L'amazone avait soudain cinq ans et demi, lui la cervelle qui se détachait par petits blocs bleus.

— Vous êtes sûre que c'est ce modèle ?

— Si ce n'est pas lui, c'est un de ses cousins.

— Vous étiez quand même à une centaine de mètres, fit-il remarquer.

— J'ai de bons yeux, mon lieutenant.

Il l'impressionnait, ça faisait peur...

— Un Pinzgauer Steyr Puch de couleur sombre, écrivit-il à voix haute sur son carnet. Pas d'autres précisions ?

— Vous voulez savoir quoi, ironisa-t-elle : la couleur des pneus ?

— Je pensais à un éventuel conducteur, ou des gens que vous auriez vus autour de la maison...

— Désolée. Je n'ai vu personne. Je passe tôt le matin, dit-elle, peut-être qu'ils dormaient...

Epkeen fit la moue. Isolée au bout de la plage, la maison était une planque sûre, avec un accès par la piste à la route qui menait aux townships. Il ne devait pas y avoir cent mille modèles de ce Pinzgauer dans la province...

— Bien... Je vous remercie pour ces renseignements.

— De rien !

D'un bond, Tara avait atteint la terre ferme. Ça semblait lui plaire, les rebonds.

— Bon, sourit-elle, il faut que j'y aille...

— Où ça ?

— Ça ne vous regarde pas, mon lieutenant !

Elle empoigna son sac de toile posé sur le bureau, croisa son regard fondant et réfléchit une poignée de secondes.

— J'ai deux ou trois choses à faire avant ce soir,

dit-elle alors comme un mystère sous cloche. J'imagine que vous êtes libre ?

— L'air est nul à côté de moi, répondit-il.

L'adrénaline cognait dans ses veines. Tara sourit, puis jeta un œil à sa montre.

— Hum, estima-t-elle, ça devrait coller... Sept heures au bar à l'angle de Greenmarket, ça vous va ?

*

Les cadavres retrouvés dans la maison de Muizenberg venaient d'être identifiés. Pamela Parker, vingt-huit ans, une toxicomane connue des services pour traîner dans le sillage de différents gangs du township. Embarquée plusieurs fois pour racolage dans les bus et les gares routières. Pas de domicile fixe mais une condamnation pour violences, avec mise à l'épreuve. Aucune nouvelle depuis presque un an. Une sœur, Sonia, elle aussi dans la nature. Francis Mulunba, vingt-six ans, ancien policier rwandais recherché par le TPI pour viols et assassinats. Mujahid Dokuku, ex-membre du Mouvement pour l'émancipation du delta du Niger (MEND), un groupe rebelle nigérian spécialisé dans le *bunkering*, le détournement de pétrole exploité par les multinationales. Évadé deux ans plus tôt de sa geôle où il purgeait une peine de douze ans pour ses activités de guérilla. Soupçonné d'être entré clandestinement en Afrique du Sud, comme des milliers d'autres réfugiés, pour grossir les rangs des gangs...

La police scientifique n'avait trouvé que de la merde sur les murs de la cave, du sang appartenant aux victimes, et deux couteaux de cuisine qui avaient servi à la boucherie, avec leurs empreintes sur les manches. Pas d'armes à feu, ni de came : ils étaient pourtant bourrés à mort du même cocktail à base de tik, des doses avoisinant le stade de la folie furieuse, d'après le protocole du légiste… S'étaient-ils réfugiés dans la maison pour échapper aux barrages de police ? S'étaient-ils entre-tués sous l'emprise de la défonce, ou les avait-on aidés comme on l'avait fait avec Stan Ramphele ? Était-ce leur squat, une planque depuis laquelle ils écoulaient la drogue ? Neuman avait croisé Joey, le plus jeune de la bande, l'autre jour sur le chantier de Khayelitsha : pourquoi en voulait-il à Simon ? Où était son acolyte, le boiteux ?

Neuman avait arpenté le quartier autour du gymnase en construction sans apprendre grand-chose : des gosses des rues comme Simon Mceli, il en traînait des masses dans le township. On l'avait baladé de terrains vagues en terrains de foot. Certains lui avaient conseillé d'aller se faire foutre chez les Blancs. Surpopulation, dénuement, sida, violence : le sort des gamins des rues venus d'un camp qui ne cessait de déborder n'intéressait personne.

Le rapport d'autopsie de Simon Mceli tomba en milieu d'après-midi. Les bêtes qui logeaient dans les conduites du chantier avaient sérieusement abîmé le corps de l'enfant, mais les lésions sur la partie proximale du troisième métacarpe correspondaient à des morsures d'insectes qui dataient d'une semaine, date approximative du décès. Il n'y avait aucun impact de balle, ni de blessure visible sur les parties du corps épargnées. Les quelques objets trouvés près de lui, bougies, allumettes, eau, nourriture, couverture, laissaient penser que Simon avait emporté avec lui un kit de survie minimum. Pas trace de piqûres autres que celles des insectes. Le gamin souffrait de graves carences alimentaires, calcium, fer, vitamines, protéines, il manquait de tout, sauf de produits toxiques : marijuana, méthamphétamine, et cette même molécule que le labo n'arrivait pas à identifier.

Simon aussi était intoxiqué. Il était même complètement accro. Cela pouvait expliquer son état famélique, l'agression contre sa mère, mais pas les causes du décès. Simon était mort d'un empoisonnement du sang mais ce n'est pas une surdose qui l'avait tué : il était mort du sida.

Un virus foudroyant.

*

À l'instar de la violence, l'Afrique du Sud était ravagée par le HIV. Vingt pour cent de la population porteuse du virus, une femme sur trois dans les townships, et des perspectives effrayantes : deux millions d'enfants perdraient leur mère dans les années à venir et l'espérance de vie, qui avait déjà baissé de cinq ans, allait perdre quinze ans de plus, et tomber à quarante ans à l'horizon 2020. Quarante ans…

Le gouvernement avait engagé un bras de fer juridique avec l'industrie pharmaceutique, qui refusait la distribution de médicaments génériques pour les personnes infectées ; l'accès aux antiviraux avait finalement été entériné avec le concours de la communauté internationale et d'une campagne de presse virulente, mais le sujet restait brûlant. Pour le gouvernement sud-africain, une nation était comme une famille unie, stable et nourricière, s'épanouissant dans un corps sain, et disciplinée : le président invalidait les statistiques de séroprévalence, le taux de décès et les violences sexuelles qui, selon lui, relevaient de la sphère privée. Il mettait en accusation l'opposition politique, les activistes du sida, les multinationales et les Blancs, toujours prompts à stigmatiser les pratiques sexuelles des Noirs, alors en position d'accusés — le « péril noir », résurgence de l'apartheid : ainsi le sida était considéré comme une maladie banale liée à la pauvreté, la malnutrition et l'hygiène, excluant explicitement le sexe, aux conséquences intolérables, notamment en matière de mœurs masculines. Selon ce point de vue et pour contenir le fléau, la politique sanitaire du gouvernement avait d'abord préconisé l'ail et le jus de citron après les rapports sexuels, et de prendre une douche ou d'utiliser des pommades lubrifiantes. Le rejet des préservatifs, considérés comme non virils et l'instrument des Blancs, malgré les distributions gratuites, finissait de noircir un tableau déjà passablement désespérant.

Jacques Raymond, le médecin belge qui travaillait au dispensaire de Khayelitsha pour le compte de MSF, était sérieusement remonté : vaccins, dépistage, consultations à domicile, forum d'informations, Raymond arpentait le township depuis trois ans et ne comptait plus les morts. Neuman avait demandé à consulter la fiche de Simon Mceli et le médecin n'avait pas fait d'histoires — violence, maladie, drogue, la vie des enfants des rues ne valait rien sur le marché, pas même un serment d'Hippocrate...

Raymond avait une moustache rousse impression nante, de fines mains jaunies par le tabac et un fort accent français. Il ouvrit le casier métallique de son cabinet et tira la fiche correspondante.

— Oui, dit-il bientôt, j'ai bien soigné ce gamin, il y a vingt mois... On en a profité pour faire un bilan, mais Simon n'était pas porteur du virus : le test de dépistage était négatif.

— D'après l'autopsie du légiste, reprit Neuman, le virus qu'il a contracté a muté à une vitesse peu commune.

— Ça peut arriver, surtout sur des constitutions faibles.

— Simon était en forme quand vous l'avez examiné, non ?

— Vingt mois, c'est long quand on vit dehors, répondit le Belge. Seringues infectées, prostitution, viols : les gosses des rues se droguent de plus en plus tôt, et avec les milliers de types qui s'imaginent guérir du sida en déflorant des vierges, ils sont souvent les premières victimes.

Neuman connaissait les chiffres des meurtres sur enfants — statistiques en flèche.

— Croyances encouragées par les sangomas du township, insinua-t-il.

— Bah, fit le médecin sans grande conviction : tous ne sont pas des arriérés... Il s'agit aussi de médecine traditionnelle... Le problème, c'est que n'importe qui peut se déclarer guérisseur : après, c'est une question de persuasion, de crédulité et d'ignorance. Les malades du sida sont considérés ici comme des parias ; la plupart sont prêts à croire n'importe quoi pour se soigner. Les microbicides n'ont pas tenu leurs promesses, ajouta-t-il avec amertume : avec nos campagnes pour le port des préservatifs, on prêche dans le désert...

Mais Neuman pensait à autre chose :

— C'est quoi, la période d'incubation : quinze jours ?

— Le sida ? Oui, à peu près... Pourquoi ?

Simon avait contracté le virus ces derniers mois : il était accro à la came qui circulait sur la côte. Nicole Wiese, Stan Ramphele, les tsotsis dans la cave, tous avaient succombé au cocktail dès les premières prises.

Tous sauf De Villiers, le surfeur abattu par la police…
Un doute le saisit. Neuman remercia le médecin belge
sans répondre à sa question, croisa la file de malades
qui attendait dans le couloir et quitta le dispensaire.

Myriam fumait sur les marches, les mains croisées
sur ses genoux, faisant semblant de ne pas l'attendre.

— Bonjour ! lui lança-t-elle, des paillettes dans les
yeux.

— Bonjour…

Mais le Zoulou passa devant elle sans presque la
voir. Il rappela Tembo.

*

Epkeen avait laissé son portable allumé dans son
pantalon, abandonné comme le reste sur le parquet de
la chambre. Il vibra trois fois, avant de déclencher la
sonnerie. Le réveil fêlé au pied du lit affichait sept
heures trente du matin : Brian tâtonna dans la pénombre, trouva la cause de ses désagréments, vit le nom
affiché et prit l'appel en chuchotant pour ne pas déranger la licorne qui dormait à ses côtés.

— Je vous réveille ? dit Janet Helms.

— Faites comme si je vous écoutais…

— J'ai poursuivi mes recherches au sujet de la maison sur la plage, annonça l'agent de renseignements.
Le propriétaire est toujours injoignable mais j'ai
obtenu quelques infos. D'abord le terrain : un hectare
et demi en bordure de Pelikan Park, acheté il y a un
peu plus d'un an. Aucuns travaux n'ont été envisagés
pour rénover la maison mais des négociations sont en
cours pour l'extension de la réserve voisine : le terrain
pourrait donc se retrouver sous peu sur un site protégé, ce qui triplerait le prix du lot. Délit d'initié ou

simple spéculation, ça reste difficile à déterminer. En tout cas, l'opération immobilière a eu lieu avec le maximum d'opacité : impossible d'obtenir le nom du propriétaire ou de la société acquéreuse, mais en remontant la filière, j'ai trouvé un numéro sur un compte aux Bahamas. Strictement confidentiel, comme vous le savez. Vous pouvez en toucher deux mots à l'attorney mais ça a peu de chances d'aboutir...

Epkeen essuya la tornade matinale et remit un peu d'ordre dans ses idées. Engager une procédure sur aussi peu d'arguments ne mènerait effectivement à rien, sinon à des mois de paperasserie aussi compliquée qu'inutile puisqu'un simple clic suffisait à transférer le compte dans un autre paradis fiscal.

— Le monde de la banque est vraiment à dégueuler, commenta-t-il.

— Si ça peut vous consoler, celui du renseignement aussi.

— Bof.

L'animal ailé bougea sous les draps.

— J'ai dressé une liste des 4x4 Pinzgauer Steyr Puch recensés dans la province, poursuivit-elle. Un parc privé d'une trentaine de véhicules, dont un quart seulement est de couleur sombre, soit huit véhicules. J'ai aussi dressé une liste de personnes ayant loué un modèle semblable ces dernières semaines. Si vous voulez y jeter un œil...

— OK, soupira-t-il.

Epkeen balança le portable sur la pile de livres en vrac qui constituait sa table de nuit, et reposa la tête sur l'oreiller.

— Dis donc, fit la voix à ses côtés, tu as de ces discussions le matin...

Tara devait avoir chaud sous les draps mais, le bras

enroulé comme un serpentin autour de la couette, la jolie bête ne semblait pas décidée à bouger.

Brian l'avait retrouvée au bar de Greenmarket où elle lui avait donné rendez-vous. L'amazone l'avait ensorcelé avec son franc-parler, son esprit rieur et sa croupe cambrée comme à l'assaut du vide. Tara avait trente-six ans, un cheval en pension qu'elle montait aussi souvent qu'elle le pouvait, et travaillait en free-lance pour un gros cabinet d'architecte. Elle ne dit rien de sa vie privée, de ses goûts, de ses amours, sinon qu'elle aimait Radiohead et les types aux yeux vert d'eau dans son genre.

La fin du rêve s'était déroulée chez lui, dans la chambre à l'étage où ils avaient fait l'amour avec un sans-gêne qui, ce matin encore, les rendait tout familiers.

— Epkeen, dit-elle en émergeant des draps : ce n'est pas un nom afrikaner.

— Mon père était procureur sous l'apartheid, dit-il : à la majorité, j'ai pris le nom de ma mère.

Tara était issue d'une famille britannique libérale qui avait combattu les Boers lors de la guerre éponyme. Elle lui attrapa le bout du nez :

— Tu es un petit malin, toi...

Il était surtout complètement foutu d'elle.

— Tu as faim ? demanda-t-il.

— Hum hum...

Son sourire à angles aigus le poussa hors du lit. Il se leva, se demandant comment faisaient les femmes pour être si belles au réveil. Tara mata ses fesses tandis qu'il déambulait dans la chambre, à la recherche de ses vêtements éparpillés.

— Dis donc, estima-t-elle, pour un cheval au bout du rouleau, tu tiens le choc...

— En fait, c'est pas mon vrai corps.

— Il m'avait pourtant semblé, cette nuit…

Brian fila vers la cuisine, en proie au vertige après lequel il courait depuis l'adolescence. Il ne savait pas s'il avait été à la hauteur hier soir, s'il le serait un jour, s'il rêvait encore. Il prépara le petit déjeuner, copieux, divers, qu'il remonta fumant. Tara était dans la salle de bains. Il posa le plateau surchargé sur le lit, inonda de thé les œufs brouillés et passa un tee-shirt. Son parfum flottait dans la chambre, petite brise dans les rideaux… Tara sortit bientôt de la salle d'eau, habillée et aussi pimpante que la veille.

C'est à peine si elle jeta un œil au petit déjeuner.

— Je suis en retard, dit-elle : il faut que je file.

Son sourire isocèle semblait soudain figé.

— Là ? fit-il benoîtement.

Tara regarda sa montre :

— Oui, je sais, c'est un peu précipité comme adieux, mais j'ai complètement oublié que c'est à moi d'emmener les enfants chez la nourrice ce matin.

Adieux.

Nourrice.

Train fantôme.

— Je croyais que tu n'avais pas d'enfants ?

— Moi non, répondit-elle, mais mon mec si.

Tara attrapa une petite bouteille de parfum français, s'aspergea de deux traits discrets et le rangea aussi sec dans son baise-en-ville.

— Je sens bon ?

Elle lui tendait le cou, gracile, blanc — envie de mordre dedans.

— Du vrai picotin, dit-il.

Tara eut un petit rire qui ne cacha pas sa gêne.

— Bon, j'y vais.

— Tu devrais déjà être à demain, fit-il en masquant mal son amertume.

— Hum, acquiesça-t-elle comme si elle comprenait. En tout cas, hier c'était super.

Super.

Brian voulut lui dire que la moitié du plaisir était pour lui mais Tara déposa un baiser mélancolique sur ses lèvres, avant de disparaître comme une ville sous les bombes.

Une porte qui claque, et puis plus rien.

C'était fini les galopades, les courses contre l'écume. Ne restaient que la brise molle dans les rideaux, le café fumant sur les draps et l'impression d'être comme eux, complètement défaits...

Le portable vibra alors depuis la pile de livres : Epkeen voulut l'expédier à l'autre bout de l'Atlantique mais c'était Neuman.

— Ramène-toi, dit-il.

*

Epkeen traversa la haie de journalistes et de curieux agglutinés derrière les cordons bicolores de la police. Les vagues s'affalaient sur la plage de Llandudno, repartaient par paquets, couvrant l'horizon d'embruns affolés... L'art de la chute, c'était toute sa vie.

Neuman le vit arriver de loin, débraillé, maussade.

— Désolé pour le réveil, dit-il en le voyant.

Brian pensait toujours à Tara, aux stratégies fatales, et tout cet amour qui foutait le camp... Il se pencha sur le sable.

La jeune femme était étendue à deux mètres de là, les bras en croix, comme si elle venait de tomber du ciel. Un vol macabre : Epkeen détourna le regard du visage de la fille. Il n'avait pas déjeuné et la fuite de Tara lui retournait encore l'estomac.

— Un joggeur l'a trouvée ce matin, dit Neuman. Vers sept heures.

Une fille défigurée, qui reposait sur le dos. Les mains aussi étaient dans un sale état. Epkeen alluma une cigarette, une chape de cafard sur ses épaules.

— Tu n'aurais pas une fille vivante à me présenter ? dit-il pour se donner une contenance.

Ali ne répondit pas. Le vent soulevait les pans de la jupe, recrachait du sable ; Tembo s'affairait autour du cadavre, visiblement soucieux. L'équipe scientifique ratissait la plage. Une femme blanche, pas plus de trente ans, des cheveux blonds oxygénés, poisseux, un visage sans bouche, sans nez, sans rien... Des nuages noirs s'amoncelaient dans le ciel. Neuman fixait le bouillon de la mer toute proche. Une mouette sautilla à quelques encablures, inclina le bec vers le cadavre. Epkeen la chassa d'un regard mauvais.

— On sait qui c'est ? dit-il enfin.

— Kate Montgomery... Elle habite une des maisons au-dessus, avec son père, Tony.

— Le chanteur ?

— Hum.

Tony Montgomery avait eu son heure de gloire au milieu des années 90, un symbole de la réconciliation nationale : voilà pourquoi les journalistes affluaient...

— On n'a pas encore réussi à le joindre, fit Neuman, mais Kate travaillait comme styliste sur un clip. On vient d'avoir l'équipe de tournage, qui l'attend toujours... On a retrouvé sa voiture à deux kilomètres, un peu plus haut sur la corniche, mais pas son sac à main.

Tembo se dirigea vers eux, retenant son chapeau de feutre qui menaçait de s'envoler. Lui aussi faisait grise mine. Il livra ses premières conclusions d'une voix mécanique. Tous les coups avaient été portés au visage et à la tête : marteau, barre de fer, gourdin... L'arme du crime restait introuvable mais les similitudes avec Nicole Wiese semblaient évidentes. Même sauvagerie dans l'exécution, même type d'arme blanche. La mort se situait vers dix heures, la veille au soir. L'absence de traces de sang sur le sable laissait penser que le corps avait été transporté jusqu'à la plage. Le viol, cette fois-ci, était avéré.

Epkeen éteignit sa cigarette dans le sable, garda le mégot.

— Des traces de lutte ? demanda Neuman.

— Non, répondit le légiste, mais il y a des coupures à la taille, des marques anciennes... Quelques jours pour les entailles les plus récentes, des semaines pour les autres.

— Des traces rectilignes ?

Ali songeait aux marques étranges trouvées sur le corps de la première victime. Tembo secoua doucement la tête :

— Non. Les coupures sont peu profondes, probablement faites au cutter... Les ongles en revanche ont été tailladés. Par un couteau visiblement... Venez voir.

Ils s'agenouillèrent près du cadavre. Le bout des doigts était grossièrement mutilé. Tembo désigna le haut du crâne.

— Une mèche de cheveux aussi a été coupée, dit-il.

Neuman maugréa. Mèche de cheveux, rognures d'ongle : n'importe quel *sangoma* pouvait se procurer ce type d'ingrédients à moindres frais... Il vit le chemisier déchiré de la jeune femme, où le sang avait séché. Les bretelles du soutien-gorge étaient sectionnées, le torse lacéré.

— Scarifications ?

— On dirait plutôt des lettres, fit Tembo. (Il souleva le chemisier à l'aide d'un crayon.) Ou des chiffres taillés dans la peau... Vous voyez les trois « o » ?

Le sang avait coagulé sur son poitrail mais les entailles, plus sombres, étaient visibles.

— *O... lo... lo*, déchiffra Neuman.

— C'est quoi, réagit Epkeen : du xhosa ?

— Non... Du zoulou.

Nous vous tuons : le cri de guerre des ancêtres, repris par la frange dure de l'Inkatha.

8

Un orage tropical s'abattit sur Kloof Nek. Epkeen actionna les essuie-glaces de la Mercedes. Tara qui lui claquait comme une bulle entre les doigts, la fille massacrée sur la plage, la presse people sur la piste du tueur, les conneries qu'ils allaient raconter, il vivait une matinée de merde. La situation avait tendance à se répéter ces temps-ci. Contrecoup de la mort de Dan ? Il avait soudain envie de prendre des vacances, des grandes, de se tirer loin de ce pays qui pissait le sang, du monde assiégé par la finance et les élites (ré)actionnaires, et crever d'amour avec la dernière venue en se soûlant dans un de leurs palaces à la con, comme dans les bouquins de Fitzgerald... Au lieu de quoi, il remonta les lacets de Tafelberg qui menaient au téléférique et trouva une place parmi l'enfilade de voitures garées le long de la route.

La pluie martelait l'asphalte au pied de la Table Mountain, dont on devinait à peine le sommet dans les brumes ouatées. Il coupa les Girls Against Boys qui maltraitaient les enceintes de l'autoradio, donna une pièce au gamin au dossard criard qui gérait les stationnements et courut jusqu'aux boutiques de souvenirs où les touristes trempés attendaient le téléférique.

On pouvait grimper jusqu'en haut par les sentiers escarpés, mais la pluie et les attaques qui s'étaient multipliées ces derniers mois avaient fini par dissuader les plus téméraires. Ceux qui se pressaient là étaient globalement gras, rougeauds, attifés comme des farmers à une noce ; Epkeen voyait tout en noir, alors qu'un bout de ciel bleu pointait sous l'anthracite. Enfin le téléférique se mit en marche. La cabine rasa les flancs à pic, un kilomètre de dénivelé sous le cliquetis des appareils numériques. Poussés par le vent, les nuages enfumaient les sommets, qu'ils atteignirent bientôt. Epkeen laissa les touristes à leur point de vue imprenable sur la ville et, sans un regard pour l'océan dégringolé, prit le sentier qui menait à Gorge Views.

Tony Montgomery avait chanté la réconciliation nationale et plusieurs de ses tubes avaient fait le tour de la planète. *Loving Together*, *A New World*, *Rainbow of Tears*, chantés en plusieurs langues — comme le nouvel hymne sud-africain — avaient fait de lui une star. Epkeen trouvait les paroles de ses chansons sirupeuses à souhait, sa musique carrément à chier, mais ses intentions louables l'avaient rendu populaire. Montgomery avait une fille unique, Kate, qu'il tenait loin des flashs.

Kate Montgomery avait vingt-deux ans. Elle résidait à Llandudno, sur la côte est de la péninsule, et travaillait comme styliste sur un clip — Motherfucker, un groupe local de Death Metal — tourné au sommet de la Table Mountain…

Une lande plate et verdoyante s'étendait parmi les joncs ; Epkeen croisa un écureuil gris et suivit la flopée de papillons qui l'escortaient sur le sentier. Le lieu du tournage se situait deux kilomètres après les rochers, délimité par des barrières métalliques ; deux cerbères noirs croisaient les mains devant leur sexe, lunettes profilées et moues blasées, qui se déridèrent à peine en voyant sa plaque.

Contrairement à ce qu'il avait imaginé, ni l'orage ni le meurtre de la styliste n'avaient arrêté le tournage : une dizaine de personnes s'affairaient autour des tentes dévastées, des décors balayés — notamment un zébu baroque aux cornes de diable en papier mâché qui gisait, cul par-dessus tête. On sortait le matériel des bâches, les gamelles, dans la plus grande agitation. Il slaloma entre les flaques. Plus loin, une bande de chevelus au look gothico-metal pointait leur barbiche, maquillés comme des Batgirls mal dégrossies. Le premier gueulait que sa guitare était pleine de flotte, qu'elle allait l'électrocuter : les autres trouvaient ça carrément tordant.

— Qui est le responsable ici ? demanda Epkccn à la première venue, une petite boulotte au coupe-vent jaune fluo.

— Monsieur Hains ? Il doit être à la production, mais vous trouverez son assistante quelque part… Tencz, la voilà, fit-elle en désignant une blonde auburn qui discutait avec le chef machiniste.

Ruby.

Ruby en robe moulante barbotant dans la boue… Elle se retourna en sentant sa présence, eut une seconde de stupéfaction et le foudroya de ses yeux verts.

— Qu'est-ce que tu fais là ?

— Et toi ?

— Je travaille, figure-toi !

Dix mois qu'ils ne s'étaient pas vus. Elle avait le teint cuivré et laissé pousser ses cheveux, mais ce n'est pas sa robe de communicante, son maquillage et ses escarpins crottés qui allaient changer son allure de garçonne en guerre contre le monde.

— J'ai déjà quatre abrutis qui puent la bière sur le dos, s'impatienta Ruby, qu'est-ce que tu veux ?

— Te parler de Kate Montgomery, dit-il : c'est moi qui suis chargé de l'enquête.

— Merde.

— Ouais, acquiesça-t-il. Personne ne m'a prévenu que tu faisais partie de l'histoire, mais à partir de maintenant tu oublies l'homme de ta vie et tu réponds au détective : OK ?

Le soleil revenu illuminait sa peau de sable.

— OK ?! insista-t-il en la tirant à l'écart.

— Oh ! Pas la peine de gueuler !

— Tu le fais exprès, on dirait… Bon, plus vite on commencera, plus vite on aura fini.

Ruby était d'accord.

— Dans ce cas, j'exige d'être vouvoyée, dit-elle.

Epkeen ne soupira même pas.

— C'est vous la responsable du tournage ?

— Oui.

— Régisseuse ?

— Assistante de production, précisa-t-elle.

— C'est pareil, non ?

— Vous êtes là pour ergoter sur mon métier ou pour enquêter ?

— Kate, vous la connaissiez bien ?

— Un peu.

— Vous avez déjà travaillé ensemble ?

— Non, c'était la première fois.

— Vous la connaissiez donc de manière privée.

— Kate venait de temps en temps dîner à la maison, parmi d'autres amis. C'est tout.

— Des amis de quel genre ?

— À mi-chemin entre l'opposé et l'inverse de vous.

— Des gens du show-biz, j'imagine.

— Des gens bien, insinua-t-elle.

— Quand s'est terminé le tournage hier soir ?

— Vers sept heures… Le soleil déclinait.

— Kate, vous l'avez vue quand pour la dernière fois ?

— Justement vers sept heures. Nous sommes descendues ensemble par le téléférique.

— Elle allait rejoindre quelqu'un ?

Ruby repoussa ses mèches chahutées par le vent des hauteurs.

— Je n'en sais rien. Kate ne m'a rien dit. Ou plutôt si, se ravisa-t-elle : qu'elle allait se coucher tôt. On avait une grosse journée de tournage le lendemain.

— C'est votre boîte qui a embauché la styliste ?

— Oui. Kate a commencé le tournage hier, comme les autres.

Ruby ne fumait plus : elle broyait méthodiquement une allumette tirée de sa boîte.

— Elle avait un rapport particulier avec des membres de l'équipe ? demanda Epkeen.

— Vous voulez dire anal ?

— Très marrant. Je crois d'ailleurs me souvenir que vous étiez une fervente pratiquante.

— Mufle.

— Vous êtes excusée pour ce débordement mais ce sera le seul. Alors : Kate avait-elle des rapports privilégiés avec un ou des membres de l'équipe ?

— Non !

— Elle prenait de la drogue ?

— Comment voulez-vous que je le sache ?

— Le milieu du show-biz est un aspirateur à coke, ne me dites pas que vous n'êtes pas au courant.

269

— Je ne travaille pas dans le show-biz, grinça Ruby.

— Vous vivez pourtant avec le dentiste des stars ; vous devez avoir des dîners passionnants avec des présentateurs de télé, des mannequins, voire des publicitaires...

Ruby prétendait détester la vulgarité du fric et la plupart des gens qui allaient avec.

— Vous voulez en venir où, inspecteur Gadget ?

Les yeux de Ruby brillaient méchamment.

— Kate ne vous a pas paru différente ces derniers temps ? continua-t-il.

— Non.

— Irritable ? Impatiente ?

— Non.

— Vous lui connaissez un amant ?

— Pas spécialement.

— Ça veut dire quoi, qu'elle en changeait souvent ?

— Comme toutes les filles de vingt-deux ans qui ne font pas la connerie de tomber amoureuses du premier venu.

Vingt-deux ans : l'âge de Ruby quand il l'avait rencontrée au concert de Nine Inch Nails. Une autre vie.

— Kate avait des préférences ? Un type d'homme particulier ?

— Je ne sais pas.

— Des hommes noirs ?

— Je vous ai dit que je n'en savais rien.

— Vous dînez souvent avec des gens que vous ne connaissez pas ?

Ruby haussa un sourcil, finement dessiné au crayon. Pas d'autre réaction.

— Alors ?

— Kate avait vingt ans de moins que moi, s'échauffa-t-elle, et c'était une fille angoissée qui ne se livrait pas. Il faut vous répéter les choses dix fois avant que vous compreniez ?

— Dix-huit fois, répondit-il : c'est la théorie de John Cage.

— Vous vous intéressez à l'art conceptuel maintenant ?

Ils échangèrent un sourire caustique.

— Personne n'a cherché à joindre Kate hier ? reprit Epkeen.

— Pas à ma connaissance.

— Elle vous avait déjà parlé d'un ancien petit copain ?

— Non.

— Un rendez-vous quelconque ?

— Non, souffla Ruby. Je vous répète que nous avions une grosse journée de tournage. On s'est séparées sur le parking, je suis partie chercher les licols au club hippique et je ne l'ai plus revue…

Epkeen eut un frisson malgré le soleil revenu.

— Des licols ?

— Vous savez, ces sortes de grandes laisses qu'on met aux chevaux pour qu'ils arrêtent de s'exciter, ironisa-t-elle.

— Et alors ?

— C'est dans le script du clip, expliqua l'assistante de production : « des furies s'abattent sur les quatre démons de la nuit, leur passent un licol au cou et les fouettent pour qu'ils traînent leur reine… ». Vous n'aimez pas l'imaginaire du Death Metal, lieutenant ?… Vous aimez pourtant ça, faire le cheval, non ?

Un doute l'envahit. Énorme.

Tara.

Leur rencontre inopinée sur la plage.

Leur nuit d'amazone.

271

Brian connaissait son démon par cœur : le sourire à deux têtes qu'arborait Ruby était trop beau pour être honnête. Elle avait engagé Tara pour le séduire, elle avait loué une call-girl pour lui faire tourner la tête et l'abandonner, comme une trace de foutre dans les draps...

— Quelque chose ne va pas, lieutenant ?

Ruby souriait toujours, avec l'indifférence criminelle de la chatte devant la souris.

— Quel club hippique ? demanda-t-il.

— Noordhoek.

Epkeen chassa ses sueurs chaudes — Noordhoek : rien à voir avec la plage de Muizenberg, où il avait rencontré la cavalière... Bon Dieu, il commençait à devenir complètement paranoïaque avec ces histoires.

— Quel véhicule avait Kate lorsque vous l'avez quittée ? se reprit-il.

— Un coupé Porsche.

On avait retrouvé la voiture sur la corniche, à deux kilomètres de sa maison... Plantée dans la brise, Ruby le regardait d'un air laconique.

— C'est tout ce que vous pouvez me dire ?

— Je fais le maximum, rétorqua-t-elle.

— Ça ne fait pas lourd, mademoiselle.

— Madame, rectifia-t-elle.

— Ah oui ? Depuis quand ?

— Vous ne croyiez quand même pas que j'allais vous inviter à mon mariage ! railla-t-elle avec gourmandise.

— J'aurais amené des fleurs en fer, dit-il, les yeux papillonnants.

— Vous connaissez si bien la sensibilité des femmes... Maintenant, si vous avez une question intelligente à poser, trouvez-la vite, parce que j'ai quatre spécimens de votre genre à manager, la pluie a mis en l'air le décor et nous sommes en retard sur le planning.

— *The show must go on.*

— Quoi *the show must go on* ?! l'imita-t-elle très mal.

— La mort de Kate ne semble pas beaucoup vous émouvoir.

— J'ai malheureusement déjà fait le deuil de pas mal de choses…

Une perle de tendresse s'échoua au milieu des brisants.

— Je reviendrai sans doute vous poser quelques questions, dit-il.

L'équipe technique se mettait en place. Ruby haussa les épaules :

— Si ça vous amuse…

Une rafale les fit vaciller. Brian secoua la tête.

— Ça s'arrange pas, toi, hein ?

*

Soixante mille *sangomas* exerçaient en Afrique du Sud, dont plusieurs milliers dans la seule province du Cap : sacrifices, émasculations, enlèvements et torture d'enfants, les meurtres les plus abominables étaient régulièrement commis sous prétexte de guérison miraculeuse, la plupart du temps du fait de brûleurs d'encens ignorants et barbares.

La mèche de cheveux et les ongles rognés laissaient penser que le tueur cherchait à confectionner un *muti,* un remède, ou une potion magique quelconque. Un *muti*… Pour soigner quoi ? Après les déclarations malheureuses de la ministre de la Santé au sujet du sida, c'est l'Afrique entière qui était discréditée avec ce genre d'histoires...

Neuman avait fouillé dans le CRC (Criminal Record Center, l'organe de police répertoriant les criminels des dernières décennies), notamment concernant des données spécifiques aux crimes rituels : plusieurs centaines officiellement, lors des dix dernières années. Des milliers en réalité : enfants mutilés, bras, sexe, cœur, organes arrachés, parfois à vif pour un surplus d'« efficacité », testicules, vertèbres vendus à prix d'or sur le marché des superstitions, le musée des horreurs battait son plein, avec une foule d'incrédules anonymes pour tueurs par procuration et des statistiques en hausse constante. Il n'avait rien trouvé.

L'équipe scientifique avait investi la villa de Montgomery sans relever de traces d'effraction. Le système de sécurité fonctionnait et rien n'avait été volé. Kate n'avait donc pas eu le temps de passer chez elle après le tournage, ou alors elle était entrée en compagnie du tueur, ce qui paraissait peu probable : on aurait pu les voir ensemble, à commencer par la caméra à l'entrée, dont les bandes s'avéraient être vierges. Le coupé Porsche qu'elle conduisait avait été retrouvé sur le bord de la route, à deux kilomètres à peine de la maison. Comme pour Nicole, le tueur avait choisi un endroit isolé, sans témoin potentiel : la route de la corniche quittait Chapman's Peak et serpentait parmi la végétation avant d'atteindre le village très chic de Llandudno. Pas d'autres empreintes que celles de la victime à bord du véhicule. Le tueur l'avait interceptée sur la corniche. Ou Kate s'était arrêtée de son plein gré et ne s'était pas méfiée, comme Nicole Wiese. D'après les infos récoltées par Epkeen, la styliste aurait dû arriver à Llandudno aux alentours de sept heures et demie du soir. Sa mort remontait à dix heures : qu'avait-elle fait durant ce temps ? Le tueur l'avait-il droguée, de sorte qu'elle n'offre aucune résistance ? Deux heures où il l'avait séquestrée, afin de préparer son sacrifice, *ololo*, « nous vous tuons », sous-entendu les Zoulous…

Zaziwe : « espoir »…

Association d'idées, hasard, coïncidence ? Neuman sentit le piège. Il était là, sous ses yeux. Une tentation divine, un appel, dont l'écho semblait résonner depuis toujours. Un piège où il tombait…

Zina Dukobe avait été un membre actif de l'Inkatha et sillonnait depuis dix ans le continent avec son groupe de performeurs : elle n'apparaissait dans aucune organisation politique depuis les élections démocratiques mais tous ses musiciens étaient, ou avaient été, en contact avec le parti zoulou. Neuman dressa la liste des tournées du groupe en Afrique du Sud, les dates de résidence, et les compara aux multiples crimes non élucidés durant ces périodes. Après recoupements des fichiers de la CID (la police judiciaire) et des différentes forces de sécurité, il constata que six homicides avaient eu lieu à Jo'burg durant leur séjour (2003). L'une des victimes, Karl Woos, était le directeur d'une prison de haute sécurité durant l'apartheid : on l'avait trouvé chez lui, mort, empoisonné au curare, probablement victime d'une prostituée.

Neuman approfondit les recherches et tomba bientôt sur une autre affaire non élucidée : Karl Müller, ancien commissaire de police à Durban, retrouvé dans sa voiture au bord d'une route secondaire, une balle dans la tête — son revolver avait été retrouvé près de lui, sans lettre expliquant un éventuel suicide (14 janvier 2005). La troupe s'y était rendue à la même époque : ils avaient joué une semaine dans les clubs de la ville avant de repartir, le lendemain du meurtre…

Bamako, Yaoundé, Kinshasa, Harare, Luanda, Windhoek : Neuman élargit les recherches dans toutes les villes où le groupe zoulou s'était produit. Les données étaient inexistantes ou difficiles d'accès. Enfin, il releva la trace d'une mort suspecte à Maputo, au Mozambique : Neil Francis, un officier des services secrets de l'apartheid reconverti dans le commerce de diamants, le crâne fracassé au pied d'une falaise.

Août 2007 : la troupe de Zina était restée dix jours sur place…

Neuman recollait les petits morceaux perdus au fond de lui quand il reçut le mail de Tembo. Le légiste avait fait une analyse complémentaire concernant De Villiers, le surfeur accro à la came tué lors du braquage : d'après les échantillons de sang gardés en stock, De Villiers avait contracté le HIV.

Le virus s'était développé depuis peu mais, comme pour Simon, de manière spectaculaire : espérance de vie inférieure à six mois.

L'intuition de Neuman était la bonne, ce qui ne le rassura pas. Il y avait quoi dans cette dope : la mort ? Quoi d'autre ?

*

Le township, à force de grossir, avait fini par atteindre la mer.

Les gamins venaient ainsi jouer au foot sur la plage, pour la plus grande joie des touristes en minibus qui, via un tour-opérateur et une visite éclair du township, se rachetaient une bonne conscience à moindre frais. On n'en voyait aucun dans les boîtes noires des quartiers populaires de Cape Town — les seules où vous étiez fouillé à l'entrée —, ni d'ailleurs le moindre Blanc, au grand dam de la jeunesse locale.

C'est là, en bordure des dunes qui séparaient la plage des camps de squatteurs, que Winnie Got avait vu Simon pour la dernière fois, avec les traîne-savates qui constituaient sa bande : Simon mort, ces gosses étaient les derniers témoins de l'affaire... Neuman gara sa voiture au bout de la piste et marcha vers l'océan bouillonnant. Les cris des gamins, portés par le vent, s'entendaient de loin. Le sable de la plage était d'un blanc aveuglant sous le soleil. Une meute en short courait après une boule de mousse en partie dévorée. On n'avait pas le temps de se faire des passes, c'était mêlée générale aux quatre coins du terrain et clameurs spectaculaires à chaque dégagement ; les goals se dandinaient entre deux pulls jetés sur le sable, en attendant.

L'ombre du Zoulou passa sur le poids plume qui gardait ses buts invisibles.

— Je cherche deux enfants, fit Neuman en montrant la photo de Simon : des gamins de la zone, qui doivent avoir dans les dix-douze ans.

Le petit goal recula d'un pas.

— L'un d'eux est plus grand, avec un short vert. Ils traînaient avec ce gars-là, Simon... On m'a dit qu'ils venaient jouer au foot avec vous.

Le gamin regardait Neuman comme s'il allait le tacler à la gorge.

— Je... je sais pas, m'sieur... Faut demander aux autres, fit-il en désignant la cohue.

Ils étaient une trentaine à s'étriller joyeusement sous le soleil.

— Il est à qui le ballon ?

— Nelson, répondit le poids plume. Celui qui a le maillot des Bafana Bafana...

L'équipe nationale, pas très en forme à ce qu'il paraît, malgré la Coupe du monde qui se profilait.

La confusion la plus totale régnait autour de la sphère de mousse : Neuman dut confisquer l'objet convoité pour se faire entendre. Enfin il prit le dénommé Nelson à part, aussitôt entouré de ses joueurs, et leur expliqua le but de sa recherche. Les gosses se pressaient autour de lui comme s'il avait des bonbons. On fit d'abord des mines d'ignorants mais la photo raviva les souvenirs. La bande avait traîné quelque temps sur la plage, ils avaient même essayé de jouer au foot ensemble mais les gars de la zone faisaient les durs, le genre à piquer le ballon...

— Ils sont venus quand, la dernière fois ? demanda Neuman.

— J'sais pas, m'sieur... Quinze jours, trois semaines...

Nelson reluquait le ballon que le géant tenait sous son bras — c'était le sien et ils n'en avaient pas d'autre.

— Combien d'enfants avec Simon ?

— Trois ou quatre...

— Tu peux me les décrire ?

— Je me souviens d'un grand avec un short vert... Il se faisait appeler Teddy... Y en avait un autre, plus petit, avec une chemise de l'armée.

— Une chemise kaki ?

— Oui.

— Quoi d'autre ?

— Bah...

Les gamins chahutaient dans son dos, s'envoyaient des vannes en argot.

— Ils n'avaient pas un signe particulier ? insista Neuman. Un détail sur le visage, des tatouages...

Nelson se concentra.

— Le plus petit, dit-il enfin, celui qu'avait la chemise militaire : il avait une cicatrice dans le cou. Là, fit-il en désignant l'amorce maigrichonne de ses trapèzes. Le genre cicatrice recousue soi-même !

Les autres s'esclaffèrent en se tapant sur les cuisses, se bousculant de plus belle.

— Rien d'autre ? demanda Neuman.

— Ho, m'sieur ! s'esclaffa Neslon. J'suis pas une camera Divix !

Les gosses n'avaient plus d'yeux que pour le bout de mousse. Neuman le balança loin, par-dessus les têtes. Les petits déguerpirent illico en hurlant, comme si chacun venait de marquer un but.

*

Neuman arpenta les *public open spaces*, ces zones d'étendue sablonneuse envahies de broussailles où se réfugiaient les criminels. Il croisa quelques fantômes, des rejetés des townships ou des camps de squatteurs, sans obtenir de renseignements au sujet des gamins. Le vent qui balayait la zone effaçait tout, jusqu'au souvenir des morts.

Neuman marcha vers les dunes pelées, ne vit plus que des canettes de Coca vides, des emballages en plastique, des goulots de bouteille servant de pipe pour se défoncer au tik ou au Mandrax. L'endroit était vide, inquiétant, un paysage lunaire où n'erraient pas même les chiens, de peur de se faire bouffer... Le reste de la bande traînait pourtant quelque part... Ils avaient fui le camp de squatteurs et la plage trois semaines

279

plus tôt, et personne ne les avait revus. Simon s'était réfugié dans le township voisin, où il avait grandi, seul. La bande s'était donc scindée. Ils avaient fui pour échapper aux dealers : Neuman avait croisé deux d'entre eux sur le chantier. Epkeen avait abattu Joey mais son compère ne figurait pas parmi les cadavres retrouvés dans la cave : le boiteux...

Neuman retourna vers la piste qui longeait le no man's land. Sa voiture attendait sur la caillasse chauffée à blanc, des mirages éthyliques sur le capot ; il déclencha l'ouverture à distance.

Un gamin sortit alors du fossé voisin. Un petit Noir d'une douzaine d'années, avec un tee-shirt crasseux et des semelles en pneu. Il provoqua un petit éboulis en remontant du fossé, fit un pas vers Neuman mais resta à distance. Ses cheveux crépus étaient gris de poussière. Il tordait un bout de fil de fer entre ses mains sales, chassa les mouches qui couraient autour de ses yeux.

— Bonjour...

Des yeux malades qui, en coulant, avaient formé des croûtes jaunâtres.

— Bonjour.

Le gamin, bizarrement, ne demandait pas de pièces : il le jaugea de loin, près du fossé où il attendait, triturant son bout de fil de fer. Neuman eut un sentiment de malaise, encore diffus. Il lui faisait penser aux lapins atteints de myxomatose, qui restaient là sans bouger, en attendant la mort...

— Tu vis ici ? demanda Ali.

Le gamin fit signe que oui. Son pantalon de jogging était déchiqueté aux mollets et il n'avait pas de casquette. Neuman sortit la photo de Simon.

— Tu as déjà vu ce garçon ?

Le gosse éloigna les mouches de ses orbites, fit signe que non.

— Il fait partie d'une bande de gamins des rues : un grand avec un short vert et un plus petit, avec une chemise de l'armée et une cicatrice dans le cou…

— Non, dit-il. Jamais vu…

Sa voix n'avait pas mué mais le regard qu'il lui lança n'était plus celui d'un enfant.

— Vingt rands, sir… (Le petit loqueteux posa la main sur son pantalon.) Vingt rands pour une pipe, ça vous dit, sir ?

*

Josephina était l'une des « mères » du Bantu Congregational Church, une congrégation des Églises de Sion implantée dans le township : méprisant les prières toutes faites des Européens, les sionistes chantaient ensemble, le plus fort possible, sans jamais cesser de danser.

Neuman se fraya un chemin parmi la foule et trouva sa mère devant l'estrade, parmi d'autres chanteuses transies d'amour. Josephina secouait son prodigieux embonpoint, louant le Seigneur avec une ferveur à la mesure du prêcheur qui, ce soir, donnait son show ; le public reprenait en chœur, extatique… Ali resta un moment à observer sa mère, le front inondé de sueur, souriant au vide bleu. Elle paraissait heureuse… Une bouffée de tendresse lui serra le cœur. Il se souvenait du 27 avril, le jour des premières élections démocratiques, quand ils étaient allés ensemble au bureau de vote de Khayelitsha… Il revoyait la file de gens apprêtés comme pour un mariage, des Noirs et des métis qui faisaient la queue en demandant à ceux qui reve-

naient de l'isoloir s'ils n'avaient pas eu de problèmes
— on avait peur de se tromper de candidat (ils étaient
dix sur la liste), de ne pas faire la croix au bon endroit,
ou qu'elle dépasse du cadre, ce qui annulerait le vote,
on se méfiait de l'encre sur les doigts[1], des empreintes
digitales qu'on pouvait laisser sur la feuille de vote,
dont on disait qu'elles pouvaient les trahir — si l'on
votait pour l'ANC, qui dit que les autorités ne jette-
raient pas les sympathisants en prison ?! Il revoyait
Josephina entrer dans l'isoloir avec sa liste de candidats, toute tremblante, et du cri d'horreur qu'elle avait
poussé : la pauvre s'était trompée, elle avait coché la
case de Makwethu, premier sur la liste des candidats,
dont les cheveux gris ressemblaient à ceux de Madiba[2].
On avait calmé ses cris de désespoir en lui donnant un
autre bulletin, que Josephina s'était appliquée à remplir comme il convenait, sans déborder du cadre, mais
elle avait repassé tant de fois sur sa croix qu'elle avait
troué le papier... Il se souvenait des visages, des cartes d'identité qu'on serrait, les doigts exsangues, des
gens qui votaient en pleurant, ceux qui paraissaient
ivres en sortant de l'isoloir, et de la fête indescriptible
qui avait suivi le résultat des élections, quand même
les grand-mères étaient sorties dans la rue avec leurs
couvertures pour se mêler aux danses et au tonnerre
de klaxons...

Cette tête de mule de Josephina avait raison. Simon
était mort avec les bêtes en serrant la photo de sa mère :
leur destin était une part du sien, cette part d'Afrique
pour laquelle son père et lui s'étaient battus.

1. Les gens devaient mettre la main dans un détecteur d'encre, pour
vérifier s'ils n'avaient pas déjà voté.
2. Nom affectueux donné à Nelson Mandela.

Il attendit la fin du prêche pour l'entraîner dehors.

Des gens endimanchés les saluèrent avec un respect un peu comique tandis qu'ils sortaient de l'église de Gxalaba Street, bras dessus bras dessous.

— J'ai entendu les nouvelles à la radio tout à l'heure, lâcha Josephina sur le ton de la confidence : au sujet du nouveau meurtre, et des marques laissées sur le cadavre... C'est vrai ce qu'on dit à propos de ce Zoulou ?

— Oui : comme pour la mort de Kennedy.

— Hi hi !

Ali grommela — l'info avait filtré dans les médias : comment avaient-ils su ?

Pendue à son bras comme une croche, Josephina éventa sa longue robe blanche. Ils parlèrent de Simon et la rue devint beaucoup moins gaie. Ali expliqua les circonstances de sa mort, le sida, la poudre qui l'avait intoxiqué, le reste de la bande disparu dans la nature, et qu'il fallait retrouver : sa mère écoutait son grand fils en opinant, mais elle pensait à autre chose...

— Oui, dit-elle bientôt : Simon devait se sentir bien faible pour s'attaquer à une personne comme moi... Il savait que je m'occupe des plus défavorisés : c'était aussi un appel au secours.

— Drôle de façon de demander de l'aide.

— Il allait mourir, Ali...

Deux grosses rides lézardaient son front.

— Les gosses qui traînaient avec lui ont été vus en bordure du camp de squatteurs il y a une quinzaine de jours, dit-il : probablement des immigrés. Le plus grand a un short vert, Teddy, l'autre une chemise kaki et une vilaine cicatrice dans le cou. Ils se sont volatilisés et je pense qu'ils se cachent quelque part dans le township : une de tes copines les a peut-être vus.

La congrégation s'occupait des malades du sida, qu'on cachait par crainte des rumeurs, des malédictions jetées sur la famille, et qu'on laissait pourrir là. Les ramifications des femmes bénévoles pouvaient rayonner sur tous les Cape Flats, les langues se délier plus sûrement qu'avec la police.

— Je vais en parler autour de moi, assura Josephina. Oui : je vais m'occuper de ça dès maintenant...

— Je te demande de passer le mot à tes copines, tempéra son fils, pas de courir à travers le township. Tu intègres l'information ?

— Dis tout de suite que je suis malade ! s'offusqua Josephina.

— Tu es malade, maman. Et vieille.

— Hi hi !

— Je suis sérieux : Simon se défonçait et ces gosses aussi. Ils sont sans doute malades, mais ils ne doivent pas être approchés, c'est bien compris ? Je veux juste les localiser.

Josephina sourit en caressant son visage, comme elle le faisait quand il était petit, pour l'apaiser.

— Ne t'en fais pas pour ta vieille mère, je suis en pleine forme ! fit-elle en le parcourant de ses mains craquelées. Toi, par contre, tu devrais dormir plus : tu as de la fièvre et on ne voit plus que des cernes sous tes beaux yeux...

— Je te rappelle que tu es à moitié aveugle.

— On ne trompe pas une mère si facilement !

La mama se hissa sur ses escarpins dorés pour embrasser son roi zoulou.

Il partit à la nuit tombée, le cœur au fond d'un puits.

*

Les tentures étaient tirées sur les backrooms. Une odeur d'encens un peu écœurante flottait dans la pièce exiguë. La lumière était réduite à un spot rouge. Il se tenait allongé sur la table capitonnée, les bras repliés ; des bras durs comme du tank, que la jeune femme massait à grand renfort d'onguents parfumés.

— Détendez-vous, dit-elle.

La masseuse avait beau huiler sa belle mécanique, défragmenter les orages bloqués sous sa peau, l'homme lui renvoyait des blocs d'influx qu'elle continua d'encaisser sans broncher — au moins il avait fini par fermer les yeux... Elle malaxa les muscles de ses épaules, fit des cercles savants, descendit le long de ses reins, ses fesses, remonta lentement, écartant ses parties charnues, qu'elle attendrit bientôt en longues caresses lubrifiées. La fille stoppa enfin son manège érotique, contempla son chef-d'œuvre et, fourbue, disparut derrière les tentures.

Il entendit à peine les pas qui se rapprochaient de la table — des pas légers... une fille qui ne devait pas peser cinquante kilos : l'avait-elle déjà vu ici ?

Elle posa ses objets métalliques sur la tablette et prit place au-dessus de lui.

— Vous vous sentez bien ?

Non.

— Oui.

— Bien...

La fille fit le tri entre ses ustensiles. Les images se succédaient toujours sous ses paupières closes, des images de mort, de feu, de coups qui pleuvaient sur lui, écartelé, mais les larmes ce soir encore tombaient du mauvais côté ; elles lui coulaient en dedans.

Il ne dormirait pas. Ou peut-être. Ou tout à l'heure. Ou jamais. Avec Maia étaient parties ses dernières illusions. Il n'en voulait plus… Il n'en voulait plus qu'à Zina. Elle l'avait enchanté : ses yeux de nuit étoilée, sa grâce d'animal libre, la poudre et la braise sous ses pas, il aimait tout, et au-delà… Il étouffait dans son armure. Sa peau ne valait rien. Il se sentait comme une bête au zoo : il tournait en rond, dans sa cage, comme les souris de Tembo…

La fille avait saisi un objet sur la tablette, qu'elle maniait avec une habileté presque clinique ; au bout de l'insomnie, il se laissa pénétrer.

9

Bois précieux, béton teinté, baies en aluminium, murs de verre, les maisons bâties sur la colline verdoyante de Llandudno étaient toutes l'œuvre d'architectes. Tony Montgomery était rentré d'Osaka via Tokyo et Dubaï. Le chanteur avait annulé la tournée de galas qui, après l'Asie, devait le mener en Europe et aux États-Unis, coupant court à la campagne de promotion de son dernier album (*A Love Forever*, la maison de disques ne s'était pas foulée).

Montgomery avait le genre de cinquantaine vanté par les magazines masculins, une vie de VIP parcourant le village global et des mains manucurées qui, ce matin, ne savaient plus s'occuper. Stevens, son garde du corps et chauffeur, l'avait prévenu de la visite d'un officier de police, un grand type aux cheveux chiffonnés que la star écouta à peine. Epkeen l'avait trouvé au bord de sa piscine, drapé dans un kimono de soie qui descendait sur ses cuisses bronzées, en proie à la plus grande confusion. Montgomery revenait de la morgue où il avait identifié sa fille et une torpeur macabre le clouait à l'océan, qu'il fixait sans but depuis la terrasse de la villa. Le fait qu'il n'ait pas vu Kate depuis

287

quatre mois finissait de l'anéantir. Tony Montgomery était rarement en Afrique du Sud, les tournées mondiales s'enchaînaient, si bien qu'ils n'avaient pour ainsi dire aucune connaissance en commun...

Epkeen plongea la main dans la piscine pour se rafraîchir un peu, en mit la moitié sur son calepin. Il avait interrogé les proches de Kate, sa tante, une foldingue en Prada complètement à côté de ses pompes, Sylvia, une ancienne copine toxico, l'équipe de tournage, qui ne savait rien, des voisins qui n'avaient rien vu, d'autres gens qui s'en foutaient...

— Comment se fait-il que la mère de Kate ne se soit pas manifestée ? demanda-t-il.

— Elle s'est toujours désintéressée de sa fille...

— À ce point-là ?

— Helen vit à Londres depuis des années, expliqua Montgomery. Nous nous sommes séparés à sa naissance.

— C'est vous qui en avez eu la garde ?

— Oui.

— Avec vos tournées ? feignit de s'étonner Epkeen.

— Je n'étais pas connu à l'époque.

— Vous voulez dire que Kate a été abandonnée par sa mère ?

— En quelque sorte.

L'Afrikaner acquiesça : voilà qui expliquait bien des choses...

— Vous savez si votre fille se droguait ?

— Bah... J'imagine que Kate prenait parfois un peu de cocaïne pour faire la fête, comme tous les jeunes de son milieu... Je suis malheureusement mal placé pour vous renseigner.

— Vous parliez de quoi ?

— Surtout de son travail... Ça marchait bien, le stylisme.

Il aurait dit la même chose du marché de la banane.

— Vous lui présentiez des gens ?

— Non. Kate savait se débrouiller toute seule.

— Des amies, ou des compagnes, à qui elle aurait pu se confier ?

— Il est de notoriété publique que je suis homosexuel.

— Vous en avez de la chance... Vous ne connaissez donc personne qui puisse me renseigner sur votre fille ?

— Malheureusement, non.

— Et ses petits copains, elle vous en parlait ?

— Kate était pudique avec moi, répondit son père. Je crois que ça ne l'intéressait pas beaucoup, les garçons...

Epkeen alluma une cigarette.

— On pense que votre fille a été victime d'un tueur en série, dit-il, un Zoulou qui appartiendrait à un gang du township. Il y a une histoire de trafic de drogue là-dessous. Une personne a dû servir d'intermédiaire, ou de complice...

— Ma fille n'est pas une délinquante, affirma Montgomery, si c'est ça que vous insinuez.

— C'est aussi ce que disait Stewart Wiese à propos de sa fille... Vous le connaissez ?

— Stewart Wiese ? Oui, je l'ai croisé une fois, il y a des années, après la victoire en Coupe du monde...

Les deux jeunes femmes ne se connaissaient pas, il avait vérifié.

— Aucune raison pour qu'on vous en veuille, à vous ou à Wiese ?

— Hormis le fait que nous soyons connus ?

— Je veux votre avis, pas celui des tabloïds.

— Non… (Montgomery secoua son brushing.) On peut en vouloir à mon argent, mais pas à Kate. Kate est innocente. C'était une jeune femme tout ce qu'il y a de plus normale.

— Votre fille a séjourné dans une maison de repos, fit remarquer Epkeen : trois mois d'après la fiche de l'établissement. Une première fois à l'âge de seize ans, la deuxième fois à dix-huit.

Montgomery reprit des couleurs.

— De l'histoire ancienne, répondit-il.

— Cure de désintoxication ?

— Non, une cure de repos.

— On est si fatigué que ça à seize ans ?

— Les crises d'adolescence, ça ne vous dit rien ? C'est vieux de toute façon, s'agaça-t-il. Et je ne vois pas le rapport avec le meurtre de ma fille.

Le chanteur n'avait pas l'habitude qu'on lui parle sur ce ton. Il était entouré de gens qui toute la journée lui rappelaient à quel point il était formidable.

— Arrêtez de me prendre pour une majorette, Montgomery, dit-il. Votre fille a fait deux cures dans un établissement spécialisé et, à cet âge, il n'y a pas trente-six possibilités : ou elle se droguait, ou elle a attenté à ses jours. Voire les deux. Kate n'allait pas bien, désolé de vous l'apprendre : on a retrouvé des dizaines de coupures sur son corps, des blessures qu'elle s'infligeait régulièrement. *Cutting*, dans le jargon : tentative de retour à la réalité afin d'éviter l'effondrement psychique total… (Epkeen lui cracha la fumée de sa cigarette au visage.) Parlez ou je vous noie dans votre piscine en or.

— Un problème, monsieur Montgomery ? s'enquit Stevens.

— Non, non…

Le glouglou de la piscine dissipa le soupir de la star.

— La mère de Kate était une actrice talentueuse mais quelque peu… spéciale. Je croyais qu'elle avait compris que fonder une famille n'était pas mon truc, mais Helen est tombée enceinte et a voulu garder l'enfant en croyant me garder… Comme ma carrière commençait à décoller, Helen est repartie en Angleterre en me laissant le bébé sur les bras... C'était sa vengeance… Kate a voulu revoir sa mère à l'adolescence mais ça s'est mal passé.

— Elle a commencé alors à se droguer, l'aida Epkeen. Elle a pu replonger.

— Je ne sais pas…

— Vous l'avez internée après une tentative de suicide, c'est ça ?

— C'est arrivé une fois, répliqua Montgomery, je ne voulais pas que ça se reproduise.

— Pourquoi le cacher ?

— Quoi ?

— Que votre fille est une ancienne toxico dépressive.

— Une cure de repos et un suivi psychologique ont permis à Kate de s'en sortir, dit-il : je ne vois pas matière à faire de la publicité autour de cette affaire !

— Je cherche à savoir quel genre de proie était votre fille, répliqua Epkeen. Quelqu'un l'a attirée dans un piège. Kate était vulnérable et la drogue semble la piste la plus évidente.

Montgomery tripotait nerveusement sa chevalière de diamant.

— Écoutez, lieutenant, dit-il enfin. Si je n'ai pas toujours été là, je sais deux ou trois choses sur ma fille : Kate a eu une enfance et une adolescence difficiles, j'ai essayé de lui offrir les meilleures écoles, ça n'a pas été joyeux tous les jours, mais Kate s'est battue, et elle s'est reconstruite toute seule. La drogue ne l'intéressait plus. Elle voulait vivre sa vie, c'est tout. Elle voulait vivre, vous comprenez ?

— Oui : à coups de cutter.

*

Brian ne croyait pas beaucoup au hasard, plutôt à la conjonction des trajectoires. Il rentrait au central après son entretien avec Montgomery quand, sortie comme un obus de son bureau, Janet Helms lui tomba littéralement dans les bras.

— Vous avez eu mon message ?!

Il recula pour faire le point :

— Non.

— J'ai repéré un véhicule qui pourrait correspondre à ce que vous cherchez, annonça l'agent de renseignements : un 4x4 de marque Pinzgauer Steyr Puch, modèle 712K, filmé par la caméra d'une station-service la nuit du drame.

La mort de Fletcher. Les yeux ronds de Janet étaient rouges de mauvais sommeil mais la tristesse avait fait place à une forme d'excitation. Il la suivit jusqu'au bureau voisin.

— La station-service en question se situe sur Baden Powell, la route qui longe False Bay jusqu'à Pelikan Park, expliqua-t-elle en tapant sur le clavier de son ordinateur. À trois heures douze du matin… On ne distingue pas le visage du conducteur derrière les vitres fumées et la plaque est illisible.

Epkeen se pencha vers les bandes grisâtres de

l'écran. La carrosserie était sombre. On ne voyait que les mains du conducteur, un Blanc visiblement, ou un métis…

— J'ai mené des recherches, poursuivit Janet : aucun Pinzgauer de ce modèle n'a été déclaré volé ces derniers temps. J'ai bien trouvé un 4x4 de ce type volé dans la province du Natal il y a deux mois, et un autre à Jo'burg en fin d'année, mais tous les deux ont été brûlés après des braquages de transport de fonds. J'ai donc recensé les Pinzgauer en circulation…

Baden Powell était à deux kilomètres à peine de la maison, accessible par la piste.

— Le 4x4 se dirigeait dans quelle direction quand on l'a filmé ? demanda Epkeen.

— L'ouest. C'est-à-dire vers Cape Town.

Soit le chemin opposé à celui des townships.

— L'un de ces propriétaires est d'origine zouloue ?

— Non, j'ai vérifié. Si l'on en croit la couleur, enchaîna-t-elle, seuls trois véhicules correspondent au signalement. J'ai appelé les agences de location concernées mais aucune n'a loué ce modèle le jour du meurtre de Dan. Quant aux entreprises privées, elles ne sont que trois à en utiliser : une agence de tourisme spécialisée dans les safaris, mais le véhicule était indisponible toute la semaine concernée. Il reste un vignoble dans la vallée près de Franschock, que je n'arrive pas à joindre, et ATD, une entreprise de sécurité et de police privée. Ça vaudrait peut-être le coup d'aller y jeter un œil…

Epkeen acquiesça — Janet Helms sentait le lilas.

*

Neuman ne savait pas qui avait vendu la mèche aux médias (d'après le coroner, la moitié du service vendrait la date de sa mort au premier venu, et l'autre moitié à celui qui mettait un zéro de plus sur le chèque) mais les révélations autour du meurtre de Kate Montgomery eurent, en pleine campagne anti-crime, un effet désastreux. La sauvagerie de l'exécution, le viol, la mèche et les ongles fétiches, la revendication tribale gravée en lettres de sang sur le corps d'une jeune Blanche : le mythe du « Zoulou » pouvait germer dans les rédactions.

Première ethnie du sous-continent africain, les Zoulous avaient traumatisé leur époque en massacrant un régiment anglais[1] — avant d'être passés par les armes. Chargés de défricher les territoires hostiles, les pionniers boers avaient combattu les Zoulous avec la même âpreté, avant de les parquer dans les bantoustans de l'apartheid.

Ololo, « nous vous tuons », était interprété comme un avertissement et une menace à l'encontre de la population blanche, la réminiscence d'une forme d'ethnocide sortie d'un esprit malade, celui du tueur.

Les meurtres ravivaient un passé trouble, volontairement occulté au nom de la réconciliation nationale. La chute du Mur, l'inéluctabilité de la mondialisation et la personnalité hors norme de Mandela avaient eu raison de l'apartheid et des guerres intestines — tout le monde se souvenait de l'accession au pouvoir du leader de l'ANC, quand le Xhosa avait levé les bras de ses pires adversaires, De Klerk l'Afrikaner et Buthelezi le Zoulou, en signe de victoire. Nicole Wiese et Kate

1. L'armée anglaise avait la réputation d'être la meilleure armée du monde.

Montgomery étaient les enfants de deux symboles, le champion du monde de la première équipe multiraciale et la voix de la nation arc-en-ciel : s'y attaquer était simplement inacceptable. Entre les lignes des rédactions les plus conservatrices, il y avait en filigrane la salissure historique du viol d'une Blanche par un Noir, cette vieille idée de promiscuité où biologie et politique se mêlaient. Les soupçons de viol et de corruption qui pesaient sur Zuma, le leader le plus populiste de l'ANC, n'arrangeaient pas les choses…

Neuman sortait d'une entrevue houleuse avec le chef de la police quand il reçut le rapport détaillé de Tembo : l'arme qui avait tué Kate Montgomery était un manche de pioche, un bâton ou une sorte de casse-tête (des éclats de bois étaient incrustés dans le crâne de la victime). On n'avait pas trouvé de traces de sperme mais celles de la came en circulation, qui avait mis la jeune femme dans un état d'hébétude avancée. On l'avait attachée et bâillonnée à l'aide de ruban adhésif. Le crime était similaire à celui de Nicole Wiese, si ce n'est l'étrange mixture collée aux cheveux de Kate : un mélange d'herbes.

Il ne s'agissait pas d'une concoction d'iboga, comme le légiste l'avait d'abord cru, mais de deux plantes et d'une racine, l'*uphindamshaye*, l'*uphind'umuva* et le *mazwende*. Mixées sous forme de poudre, elles formaient la base de l'*intelezi*, un rituel zoulou d'avant combat.

L'*intelezi* pouvait être inséré sous la peau sous forme de poudre, ou gardé à macérer dans la bouche, avant d'être craché au visage de l'adversaire. C'est ce qui était arrivé à Kate…

Le regard de Neuman brûla d'une lueur mauvaise :

en crachant sur sa victime, ce cinglé venait de leur livrer son ADN.

*

La salle électrique, le mur de son grondant sur la scène enfumée, un larsen comme une sirène hurlante, des images de massacre projetées sur des plaques de métal, Soweto 76, les émeutes de 85, 86, des visages de pendus, des suppliciés, Zina en transe sous le battement des tambours, son grand corps fumant, et ses yeux de folle qui le poursuivaient depuis toutes ses nuits...

— Faites attention, lança-t-elle en le voyant devant sa loge, ou vous allez devenir comme cette pauvre Nicole...

Le 366 était le club de Long Street où le groupe se produisait ce soir-là. Zina savait qu'Ali reviendrait — ils revenaient tous.

— Il ne s'agit plus de Nicole mais de Kate, dit-il : Kate Montgomery... Vous êtes au courant ?

Elle souffla, exaspérée, poussa la porte de la loge et la referma derrière lui.

— Pourquoi vous venez me parler de cette fille ?

Zina attrapa la serviette sur la coiffeuse et essuya ses bras trempés de sueur. Neuman sortit un papier plié de sa poche.

— J'aimerais que vous jetiez un œil à ça, dit-il.

— C'est quoi, une déclaration d'amour ?

— Non. Le résumé du rapport d'autopsie.

— Vous savez toujours aussi bien parler aux femmes.

— Ce n'est pas tous les jours qu'on tombe sur quelqu'un comme vous.

— Comment dois-je le prendre ?

— Ça dépend pas mal de votre appréciation, dit-il en lui tendant la feuille.

La danseuse parcourut le document d'un air désinvolte.

— Rognures d'ongles, mèches de cheveux, commenta-t-elle, c'est le kit minimum pour un remède de charlatan. Un *muti*, qu'il cherche à se confectionner... Oh ! Je vois aussi qu'il y a des plantes savantes, *uphindamshaye*, *uphind'umuva*, *mazwende*... Vous manquez de botanistes chez les flics ?

— Je manque surtout de coupables.

— Ce n'est pas ça qui manque en Afrique du Sud.

— Vous êtes une *inyanga*, n'est-ce pas : une herboriste...

— Je croyais que je fabriquais des potions pour midinette ?

— Je me suis trompé sur votre compte.

— Moi aussi, si ça peut vous rassurer.

Non.

— Ces plantes savantes forment la base d'un *intelezi* ? demanda-t-il.

— Pourquoi posez-vous des questions dont vous connaissez les réponses ?

— C'est mon métier, figurez-vous. Alors ?

— Oui, répondit Zina : un rituel zoulou d'avant combat.

— Vous pouvez m'en dire plus ?

La danseuse chercha dans ses yeux mais ils ne réfléchissaient plus rien.

— La composition de l'*intelezi* varie selon qu'on cherche à affaiblir l'adversaire ou à renforcer son arme, dit-elle. D'après la composition de celui-ci, je dirais qu'il a servi à réduire la force de son adversaire.

— Massacrer des gamines à coups de massue, on ne peut pas appeler ça un combat.

— Ce n'est peut-être pas avec des gamines qu'il cherche à se mesurer, fit-elle remarquer.

— Avec qui : la police ?

— Vous, le gouvernement, les Blancs aux commandes de la machine. Si votre type se prend pour un guerrier zoulou, c'est qu'il se sent de taille à défier le monde entier.

Neuman ne savait pas si c'était la dope qui donnait au tueur ce sentiment d'invincibilité, s'il comptait ramener son *muti* à un des sangomas du township, s'il s'attaquait à ces filles par racisme, lâcheté ou folie pure : son regard se perdait sur les motifs orange de la moquette.

— Vous avez peur de quoi ? lui lança-t-elle.

Il redressa la tête.

— Pas de lui en tout cas.

— Vos mains tremblent, fit-elle.

— Peut-être. Vous voulez savoir pourquoi ?

— Oui.

Les jambes de Neuman se dérobaient, pourtant immobiles.

— J'ai une liste de crimes commis dans les villes où vous avez tourné, lâcha-t-il tout de go, vous et votre groupe : au moins trois meurtres non élucidés, tous concernant d'anciens hauts fonctionnaires ayant exercé sous le régime de l'apartheid.

La danseuse serra sa serviette autour de son cou. Elle ne s'attendait pas à ça. Ses yeux lui avaient menti. Il ne l'aimait pas. Il lui tendait des pièges. Il la traquait, depuis le début.

— C'est avec un de vos philtres d'amour que vous avez empoisonné Karl Woos ? relança-t-il.

— Je ne suis pas une mante religieuse.

— Woos, Müller et Francis n'ont pas témoigné à la Commission Vérité et Réconciliation, dit-il : vous les avez liquidés à cause de l'impunité dont ils ont bénéficié ? Vous continuez à régler vos comptes avec le passé ?

Zina reprit sa posture d'ancienne militante.

— Vous parlez à un fantôme, monsieur Neuman.

— Vous avez tué au nom de l'Inkatha ?

— Non.

— Vous pourriez tuer au nom de l'Inkatha ?

— Je suis zouloue.

— Moi aussi : je n'ai jamais tué en tant que tel.

— Vous l'auriez fait pour l'ANC, siffla-t-elle. Vous l'auriez fait pour venger votre père.

Elle savait ça.

— Vous militez toujours pour l'Inkatha, dit-il doucement. Du moins officieusement…

— Non : je danse.

— Un sucre pour attirer les guêpes.

— Je déteste le sucre.

— Vous mentez toujours.

— Et vous, vous délirez : je danse, que ça vous plaise ou non.

— Oui, vous dansez… (Neuman fit un pas vers la coiffeuse, où il l'avait acculée.) Votre prochaine cible est ici, à Cape Town ? Vous l'avez déjà approchée ?

— Vous délirez, répéta-t-elle.

— Ah oui ?

Un bref silence satura l'air de la loge. Zina attrapa ses mains brûlantes de fièvre et, sans fléchir, posa ses lèvres sur les siennes. Neuman ne bougea pas quand elle introduisit sa langue dans sa bouche : il était la cible…

Zina l'embrassait, les yeux grands ouverts, quand la sonnerie du portable retentit dans sa poche.

C'était Janet Helms.

— J'ai trouvé l'ADN du suspect dans les fichiers, dit-elle.

*

Sam Gulethu, né le 10/12/1966 dans le bantoustan du KwaZulu. Une mère sans profession, décédée en 1981, un père mort deux ans plus tôt dans les mines. Quitte son village natal à l'adolescence avant d'errer en quête d'un *pass* pour travailler en ville. Accusé du meurtre d'une adolescente en 1984, purge une première peine de six ans à la prison de Durban. Intègre les rangs des *vigilantes* de l'Inkatha en 1986, lors de l'état d'urgence[1], jusqu'à la fin du régime séparatiste. Soupçonné de plusieurs meurtres d'opposants lors de la période trouble précédant les élections démocratiques, Gulethu est amnistié en 1994. On retrouve sa trace en 1997, condamné à six mois de prison ferme pour trafic de stupéfiants, puis à deux ans pour vols avec violence — peines purgées à la prison de Durban. Migre dans la province du Cap, où il se lie à divers gangs du township de Marenberg. Trafic de marijuana, racket dans les bus, les trains. De nouveau condamné, en 2002, cette fois-ci à six ans de détention pour agressions avec violence aggravée, séquestration et actes de torture — peine purgée à la prison de Poulsmoor. En ressort le 14/09/2006. Ne se rend à aucun des rendez-vous fixés par les services sociaux de Marenberg, où il était censé élire domicile. Activités de *sangoma* inconnues. A probablement réintégré un des gangs du township. Signes distinctifs : peau du visage grêlée, une incisive manquante à la mâchoire inférieure, tatouage d'araignée sur l'avant-bras droit...

---

1. Les criminels purgeant de longues peines étaient relâchés avec la promesse de casser leur jugement s'ils tuaient des membres de l'UDF de Desmond Tutu lors de raids opérés dans les townships avec l'aide de la police.

Neuman fixait l'écran de l'ordinateur de Janet Helms, qu'il avait aussitôt rejointe au commissariat central. Marenberg : le township où vivait Maia, le tatouage, Pouslmoor... Les informations se télescopaient. Malgré des zones d'ombre, la piste Gulethu semblait la bonne. Les *vigilantes* qui avaient maintenu l'ordre dans les bantoustans à coups de bâton étaient le plus souvent restés dans les townships : mal vus, désœuvrés, ils finissaient par tomber dans les bras des bandes armées et des mafias qui s'y étaient implantées. Gulethu avait pu monter un nouveau gang à sa sortie de prison, avec ce qui traînait dans la rue — anciens miliciens, enfants-soldats, putes, junkies... Gulethu et Sonny Ramphele avaient séjourné dans la même prison de Poulsmoor, le Zoulou devait être au courant du trafic sur la côte ; il avait monté un business avec le petit frère en vue d'écouler sa came auprès de la clientèle blanche, plus lucrative que ces éclopés du township. Stan avait dû lui faire une réflexion au sujet de son tatouage, et de sa phobie des araignées... Le jeune Xhosa avait pu lui servir de rabatteur pour Nicole Wiese, moyennant argent, sans savoir qu'il allait la tuer. Stan « suicidé », qui avait livré Kate Montgomery aux mains du Zoulou ?

Les yeux de Neuman ne pouvaient se détacher de la photo anthropométrique sur l'écran. Gulethu n'était pas laid : il était effrayant.

10

Hout Bay était le port de pêche le plus important de la péninsule. Les premiers bateaux revenaient du large, une nuée de mouettes dans leur sillage. Epkeen salua la colonie d'otaries qui nichait dans la baie, longea le pittoresque Mariner's Wharf et les restaurants de fruits de mer qui bordaient la plage, et gara la Mercedes devant les stands du marché.

Des femmes aux robes chamarrées installaient leurs jouets en bois avant l'arrivée des touristes. L'agence ATD se situait un peu plus loin, au bout des quais. Une agence de sécurité parmi les plus importantes du pays. Nom du responsable de Hout Bay : Frank Debeer.

Epkeen passa les entrepôts de réfrigération où des ouvriers noirs attendaient le butin du jour et se dirigea vers l'agence, un bâtiment à colonnades isolé de l'activité du port. Il n'y avait personne devant l'enseigne, rien qu'une Ford aux couleurs de l'entreprise qui rôtissait dans la cour. Il marcha jusqu'au hangar voisin et poussa la lourde porte coulissante : une autre Ford bariolée guettait dans la pénombre, cachant à peine la ligne sombre d'un 4x4 Pinzgauer.

Des hirondelles avaient niché sous les poutres

métalliques. Epkeen approcha du véhicule, actionna la portière : fermée. Il se pencha sur les vitres teintées : impossible de voir l'intérieur. La carrosserie était comme neuve, sans traces de peinture fraîche... Il inspectait les rares marques de terre sur les pneus quand une voix retentit dans son dos :

— Vous cherchez quelque chose ?

Un gros Blanc en treillis bleu arrivait de la cour : Debeer, un Afrikaner entre deux âges avec des lunettes de soleil réfléchissantes et une panse à vider des caisses de Castel à la chaîne. Epkeen présenta sa plaque aux hirondelles.

— C'est vous Debeer ?

— Oui, pourquoi ?

— Ce joujou est à vous ? fit-il en désignant la bagnole.

L'autre cala ses pouces sous son ventre bedonnant.

— À l'agence, dit-il. Pourquoi ?

— Il sert souvent ?

— Pour les patrouilles. Je vous ai demandé pourquoi.

— Et moi je vous demande de changer tout de suite de ton : c'est quoi, ces patrouilles ?

Le regard qu'ils échangèrent valait la *pax americana* en ce début de millénaire.

— Le boulot, grogna Debeer. On est une agence de sécurité, pas une agence de renseignements.

— La police privée est censée collaborer avec la SAP, rétorqua Epkeen, pas lui chier dans les bottes. J'enquête au sujet d'un homicide : c'est vous le boss, alors vous allez me répondre avant que je foute le feu à votre agence. Elles consistent en quoi, vos patrouilles ?

L'Afrikaner remonta sa bedaine comme un bébé fuyant.

— On rayonne sur toute la péninsule, dit-il. Ça dépend des appels qu'on reçoit. Les cambriolages, c'est pas ça qui manque.

— Vous patrouillez la nuit ?

— Vingt-quatre heures sur vingt-quatre, rétorqua Debeer : c'est marqué sur toutes les enseignes.

Les hirondelles se mirent à piailler sous les poutres du hangar.

— Qui a utilisé ce véhicule, le jeudi de la semaine dernière ? demanda Epkeen.

— Personne.

— Comment vous pouvez le savoir sans consulter vos fiches ?

— Parce que c'est moi qui l'utilise, dit-il.

— Ce véhicule a été filmé sur Baden Powell à deux heures du matin, annonça Epkeen, jeudi dernier.

Du bluff.

Debeer fit une moue qui n'arrangea pas son double menton.

— Possible… C'est moi qui étais de nuit la semaine dernière.

— Je croyais que personne n'avait utilisé le Pinzgauer ?

— Personne d'autre que moi.

Ce type jouait au con.

— Vous avez reçu un appel pour une urgence ? demanda Epkeen.

— On n'attend pas que les gens se fassent dévaliser pour patrouiller, rétorqua le responsable.

— Vous avez donc patrouillé ce soir-là le long de Baden Powell.

— Si vous le dites.

Debeer, les testicules en avant, prenait sa vessie pour une lanterne. Epkeen croisa son reflet dans ses lunettes m'as-tu-vu : pas brillant.

— Vous patrouillez seul ?

— J'ai besoin de personne pour faire mon boulot, assura le gros Afrikaner.

— Vous ne fonctionnez pas en binôme ?

— On passe plus de temps à constater les effractions : des fois, un ça suffit.

Moins de main-d'œuvre égale plus de profits, quitte à saloper le travail : un classique de l'époque qui ne le convainquait pas beaucoup. Epkeen tira une photo de sa veste en toile.

— Vous reconnaissez cette maison ?

Debeer aurait lu cinq lignes de chinois avec la même inspiration :

— Connais pas.

— Une maison dans les dunes, en bordure de Pelikan Park. Elle n'est protégée par aucune entreprise de sécurité : bizarre pour une maison isolée, non ?

Il haussa les épaules :

— Si les gens aiment se faire cambrioler, c'est leur choix.

— Cette maison est dans votre secteur : personne n'a cherché à démarcher les propriétaires ?

— Je suis chef d'agence, pas commercial, renifla Debeer.

— Vous avez pourtant la gueule du type qui ment comme il respire.

— Je respire pas : c'est pour ça qu'on m'a donné ce poste.

Une matraque, un portable et son arme de service pendaient contre ses hanches larges.

— Vous êtes un ancien flic, n'est-ce pas ? lança Epkeen.

— C'est pas vos oignons.

— On peut jeter un œil au véhicule ?

— Z'avez un mandat ?

— Z'avez une raison de ne pas me montrer ce qu'il y a à l'intérieur ?

Debeer hésita un instant, émit un son désagréable avec sa bouche et sortit une clé de sa poche. Les feux du Pinzgauer clignotèrent.

Ça sentait le produit à chiottes dans le 4x4. L'arrière avait été aménagé de manière à transporter des marchandises. Epkeen inspecta l'habitacle ; tout était propre, pas le moindre résidu dans le cendrier, ni même un brin de poussière sur le tableau de bord...

— Vous trimbalez quoi dans cette bagnole ?

— Ça dépend de l'intervention, répondit Debeer dans son dos.

On tenait à huit à l'intérieur. Epkeen s'extirpa du véhicule.

— Vous l'avez nettoyé dernièrement ?

— C'est pas interdit, que je sache.

— C'est marrant, dit-il en se tournant vers la Ford, l'autre véhicule est hyper-cradingue.

— Et alors ?

La sueur formait des auréoles sous son uniforme. Epkeen sentit son portable vibrer dans la poche de son treillis. Il sortit du hangar pour prendre la communication — c'était Neuman — en jetant un œil noir sur le chef d'agence.

— Tu es où ? lança le Zoulou, à l'autre bout des ondes.

— À Hout Bay, avec un con.

— Laisse tomber. On a reçu un cadeau. Rejoins-moi au commissariat d'Harare, abrégea-t-il.

Epkeen bougonna en rangeant son portable. Debeer le toisait derrière ses lunettes réfléchissantes, à l'ombre du hangar, les pouces coincés dans sa ceinture.

*

Une odeur désagréable flottait dans le bureau de Walter Sanogo, à peine dissipée par les pales du ventilateur. Neuman et Epkeen se tenaient devant lui, silencieux pour le compte. Le chef du commissariat sortit le sac plastique de la glacière à ses pieds, et le posa avec précaution sur le bureau. Il y avait une sphère à l'intérieur, une tête humaine, dont on devinait les traits négroïdes sous le sinistre barbouillage du plastique...

— Trouvée ce matin dans une poubelle du commissariat, dit Sanogo d'une voix neutre.

Il dénoua les anses du sac plastique et découvrit la tête décapitée d'un jeune Noir, les lèvres et les pommettes tuméfiées, qui les fixaient avec un rictus monstrueux. Ses paupières closes avaient été coupées dans le sens de la longueur, ne laissant qu'une fente sanguinolente en guise de regard. Un regard au rasoir... Le Chat s'était un peu amusé, avant d'offrir la dépouille à son maître.

— Un cadeau de Mzala ? fit Neuman.

— Ça en porte la griffe.

Walter Sanogo pensait peut-être faire de l'esprit.

Neuman s'agenouilla à hauteur de la tête : il avait croisé ce gamin sur le chantier dix jours plus tôt, avec Joey... Le boiteux.

— Vous connaissez cet homme ?

— Non, répondit le flic du township. Il doit venir de l'étranger, ou des camps de squatteurs…

— Je l'ai croisé à Khayelitsha il y a une dizaine de jours, dit Neuman. Il en voulait au gamin qui a agressé ma mère…

Sanogo haussa les épaules.

— J'ai envoyé une patrouille vers les dunes des Cape Flats pour retrouver le reste du corps, dit-il : c'est souvent là que les loups abandonnent leurs charognes.

Neuman regarda la tête décapitée sur le bureau, ses paupières découpées…

— Dans ce cas, allons dire deux mots au chef de meute…

*

Mzala jouait aux fléchettes dans le salon privé du Marabi. Le *shebeen* déjà plein de gueules jetées mille fois contre les murs, sourds aux insultes que Dina leur balançait comme des os à des oiseaux de proie.

— Vous allez picoler un peu, tas de vermine ! C'est pas un hammam ici !

La *shebeen queen* vit alors le grand flic noir dans l'entrée, les constables de Sanogo qui suivaient au grand complet, et relâcha la pression sur les buveurs. Neuman traversa la foule hébétée, Epkeen balayant ses arrières.

— Vous…

— La ferme, je t'ai déjà dit.

D'un regard, Neuman tassa la tenancière derrière son comptoir. Il dépassa le pilier et tira la cloison métallique qui menait au salon privé des Americans. Un ventilateur bruyant brassait l'air enfumé. Trois types affalés sur des paillasses attendaient leur tour pour jouer : concentré devant la cible, Mzala semblait en phase de repos.

— Mon cadeau vous a plu ? lança-t-il en même temps que sa fléchette sur la cible.

On était loin du mille.

Deux tsotsis aux yeux rubiconds sortirent du couloir et encadrèrent le chef du gang. Epkeen les garda en ligne de mire — ils avaient une arme sous leur chemise. Les trois autres semblaient roupiller sous leurs paupières. Sanogo se tint contre la cloison métallique, près de la *shebeen queen* venue à la rescousse.

— D'où sort cette tête ? demanda Neuman.

— Pas loin d'ici : du côté de Crossroad, à la bordure du township, où il cherchait à écouler sa came… Mauvaise idée, ajouta Mzala avec un sourire en bois.

Il allait lancer une nouvelle fléchette mais Neuman se posta devant la cible :

— Alors vous lui avez coupé la tête.

Le tsotsi prit un air contrit qui lui allait comme un nez de clown.

— J'ai rien contre les flics, dit-il, mais j'aime pas trop apprendre ce qui se passe chez moi par le trou du cul de la voisine. Votre histoire, ça m'a presque empêché de dormir : comme quoi le territoire des Americans serait pas étanche… (Il fit claquer sa langue.) Vous êtes évolué, vous, vous comprenez ce que c'est la propriété privée… Il fallait leur envoyer un signal fort à ces bâtards d'étrangers.

— La mafia nigériane ?

— Faut croire. Ces chiens-là, vous en chassez dix, il en revient cent.

Le Chat souriait, énigmatique.

— Comment tu sais qu'ils sont nigérians ?

— Ils parlaient le dashiki entre eux, et ça pousse comme le chiendent ces gangs-là : z'avez qu'à demander au Captain, fit-il en désignant du nez le flic près de la cloison.

Sanogo ne broncha pas. Deux constables se tenaient à l'entrée du *shebeen*, les autres surveillaient les buveurs de la salle.

— Qui est leur chef ? demanda Neuman.

— Un de ces putains de négros, j'imagine.

— Tu lui as découpé les paupières au rasoir, ce n'était pas simplement pour le plaisir. Alors ?

Le tsotsi essuya la paume de sa main sur son tee-shirt blanc défraîchi.

— J'ai pas demandé leurs noms, mon frère : c'était rien que des chiens de Nigérians… Un territoire, ça se partage pas : encore moins celui des Americans.

Aucun mouvement hostile pour le moment. Epkeen passa un œil par la fenêtre à barreaux qui donnait sur un coin de la rue : dehors les gosses en short chahutaient à distance, tenus par les bras des aînés.

— Où est le reste du corps ? demanda Neuman.

— On l'a renvoyé d'où il venait, ce fils de pute ! fit Mzala, bombant le torse devant sa cour : de l'autre côté de la voie ferrée…

La ligne séparait Khayelitsha des camps de squatters.

— Le gang vient de la zone ?

— Faut croire, mon frère.

— Qu'est-ce qu'ils foutent sur votre territoire ?

— Je vous ai dit : ils cherchent à écouler leur came.

— Quelle came ?

— Du tik. En tout cas c'est ce que le gars nous a dit… Il avait plus de raisons de mentir, ajouta-t-il avec un sourire sournois. Ces hyènes prospectaient par chez nous, depuis un petit moment apparemment… Ça se fait pas, z'êtes d'accord. On est des Americans, nous, pas le genre à partager.

— Tu sais que tu fais de l'humour ? (Neuman lui tendit la photo de Gulethu.) Ce type-là, tu connais ?

— Bah…

— Gulethu, un tsotsi d'origine zouloue. Il a écumé les gangs des townships avant de faire un séjour à l'ombre. Il a plusieurs meurtres sur les bras, notamment deux filles blanches.

— C'est lui, le Zoulou dont parlent les journaux ?

— Ne me dis pas que tu sais lire.

— J'ai des filles qu'ont appris pour moi, dit-il en se tournant vers la métisse qui mollissait sur le sofa. Pas vrai, ma grosse, que tu en connais un rayon en lecture ?!

— Ouais, répondit la courtisane, la poitrine débordant de son body rouge : j'ai même la Bible écrit sur mon cul !

On rit grassement. Les seins de la fille trépidaient en cadence.

— Alors ? s'impatienta Neuman.

— Non, répondit Mzala : jamais vu ce type-là.

— Le reste du gang, il se cache où ?

— Dans les Cape Flats, un ancien *plaza shop* d'après le gars, près de la voie ferrée… Je suis pas allé voir. Ça pue la merde par là-bas.

Mzala souriait de ses dents jaunes quand soudain les vitres volèrent en éclats. Les deux policiers postés à l'entrée furent criblés de balles avant de pouvoir brandir leur arme, l'enseigne et la porte pulvérisées. Un pick-up débâché pila à hauteur du *shebeen* : les trois hommes grimpés à l'arrière l'arrosèrent d'une pluie de feu. Les clients reculèrent sous l'impact des projectiles qui fusaient à l'intérieur ; un homme tomba face contre terre, un autre s'écroula devant le comptoir, la nuque brisée. Les plus vigoureux refluaient en bousculant les poivrots éberlués, se frayant un passage à coups de poing : une rafale arracha la mâchoire d'un policier pris dans la bousculade, qui poussa un cri sauvage. Neuman s'était jeté à terre. Les corps tombaient autour de lui, tandis qu'on se réfugiait vers la salle de jeu. Des tirs de AK-47. Pris de panique, d'autres cherchaient à s'enfuir par les fenêtres où les tueurs les cueillaient, renvoyant des pantins sanguinolents à l'intérieur. Neuman chercha Epkeen, le trouva au ras du sol, le .38 à la main. Terré contre le mur, Mzala braillait des ordres dans son téléphone portable. Les clients se précipitaient près de la cloison métallique, mitraillés à bout portant : les balles pleuvaient toujours dans une explosion de plâtre, verres, bouteilles, panneaux publicitaires... Mzala et ses hommes se postèrent à la fenêtre du salon privé et firent feu à leur tour.

Sanogo et ses hommes s'étaient repliés dans la confusion la plus totale, sept agents en uniforme, dont un blessé au menton déchiqueté que soutenait une jeune recrue terrorisée. Les balles fusaient au-dessus du comptoir où Dina se tenait cachée, les mains sur la tête. Neuman rampa au milieu du tumulte et suivit Epkeen par la porte de service. D'autres tirs claquèrent alors dans la rue, faisant écho aux râles des blessés.

Sur le qui-vive, les Americans avaient aussitôt rappliqué pour une contre-attaque éclair : ils pilonnèrent le pick-up à l'arrêt devant leur QG, stoppant net le déluge de feu.

Epkeen et Neuman surgirent dans la cour du *she-been*, une impasse où s'amoncelaient des cagettes et des bassines de maïs concassé. Ils avisèrent les toits de tôle ondulée et grimpèrent à la gouttière. Les passants effrayés s'étaient enfuis, on entendait des cris depuis les ruelles voisines. Les trois Noirs à l'arrière du Toyota avaient fait volte-face et répondaient maintenant aux tirs des Americans venus à la rescousse. Une brève fusillade s'engagea : un des Noirs s'écroula contre la bâche du pick-up, qui démarra en trombe. Un quatrième tireur couvrit leur fuite depuis la portière. Epkeen et Neuman firent feu depuis les toits, vidant leurs chargeurs sur les tsotsis à l'arrière.

Ils sautèrent du toit dans un nuage de poudre.

Le Toyota mitraillé zigzagua dans la rue avant de percuter une petite maison de briques, où il s'encastra dans un bruit mat. Le passager jaillit par la portière et s'enfuit en hurlant. Epkeen et Neuman accoururent en rechargeant leur arme. Les types à l'arrière du pick-up ne bougeaient plus, le corps troué de part en part. L'ombre d'Ali fila dans le dos d'Epkeen, qui braqua son revolver sur le moteur fumant : le visage du conducteur reposait sur le volant, les yeux ouverts — la balle lui était ressortie par la bouche... L'Afrikaner releva la tête, vit des gens détaler en tous sens, et aperçut Neuman au bout de la ruelle, qui lui rendait déjà cent mètres.

Le fuyard tenait un AK-47 à bout de bras : il tira une rafale en aveugle avant de tourner à l'angle de la rue. Il réapparut aussitôt, à reculons, mitraillant tous azimuts. Les Americans avaient bouclé le secteur, interdisant toute retraite. Une voiture défoncée déboula dans un nuage de poussière et stoppa net.

Pris au piège, le tueur se retourna vers Neuman et, les yeux exorbités, braqua le AK-47. Un Noir au visage hideux, qui semblait le défier dans sa folie : Gulethu.

Neuman tira au moment où il pressait la détente.

Les hommes de Mzala giclèrent des portières, arme au poing. Gulethu gisait sur la terre battue, une balle dans la hanche. Le tueur cligna des yeux sous le soleil : il vit les Americans au bout de la rue, tenta d'attraper le AK-47, hors de portée. Il sourit comme un dément, serrant l'amulette pendue à son cou ; les tsotsis l'achevèrent d'une rafale à bout portant.

Neuman voulut crier mais il ressentit une vive douleur. D'instinct, il porta la main à son ventre : il la ressortit rouge, un sang chaud qui coulait le long de sa chemise…

TROISIÈME PARTIE

QUE LA TERRE TREMBLE

1

Zina était née sans frères. Fille aînée, elle avait appris l'*izinduku*. L'art martial zoulou était d'ordinaire réservé aux garçons mais Zina avait montré une dextérité et une hargne peu communes pour une si jolie jeune fille. Son père était parti en forêt, pour lui tailler une canne à sa mesure. Elle s'était battue avec les garçons, rendant coup pour coup, sans se soucier des ricanements.

Son père avait été déchu de son statut pour insubordination aux autorités bantoues qui, sous réserve d'obéir aux lois de l'apartheid, avaient laissé une relative autonomie aux chefs de tribu : il ne serait pas un de ces roitelets achetés par le pouvoir blanc dont les milices s'empresseraient de faire régner l'ordre à coups de bâton à l'intérieur des homelands. On avait détruit leur maison au bulldozer, tué les animaux, chassé le clan et éparpillé ses membres dans les taudis voisins.

Zina avait décidé de rendre les coups. L'ANC interdit, ses leaders emprisonnés depuis vingt ans, elle avait adhéré à l'Inkatha zoulou du chef Buthelezi.

Il y avait peu de femmes combattantes à l'Inkatha : parfois, sous couvert de club de tricot, elles aidaient à

317

organiser des réunions politiques ou à cacher les sympathisants blancs pour éviter qu'ils soient arrêtés par l'armée ou lynchés par les *comrades*. Zina avait manifesté avec les cannes zouloues qu'on les autorisait à porter, elle avait menacé le pouvoir blanc en défilant avec des armes imaginaires, elle avait imprimé des tracts, attaqué et fui les militants de l'ANC-UDF, qui jusqu'alors représentaient l'opposition. À force de ruminer sa féminité sur les champs masculins, sa part muselée avait resurgi, volcanique : violences vaines, amours et désillusions telluriques, Zina avait jeté son cœur du haut d'un pont il y a longtemps et attendait qu'une petite fille vienne le ramasser — elle, toujours.

Les années d'apartheid étaient passées, des années d'adulte : le combat politique l'avait rendue comme le bois des cannes que son père sculptait pour elle. En saluant ses ennemis politiques, le président Mandela avait mis fin aux massacres mais le monde, au fond, n'avait fait que se déplacer : l'apartheid aujourd'hui n'était plus politique mais social — et elle toujours en haut du pont, penchée sur son grand cœur tombé.

Mais Zina ne désespérait pas — pas complètement. C'était une femme intelligente : elle travaillait sa souplesse...

Ali Neuman reposait sur le lit d'hôpital, un sourire pâle en signe de bienvenue. Elle releva un sourcil ironique :

— Je croyais que c'était increvable, un roi zoulou...

— Je ne suis pas mort, dit-il. Pas encore.

La balle de Gulethu avait traversé son flanc gauche et glissé le long d'une côte, manquant de peu le cœur. L'os, fêlé, lui tirait des soupirs compliqués. Repos complet, avait préconisé le médecin de l'hôpital : une à deux semaines, le temps que le cartilage se reconsolide.

— Comment tu as su que j'étais là ?

— J'ai lu tes exploits dans le journal, railla-t-elle. Félicitations.

— Douze morts, je n'appelle pas vraiment ça un exploit.

Les oiseaux piaffaient par la fenêtre de la chambre. Zina portait une robe bleu nuit et un lacet tressé autour de la gorge, où pendait une pierre bleu cobalt. Elle visa le bouquet d'iris qui trônait sur la table de chevet :

— Une admiratrice ?

— Pire : ma mère.

Elle attrapa le livre posé près des fleurs.

— Et ça ?

— Un cadeau de Brian.

— Un ami ?

— Le dernier.

Zina lut le titre à haute voix :

— Jean-Paul II : textes essentiels…

Elle eut une mimique interrogative assez charmante.

— Je suis un peu insomniaque, dit-il, maniant l'euphémisme : Brian espère m'endormir avec ça…

— Ça marche ?

— Généralement je m'écroule après avoir lu la couverture.

Zina sourit alors qu'une goutte de sueur coulait au creux de ses seins. Le temps d'un rêve, la rosée de sa peau avait disparu sous sa robe.

— Tu sors quand ? demanda-t-elle.

— Tout à l'heure, pour la conférence de presse.

— C'est le médecin qui va être content.

— Je peux marcher.

— Jusqu'où ? La porte ?

Le ton était badin mais Ali manqua son sourire. Il vit ses pieds nus sur le sol plastifié, le reflet de ses jambes au grand jour et le désir qui leur serrait la gorge.

— Je joue samedi au Rhodes House, dit-elle alors. C'est la dernière date de la tournée.

— Ah oui ?

Ali jouait mal un rôle qu'il connaissait pourtant sur le bout des doigts. Ils ne s'étaient rien dit l'autre soir dans la loge : il avait fui ses lèvres pour répondre au portable de Janet Helms et il était parti sans un mot. Zina ne savait pas ce qu'il pensait, s'il la soupçonnait toujours de tuer des gens comme au temps de l'Inkatha, si elle était toujours en haut du pont, à attendre ce jour qui ne venait pas.

Elle se pencha sur la rivière qui coulait là, un élan irrésistible ; un bout de son âme se noya quand elle posa la bouche sur ses lèvres. Tant pis pour la petite fille pendue sous la pluie. Ali esquissa un geste vers elle, le premier, quand on frappa à la porte.

La masse du monde les repoussa aussitôt.

Une grosse dame noire tout encombrée de victuailles fit irruption dans la chambre, tâtant l'air de sa canne. Josephina devina une silhouette féminine près de son fils et s'esclaffa :

— Oh ! je vous dérange ! Oh ! Excusez-moi, excusez-moi !

— J'allais partir, mentit Zina.

— Hi hi hi !

Josephina déposa ses reconstituants au pied du lit avant de déplacer son quintal jusqu'à Zina. Ali la présenta mais elle la dévisageait déjà, du bout des doigts.

— Hi hi hi !

— Oui, bon, ça va…

Mais Josephina était aux anges : le visage de la femme était noble, ses formes généreuses, un doux peuplier penché sur le lit de son fils...

— Vous êtes zouloue, n'est-ce pas ? demanda-t-elle.

— Oui... Un peu trop au goût de votre fils d'ailleurs...

Zina lança un clin d'œil à l'homme qui gisait sur le lit, et partit dans un courant d'air.

Ali blêmit un peu plus.

Appuyée sur sa canne, sa mère le regardait comme s'il chassait des nuages sur Vénus :

— Tu as l'air en forme, mon grand !

Il avait le goût de ses lèvres sur sa bouche et un trou noir dans le cœur.

*

Brian avait acheté un lion jaune et rouge aux vendeurs ambulants, et un zèbre pour Eve : des figurines en fil de fer, qu'ils bricolaient dans les townships... Il sonna à l'interphone, la gorge un peu sèche.

— Oui ? fit une voix de femme.

— Claire ? C'est Brian...

— Qui ça ?

Calme blanc sous le soleil écrasé.

Sensation de sable mouvant sur le trottoir.

Les soirées arrosées passées ensemble avaient fait d'eux des amis à part entière : Dan n'aurait pas aimé qu'on laisse tomber sa femme sous prétexte qu'il n'était plus là.

— Laisse-moi entrer, Claire, insista-t-il : deux minutes.

Il y eut d'abord une forte densité de silence, un soupir à peine perceptible dans l'interphone, puis un déclic électronique qui ouvrit la grille.

Le soleil inondait le petit jardin de la maison. Eve et Tom s'aspergeaient dans une piscine en plastique sous le regard de leur tante Margot, qui le salua d'un sourire occupé.

— Tonton Brian ! Tonton Brian !

Les gamins se jetèrent à son cou comme s'il était un poney, adorèrent ses cadeaux.

— Il est où Ali ? demanda Tom.

— En train de se mettre du vernis à ongles : il viendra vous voir quand ce sera sec.

— C'est vrai ? s'émerveilla Eve.

Claire était sur la terrasse, arrondissant les angles des pâtes à sel que les gamins venaient de malaxer. Prétextant un nouveau jeu, Margot attira les enfants vers la piscine. Brian approcha de la table où la jeune femme s'appliquait en silence.

— Je t'ai dit que je préférais être seule, fit-elle sans relever la tête.

Il mit les mains dans ses poches pour ne pas fumer.

— Je voulais juste avoir de vos nouvelles.

— Qu'est-ce que tu veux savoir ?

— Les enfants, ça va ?

— Tu as déjà vu des orphelins péter le feu ?

— Tu es vivante, Claire, dit-il d'un ton amical.

— Je ne suis pas morte : nuance.

La jeune veuve leva les yeux mais le chagrin l'avait engloutie à l'intérieur d'elle-même. Même le bleu de ses iris avait déteint.

— La situation est assez compliquée comme ça, tu ne crois pas…

— C'est vrai que ça pourrait être pire, renvoya-t-elle avec un sourire féroce : il y a aussi le crabe qui pourrait m'arracher le sein. Heureusement j'ai de la chance, mes cheveux repoussent ! Formidable, non ?

Ses mains tremblaient sur la pâte à sel.

— Tu as reçu mon paquet ? demanda-t-il.

— Les affaires de Dan ? Oui… Tu aurais dû mettre ses mains avec, dans la boîte : pour le souvenir.

Sa méchanceté allait la faire pleurer. De grosses larmes affluaient déjà à ses paupières gonflées. Il ne la reconnaissait plus. Elle non plus sans doute…

— Va-t’en, Brian, dit-elle. Je t’en prie.

Les cris des enfants perçaient depuis la piscine. Il embrassa ses cheveux synthétiques, désemparé, tandis qu’elle massacrait les figurines.

*

Les zones tampons de Nyanga, Crossroads et Philippi concentraient la majorité des camps de squatteurs. Ces zones tampons avaient leurs propres lois, avec *shebeens* et bordels, musique et courses de chevaux. Quelques *shacklords*, les seigneurs des bas-fonds, y faisaient une courte carrière. Sam Gulethu figurait parmi ceux-là.

On avait fini par trouver le hangar, un ancien *plaza shop*, qui leur servait de planque, à la limite de Khayelitsha. Les empreintes et traces d’ADN laissées sur les mégots confirmaient que le gang avait séjourné là. Le hangar était aménagé — dortoir, cuisine —, les ouvertures protégées par des plaques d’acier : un QG facile à défendre en cas d’attaque d’un gang rival, avec un garage fermé et une ruelle qui filait vers les dunes du *public open space* voisin. Un 4x4 pouvait rejoindre la nationale en quelques minutes, Muizenberg en moins d’une demi-heure. La police n’avait pas mis la main sur le stock de poudre mais on avait découvert des seringues non usagées et des résidus de

323

marijuana un peu partout dans les chambres. Deux tsotsis abattus lors de l'attaque du Marabi étaient connus des services : Etho Mumgembe, un ancien *witdoeke*, ces miliciens tolérés par l'apartheid qui affrontaient la jeunesse progressiste des bantoustans, et Patrice « Tyson » Sango, ancien sergent recruteur dans une milice rebelle du Congo, recherché pour crimes de guerre. On ne savait pas ce qui avait poussé les tsotsis à s'entre-tuer dans la cave, si Gulethu les avait éliminés à cause des flics à leurs trousses : on avait trouvé soixante-cinq mille rands dans les poches du « Zoulou ». L'argent du deal sans doute. Ça ne disait pas où était le stock de dope, s'il existait encore, si une mafia fournissait le gang, mais les analyses toxicologiques expliquaient l'attaque-suicide contre le QG des Americans : Gulethu et ses tueurs étaient défoncés lors de la fusillade, toujours cette fameuse came à base de tik, avec le même taux de toxicité que pour les tsotsis éventrés dans la cave. Étaient-ils devenus accrocs, eux aussi ? Gulethu les manipulait-il pour accomplir ses rites criminels ? Le hangar était bourré d'armes : revolvers de la police aux numéros rayés, grenades offensives, deux fusils d'assaut et des bâtons de combat zoulous, dont un *umsila,* plus court, encore taché du sang de Kate Montgomery, avec les empreintes de Gulethu. Les cheveux de la jeune femme et les rognures d'ongles étaient cachés dans une boîte en fer sous un matelas de fortune, avec des grigris, des amulettes…

Gulethu n'avait pas eu le temps de confectionner son *muti* et son « combat » contre les Americans avait tourné court : délire guerrier, ethnocide ou suicidaire, quelle qu'ait pu être la pensée archaïque du « Zoulou », ses secrets étaient morts avec lui.

L'heure n'était de toute façon plus aux supputations de psychologue : la salle du palais de justice de Cape Town était bondée pour la conférence de presse du chef de la police, l'ambiance électrique dans les travées. Photographes et journalistes se pressaient devant l'estrade où le superintendant, dans son uniforme d'apparat, livrait les premières conclusions de l'enquête.

Douze morts, dont deux policiers, six personnes à l'hôpital dans un état critique, l'intervention dans le township de Khayelitsha s'était soldée par un carnage. Avec la campagne anti-crime de la FNB, les élections présidentielles qui se profilaient et les enjeux économico-médiatiques de cette foutue Coupe du monde, Karl Krugë jouait sa retraite anticipée dans cette affaire.

Il fit un rapport élogieux du département criminel, qui avait anéanti le gang mafieux et l'assassin des deux jeunes femmes, avant de noyer le poisson avec éloquence : il n'y avait pas de résurgence identitaire zouloue, pas de membres déçus de l'Inkatha prêts à en découdre avec le reste du pays pour réclamer la sécession ou l'indépendance. Il n'y avait pas de groupes politiques extrémistes, pas d'ethnic bafouée, il n'y avait qu'un gang de mercenaires lié aux mafias qui écoulait une nouvelle drogue sur la péninsule, et leur chef, Sam Gulethu, un tsotsi abruti par des années d'ultra-violence qui se prenait pour un ange exterminateur, illuminé par une quelconque vision indigéniste, fatras de croyances confuses, de sorcellerie en kit, de vengeance et de dégénérescence chronique, un être lâche qui profitait de la naïveté de la jeunesse blanche pour régler ses comptes avec ses vieux démons.

L'affaire Wiese/Montgomery était bouclée. Le pays

n'était pas en proie au chaos mais à des problèmes conjoncturels...

À l'abri des flashs, Ali Neuman observait la scène avec une gêne confuse.

Il venait d'avoir Maia au téléphone. Ils avaient rendez-vous à Marenberg, où Gulethu avait vécu. Chaque pas lui clouait le cœur mais il pouvait avancer. Les journalistes se bousculaient devant l'estrade, où Krugë suait dans son uniforme impeccable... Neuman n'attendit pas la fin de la conférence de presse pour quitter le palais de justice.

Epkeen, lui, n'était même pas venu.

2

La route des vins du Cap était un des plus beaux itinéraires du pays : les vignes au pied de la montagne, l'architecture des manoirs français ou hollandais, la sauvagerie de la roche découpée dans le bleu du ciel, la végétation touffue, pénétrante, les cartes des restaurants — un paradis sur terre, pour qui pouvait payer.

Brian passait ses dimanches midi avec Ruby à La Colombe, un restaurant gastronomique tenu par un chef français, quand ils claquaient l'argent de la semaine en un repas. S'ils entretenaient leur fibre contestataire dans les rares lieux underground d'une ville vouée à l'ennui pastoral du « développement séparé » et tiraient le diable par la queue plus souvent qu'à leur tour, avec Ruby, on ne finissait pas le week-end au fish-and-chips : son standing, c'était plutôt déjeuner à la carte arrosé de chardonnay et du shiraz de la vallée, et advienne que pourra. Ils se soûlaient des heures à l'ombre des cyprès amoureux, cuvaient dans la piscine de l'établissement en parlant de son fameux label, des groupes alternatifs qu'elle allait produire pour emmerder ce régime de mal-baisés, avant de régler ça dans

327

les fourrés… Le bon vieux temps. Ça n'avait pas duré, les cuites du dimanche midi : il y avait eu David, les fins de mois de plus en plus difficiles (la plupart de ses clients noirs ne pouvant payer ses services, c'est Ruby qui subvenait aux besoins du ménage), leurs nerfs à vif quand la police et les services de renseignements lui cherchaient des noises, pourrissaient leur vie à coups de petites mesquineries administratives ou judiciaires, sans parler de ses séjours répétés dans les fossés et de l'appréhension du coup de fil annonçant qu'il ne se relèverait pas, son baratin pour la rassurer, sa défiance maladive, et puis ce jour où Ruby l'avait surpris en ville avec une femme noire, dans une attitude sans équivoque…

La brise faisait voler les cendres dans l'habitacle de la Mercedes. Epkeen quitta la route ensoleillée et roula parmi les vignes.

Ruby avait resurgi dans sa vie au moment où il collectionnait emmerdes et déconvenues, il y avait forcément une raison à ça… La sémantique à plat, Brian fila dans la campagne.

Le manoir de Broschendal datait de deux siècles et figurait parmi les plus fameux vignobles du pays — les huguenots français étaient venus comme tous les migrants avec leur culture et de quoi la développer. Epkeen longea les champs de vigne et roula jusqu'à la propriété voisine, une ancienne ferme qu'on devinait au bout du chemin.

Un concert de cigales l'accueillit dans la cour écrasée de soleil. Un chien à poil court et aux bajoues luisantes s'avança en montrant les crocs. Trapu, puissant, capable de plaquer un homme à terre et de l'y maintenir, le bullmastiff qui gardait la propriété dépassait les soixante kilos.

— Alors, gros pépère : ça marche la croquette ?

Le chien se méfiait. Il avait raison — Epkeen n'avait pas peur des chiens.

La maison du dentiste s'étendait à flanc de colline, une ancienne ferme retapée avec goût. Mufliers, cosmos, azalées, pétunias, le jardin qui bordait les vignes embaumait depuis l'aile gauche du bâtiment. L'Afrikaner longea la piscine de céramique et trouva son ex-femme à l'ombre d'un rosier grimpant « Belle du Portugal », à demi nue sur une chaise longue.

— Salut, Ruby…

Somnolant sous ses lunettes de soleil, elle ne l'avait pas entendu arriver : la blonde auburn fit un bond de cabri sur son pliant.

— Qu'est-ce que tu fais là ?! lâcha-t-elle comme si ses yeux lui jouaient des tours.

— Bah, tu vois : je suis venu te voir.

Ruby ne portait qu'un bikini jaune. Elle se couvrit d'un paréo, puis fusilla le bullmastiff qui trottinait sur la pelouse.

— Et toi, connard, fit-elle au chien, ça te dérangerait de faire ton boulot ?!

L'animal passa à hauteur, toute bave dehors, fit un écart pour éviter la Kommandantur qui l'avait en ligne de mire. Brian mit les mains dans ses poches :

— David a eu les résultats de son examen ?

— Depuis quand tu t'intéresses à ton fils ?

— Depuis que j'ai vu sa copine. On peut parler sérieusement ?

— De quoi ?

— Kate Montgomery, par exemple.

— Tu as un mandat pour entrer chez les gens comme ça ?

Elle tenait son paréo serré sur ses seins, comme s'il sentait le bouc.

— J'ai besoin de précisions, dit-il en se concentrant un peu. Kate n'avait pas d'amis, personne n'a été capable de me renseigner à son sujet et tu es la dernière personne à l'avoir vue vivante.

— Pourquoi ils n'envoient pas un vrai flic ? fit-elle avec une sincérité désarmante.

— Parce que c'est moi le plus naze de tous.

Un petit sourire moqueur coula sur les lèvres de Ruby. Au moins il la faisait marrer.

— Je crains de n'avoir rien de plus à te dire, se radoucit-elle.

— J'aimerais pourtant que tu m'aides. Kate était défoncée quand on l'a assassinée : tu étais au courant de son passé de toxico ?

Elle soupira.

— Non... Mais c'est pas la peine de s'appeler Lacan pour voir qu'elle avait un pet au casque.

— Kate était adepte du *cutting*. Tu connais le principe ?

— Se découper la peau et voir son sang couler pour se sentir vivant, oui... Je ne l'ai jamais vue pratiquer la chose, si c'est ça qui te tracasse, ni organiser de parties fines avec les bouchers du coin.

— Le tueur charcutait ses victimes : il a pu lui promettre de la soulager, ce genre de choses...

— Je t'ai dit que je n'étais au courant de rien.

— Il savait quand Kate passerait sur la corniche, poursuivit Brian : il l'a attendue près de chez elle pour la braquer, ou l'intercepter... Possible aussi qu'ils aient eu rendez-vous, et qu'on l'ait piégée. Dans tous les cas, le meurtre était prémédité. Ça signifie que le tueur connaissait son emploi du temps.

— Qu'est-ce que ça peut faire, puisqu'il est mort ? L'affaire est terminée, non ? Ils l'ont dit à la radio…

— C'est toi qui organises les plannings. Un membre de l'équipe de tournage a pu renseigner Gulethu, attirer Kate dans un piège, comme pour Nicole Wiese.

— Je croyais que tu les avais interrogés ?

— Ça n'a rien donné, avoua-t-il. Je me suis renseigné sur le groupe de Death Metal : leurs conneries sataniques, les poulets égorgés et tout le bordel, c'est du business pour ados ou une fascination pour les pratiques occultes ?

— Ils sont tous végétariens, dit-elle.

Les pneus d'une voiture crissèrent dans la cour, bientôt ponctués par un bruit de portière. Un grand chevelu mal rasé apparut au bout du jardin, perdu dans ses baggys qui lui descendaient sur les mollets. David aperçut ses parents près de la piscine, resta un instant interloqué, et approcha à grandes enjambées.

— Qu'est-ce qu'il fout là, lui ? lança-t-il à sa mère.

— Je lui ai déjà posé la question, répondit-elle.

— Ça a marché, l'examen ?

— Occupe-toi de ton cul.

Epkeen soupira — quelle famille...

— Je peux quand même me tenir au courant…

— On ne t'a rien demandé, rétorqua David. Maman, s'il te plaît, dis-lui de partir.

— Pars, dit-elle.

Jamais loin des larmes, Brian avait presque envie de rire.

— Marjorie n'est pas avec toi ? demanda-t-il.

— Si : elle est cachée dans les vignes en train de prendre des photos de toi pour les vendre à des magazines de cul.

— Je t'aime, fiston.

— Écoute, Brian, s'interposa Ruby : je t'ai dit tout ce que je savais sur cette histoire, c'est-à-dire rien. Maintenant, sois gentil, laisse-nous tranquilles.

— Dis-moi au moins si tu as été reçu, insista-t-il en se tournant vers son fils.

— Premier de la promo, rétorqua David. Tu n'as pas à être fier de moi, tu n'y es pour rien.

La tension monta d'un cran.

— Ça te dérangerait de me parler autrement ? fit Brian entre ses dents.

Un homme svelte aux cheveux grisonnants apparut alors sur la terrasse ombragée : il vit le fils de Ruby, tout cheveux dehors, elle à demi nue sous le paréo, un type en treillis à l'allure débraillée et le chien de garde qui faisait des cercles autour d'eux.

— Qu'est-ce qui se passe ici ? Qui êtes-vous ?

— Salut, Ricky…

— Je ne t'ai pas présenté, intervint Ruby depuis sa chaise pliante : Rick, voici le lieutenant Epkeen, le père de David.

Le dentiste fronça les sourcils :

— Je croyais que c'était un agent de la circulation ?

Brian adressa un regard faussement surpris à son ex, qui rougit légèrement — il avait pris du galon, on dirait…

— Pour ce que ça change, lâcha-t-elle.

Ruby quitta sa chaise pliante en serrant son paréo et redressa son mètre soixante-quinze avec une souplesse féline. Une allumeuse de première ou il n'y connaissait rien. Le dentiste l'accueillit contre lui dans un geste protecteur.

— Qu'est-ce que vous faites chez moi ? demanda Rick.

— J'enquête au sujet d'un meurtre. Rien à voir avec nos affaires privées.

— Première nouvelle, commenta David.

— Reste en dehors de ça, tu veux.

— Il s'agit de ma mère, excuse-moi.

— Boucle-la, je te dis.

— Parlez un peu mieux à votre fils, s'interposa le dentiste : nous ne sommes pas au commissariat ici.

— Je n'ai pas de leçons à recevoir d'un spécialiste de la molaire, grogna Epkeen.

Rick Van der Verskuizen ne se laissa pas impressionner.

— Sortez de chez moi, siffla-t-il. Sortez de chez moi ou je porte plainte auprès de vos supérieurs pour harcèlement.

— Rick a raison, affirma Ruby, lovée contre ses flancs : tu es jaloux de notre bonheur, c'est tout.

— Ouais ! renchérit David.

— Ah oui ? grinça Epkeen. Et il se chiffre à combien, ton nouveau bonheur ? Pour une rebelle sans profession, avoue que tu assures…

Le visage de Ruby changea brusquement. Rick fit un pas vers le policier :

— Vous avez un mandat pour venir nous insulter chez nous ?

Vous préférez une convocation au central ? En fouillant les papiers de Kate Montgomery, j'ai trouvé plusieurs rendez-vous à votre cabinet.

— Et alors ? C'est mon métier de soigner les dents.

— Six rendez-vous en l'espace d'un mois. Elle avait quoi : la rage ?

— Kate Montgomery avait un abcès, se défendit Rick. Je la prenais en priorité par affection pour Ruby, et puis, j'ai une clientèle exigeante, monsieur : une clientèle qui n'a pas l'habitude d'attendre pour un service. On ne peut pas dire la même chose de la police.

Un sourire se dessina sur le visage de l'Afrikaner.

— Je connais Ruby par cœur, dit-il d'un air mauvais : elle déteste tellement les mecs qu'elle se choisit toujours des vieux queutards.

— Vous êtes répugnant, rugit Van der Verskuizen.

— C'est vrai que c'est beau, une carie...

Le cœur de Ruby était passé au fer rouge : elle se jeta sur Brian mais il connaissait ses attaques par cœur. Il attrapa son coude et, d'une flexion, l'envoya valdinguer. Ruby glissa sur la céramique, manqua de peu le rebord du plongeoir et tomba dans l'eau turquoise de la piscine. Rick se précipita en proférant des jurons qu'Epkeen n'entendit pas : il saisit l'homme par le col de sa chemise en soie et le propulsa avec elle, de toutes ses forces.

David, qui n'avait pas bougé, jeta un regard noir à son père.

— Quoi ?! aboya celui-ci. Tu veux faire un tour à la baille, toi aussi ?!

David resta un instant sans voix : il vit sa mère dans la piscine, le paréo qui flottait, Rick remonter en crachant l'eau de ses sinus, et son père sur la terrasse, les yeux luisants de larmes.

— Putain..., réagit le fils prodigue. Mais tu es complètement *malade* mon pauvre vieux !!!

Complètement.

Ils commençaient à le faire chier, tous, là.

*

On se mélangeait peu dans les townships, où racisme et xénophobie florissaient aussi bien qu'ailleurs. La population noire se concentrait à Khayelitsha, les *coloured* à Marenberg : Maia y habitait depuis des années et avait eu son lot de « boy-friends » pour survivre. Ali avait hésité avant de lui téléphoner (il n'avait pas renoué contact depuis leur séparation), mais elle avait tout de suite accepté de l'aider.

Gulethu, le « Zoulou », avait vécu à Marenberg et une de ses amies d'infortune avait pu avoir affaire à lui. De fait, l'une d'elles acceptait de témoigner moyennant une petite somme d'argent — Ntombi, une fille de la campagne qui vivait aujourd'hui dans un *hostel*…

L'absence d'éclairage public et les trafics avaient consigné les habitants dans leurs baraquements. Neuman roulait au pas, décryptant les ombres furtives qui disparaissaient sous les phares de la voiture.

— Tu es sûr que tu ne veux pas de soda ?

Maia avait acheté deux canettes au *plaza shop* du coin, croyant lui faire plaisir.

— Non… Merci.

Elle avait mis une nouvelle robe et son aptitude à faire comme s'il ne s'était rien passé le mettait mal à l'aise. Ils tournaient depuis une demi-heure dans les rues cassées de Marenberg, la cortisone l'avait mis à plat, il se sentait las, agacé, impatient :

— Bon, il est où cet *hostel* ?

— La prochaine à droite, je crois, répondit Maia. Il y a un débit de boissons ouvert la nuit, d'après ce que m'a dit Ntombi…

Maia voulait lui parler, lui dire que ce n'était pas grave pour l'autre soir, un voisin avait rafistolé la cloison du salon, elle ferait d'autres peintures, des plus belles, elle avait même peut-être trouvé quelqu'un pour les vendre, en ville ; elle arrêterait les boy-friends pour arrondir ses fins de mois si c'est ça qui le dégoûtait. Il pourrait venir plus souvent, ou le temps qu'il lui plairait, ils n'avaient qu'à faire comme avant, ses codes, ses caresses, ils n'avaient qu'à faire comme s'il ne lui avait jamais rien dit…

Maia caressa sa nuque :

— Tu es sûr que ça va ? Tu es tout pâle…

Un chien déguerpit sous les roues de la voiture. Neuman tourna à droite.

Malgré les prix dissuasifs, les cloches du quartier s'agglutinaient devant la porte blindée du débit de boissons, quémandant à la grille de quoi crever le sourire aux lèvres ; l'*hostel* où vivait Ntombi se situait un peu plus loin, une bâtisse en parpaings avec un toit de tôle ondulée. Ils garèrent la voiture devant la porte blindée.

Intimité inexistante, hygiène déplorable, conditions de vie humiliantes, tuberculose, sida, les *hostels* étaient des lieux dangereux : purs produits de l'urbanisme de contrôle propre à l'apartheid, ils abritaient des travailleurs migrants, des célibataires, des repris de justice et quelques familles pauvres et sans attaches regroupées autour du « propriétaire » d'un lit.

L'amie de Maia pratiquait le *phanding* depuis son arrivée à Marenberg, cinq ans plus tôt, et partageait la couche d'un dealer du quartier, résident permanent. Grâce à lui, Ntombi n'avait pas un lit superposé en ciment dans un dortoir surpeuplé mais une vraie chambre, avec un matelas, une porte qui fermait à clef, et un minimum d'intimité.

L'*hostel* de Ntombi était tenu par un *coloured* aux paupières molles aussi sympathique qu'un pétrolier à la dérive. Neuman le laissa au cahier d'écolier qui servait de registre. Ils enjambèrent les types qui dormaient dans le couloir et se frayèrent un chemin jusqu'à la chambre numéro douze.

Ntombi les attendait à la lueur d'une bougie, vêtue d'une robe moulante rouge vif. C'était une métisse assez ronde, râblée, à la peau déjà fatiguée : les présentations faites, elle installa Maia et son protecteur sur le lit, leur proposa un breuvage orangé dans sa glacière, avant d'aborder le sujet qui les amenait.

Ntombi avait rencontré Sam Gulethu cinq ans plus tôt, quand son destin de fille de la campagne l'avait fait s'échouer à Marenberg. Ntombi était jeune à l'époque, même pas vingt ans, elle ne savait pas encore comment reconnaître un « boy-friend » d'un violeur patenté. Gulethu l'avait prise sous son aile, ils dormaient à droite à gauche, selon les trafics. Son amant se vantait d'appartenir à un gang mais elle ne voulait rien savoir, juste survivre. Gulethu était bizarre. Il se faisait appeler Mtagaat, « le Sorcier », comme quoi il avait des dons : il avait surtout l'air d'un malade…

— Il en voulait à tout le monde, expliqua bientôt Ntombi. Surtout aux femmes. Il me battait tout le temps. Souvent sans raison… Enfin…

Ntombi laissa sa phrase en suspens.

— Pourquoi il vous battait ? demanda Neuman.

— Il délirait… Il disait n'importe quoi… Il disait que j'étais possédée par l'*ufufuyane*.

La maladie endémique qui touchait les jeunes filles zouloues et, selon la terminologie, les rendait sexuellement « hors de contrôle »… Un délire paranoïaque qui collait bien au personnage de Gulethu…

— Vous n'êtes pas zouloue, fit-il remarquer.

— Non, mais je suis une femme. Ça suffisait pour lui.

Son regard rasait les plinthes, comme si le loup rôdait dans la pièce.

— Il était jaloux ? C'est pour ça qu'il vous battait ?

— Non... (Ntombi secoua la tête.) Non... Je pouvais raconter ce que je voulais, il s'en fichait. Il avait décidé que j'avais la maladie des jeunes filles : il me punissait pour ça. Il se mettait soudain en colère, des colères terribles, et il me battait avec ce qui lui passait à portée de main... Des chaînes de vélo, des bâtons, des barres de fer...

Nicole. Kate. Blanches ou métisses, ça ne faisait plus de différence.

— Il vous droguait ?

— Non.

— Et lui, il se droguait ?

— Il fumait de la dagga, répondit Ntombi : il buvait aussi parfois, avec les autres... Je préférais les éviter dans ces cas-là.

— Les autres membres du gang ?

— Oui.

— Ils venaient de l'étranger ?

— Ils venaient surtout du *shebeen* du coin.

Neuman opina. Près de lui, Maia ne cillait pas.

— Gulethu avait un rite ? poursuivit-il. Une façon de procéder, quand il vous battait ?.... Quelque chose qui aurait à voir avec des sangomas, ou des coutumes zouloues ?

Ntombi se tourna vers son amie, qui l'encouragea du regard. Elle se leva alors et, à la lueur de la bougie, ôta sa robe.

La jeune métisse portait des sous-vêtements blancs et de vilaines cicatrices sur le ventre, la taille, les fesses, les cuisses... Sa peau était parsemée de boursouflures violettes, des cicatrices étrangement rectilignes. Le visage de Neuman s'assombrit un peu plus.

— D'où viennent ces marques ?

— De fil barbelé… Il m'entourait avec…

— Gulethu ?

Il repensait à Nicole, aux écorchures sur ses bras : du fer rouillé, d'après Tembo.

— Oui, dit-elle. Il me disait de me mettre nue, et il me ligotait avec du fil barbelé… L'*ufufuyane*, répéta-t-elle en frémissant. Il disait que j'étais possédée… Que si je gueulais j'étais morte. Il me laissait comme ça, par terre, et il me traitait de tout, de garce, de putain… Après il me battait.

Maia resta impassible sur le lit voisin — elle aussi en avait croisé, des tarés.

Ntombi frémit au milieu de la pièce mais Neuman ne la regardait plus : Gulethu avait voulu ligoter Nicole avec du fil barbelé mais l'étudiante n'était pas aussi défoncée que prévu. Elle s'était défendue : alors il l'avait battue à mort…

Ntombi revêtit sa robe, un regard angoissé vers la porte comme si son boy-friend allait débarquer d'une seconde à l'autre.

— Ça lui arrivait souvent, de piquer ce genre de colères ?

— Chaque fois qu'il était excité, répondit la métisse. Toujours avec du barbelé… C'était son truc, à ce sale pervers… Les autres étaient pas au courant, ajouta-t-elle. Il disait que si je leur parlais, il me traînerait dans le township derrière une voiture… Je le croyais.

— Il vous violait ?

— Oh, non ! s'esclaffa Ntombi. Ça, ça risquait pas…

Neuman fronça les sourcils :

— Pourquoi ?

— Gulethu était une mule, fit-elle avec mépris.

Une mule : quelqu'un qui refusait tout contact avec le sexe opposé, dans le jargon des townships… Le cœur d'Ali se serra. Gulethu martyrisait les femmes mais il ne les touchait pas. Il en avait peur. Jamais il n'aurait pu violer Kate... Sa mort n'était qu'une mise en scène.

*

Janet Helms avait suivi la piste d'Epkeen.

Frank Debeer, le gérant d'ATD, était un ancien *kitskonstable,* ces policiers qu'on formait en trois semaines du temps de l'apartheid pour grossir les rangs des *vigilantes.* Debeer avait intégré différentes entreprises de police privée à la fin du régime et dirigeait depuis trois ans l'agence ATD de Hout Bay, une société de sécurité des plus florissantes : gardiennage, protection rapprochée, elle avait des succursales partout à travers le pays. Le Pinzgauer garé dans le hangar de Hout Bay correspondait au signalement du véhicule suspect et Debeer, pris de court, n'avait pas nié avoir patrouillé cette nuit-là.

Janet Helms connaissait tous les logiciels, leurs systèmes de sécurisation, les stratégies de contournement des meilleurs hackers... L'opération était illégale mais Epkeen lui avait donné carte blanche ; elle pirata le système informatique de l'agence de sécurité et, après un parcours labyrinthique dans la jungle technologique, se procura la liste des actionnaires d'ATD. Elle étudia leurs actifs bancaires.

Les dividendes étaient répartis vers une demi-douzaine de banques, soit autant de comptes dont elle se procura les numéros. La manœuvre là encore était illégale, le résultat aléatoire, mais elle avait vu juste : l'un des numéros de Hout Bay correspondait au compte *offshore* qui louait la maison de Muizenberg.

340

Évasion fiscale ? Financements d'opérations occultes et caisse noire dans un paradis bancaire ? Les dividendes d'ATD étaient transférés via une banque sud-africaine, la First National Bank (celle-là même qui menait la campagne anti-meurtre), et laissaient apparaître un nom : Joost Terreblanche.

Janet poursuivit ses recherches mais les informations disponibles s'avéraient maigres : Terreblanche était un ancien colonel de l'armée qui avait pris sa retraite anticipée à l'élection de Mandela et ne semblait plus résider en Afrique du Sud. Il y avait une adresse à Johannesburg, vieille de quatre ans, mais la piste se perdait. Simple question de méthode. Janet activa ses réseaux aux services de renseignements et accéda, toujours de manière illicite, aux archives de l'armée.

Celles-ci étaient plus précises. Joost Terreblanche avait exercé dans la province du KwaZulu durant l'apartheid, avec le grade de colonel, au 77e bataillon : cette unité recrutait et entraînait des hommes pour des opérations d'intervention dans les bantoustans. Frank Debeer avait servi de *kitskonstable* dans le même bataillon…

Elle fouilla les registres, les dossiers, les commissions. Un nom tomba bientôt sur l'écran. Un nom sinistre. Wouter Basson.

Wouter Basson (06/07/1950). Cardiologue, chimiste. Général de brigade et médecin particulier du président Pieter Botha. Commence sa carrière en 1984 : craignant une attaque biochimique communiste, le général Viljoen, responsable de la défense sud-africaine, développe une unité spéciale chargée du Chemical and Biological Warfare (CBW). Nom de code : Project Coast.

Wouter Basson est chargé de mettre sur pied un laboratoire militaire à Roodeplaat, banlieue de Pretoria. Avec la menace de Mandela et de son programme (une voix, un vote), les autorités réalisent combien la démographie leur est défavorable : Basson recrute deux cents scientifiques, chargés par le CCB (Civil Cooperation Bureau) de mettre au point des armes chimiques — sucre à la salmonelle, cigarettes à l'anthracène, bière au thallium, chocolat au cyanure, whisky à la colchicine, déodorant au sthyphimurium — dans le but d'éliminer les militants anti-apartheid en Afrique du Sud, mais aussi au Mozambique, au Swaziland, en Namibie... (Nombre de victimes inconnu à ce jour.) Basson poursuit ses recherches ultra-secrètes et conçoit une molécule mortelle, sensible à la mélanine qui pigmente la peau des Noirs. Études sur la propagation d'épidémies dans les populations africaines, stérilisation en masse des femmes noires via les réservoirs d'alimentation en eau, etc. Malgré la signature de traités de non-prolifération biochimique et l'embargo anti-apartheid, l'Angleterre, les

États-Unis, Israël, la Suisse, la France, l'Irak ou la Libye collaborent aux programmes du laboratoire jusqu'à ce qu'en 1990, le nouveau président De Klerk fasse stopper la production d'agents chimiques et ordonne leur destruction.

Le Project Coast est démantelé en 1993. Les activités de Basson font l'objet d'enquêtes internes mais en 1995, le gouvernement Mandela l'engage pour travailler sur le projet Transnet, une compagnie de transport et d'infrastructure, avant d'être réintégré comme chirurgien dans l'unité médicale des forces armées.

En 1996, la Commission Vérité et Réconciliation (CVR) dirigée par Desmond Tutu enquête sur les activités biologiques et chimiques des unités de sécurité. Basson tente de quitter l'Afrique du Sud : il est arrêté à Pretoria avec de grosses quantités d'ecstasy et des documents officiels confidentiels. Poursuivi pour fraude fiscale et production massive de drogue, Basson est aussi inculpé d'une soixantaine de meurtres ou de tentatives, contre de très hautes personnalités comme Nelson Mandela, le révérend Franck Chikane, conseiller du futur président Mbeki.

1998 : Basson, dit « Docteur la Mort », comparaît devant la Commission. Refuse de demander l'amnistie. Soixante-sept charges sont retenues contre lui, incluant possession de drogues, trafic de drogue, fraude, deux cent vingt-neuf meurtres et tentatives de meurtre, vol. L'accusation présente cent cinquante-trois témoins, dont des ex-agents des forces spéciales qui font des récits d'opposants anesthésiés ou empoisonnés et jetés d'avion en pleine mer. Le procès dure.

1999 : le juge-président Hartzenberg, frère du président du parti conservateur sud-africain qui officiait sous le régime de l'apartheid, réduit le nombre de charges à quarante-six.

2001 : Basson présente sa défense sur la légalité de son action. Plusieurs figures militaires de l'apartheid apportent leur soutien, dont le général Viljoen, ancien chef d'état-major reconverti dans la politique nationaliste afrikaner, et Magnus Malan, ministre de la Défense à l'époque des faits. Trois CD-Rom compilant les expériences de Basson disparaissent subitement.

2002 : Basson, qui a plaidé non-coupable lors du plus volumineux procès de l'histoire juridique du pays, est acquitté par le juge Hartzenberg.

L'État sud-africain fait appel devant la Cour suprême qui refuse un nouveau procès. Wouter Basson ne sera pas rejugé. « Un jour sombre pour l'Afrique du Sud », déclare Desmond Tutu.

Basson vit aujourd'hui dans une banlieue cossue de Pretoria. De nouveau cardiologue, il bénéficie d'un poste à l'Hôpital académique.

NOTE : Joost Terreblanche, colonel au 77ᵉ bataillon, a participé au Project Coast jusqu'en 1993, date de son démantèlement — chargé de l'acheminement du matériel, de la maintenance et de la sécurité des sites de recherches.

Neuman reposa le dossier de l'agent Helms sur la table, Epkeen en ligne de mire. Ils s'étaient donné rendez-vous dans un bar du Waterfront, le complexe marchand érigé sur les quais de la ville ; à deux pas de la terrasse, un groupe ethnico-attrape-gogos jouait sans joie des airs à la carte pour des touristes en sandales. Neuman n'avait pas dit pourquoi ils s'étaient retrouvés là plutôt qu'au central. Janet avait rappliqué sans poser de questions, avec ses fiches et son uniforme trop étroit.

— Tu en penses quoi ?

— La même chose que toi, Grand Chef, répondit Epkeen. On nous a menés sur de fausses pistes. (Il recracha la fumée de sa cigarette, un œil sur le document de l'agent de renseignements.) La maison de Muizenberg, le Pinzgauer de l'agence ADT, le compte *offshore* : on dirait bien que Terreblanche a repris du service.

— Oui. Le but de l'opération ne serait plus d'intoxiquer la jeunesse comme au temps de l'apartheid, mais de l'éliminer, purement et simplement : la base de tik pour accrocher le consommateur, le virus pour tuer…

— Basson a déjà planché sur le sujet, commenta Brian. Tu crois que cette vieille ordure est dans le coup ?

De l'autre côté de la table, le nez dans un milk-shake qui n'arrangeait pas ses affaires, Janet Helms se posait la même question.

— Non, dit Neuman. Basson est trop surveillé. Mais Terreblanche est dans le coup. Lui et ses complices.

— Debeer ?

— Entre autres.

Le phoque, qui depuis une demi-heure se prélassait au bord du quai, fit un plongeon remarqué dans le port. Le serveur demanda à Epkeen d'éteindre sa cigarette (c'était une terrasse non-fumeur) mais ce dernier l'envoya balader.

— OK, résuma-t-il. Supposons que Terreblanche et sa clique aient mis au point une drogue mortelle et qu'ils se soient servis du gang de Gulethu pour écouler la drogue le long de la péninsule. Supposons que la maison de Muizenberg ait été leur planque, que le gang ait été chargé de sécuriser les alentours et qu'on ait vidé les lieux à notre approche, en laissant quelques cadavres dans la cave pour nous éloigner de la vraie piste... Supposons encore que Simon et sa bande aient été des petites mains dans le rouage : du tik ou du Mandrax suffisait à les tenir en laisse. Quel intérêt de leur refiler cette dope pourrie à eux aussi ?

— Limiter leur espérance de vie, fit Neuman. La période d'incubation est trop longue pour qu'on ait pu le déceler chez Nicole ou Kate, expliqua-t-il, mais le surfeur de False Bay et Simon ont contracté le même virus il y a plusieurs semaines : une souche de sida, qu'on a introduite dans la came... Ça signifie que toutes les personnes qui ont touché au produit sont aujourd'hui infectées. Sans traitement rapide, ils n'en ont plus que pour quelques mois à vivre...

— Ce ne serait donc pas les jeunes Blancs de la côte qui étaient visés, mais les gamins du township.

— On dirait.

Janet Helms prenait des notes sur son carnet, les lèvres sucrées. L'Afrikaner jura dans le fond de son espresso.

— Terreblanche, il est où ?

— Pour le moment, nulle part, répondit Neuman.

— Je n'ai rien trouvé dans les fichiers de la SAP, confirma la métisse, ni dans les différents services administratifs ou médicaux. Juste une note dans les archives de l'armée.

— Comment ça se fait ?

— Mystère, dit-elle. Terreblanche a des parts d'entreprises sud-africaines mais il ne réside plus ici depuis des années. Impossible de le localiser à l'étranger. J'ai fouillé dans les archives de l'armée mais on n'a pratiquement rien sur lui : à peine ses états de service et sa participation au Project Coast du Docteur la Mort.

— On peut quand même essayer d'en parler à l'attorney général pour qu'il ouvre une enquête, tenta Epkeen.

— Il nous enverrait sur les roses, dit Neuman. On n'a rien, Brian : que des informations obtenues de manière illégale et un organigramme vieux de vingt ans sur une affaire définitivement classée. Acquérir une maison depuis un compte *offshore* ou patrouiller en Pinzgauer la nuit d'un meurtre n'est pas un délit passible de poursuites : il nous faut des preuves.

Par les haut-parleurs, une voix enregistrée invitait les touristes à ne pas s'aventurer au-delà des grilles du complexe marchand, comme si une horde de gangsters attendait pour les dévaliser. Epkeen ralluma une cigarette.

— Je peux aller tirer les oreilles de Debeer, dit-il.

— Ça risquerait de mettre Terreblanche en alerte, objecta Neuman. Je ne veux pas qu'il nous échappe… Janet, dit-il en se tournant vers l'aspirateur à milk-shake : tâchez de me dresser l'organigramme des collaborateurs de Basson sur le Project Coast, avec leurs coordonnées, toutes les infos que vous pourrez trouver. Terreblanche a pu débaucher d'anciens chimistes pour cette affaire. Cherchez dans les fichiers des services spéciaux, de l'armée… Peu importe les moyens.

Janet acquiesça au-dessus des restes de crème. Elle piraterait les ordinateurs du Pentagone s'il le lui demandait.

— Vous pouvez vous introduire dans les réseaux informatiques sans laisser de traces ? questionna-t-il.

— Eh bien, heu… oui… Avec les codes et un ordinateur sécurisé, ça doit pouvoir se faire… Mais, enfin, c'est risqué, capitaine.

Elle jouait quand même sa carrière sur ce coup.

— Il y a eu trop de fuites dans cette affaire, dit Neuman. Si la mort de Kate Montgomery a été une mise en scène pour accuser Gulethu et clore l'affaire, ça signifie que Terreblanche et ses complices ont eu accès aux rapports d'autopsie de la morgue. Voire à nos propres fichiers.

— Je croyais qu'ils étaient sécurisés ? fit remarquer Epkeen.

— Les archives de l'armée consultées par Janet aussi.

Brian eut un geste de dépit. La corruption touchait tous les échelons de la société, du particulier qui rachetait du matériel volé au coin de la rue aux élites au pouvoir — évasion fiscale, fraudes, irrégularités, truquages financiers, les deux tiers des dirigeants étaient impliqués.

347

— Janet, vous vous sentez de taille ?

La métisse opina avec une raideur toute militaire :

— Oui, capitaine.

Petit soldat.

— OK : vous vous occupez du Project Coast. Brian, tu vas faire un tour à l'agence de Hout Bay. Vois si tu peux trouver quelque chose, des documents, n'importe quoi. Le 4×4 n'a pas traîné près de la maison de Muizenberg pour rien, et s'ils ont pris le risque de laisser des cadavres dans la cave, c'est qu'ils voulaient cacher autre chose.

Epkeen suivait le raisonnement :

— Leurs traces.

— Sans doute. Effacées par le sang et la merde.

Janet oublia son fond de milk-shake.

— Tu crois qu'il y avait quoi dans cette maison ? reprit Brian. Un labo où ils fabriquaient la came ?

— À toi de voir... Une visite discrète, précisa-t-il d'un air entendu. Je me charge du reste... On se donne rendez-vous demain matin, même endroit : disons huit heures. D'ici là, conclut-il, réduisons nos communications au minimum.

Neuman avait besoin de l'autorisation de Krugë pour mener une descente en règle dans le township. Si, comme il le croyait, Gulethu avait été sacrifié lors de l'attaque-suicide contre le *shebeen*, Mzala et les Americans étaient complices. Leurs arrestations ne se feraient pas sans grabuge...

Le vent du soir ramenait le dernier ferry de Robben Island quand ils finirent de régler les ultimes détails de leur plan. Janet Helms partit la première, avec ses carnets d'écolier et ses talons, en quête de ses précieux codes. Neuman profita de ce que Brian allait régler au bar pour téléphoner.

348

La danseuse décrocha à la première sonnerie.

— Alors, s'esclaffa-t-elle, tu es sorti de ton sarcophage ?

— Disons que je tiens à mes bandelettes... Je te dérange ?

— Je monte sur scène dans trois minutes.

— Je ne serai pas long.

— On a le temps.

— Pas sûr.

— Pourquoi ? Tu me prends toujours pour une terroriste ?

— Oui : c'est pour ça que tu vas m'aider.

— C'est si gentiment dit. T'aider à quoi ?

— Je cherche un homme, dit-il, Joost Terreblanche : un ancien colonel de l'armée recyclé dans le business sécuritaire, avec comptes numérotés dans des paradis fiscaux et une opacité maximum autour de ses activités.

Zina souffla dans le combiné.

— Tu fais chier, Ali.

— Terreblanche a disparu de nos fichiers, mais sûrement pas des vôtres.

— De quoi tu parles au juste ?

— Des fichiers de l'Inkatha.

— Je me fous de l'Inkatha.

— Ça n'a pas été toujours le cas.

— Je ne fais plus de politique ! Je ne fais plus que danser et bricoler des poudres à la con pour des pauvres types comme toi : tu n'avais pas remarqué ?

Il pleuvait des baisers morts sur la terrasse désertée.

— J'ai besoin de toi, dit-il.

— Pas autant que moi, *Ali*.

Il jetait des regards vers l'entrée du bar, où Brian pouvait surgir d'une seconde à l'autre. Il ne voulait pas qu'il le voie lui parler.

— Terreblanche a collaboré avec le docteur Basson, reprit le Zoulou à mi-voix. Il n'a pas témoigné à la Commission Vérité et Réconciliation et bénéficie de protections : son nom a quasiment disparu de nos fichiers. L'Inkatha a forcément gardé un dossier sur lui, des renseignements auxquels nous n'avons plus accès.

— Je ne fais plus partie de l'Inkatha, répéta Zina.

— Mais tu as gardé des contacts : un de tes musiciens est le frère de Joe Ntsaluba, un proche du chef Buthelezi : Joe est un de tes vieux amis, n'est-ce pas ? (Comme elle ne disait rien, il insista :) Terreblanche a une base quelque part, à l'étranger ou même en Afrique du Sud.

— C'est tout ce que tu as trouvé pour me piéger ?

— C'est toi qui parles de piège. Je veux la peau de Terreblanche, pas la tienne.

— Ah oui ?

Il sentit qu'elle hésitait.

— Ça restera entre nous, assura Neuman.

La danseuse gambergea à l'autre bout du fil — le régisseur lui faisait des signes affolés par la porte de la loge : c'était l'heure.

— Il faut que je te laisse, dit-elle.

— C'est urgent.

— Je te rappelle.

— *Ngiyabonga*[1].

Neuman raccrocha au moment où Epkeen ressortait du bar. L'Afrikaner jeta la note dans la poubelle, vit son ami planté au milieu de la terrasse, hagard.

— Tu as eu la fille de l'Inkatha ?

— Oui, dit-il. Elle cherche de son côté.

---

1. « Merci. »

Les allées du Waterfront s'étaient vidées. Brian s'approcha :

— Qu'est-ce qui se passe ?

— Rien.

Mais il crut un instant qu'il allait pleurer.

— Tu m'envoies un message en revenant de Hout Bay, abrégea Neuman. Rendez-vous demain matin.

Brian acquiesça, le cœur dans un étau.

— Salut, Cassandre...

— Ouais, salut.

Une impression détestable. Comme s'ils se voyaient pour la dernière fois.

*

Le matériel était rassemblé, échantillons, tests, disque dur... Terreblanche referma la deuxième malle et leva la tête vers le gérant de l'agence, qui venait d'entrer dans la pièce.

— Quelqu'un s'est introduit dans nos fichiers, annonça Debeer.

— Comment ça, quelqu'un s'est introduit dans les fichiers ?

— Un hacker.

Le visage de l'ancien militaire s'empourpra :

— Il y a quoi sur ces fichiers ?

— Les comptes de l'agence... Le flic qui est venu l'autre jour cherchait un Pinzgauer, poursuivit Debeer. Ils ont peut-être fait le lien avec la maison.

Les flics n'avaient pas mordu à l'hameçon. Ils connaissaient l'existence du véhicule... Terreblanche hésita quelques secondes, brancha les bons circuits de son cerveau, se rassura vite : ils ne pourraient pas remonter jusqu'à lui, à moins de le prendre la main dans le sac. C'était trop tard. Tout était prêt, finalisé, le labo détruit, l'équipe de recherches déjà à l'étranger. Restait à évacuer le matériel — l'avion était prêt — et à effacer les dernières traces...

— Il reste combien d'hommes ?

— Quatre, avec moi, répondit Debeer. En plus des deux employés...

Ils n'étaient au courant de rien. On pouvait laisser un vigile à l'agence : les autres viendraient avec lui... Terreblanche prit son portable et composa le numéro de Mzala.

Les chambres situées au fond du *shebeen* avaient été épargnées par la fusillade. Les bâtons d'encens qui brûlaient près du couteau ne cachaient pas l'odeur de pieds mais Mzala s'en fichait. Le chef du gang des Americans se faisait pomper sur la paillasse qui lui servait de couche quand son portable sonna — une rafale de mitraillette téléchargée sur Internet, qui faisait marrer les autres... Il repoussa la grosse en soutien-gorge qui lui bavait le long du gland, vit le numéro affiché — qu'est-ce qu'il voulait encore ce connard ? — et recolla la tête de la fille sur son dard.

— Ouais ?

L'ancien colonel n'était pas d'humeur badine.

— Tu vas organiser une grande fête ce soir en l'honneur des Americans, annonça-t-il d'une voix qui n'allait pas du tout avec l'événement. Informes-en tes petits copains, qu'ils se ramènent tous la fleur à la boutonnière.

— C'est pas ça qui va les motiver ! ricana leur chef. On fête quoi ?

— La victoire contre le gang rival, répondit Terreblanche, le pognon qui va bientôt tomber, peu importe : crédit d'alcool illimité.

Le Chat plissa les yeux sans relâcher la pression de la fille sur sa queue.

— C'est gentil, ça, patron… C'est quoi l'embrouille ?

— Il suffira de ne pas boire n'importe quoi, insinua Terreblanche. Je fournis la poudre du marchand de sable et le service après-vente, ajouta-t-il. Seul impératif, que tous les éléments impliqués soient présents ce soir : il faut qu'on ait décampé à l'aube.

Mzala oublia soudain la fille, les gros seins écrasés sur ses couilles : c'était le Grand Soir.

— Faut faire le ménage avant de partir, c'est ça ?

— Le grand ménage, oui… Je passerai à l'église vers sept heures trente pour te fournir le matériel.

— OK.

— Encore une chose : je ne veux pas l'ombre d'un témoin dans cette affaire. Pas un.

— Vous pouvez me faire confiance, assura Mzala.

— Ça ne risque pas, grinça le boss. Il va falloir me rapporter des preuves. Débrouille-toi comme tu veux. Pas de preuves, pas d'argent : c'est clair ?

L'esprit du tsotsi flottait sur un matelas plein de sang.

— Très clair, dit-il en raccrochant.

La fille qui le suçait poussait des gémissements, son gros cul en l'air, comme si mille boucs l'enfourchaient depuis les astres. Mzala sourit au-dessus d'elle, qui pompait en cadence… Il pensait à ses gros seins qui ballaient sur ses couilles, sa gorge potelée qui bientôt accueillerait son sperme, au couteau près de la paillasse, et jouit très vite.

*

— Vous avez encore besoin de moi, monsieur Van der Verskuizen ?

Il était sept heures du soir et Martha avait fini sa journée.

— Non non, Martha, lança-t-il : vous pouvez rentrer chez vous !

La secrétaire sourit en retour, empoigna son sac à main rose posé derrière le comptoir et ouvrit la porte :

— À demain, monsieur Van der Verskuizen.

— À demain, Martha…

Rick regarda la jeune femme quitter le cabinet. Il venait de l'engager, elle était encore à l'essai. Martha, une blonde toute fraîche émoulue de l'Agence pour l'emploi et qui devait avoir la chatte la plus serrée de l'hémisphère Sud — ah ah ! Il venait d'expédier le dernier client, un architecte raseur qui souffrait d'un abcès dû à la poussée anarchique de dents de sagesse : il avait réussi à lui coller une série de six rendez-vous. Quand on a du fric, on le dépense en choses inutiles, pas vrai ?

On sonna à la porte du cabinet. Martha avait oublié quelque chose : sa culotte peut-être — ho ho ho… Il ouvrit la porte blindée mais son sourire huilé se figea comme sous l'effet d'un anesthésiant.

Ruby.

— Tu as l'air surpris, tu attendais quelqu'un d'autre ?

— Pas du tout, pas du tout ! se récria-t-il en la prenant par le bras. C'est juste que tu ne viens jamais au cabinet. Ça va, ma chérie ?

Rick avait retrouvé son sourire à la Clooney, celui qu'il servait aux célébrités locales pour leur montrer qu'ils étaient bien du même bord. Il entraîna sa fiancée vers son cabinet personnel, dont l'immense baie vitrée donnait sur la Table Mountain.

— J'ai deux ou trois papiers à prendre et je suis à toi…

— J'ai eu ton ancienne secrétaire au téléphone tout à l'heure, fit alors Ruby d'une voix trop calme. Elle m'a dit que tu étais assez intime avec tes jeunes collaboratrices.

— Quoi ?

— Ne prends pas cet air effaré, s'il te plaît.

Il avait déjà vu Ruby dans cet état. Ce n'est pas comme ça qu'il la préférait. Il aimait sa croupe sauvage, son énergie solaire, sa fougue et l'espoir qui l'avait poussée dans ses bras, mais son côté incontrôlable le mettait en garde contre toute idée de mariage…

— Alors ?! insista-t-elle.

— Fay est une petite garce, siffla Rick, une garce qui ment comme elle respire !

— En tout cas, elle ment avec une bonne mémoire, nota Ruby : notamment celle des noms et des horaires de rendez-vous.

— Qu'est-ce que tu racontes ?

— Kate Montgomery venait toujours en fin de journée, comme dernière cliente, dit-elle, juste à l'heure où ta secrétaire quittait le travail… Ça t'inspire quoi ?

— Mon Dieu, Ruby, fit-il d'un air suppliant, c'était les horaires qui l'arrangeaient ! Qu'est-ce que tu vas encore t'imaginer ?!

Ruby ruminait.

— Avoue que tu as couché avec Kate, cracha-t-elle.

— Enfin, tu es folle !

— Avoue que tu as au moins essayé de coucher avec elle ?!

Ses yeux étincelaient de rage. Une folle. Il vivait avec une folle.

— Mais enfin, Ruby, c'est la vérité ! Je n'ai jamais

eu de rapports avec Kate Montgomery. Jésus ! *Je lui soignais les dents !*

— Avec ta bite.

Le dentiste ferma les yeux et prit son visage dans ses mains. Il n'avait jamais couché avec Kate. Elle n'aurait jamais voulu. À moins qu'elle n'ait demandé que ça. De toute façon c'était une fille fragile, une fille à problèmes. Il soignait sa clientèle, au propre comme au figuré, et tenait surtout à la garder. Rick soupira, soudain las. Il était cerné de tous les côtés, et maintenant Ruby qui débarquait comme une furie…

— C'est ce sale flic, dit-il enfin : c'est ce sale flic qui t'a mis ces cochonneries dans la tête, n'est-ce pas ?

Un avion passa dans l'azur de la baie vitrée. Ruby baissa la tête.

Elle ne voulait pas voir ça. Son désespoir lui faisait honte. La méfiance et le ressentiment lui jouaient de mauvais tours. Elle guettait le pire : pire, elle le provoquait. Elle se mordait la queue, comme une saloperie de scorpion, elle se piquait avec son propre venin. Son besoin d'être aimée et protégée était trop fort. Le monde l'avait déjà abandonnée, quand elle avait treize ans. Ruby se sentait confuse, écrasée entre deux réalités. Elle n'en croyait aucune. À deux pas de là, Rick attendait un geste d'elle, un geste d'amour… Quelque chose continuait pourtant à lui dire qu'elle avait raison, qu'on allait la trahir, encore une fois. Ruby serra les dents mais ses lèvres tremblaient toutes seules. Ses lèvres allaient la lâcher. Ses lèvres la lâchaient.

— Prends-moi, murmura-t-elle. Prends-moi dans tes bras…

*

Josephina avait passé l'information dans les clubs et les associations du township. Des femmes pour l'essentiel, des bénévoles qui se battaient pour que survivent les rats du navire. Les gamins que cherchait son fils étaient des enfants perdus. Ali aussi aurait pu se retrouver dans cette situation, s'ils n'avaient pas fui les milices qui avaient assassiné son père. Et tous ces enfants qui allaient perdre leur mère à cause du sida, ces orphelins qui bientôt viendraient grossir les rangs des malheureux : si personne ne s'en occupait, qui allait le faire ? Le gouvernement avait bien assez de travail avec la violence dans les villes, le chômage, la méfiance des investisseurs, et cette Coupe du monde dont tout le monde parlait...

Heureusement, Mahimbo, une amie des Églises de Sion, avait fini par la contacter : elle avait vu deux gosses qui répondaient au signalement, dix jours plus tôt, du côté de Lengezi — un gamin filiforme en short vert et un plus petit, avec une chemise kaki et une cicatrice dans le cou. Il y avait une église à Lengezi, en bordure d'un *public open space*, où l'on tâchait de nourrir les plus déshérités. Le prêtre avait une jeune bonne, Sonia Parker, qui s'occupait de leur préparer une soupe au moins une fois par semaine : elle les croisait peut-être régulièrement... La bonne n'avait pas le téléphone mais elle finissait son service à sept heures, après le dernier office.

Il était sept heures dix.

Le bus l'avait laissée à près d'un kilomètre, mais Josephina arrivait au bout de ses peines. Elle remonta la rue en se fiant aux ombres et devina l'église à la nuit tombante. Le quartier était désert. On préférait regarder la télé en famille, ou chez le voisin s'il l'avait, plutôt que d'errer sans but, au risque de tomber sur un

fou furieux sortant d'un *shebeen*… Un chien sans
queue l'escorta, intrigué par la canne qui la soutenait.
La vieille femme reprit son souffle sur les marches de
l'église, suant à grosses gouttes. Quelques étoiles sur-
nageaient dans un ciel bleu pétrole. Josephina tâta les
planches de contreplaqué sous ses pas et hissa son
quintal jusqu'à la porte de bois.

Elle n'eut pas à frapper, c'était ouvert.

— Il y a quelqu'un ? lança-t-elle aux ténèbres.

Les chaises semblaient vides. L'autel aussi était
plongé dans le noir…

— Sonia ?

Josephina ne distinguait aucune lueur, pas même la
luciole d'une bougie allumée. Elle fit quelques pas
cahotants dans l'allée cimentée.

— Sonia… Sonia Parker, vous êtes là ?

Josephina avança à tâtons, s'aidant de sa canne, et
sentit une odeur familière à mesure qu'elle s'approchait du grand Christ suspendu. Une odeur de suie…
Les bougies avaient été soufflées depuis peu.

— Sonia ?

La grosse femme se déhancha jusqu'à l'autel, recouvert d'une nappe blanche, et leva les yeux vers la
croix : du haut de son martyre, le Fils de Dieu restait
de bois.

Il fit soudain plus frais sous les voûtes de l'église,
comme un courant d'air qui lui glaçait les os : Josephina
sentit une présence dans son dos, une forme encore
indistincte qui venait de surgir d'un pilier.

— Tiens tiens… Qu'est-ce que tu fais là, Big Mama ?

Elle resta pétrifiée : le Chat guettait dans l'ombre.

4

Le vent de la nuit par la vitre couvrait le son distordu des *Cops Shoot Cops* dans l'autoradio. Il était deux heures du matin sur la M63 qui filait vers la côte sud de la péninsule ; Epkeen conduisait vite, le matériel en vrac sur la banquette. D'après les indications piratées par Janet Helms, l'agence de sécurité était surveillée par une caméra à l'extérieur du bâtiment, qui balayait l'entrée et une bonne partie de la cour, mais pas le hangar. Un vigile armé aux couleurs d'ATD patrouillait à l'extérieur, relié par radio à son homologue de la télésurveillance. Une standardiste à l'accueil recevait les appels, chargée de contacter les équipes de nuit sillonnant le secteur...

Epkeen ralentit aux abords de Hout Bay. La petite ville était vide à cette heure. Il longea les façades des restaurants du port, le parking désert, et gara la Mercedes au bout des quais. Un cri de mouette retentit depuis la mer. Il empoigna le matériel sur la banquette. Des années qu'il n'avait pas fait ce genre d'opération... Brian souffla pour dégager le stress qui grimpait à ses jambes, ne vit pas un chat près des pontons. Il enfila une cagoule noire, vérifia son harnachement, et partit à pied dans la nuit.

Les entrepôts de la pêcherie étaient cadenassés, les filets ramassés. Il se faufila entre les palettes et attendit à l'ombre des hangars. Le bâtiment de l'agence se découpait sous les nuages gris souris. On n'entendait plus que le son des vaguelettes sur les coques des chalutiers et le vent dans les structures. Un faisceau de lumière apparut bientôt depuis l'aile est de l'ancienne maison patricienne — le vigile, la casquette vissée sur la tête. Il n'avait pas de chien mais un holster et un gourdin, qui pendaient à sa ceinture de cuir... Brian calcula le rythme de sa ronde : il avait exactement trois minutes seize avant que son alter ego ne s'inquiète depuis son écran de contrôle... Il laissa le vigile bifurquer à l'angle et, contournant l'œil panoptique, fila vers le garage.

Trois nuages passèrent sous la lune intermittente. Brian commençait à suer sous la cagoule, qui puait l'antimite. Le vigile réapparut enfin au coin de la maison. Epkeen serra sa matraque, le dos plaqué contre le hangar. Le faisceau de la torche passa devant lui... L'homme esquissa à peine un geste : la matraque heurta sa nuque au niveau de la moelle épinière. Epkeen l'accompagna dans sa chute, tira le corps à couvert. Le vigile, un Blanc aux cheveux ras, semblait dormir. Il imbiba de chloroforme le coton qu'il tenait dans sa poche et pressa le tout sur son nez — de quoi le laisser plusieurs heures sur le carreau... Deux minutes quarante : évitant la caméra qui balayait la cour, il fila vers l'aile sud de l'agence.

Des barreaux de fer bloquaient l'accès au rez-de-chaussée mais pas les fenêtres de l'étage. Il resserra les attaches de son petit sac à dos et, prenant appui sur les rebords de la gouttière, se hissa jusqu'au balcon. Il tira aussitôt le pied-de-biche de son sac, cala le cran contre l'ouverture de la fenêtre, qui céda dans un affreux bruit de bois. Il grimaça, pénétra à l'intérieur.

La pièce à l'étage faisait office de débarras : deux malles cadenassées contre le mur, d'autres caisses empilées... Aucun bruit : Epkeen ouvrit doucement la porte. Elle donnait sur un couloir et une source de lumière au rez-de-chaussée... Une minute : il marcha à pas de velours jusqu'à l'escalier, oublia la trotteuse. On entendait des voix en bas, un homme et une femme, qui s'esclaffaient depuis le poste de télésurveillance... Il descendit les marches, serrant sa matraque.

— Et la blonde qui voit un bateau dans le désert, tu la connais ?

— Non !

— Eh ben, c'est l'histoire d'une blonde et d'une brune en voiture, qui aperçoivent un bateau, en plein milieu du désert ; à ce moment-là la brune lui dit...

Le vigile était assis sur un siège pivotant, tournant le dos à la porte. Près des écrans de contrôle, la standardiste buvait ses mots en souriant d'avance. Elle ouvrit soudain de grands yeux catastrophés, cria en se tenant la bouche, trop tard : la matraque heurta le crâne de son collègue. Le vigile pivota sur le siège et s'écroula à ses pieds, de petits pieds boudinés dans des mocassins à pompons qui n'osaient plus bouger.

— Non... (Elle voulut se débattre.) Non !!!

Maîtrisant sans mal ses pauvres moulinets, Epkeen lui coinça le cou et pressa le mouchoir imbibé sur son visage. La standardiste s'agita un moment, avant de choir comme une princesse délurée dans ses bras. Il étendit la fille sur le sol, administra sa dose de chloroforme au vigile et ôta enfin sa cagoule puante, trem-

361

pée de sueur. La tête lui tournait un peu mais il n'avait pas de temps à perdre — alertée par le silence radio, une patrouille ne tarderait pas à rappliquer…

L'ordinateur central se situait dans un bureau du rez-de-chaussée. Janet Helms l'avait déjà visité. Il fouilla dans les dossiers entreposés sur les étagères, tomba sur des chiffres, des rapports, des listings de clients… Il faudrait des heures pour les éplucher. La sonnerie du standard retentit depuis le bureau voisin. Il grimpa à l'étage. Les caisses métalliques entrevues tout à l'heure étaient rangées contre le mur, deux grosses malles sans nom ni destination… Epkeen cala le pied-de-biche et fit sauter le cadenas. Des rangées de tubes étaient soigneusement rangés à l'intérieur, protégés par de la mousse : des centaines d'échantillons étiquetés, aux codes incompréhensibles. Il extirpa l'un d'eux et évalua le liquide : du sang…

Il mit l'échantillon dans sa poche, jeta un regard inutile vers la fenêtre, et força l'ouverture de la deuxième malle, qui céda bientôt. Il y avait un disque dur, entouré de polystyrène. Epkeen le déposa sur le parquet et dégagea l'armature. Des sachets de poudre apparurent sous le faisceau de sa torche, des centaines de doses sous plastique. Même texture, même couleur que la came retrouvée dans le mobil-home… Il crut alors entendre le bruit d'une voiture dans la cour. Le téléphone sonna au même moment, en bas.

Brian regarda sa montre, fébrile : le quart d'heure qu'il s'était donné s'était écoulé. Il remit sa cagoule puante, fourra le disque dur dans son sac à dos, prit deux sachets de poudre et déguerpit.

*

362

1) Les personnes qui souffrent actuellement de déficiences en neurotransmetteurs (NT) cumulent de nombreuses maladies propres à l'homme occidental : obésité, dépression, anxiété, insomnie, troubles de la ménopause, etc. Plusieurs aires cérébrales, participant à l'humeur et à la régulation de l'appétit, du sommeil, du désir sexuel et de la mémoire, sont perturbées chez les personnes dépressives. Hormis l'hypophyse, toutes ces aires font partie du système limbique ; elles reçoivent, normalement, des signaux en provenance des neurones qui sécrètent de la sérotonine ou de la noradrénaline. Une baisse de l'activité des circuits sérotoninergiques ou noradrénergiques favoriserait l'installation d'un état dépressif. D'après nos études, de nombreuses dépressions semblent résulter de perturbations des circuits cérébraux qui utilisent des monoamines comme neuromédiateurs. Les antidépresseurs les plus vendus en Europe et aux États-Unis, tel le Prozac, fonctionnent en augmentant artificiellement le taux de sérotonine dans les synapses des neurones atteints par ces maladies. Trouvez le gène qui permettrait d'avoir un taux suffisant et régulé de ce NT et vous obtenez des « surhommes » : plus d'obésité, plus d'anxiété, de dépression, d'insomnies. De la même manière, on pourra être soumis aux stress les plus terribles sans que le mental en souffre : un blockbuster en puissance, susceptible d'être vendu à des centaines de millions de personnes.

2) Nous avons porté nos recherches sur une enzyme, la MAO. L'enzyme intracellulaire MAO (monoamine-oxydase) module la concentration synaptique et dégrade les monoamines (sérotonine et noradrénaline). Son gène a été cloné, ainsi que les zones en amont permettant sa régulation. Les morceaux d'ADN correspondant à cette enzyme ont donc été introduits avec succès dans un AAV. Ce vecteur viral a été testé avec succès sur des singes. Nous avons utilisé la thérapie génique *in vivo*, qui consiste à injecter le vecteur portant le gène d'intérêt thérapeutique directement dans la circulation sanguine, celui-ci devant atteindre spécifiquement les cellules cibles...

Les effets secondaires de ce genre de substances ne pouvant se voir que sur des cobayes humains, nous avons préparé et testé ces recombinants sur des personnes déterminées.

Après de longs tâtonnements liés à une hypertension et surtout à des réactions suicidaires ou de violence accrue, nous pouvons affirmer aujourd'hui que ces tests sont positifs.

3) Nous avons par ailleurs sélectionné une souche de HIV-1-4 avant de procéder à l'obtention de virus mutés dans le gène de la gp41. Cette glycoprotéine possède le peptide qui correspond à un domaine responsable de l'interaction avec la cavéoline, protéine de la membrane cellulaire qui, en association avec d'autres constituants de la membrane, est impliquée dans l'internalisation d'éléments externes, comme des virus (par exemple). Ce domaine de gp41, nommé CBD1, joue un rôle important au cours de l'infection des cellules par le HIV. La mutation, contrairement aux recherches développées par nos confrères, permet une pénétration plus importante et efficace dans les T4. Le virus devient ainsi capable d'infecter et de détruire 80 % des T4 en quelques semaines. Les personnes infectées par ce « super-virus » meurent de maladies opportunistes avant même d'avoir été déclarées séropositives.

Le virus a pu être introduit avec succès sur 100 % des sujets traités.

Epkeen relut pour la troisième fois le document.

L'adrénaline était retombée après son excursion nocturne dans l'agence de Hout Bay : l'ordinateur ronronnait dans la chambre du fond, celle de David, désertée depuis des lustres — un poster de Nirvana pendait encore au mur, l'oreille gauche en berne, en signe de deuil...

Le radioréveil affichait 5 : 43, le sommeil commençait à se faire sentir, il avait rendez-vous dans deux heures avec Ali et Janet et il n'était pas sûr d'avoir saisi tous les tenants et aboutissants de l'affaire, encore moins le charabia technique du directeur de recherches. Charles Rossow, c'était son nom. Spécialiste en biologie moléculaire... Epkeen avait ouvert les icônes du disque dur volé dans la malle de Hout Bay, trouvé des dossiers aux intitulés sibyllins où figuraient des séries de tableaux, les détails d'expérimentations et autres analyses au jargon à peu près incompréhensible pour un néophyte. Mais il avait compris l'essentiel : block-buster, virus... Ce dossier était de la dynamite.

Il fit deux copies USB du disque dur, enfonça les clés dans la poche de son treillis noir... 5 : 52 affichait le vieux réveil. Brian puait encore le stress de tout à l'heure. Il songea à prendre une douche, s'égara sur les posters de la chambre, transformée en bureau... David. Le fils prodigue. Premier de sa promo... Un bip strident le sortit de sa léthargie, celui du fax près de l'imprimante. Brian se pencha en bâillant sur l'engin : il n'y avait pas de nom d'expéditeur, pas même de numéro... Une liste de noms défila bientôt sur le papier glacé. Un message de Janet Helms : trois pages qui constituaient l'organigramme du Project Coast.

Il arracha le rouleau et parcourut le document. Il y avait deux cents noms au total, avec les compétences et les spécialités des différents collaborateurs de Wouter Basson. Epkeen fila directement à la lettre « R » et trouva ce qu'il cherchait : Rossow. Charles Rossow, spécialiste en biologie moléculaire...

Neuman avait vu juste. Terreblanche avait débauché le chercheur pour mettre au point une nouvelle chimie révolutionnaire ; ils avaient mené des expérimentations secrètes, bénéficiant de protections et de complicités tous azimuts. Il envoya un texto sur le portable de Janet Helms en guise de réponse, confirmant la piste Rossow — elle avait encore deux heures avant de les retrouver au Waterfront... Epkeen relut le fax en détail, depuis le début. Burger, Du Plessis,

Donk… Terreblanche, Tracy, Van Haas, Van der Linden… Il allumait une nouvelle cigarette quand sa pupille se figea en bas de la liste : Van der Verskuizen. Prénom : Rick.

— Merde.

Rick Van der Verskuizen figurait sur l'organigramme du Project Coast.

Ce bellâtre à moumoute avait lui aussi travaillé avec Basson et Terreblanche… Kate Montgomery. Le dentiste. C'était lui, le complice, l'homme qui attendait la styliste sur la corniche…

Un léger bruit lui fit dresser l'oreille. Le jeu dans les charpentes, son imagination, l'épuisement ? Le vent soufflait dehors. Il retint sa respiration et n'entendit plus rien… Brian allait prendre une douche quand il entendit un nouveau bruit, celui-ci beaucoup plus proche. Son cœur se mit à cogner. Cette fois c'était sûr : quelqu'un montait l'escalier… David ? Le parquet gémit, tout près. Il se terra contre le mur de la chambre : les pas s'étaient rapprochés, ils étaient dans le couloir — au moins deux personnes… Il vit le disque dur relié à son ordinateur, le holster sur le lit à couverture d'Indiens, pensa à plonger sur son .38, se ravisa *in extremis* : la porte s'ouvrit tout à coup et rebondit avec fracas contre le mur. Deux ombres surgirent dans la chambre, Debeer et un autre type, qui arrosèrent la pièce d'un tir croisé. Des armes Walther 7,65 munies d'un silencieux ; la plume de l'oreiller vola sur le lit de David tandis que Debeer pulvérisait l'ordinateur. Les tueurs cherchèrent leur cible sous une pluie de plâtre, virent la silhouette qui s'enfuyait par la fenêtre et firent feu au moment où elle se jetait dans le vide.

Une balle siffla aux oreilles d'Epkeen avant d'aller mourir contre la façade du voisin. Il atterrit dans les parterres de fleurs et fila à travers la pelouse. Quatre impacts décapitèrent des tiges innocentes avant de le chasser vers le jardin. Il sentit une douleur et se réfugia à l'angle du mur : des voix étouffées pestaient juste au-dessus de lui. Des rangers se précipitèrent vers l'escalier tandis qu'il s'échappait vers la grille.

Debeer sauta du premier étage : manquant de souplesse, il se réceptionna mal et glapit en se tordant la cheville. Il brandit son arme dans la nuit et ne distingua que des fleurs au bout du silencieux.

Epkeen fonça dans la rue vide et courut jusqu'à la Mercedes, garée à dix mètres. Il avait les clés dans sa poche et la peur au ventre ; il ouvrit fébrilement la portière, mit le contact et enclencha la première. Une silhouette trapue jaillit par la grille ouverte. Les pneus de la Mercedes crissèrent sur l'asphalte ; le tueur se campa sur ses jambes et tira à vingt mètres. Le pare-brise arrière vola en éclats alors qu'il écrasait l'accélérateur. Les autres coups se perdirent dans le cliquetis du percuteur.

Epkeen prit la première à droite. Il n'avait plus d'arme, ni de portable. Des sueurs froides dégoulinaient entre ses omoplates. Les éclats de verre avaient volé jusque sur le tableau de bord.

6 : 01 affichait la pendule. Il vit alors les traces de sang sur le siège.

*

Ruby n'arrivait pas à dormir. Après d'interminables palabres et des tombeaux de pleurs arrachés au néant qui l'étreignait, elle avait fini par baiser avec Rick. Son amant l'avait convaincue qu'elle était la seule dans son cœur, et aussi dans son lit. On ne peut pas dire qu'elle l'avait cru, pas *complètement*, mais Ruby se sentait coupable. Elle allait encore tout gâcher sur un coup de sang. Comme avec le label, quand elle avait viré son groupe phare sous prétexte que leur rock tournait au pop-corn, et qu'ils avaient fait un carton chez une major... C'est ça : il fallait qu'elle se calme. Qu'elle se concentre sur son bonheur. Rick était réglo. Il l'aimait. Il le lui avait dit cette nuit. Plusieurs fois. Rick n'était pas son père...

Le ciel était encore pâle sur le jardin. Ruby avalait son café sur le tabouret de la cuisine, les yeux dans le vague, quand son regard se figea : Brian venait d'apparaître de l'autre côté de la baie vitrée.

Elle descendit de son perchoir comme un moineau devant une miette de pain et tira la porte coulissante qui donnait sur la terrasse.

— Rick est réveillé ? souffla-t-il.

— Va te faire enculer.

— On ne joue plus, Ruby, dit-il à voix basse : ton dentiste a travaillé avec les services de renseignements durant l'apartheid, notamment sur un projet top secret, le Project Coast...

— Bla bla bla...

— Putain ! chuchota Epkeen. Des types sont entrés chez moi pour me faire la peau.

Ruby vit alors la sueur sur son front, puis le mouchoir qu'il serrait contre son flanc gauche — du sang, non ?

— C'est quoi le piège, cette fois-ci ? demanda-t-elle, intriguée.

— Il n'y a pas de piège. Je voudrais que tu partes : *maintenant*. Rick est impliqué dans le meurtre de Kate : je sais que je ne suis pas bien placé pour ça mais il faut que tu me croies.

Tout se bousculait dans la tête de Ruby :

— Tu as des preuves ?

— C'est juste une question de temps.

Ruby voulut refermer la baie vitrée mais il mit un pied sur le rail coulissant et la saisit par le bras.

— Merde, Ruby : ne discute pas !

— Tu me fais mal !

Leurs regards se croisèrent.

— Tu me fais mal, dit-elle doucement.

Brian desserra son étreinte. Le mouchoir qu'il tenait serré contre son flanc gouttait : la balle avait laissé une profonde estafilade.

— Rick connaissait ton emploi du temps, donc celui de Kate et…

— Rick n'a pas tué Kate, le coupa-t-elle : il était avec moi ce soir-là, à la maison.

— Il était avec toi à l'heure du crime, oui. Tu as ramené ton groupe de chevelus à l'hôtel, tu es passée au club équestre et tu es rentrée vers neuf heures. Son cabinet ferme à sept : ça lui laissait deux heures pour filer à Llandudno, intercepter Kate sur la corniche et la livrer aux tueurs avant de rentrer chez vous pour se constituer un alibi. Bon Dieu, tu vas ouvrir les yeux !

Un homme apparut à la porte de la cuisine.

— Qu'est-ce qui se passe ici ?!

Rick portait un short et un sweat de couleur beige. Le bruit de leur discussion avait dû l'alerter, ou alors lui non plus ne dormait pas.

— Ne joue pas au malin avec moi, feula Epkeen : tu vas me suivre gentiment au central avant que je te démolisse de bon cœur.

— Vous n'avez rien à faire ici, rétorqua-t-il. Je vous préviens tout de suite que mon avocat sera mis au courant dans les plus brefs délais.

— Wouter Basson, Joost Terreblanche, le Project Coast : ça ne te dit rien ?

Le dentiste garda sa contenance.

— Ruby a raison, dit-il : vous êtes un tordu.

— Ah oui ? 86-91, hôpital militaire de Johannesburg : tu soignais quoi ? Ce qui restait de dents aux prisonniers politiques ? Ou alors tu expérimentais de nouveaux produits avec Basson, que vous testiez sur des cobayes humains ?

— Jésus ! s'énerva-t-il. Je suis dentiste, pas tortionnaire !

— Je suis flic, pas triple buse : tu sues comme une vache, Ricky, et je connais cette odeur : tu pues la peur.

Le dentiste rosit sous son sweat. Il mentait. Pas seulement à Ruby.

— Vous n'avez même pas de mand...

Epkeen l'empoigna par les trapèzes et le plaqua sur le sol carrelé de la cuisine.

— Ramène ta gueule, souffla-t-il en lui massacrant le tendon.

Rick couina de douleur. Ruby observait la scène, interloquée, quand un homme cagoulé surgit sur la terrasse. Une main puissante la happa sans qu'elle puisse esquisser un geste : Ruby recula dans un cri de stupeur et sentit le froid d'une arme automatique contre sa tempe.

— Tu bouges plus, le flic !

Epkeen vit le visage tétanisé de Ruby, le Walther 7,65 collé sur sa tête. Il lâcha le dentiste qui geignait à ses pieds. Ils étaient maintenant deux sur la terrasse, armés jusqu'aux dents.

— Les mains sur la tête ! gueula le cagoulé qui tenait Ruby en joue.

Epkeen obéit, écœuré. Rick se massait le cou, tête

basse, refluait vers le bar de la cuisine. Un quatrième homme fit irruption dans la pièce. Des cheveux gris coupés ras sur un crâne dégarni, un corps bodybuildé malgré sa soixantaine, Joost Terreblanche ne portait pas de cagoule mais une arme sous sa veste militaire beige. Epkeen, les mains levées, cherchait une issue improbable : un coup de crosse dans les reins l'envoya au tapis.

Il étouffa un cri sur le sol de la cuisine, vite tachée de sang — sa blessure s'était rouverte.

Terreblanche transperça Rick de ses yeux métalliques :

— Tu t'en sors bien, VDV…

Le dentiste croisa le visage de Ruby, atterrée. Ce n'était pas l'heure des explications. Terreblanche jaugea le flic à ses pieds, incapable de se relever, et prit son élan : le bout de sa rangers le cueillit au foie.

Une longue mélopée s'échappa de sa gorge tandis qu'il roulait contre le bar. L'ancien militaire fit un pas vers lui.

— Non ! cria Ruby.

Epkeen pataugeait à quatre pattes, plus très certain de vivre : le talon de la rangers lui cassa le dos.

5

Janet Helms correspondait avec des hackers via des lignes sécurisées par leurs soins, dont les codes d'accès changeaient tous les mois et jamais à dates fixes. Un moyen comme un autre de compenser sa solitude et de perfectionner sa maîtrise du piratage : qu'est-ce qu'ils croyaient, aux services de renseignements, qu'elle était devenue hacker en se payant des stages intensifs dans des instituts high-tech facturés deux cents rands de l'heure ?!

Chester Murphy vivait à Woodstock, à deux pâtés de maisons du deux-pièces qu'elle louait. Chester fuyait la lumière du soleil, un vrai vampire et, comme elle, se nourrissait principalement de junk food et d'informatique. Janet passait la nuit chez lui, à raison d'une ou deux fois par semaine, selon l'actualité du club. Chester n'était pas beau, avec sa tête joufflue et son nez de tapir, mais Janet l'aimait bien — il ne lui avait jamais fait d'avances.

Chester avait mis au point un réseau de hackers, douze membres à l'identité secrète qui se lançaient des défis individuels ou collectifs : être le premier à s'introduire dans le disque dur d'une institution ou d'une entreprise soupçonnée de malversations, se liguer pour pirater un système radar de l'armée. Le réseau qu'il avait mis en place était à ce jour indétectable, autonome, d'une efficacité jamais démentie.

Chester n'avait pas posé de questions quand Janet avait débarqué chez lui vers dix heures du soir : il était en pleine action sur l'ordinateur de sa chambre… Janet s'était installée devant l'écran du salon, avec ses sodas, ses cahiers et ses bonbons à la menthe. Elle avait récupéré ses précieux codes au bureau du commissariat et se sentait d'attaque pour pirater une bonne moitié de l'univers. Après quelques heures passées à tester les défenses de l'ennemi, l'agent de renseignements finit par s'introduire dans certains fichiers classés de l'armée. Beaucoup dataient de l'apartheid. L'organigramme du Project Coast était tombé vers cinq heures du matin — deux cents noms au total, qu'elle avait faxés à Epkeen, parti à la pêche de nuit du côté de Hout Bay… Sa réponse avait fusé, par texto : « Rossow. »

Le petit matin pointait quand Chester lui signala qu'il allait se coucher ; elle l'entendit à peine grimper l'escalier. Janet poursuivit ses recherches et récolta plusieurs informations intéressantes. Contrairement à Joost Terreblanche, Charles Rossow figurait dans plusieurs rubriques consultables sur le Net et ne cachait rien de ses activités de chimiste : il avait travaillé pour plusieurs laboratoires de premier plan, nationaux, puis internationaux. Sa collaboration avec Basson était passée sous silence pour ne retenir que ses succès. Âgé de cinquante-huit ans, Charles Rossow était aujourd'hui chercheur en biologie moléculaire chez Covence, un organisme de recherches sous contrat, spécialisé dans la mise en place d'essais cliniques à l'étranger, pour le compte de grands laboratoires pharmaceutiques. Rossow avait en outre signé plusieurs articles dans des revues prestigieuses et s'était focalisé sur le séquençage du génome, « une avancée formidable pour la connaissance moléculaire du corps humain ».

Janet approfondit le sujet, recoupa les parutions.

On ne connaissait encore ni la composition de la plupart des gènes, ni le lieu, ni le moment où ils étaient exprimés sous forme de protéine mais le génome constituait une boîte à outils où l'on pouvait puiser : la prochaine étape consistait dans la découverte de la totalité des gènes, de leur localisation, de leur compréhension, de leur signification et, surtout, dans l'analyse de leurs mécanismes de contrôle. Grâce à la biologie moléculaire, la connaissance précise du génome humain et des génomes des agents infectieux et parasitaires conduirait par étapes à la description de tous les mécanismes du vivant et de leurs perturbations. À partir de quoi il deviendrait possible d'agir de façon spécifique pour corriger les anomalies, améliorer ou éradiquer les maladies, voire, à titre préventif, d'agir en amont : une avancée fondamentale quant à la condition humaine, l'avenir de l'humanité tout entière... Rossow poursuivait, citant Fichte, que si tous les animaux étaient achevés, l'homme lui n'était qu'esquissé : « ce qu'il doit être, l'homme doit le devenir ». Il s'agissait d'un chemin infini vers la perfection que les récentes découvertes laissaient présager : la puissance de la recherche actuelle résidait en effet dans sa capacité à modifier la nature humaine elle-même. Elle se démarquerait de la médecine classique par son aptitude à agir sur le génotype même de l'homme, affectant non seulement l'être concerné mais aussi toute sa descendance. La biotechnologie serait alors capable d'accomplir ce qu'un siècle d'idéologie n'avait pu réaliser : un nouveau genre humain. Enfanter des individus moins violents, libérés de leurs tendances criminelles ; on pourrait ainsi refabriquer de l'homme comme un produit mal conçu qu'on ramène à l'usine, la biotechnologie permettant de modifier ses tares, sa nature même...

Les yeux brûlants derrière son ordinateur, Janet Helms commençait à comprendre ce qui se tramait : c'était lui, le père de la cellule inconnue retrouvée dans la drogue.

En laissant les industriels financer la recherche clinique, les instances politiques avaient commis une grave erreur. Quand une entreprise pharmaceutique demandait la délivrance d'une autorisation de mise sur le marché, elle seule était en mesure de fournir les éléments d'évaluation du produit à commercialiser — la mise sur le marché de médicaments faussement innovants et très coûteux devenant la règle. Elle en gardait également les droits exclusifs, d'où la porte ouverte à la brevetabilité du vivant... Rossow et ses commanditaires s'étaient infiltrés dans la brèche.

Janet trouva une adresse à Johannesburg, dans une banlieue huppée sous surveillance, mais rien dans la province du Cap. Elle orienta les recherches vers l'employeur de Rossow, Covence, organisme spécialisé dans les essais cliniques. Activités recensées en Inde, Thaïlande, Mexique, Afrique du Sud...

— Nous y voilà, dit-elle tout bas.

Sept heures quinze. Janet Helms passa chez elle prendre une douche avant de filer sur le port de commerce.

Le Waterfront était quasi désert à cette heure. Les commerçants ouvraient leurs boutiques, disposaient

375

les étalages. La métisse arriva la première au bar où ils avaient rendez-vous. Elle avait cinq minutes d'avance et une faim de loup. Elle s'installa à la terrasse et posa son cahier près d'elle, où figuraient les informations récoltées durant la nuit. Aucune trace informatique, avait demandé Neuman...

L'air était frais, le serveur indifférent à sa présence. Elle fit un signe au jeune homme, commanda un thé au lait et des gâteaux sucrés.

Janet était excitée malgré sa nuit blanche. Au-delà de venger son amour perdu, c'était l'affaire de sa vie. Un coup de filet qui, s'il réussissait, l'imposerait dans l'équipe du capitaine. Elle aurait un grade supérieur et traiterait directement avec Neuman. Elle se rendrait indispensable. Incontournable. Comme avec Fletcher. Il ne pourrait plus se passer d'elle. Elle finirait par pousser dehors son actuel bras droit, Epkeen, guère en odeur de sainteté auprès du superintendant. Le temps jouait pour elle. Sa capacité de travail inégalable. Elle prendrait l'habit que Neuman avait taillé pour Dan...

Janet regarda de nouveau sa montre — huit heures onze... Les drisses des voiliers claquaient dans la brise, les navettes des compagnies maritimes rutilaient sous le soleil avant l'arrivée des touristes, le Waterfront s'éveillait doucement. Le serveur passa devant sa table, tout sourires, alerté par la jeune blonde qui venait de s'installer à la table voisine.

La lumière grimpa sur la montagne verdoyante. Huit heures et demie. Janet Helms attendait à la terrasse du café où ils avaient rendez-vous mais personne ne venait.

Personne ne vint jamais.

*

Le talon d'une rangers qui lui cassait le dos : ce fut son dernier souvenir. Epkeen avait sombré dans les limbes. La réalité revint peu à peu, fille verte du jour par les stores tirés : les yeux de Ruby, juste au-dessus de lui, tanguant dans l'atmosphère postboréale...

— Je commençais à croire que tu étais mort, dit-elle tout bas.

Il l'était. Seulement ça ne se voyait pas. Ses pupilles se stabilisèrent enfin. Le monde était toujours là, semi-nocturne, douloureux — une fulgurance dans le bas du dos, qui lui vrilla la colonne. Il pouvait à peine bouger. Doutait de remarcher un jour. Pensait par bribes, des bouts de pensées qui mis dans l'ordre n'avaient pas plus de sens. Le dos avait souffert, son crâne aussi. Il réalisa qu'il se tenait allongé sur le parquet d'une chambre sombre, avec pour unique horizon les grands yeux émeraude de Ruby...

Qu'est ce qui est arrivé à ma tête ? dit-il.

— On t'a tapé dessus.

— Ah...

Il se sentait comme un noyé de retour à la surface. On leur avait lié les mains dans le dos avec de l'adhésif. Il se tourna sur le côté pour soulager ses reins endoloris. La tête, on verrait plus tard.

— On est où ? demanda-t-il.

— Dans la maison.

Les stores étaient tirés, la poignée de la fenêtre démontée. Brian récupéra les étoiles éparpillées alentour :

— Ça fait longtemps que je suis dans les vapes ?

— Une demi-heure, répondit-elle en s'asseyant sur le lit. Putain, qui sont ces types ?

— Les petits copains de Rick... Il a travaillé sur un projet ultra-secret avec un ancien militaire, Terre-

blanche. Le vieux au crâne rasé qui m'a tapé dessus :
c'est lui.

Ruby ne dit rien mais elle en aurait vomi de rage.
Ce salaud de Brian avait raison. Le monde était peuplé de salauds : le monde était plein de Rick Van der
Verskuizen qui lui contait fleurette en lui reniflant les
fesses et qui, au final, la laisserait tomber pour son
copain pédé à rangers.

Brian voulut se redresser, abandonna l'idée.

— Tu sais où est David ? demanda-t-il.

— À Port Elizabeth, parti fêter son diplôme avec
Marjorie et ses copains, répondit sa mère. T'en fais
pas pour lui, il ne revient pas avant la semaine prochaine...

Des pas couinèrent dans le couloir. Ils se turent,
dans l'expectative. La porte s'ouvrit en grand. Epkeen
vit une paire de rangers sur le parquet ciré, puis la
carrure athlétique de Joost Terreblanche au-dessus de
lui : une veste militaire et des yeux de fouine qui le
fixaient.

— Alors le flic, on se réveille ?

La voix allait bien avec ses crampons.

— Je préférais quand je dormais.

— Un petit malin à ce que je vois... Qui sait que tu
es ici ?

— Personne, répondit Epkeen.

— En sortant d'une fusillade ? Tu me prends pour
un con ?!

— Ordure serait plus...

Terreblanche lui écrasa la tête sous sa rangers, et
pressa de tout son poids. Il n'était pas très grand mais
aussi dense qu'une enclume.

— Qu'est-ce que tu as fait en sortant de chez toi ?
grogna-t-il.

— J'ai foncé ici, répondit Brian, la bouche tordue par la godasse.

— Pourquoi tu n'es pas allé directement chez tes copains flics ?

— Pour éloigner Ruby... Vous pouviez vous en servir... comme objet de chantage.

— Tu soupçonnais le dentiste ?

— Oui...

Il compressa le visage sous sa chaussure :

— Et tu n'as prévenu personne sur la route ?

— Plus de portable, articula l'homme à terre. Les autres à mes trousses...

Debeer avait récupéré le fax avec le listing du Project Coast, les échantillons et le disque dur volé à Hout Bay. Mais ce fouille-merde avait eu le temps de le consulter... Terreblanche ôta sa rangers, laissant des marques de crampon sur la joue du flic : son récit semblait coller avec celui de Debeer.

Il sortit un objet de sa veste :

— Regarde ce qu'on a trouvé dans ta poche...

L'Afrikaner redressa la tête, vit la clé USB. La semelle de cuir lui fracassa le ventre. Epkeen avait beau s'y attendre, il se tortilla sur le parquet.

— Laissez-le ! lâcha Ruby depuis le lit.

Terreblanche ne lui adressa même pas un regard :

— Toi, la petite pute, je te conseille de la boucler si tu ne veux pas que je t'enfonce un manche de pioche dans le cul. Tu l'as montré à qui, le contenu du disque dur ?

Epkeen happait l'air comme un poisson volant.

— Personne...

— Ah ouais ?

— Pas...

— Pas quoi !

379

— … eu le temps.

Terreblanche s'agenouilla et attrapa le flic par le col de sa chemise :

— Tu as envoyé une copie au central ?

— Non…

— Pourquoi ?

Il hoquetait, en apnée.

— Les lignes… les lignes n'étaient pas sécurisées… Trop de noms effacés des fichiers…

Terreblanche hésita : ses hommes avaient détruit l'ordinateur de la chambre lors de l'attaque, on n'avait plus aucun moyen de savoir ce qu'il avait pu trafiquer avec les documents.

— Tu as envoyé une copie du disque dur à quelqu'un d'autre ? Hein ?! (Terreblanche s'impatienta.) Parle ou je la bute !

Il dégaina son arme et visa la tête de Ruby. Elle reflua vers le lit, effrayée.

— Ça ne changera rien, souffla Epkeen. Je déchiffrais les dossiers quand vos types me sont tombés dessus…

La main qui tenait l'arme était couverte de taches brunes : au bout du canon, Ruby tremblait pour deux.

— Ainsi, personne ne connaît l'existence des fichiers…

Brian secoua la tête — ce connard lui rappelait son père.

— Non, dit-il. Que moi…

Le silence heurtait les murs de la chambre. Terreblanche baissa son arme et jeta un œil à sa Rolex.

— Bon… On va voir ça…

*

La cave était une pièce lugubre et froide à l'odeur de barrique. Epkeen tentait de desserrer ses liens, sans beaucoup d'espoir. On l'avait attaché à une chaise, les mains dans le dos, et il ne voyait qu'un point noir avec la lampe projetée sur son visage.

Un homme corpulent préparait quelque chose sur la table voisine : il crut deviner Debeer, et une machine à l'aspect peu réjouissant...

— Je vois qu'on n'a pas perdu les bonnes habitudes, lança-t-il aux militaires.

Terreblanche ne répondit pas. Il avait déjà torturé des gens. Des Noirs pour la plupart. Certains qui n'appartenaient même pas à l'ANC, ni à l'UDF. De pauvres types en général, qui s'étaient fait manipuler par des agitateurs communistes. Thatcher et les autres les avait laissé tomber à la chute du Mur mais sa haine restait la même pour les communistes, les cafres, les libéraux, toute cette chienlit aujourd'hui au pouvoir...

— Tu ferais mieux d'économiser ta salive, dit-il en surveillant le montage.

Le boss regarda sa montre. Ils avaient encore un peu de temps avant de filer à l'aérodrome. La maison de VDV était isolée, personne ne viendrait les importuner. C'est en rentrant à Hout Bay pour le chargement qu'ils avaient trouvé les employés et le vigile inanimés : quelqu'un était entré dans l'agence par effraction et avait volé le disque dur. La piste du flic fouineur était la bonne mais ce branquignol leur avait échappé. Debeer avait heureusement vu le fax qu'il venait de recevoir, l'organigramme du Project Coast et le nom de VDV en bas de la liste : le flic avait forcément fait le lien...

Epkeen ne pensait qu'à gagner du temps.

— C'est vous qui avez imaginé cette histoire de

Zoulou, dit-il, n'est-ce pas... Vous avez gardé Gulethu en vie pour que son ADN l'inculpe du meurtre de Kate et fasse croire à un tueur raciste. Gulethu fournissait la dope aux gamins des rues des Cape Flats, sauf qu'il a voulu vous doubler en dealant des doses auprès des petits Blancs de la côte. Lui et sa bande surveillaient la maison pendant que Rossow bricolait ses petites potions... Des expériences du genre comme vous en meniez avec le docteur Basson ?

Terreblanche dressa l'oreille, ses gros avant-bras poilus croisés sur sa veste beige.

— La maison de Muizenberg, c'était une unité de recherche mobile, escamotable d'un coup de Pinzgauer ? Vous saviez qu'on allait fouiner dans le coin, alors vous avez imaginé cette histoire de squat sur la plage, d'où rayonneraient les tsotsis... Vous le testiez sur qui, votre produit miracle : des gamins des rues ?

L'autre regardait Debeer s'escrimer avec son matériel, impassible.

— Des handicapés mentaux, relança Epkeen, vous n'avez pas pensé ? Ça parle encore moins qu'un orphelin, et puis, entre nous, ça ne sert à rien... Pas vrai ?

Terreblanche le toisa d'un rictus — le flic avait repris du poil de la bête, on dirait... La machine était presque prête.

— Des Blancs n'allaient pas dealer dans les townships, c'est pour ça que vous avez sous-traité l'affaire à des gangs. Sauf qu'avec Gulethu, vous êtes tombés sur un cinglé de première... C'est lui qui a tué Nicole Wiese, hein... Il a voulu faire porter le chapeau à Ramphele sans savoir ce qu'il y avait dans la dope : un produit miracle mêlé aux cristaux à tester sur des cobayes, et une souche de sida pour les réduire au silence. Quelques semaines, c'est ça leur espérance de vie ?

Debeer fit signe que tout était prêt.

— Maintenant c'est moi qui pose les questions, lâcha Terreblanche en s'approchant de la chaise.

Il passa le bout de sa cravache sur ses yeux, jusqu'à l'agacement.

— Je te le demande pour la dernière fois : qui connaît l'existence des fichiers volés ?

— Personne, je vous ai dit. Trop de fuites dans nos réseaux informatiques.

— Qu'est-ce que tu as fait en quittant Hout Bay ?

Epkeen tenta d'éloigner la tige de cuir qui effleurait ses paupières.

— Je suis rentré chez moi pour décrypter le contenu du disque dur : vos tueurs sont arrivés alors que j'essayais de comprendre ce qu'il y avait dedans.

— Tu as très bien pu donner une copie à ton chef, contesta l'autre.

— Je n'ai pas de chef.

— Neuman a une copie ? gronda-t-il.

— Non.

— Pourquoi ?

— Je n'ai pas eu le temps de lui donner.

La cravache caressa son nez :

— Pourquoi tu ne l'as pas envoyée ?

— J'étais encore en train de déchiffrer le contenu du disque dur, rétorqua Epkeen. Il faut vous le dire en afrikaans ?

— Tu mens.

— J'aimerais bien.

— Envoyer le dossier par mail prenait deux minutes. Pourquoi tu ne l'as pas fait ?

— Nos lignes ne sont plus sécurisées.

— Ça ne t'a pas empêché de recevoir un fax.

383

— Si j'avais envoyé une copie au central, je n'aurais pas embarqué la clé USB.

— Il existe une autre copie ?

— Non.

Epkeen commençait à suer sur sa chaise. Terreblanche laissa retomber sa cravache. Un voile passa sur ses yeux embués : il fit un signe à Debeer, qui venait de relier les électrodes à la machine posée sur la table. Le gros Afrikaner renifla en relevant sa ceinture, puis se posta dans le dos du prisonnier. Il serra son scalp et lui maintint solidement la tête en arrière. Brian tenta de se dégager mais le flic de Hout Bay avait une poigne de fer : Terreblanche appliqua une petite pince à sa paupière inférieure, puis l'autre pince à la seconde…

Les yeux d'Epkeen étaient déjà tout humides de larmes. Les pinces mordaient ses paupières comme des linges de fer pendus ; c'était assez douloureux en soit — mais rien à voir avec ce que ça fit quand on envoya le courant.

6

Mzala n'avait pas rejoint les autres à Hout Bay comme convenu, mais à Constantia, un coin de vignes et de maisons patriciennes où il n'avait jamais mis les pieds. Lui aussi aurait bientôt un palais dans la nature, du pinard et des grosses putains à gogo. Un million : en dollars ça valait le coup de faire des sacrifices... Mzala posa un petit sac sur la table du salon.

— Tout est là, dit-il.

Prévenu de son arrivée, Terreblanche venait de remonter de la cave ; il ouvrit la besace, cilla à peine devant les bouts de chairs sanguinolentes. Des langues coupées. Il y en avait une vingtaine dans la toile de jute, un amas visqueux qu'il fit glisser sur le bois verni. L'aspect était répugnant mais il s'agissait bien de langues humaines. Vingt-quatre au total.

— Ils sont tous là ?

Mzala sourit avec une béatitude d'animal repu.

— Bon... Il y a de l'essence dans le garage. Brûle ça dans le jardin.

Le chef de gang commença à ramasser ses langues sur la table.

— C'est qui, la fille dans la chambre ? demanda-t-il d'un air anodin.

— Qui t'a laissé entrer ?

— Je l'ai vue par les stores, en traversant le jardin... Sacrée poulette...

Il souriait toujours.

— Ne t'avise pas d'y toucher, prévint Terreblanche, j'en ai encore besoin... Intacte, précisa-t-il en guise d'avertissement.

— Besoin pour quoi ?

— Occupe-toi de ton barbecue.

Le dentiste apparut à la porte du salon. Rick ne connaissait pas le Noir au visage couturé qui s'entretenait avec Terreblanche : il ne voyait que ses ongles taillés et le ballet de ses doigts rougis. Il vit les chairs sanguinolentes sur la table et balbutia :

— On... on part quand ?

— Bientôt, répondit le boss. Tes affaires sont prêtes ?

— Oui... Enfin, presque...

Mzala prenait son temps pour ramasser son butin. Rick rassembla son courage :

— Il n'y a aucune solution pour Ruby ? Je veux dire...

— C'est trop tard, mon vieux, coupa Terreblanche. Maintenant elle aussi est dans le coup... Tu as joué avec le feu, VDV... L'ex de ta fiancée enquêtait sur l'affaire, ce n'est pas très malin...

— Ruby m'avait dit qu'il était agent de la circulation, se disculpa Rick.

— Tss...

— C'est la vérité.

— C'est lui, le vieil ami ? singea Mzala.

Un cri retentit depuis la cave. Un homme, qui apparemment passait un sale quart d'heure. Mzala oublia un instant ses langues :

— Besoin d'un coup de main, chef ?

Terreblanche fit un signe négatif.

— Nous parlerons de ça plus tard, abrégea-t-il à l'attention du dentiste. Rassemble tes affaires : l'avion part dans une heure.

— Oui… Oui…

Rick n'avait pas eu le courage de dire au revoir à Ruby. Son passé l'avait rattrapé, des erreurs de jeunesse qu'il fallait remettre dans le contexte de l'époque. Son silence avait eu un prix (qu'est-ce que Ruby s'imaginait, qu'on devenait l'intime des stars avec un cabinet pouilleux sur Victoria ?! Qu'il avait acheté la propriété avec ses subsides de l'armée ?!). Terreblanche avait gardé des rapports signés de sa main, des expériences menées en marge du Project Coast, avec les noms des prisonniers politiques. Une fuite dans la presse people et le « dentiste des stars » pouvait avaler ses molaires. Rick avait obéi aux ordres, comme avant. Kate Montgomery était une proie facile : un simple coup d'œil sur l'agenda de Ruby et ils expédiaient l'affaire. Mais son ex avait tout foutu en l'air. Rick était désolé pour elle, pour lui : sa vie fuyait sous ses yeux et il savait que rien ne stopperait l'hémorragie. Il devait tout abandonner, ce qu'il avait construit ces vingt dernières années, quitter le pays, recommencer de zéro…

Le soleil léchait les premiers plans de vignes au-delà du jardin. Rick tourna les talons et se dirigea vers la chambre à l'étage. Il prendrait ce qu'il y avait dans le coffre, des dollars, quelques bijoux…

Terreblanche le laissa faire deux pas avant de dégainer le .38 ramassé chez le flic : il mit Rick en joue alors qu'il atteignait la porte vitrée et l'abattit comme un nègre, d'une balle dans la nuque.

Un Blanc baraqué à la houppette faisait le planton devant la porte de la chambre.

— J'ai deux mots à dire à la fille, lança Mzala au garde.

— Le chef est au courant ?

— Évidemment puisque c'est lui qui m'envoie.

Le tsotsi souriait de ses dents jaunes. L'imbécile ouvrit la porte.

La chambre était plongée dans la pénombre. La fille se tenait sur le lit, les mains liées dans le dos. Ruby eut un regard venimeux pour le Noir filiforme qui referma la porte derrière lui.

— Qu'est-ce que vous voulez ?!

— Tout doux, ma belle…

L'homme tenait un petit sac de toile de jute à la main. Ses ongles étaient crasseux, taillés comme des pointes. Il portait un pantalon large et une chemise aux manches tachées de sang.

— Qui êtes-vous ?! répéta Ruby.

— Là… Là…

Mais le visage du Noir puait le vice et la mort ; il la contemplait comme un trophée. Une proie. Le cœur de Ruby battait à tout rompre.

— N'aie pas peur, chuchota-t-il. Tu n'auras pas mal…

Il caressait sa besace comme un petit animal précieux. Intacte, avait dit Terreblanche.

— Tu n'auras pas mal si tu te tais, précisa Mzala.

Ruby eut envie de lui déchirer les yeux mais ils étaient vides d'humanité. La peur grimpa le long de ses jambes, qu'elle serra fort en se plaquant contre le mur.

— Un mot, tu m'entends, fit-il d'une voix douce-reuse : un mot et je t'ouvre les tripes.

— Va te faire foutre.

— Dans ta bouche, ça te dit ? Hum ? (Il sourit.) Oui, bien sûr que ça te dit... Quand on a une bouche comme ça, on en veut une grosse... Tu vas aimer, ma belle, oui, tu vas l'aimer ma grosse...

— Viens, coupa Ruby d'un air menaçant : j'ai de bonnes dents.

Mzala souriait toujours, comme absent. Terreblanche était redescendu à la cave, le laissant avec le cadavre de son « vieil ami » sur le parquet du salon. L'avion ne partait que dans une heure : on avait le temps de s'amuser un peu... Le tsotsi plongea la main dans son petit sac et choisit une langue au hasard. Ruby blê-mit. Elle voulut reculer mais elle se tenait déjà collée contre le mur. Mzala déposa le bout de chair sur ses cheveux.

— Tu cries, dit-il, et je te la fais bouffer.

Le Chat ne souriait plus.

Elle se tut, tétanisée.

Il posa une autre langue sur son oreille, visiblement satisfait : la fille tremblait de tout son corps, un moi-neau sous l'orage. Elle lui mangerait bientôt dans la main — ou plutôt elle lui mangerait la queue, ha, ha, ha... Ruby pinça ses lèvres tandis qu'il la décorait, un sourire cruel sur ses traits irréguliers. Elle avait main-tenant des langues sur ses cheveux, ses épaules... Une larme glissa sur sa joue quand il garnit son décolleté.

Mzala contempla son œuvre. La fille était mainte-nant à point. Le tsotsi bandait, c'en était presque dou-loureux : il sortit son membre vigoureux quand des pas cadencés résonnèrent dans le couloir.

Debeer entra le premier, soutenant un type en piteux

état. Terreblanche suivait. Il vit Ruby, qui pleurait en silence, puis le sourire crispé de Mzala sur le lit...

*

Le monde n'était plus formaté, les données calanchées. Le temps aussi était devenu poreux, gravitation quantique à boucles. Epkeen laissa valser les gamètes dans la chimie incertaine de son cerveau : la matière expédiée de l'autre côté de l'univers, il s'accrochait aux particules de pensées qui lui sifflaient comme des météorites au-dessus de la tête. Au bout de sa folle course après lui-même, il vit la poussière moutonnant sur le parquet, puis Ruby, près de lui... Les images troubles lui tiraient des larmes brûlantes.

— Qu'est-ce qu'ils m'ont fait ? murmura-t-il.

— Je ne sais pas, répondit-elle d'une voix neutre. Mais tu as pissé dans ton froc.

Brian se contenta de respirer. Ses yeux le piquaient atrocement ; il avait mal aux muscles, aux os, son corps entier n'était plus qu'une longue plainte, et la lionne qu'il apercevait entre les herbes brûlées avait sa mine des jours de mauvaise chasse. Il évalua les dégâts de son pantalon.

— Putain...

— Ouais.

Sa chemise aussi était trempée.

Il se souvint de Terreblanche, de la gégène, de sa cervelle réduite à un transformateur, de ses cils qui cramaient, des mots qui lui sortaient tout seuls de la bouche, des serpents qu'il avait crachés au milieu de la douleur... Un doute affreux le saisit à la gorge : avait-il parlé ? Des flammèches incandescentes tambourinaient sous ses paupières, il distinguait à peine

Ruby sur le lit, les ombres au mur… Epkeen fit un mouvement pour se redresser mais il avait mal partout.

— Aide-moi, s'il te plaît…

— T'aider à quoi ?! Putain, un type est venu tout à l'heure, un cinglé avec des langues qu'il m'a collées sur le visage ! Des langues d'homme ! Merde ! Tu ne vois pas que ces types sont fous ! Tu ne vois pas qu'ils vont nous tuer ?!

Ruby était à deux doigts de la crise de nerfs.

— Ils l'auraient déjà fait, répliqua-t-il.

— Si on m'avait dit qu'on mourrait ensemble, grommela-t-elle.

— Aide-moi à me relever au lieu de rêvasser.

Ruby attrapa un de ses bras :

— Qu'est-ce que tu comptes faire ?

— Aide-moi, je te dis.

Les larmes d'Epkeen coulaient toutes seules sur le plancher. La station debout lui fit l'effet d'un phare jeté en mer mais il voyait mieux les formes : les stores baissés, la fenêtre sans poignée, le secrétaire, la chaise de bois branlante, et Ruby, les mâchoires serrées pour ne pas hurler… C'était une coriace, elle ne flancherait pas. Il colla son visage entre les stores tirés de la chambre : on apercevait les arbres fruitiers du jardin, puis les vignes qui s'étendaient contre les flancs gris de la Table Mountain… Même s'ils réussissaient à s'échapper, ils n'iraient pas loin dans leur état.

— Il faut se tirer d'ici, dit-il.

— OK.

Brian évalua la situation : pas brillante.

— Si Terreblanche ne nous a pas encore liquidés, c'est qu'il compte se servir de nous.

— Comme quoi, comme otages ? Tu ne vaux rien sur le marché de l'occase, Brian. Moi encore moins.

Elle n'avait pas tort. Il désigna ses mains, compressées par l'adhésif :

— Toi qui as de beaux crocs, essaie donc de mordre là-dedans.

— J'ai déjà essayé, gros malin. Pendant que tu étais dans le cirage. C'est trop dur, assura-t-elle.

— Je n'exerçais aucune pression : essaie encore.

Ruby souffla bruyamment, s'agenouilla dans son dos, chercha une faille.

— Vas-y !

— C'est ce que je fais, grogna-t-elle.

Mais l'adhésif était solide, trop serré pour offrir la moindre prise.

— J'y arrive pas, dit-elle en abandonnant.

Les oiseaux pépiaient dans le jardin. Epkeen eut beau chercher, il ne voyait plus qu'une solution : un truc de prisonnier politique... La perspective, vu son état, lui arrachait déjà des soupirs plus proches de l'agonie.

— La première habitation se situe où ? demanda-t-il.

— Un kilomètre environ. Pourquoi ?

— On n'a plus beaucoup de choix, Ruby... Je ne vois pas de garde dans le jardin : avec un peu de chance, tu peux atteindre les vignes avant qu'ils nous tombent dessus. Cours à couvert sans te retourner et file chez le voisin prévenir les flics.

— Ah oui ? feignit-elle de s'étonner. Et comment je me transporte jusqu'à tes vignes ? En rêve ?

— Il n'y a qu'un simple vitrage à la fenêtre, dit-il tout bas : si je réussis à le casser, tu as une chance de t'échapper. En dix secondes, tu es dans les vignes. Le temps que les autres réagissent, tu seras loin.

Elle fronça les sourcils.

— Et toi ?

— Je te suis.

— Et s'il y a un garde dehors ?

— Au pire il te tue.

— C'est ça ton plan ?

— Dis-toi que ça te fera gagner du temps.

Ruby secoua la tête, peu convaincue par son sourire à deux faces.

— Tu oublies une chose, Brian : on le casse comment, le vitrage ?

— J'ai la tête dure, dit-il.

Elle froissa son joli minois :

— Défoncer la vitre à coups de tronche : c'est complètement débile ton plan.

— Oui, mais c'est rock.

Ruby le regarda comme s'il était complètement demeuré :

— Toujours aussi siphonné.

— Allez, s'impatienta-t-il, ne perdons pas de temps.

Il poussa la chaise du secrétaire sous la fenêtre :

— Ça t'aidera à l'enjamber... Tu es prête ?

Ruby fit un signe affirmatif, concentrée sur l'objectif. Leurs regards se croisèrent un instant : peur, tendresse, souvenirs emmêlés. Il l'embrassa sur la bouche sans qu'elle songe à le mordre, recula jusqu'à la porte et évalua la trajectoire idéale. Ruby se mordait les lèvres, prête à détaler. Enfin, il effaça toute pensée de son esprit et fonça tête la première.

Une chance sur deux de rester sur le carreau, d'après ses calculs : son crâne percuta la vitre, qui se brisa sous le choc. Ruby étouffa un cri. La tête de Brian se prit dans les stores, l'empêchant de passer à travers la fenêtre : il resta une seconde empêtré dans les lamelles, puis s'écroula parmi les débris de verre.

La lumière du jardin éblouit Ruby. La vitre de la

chambre était en partie brisée, les arbres à quelques mètres seulement. Elle se précipita en oubliant les lames de verre qui striaient le ciel, grimpa sur la chaise adossée au mur et traversa la vitre en fermant les yeux. En un bond, elle fut dehors. Ses jambes flageolèrent sur la terre craquelée, du sang tiède gouttait sur ses paupières mais elle ne pensa plus qu'à courir. Elle se fraya un chemin sous les arbres, louvoya entre les branches basses. Les vignes n'étaient plus qu'à dix mètres.

— Ne la tuez pas ! hurla une voix sur sa droite.

Ruby atteignit les premières plantations. Elle courba l'échine, fila dans l'allée sur une vingtaine de mètres avant de brusquement bifurquer vers la gauche. Les arbustes griffaient sa peau, ses mains liées la freinaient dans sa course éperdue, elle franchit une nouvelle allée, haletante, et coupa plein nord. Un kilomètre environ, avant d'atteindre la maison des voisins. Ruby courait à travers les vignes quand un choc stoppa sa trajectoire. Elle tomba face contre terre. Un poids énorme la plaqua aussitôt au sol. Un cri de douleur s'échappa de ses lèvres : le genou enfoncé dans ses reins, l'homme la tenait fermement. On accourut depuis la maison, des ombres surgissaient des allées…

— Où est-ce que tu comptais aller comme ça, petite pute ? grogna Terreblanche.

Ruby avait la bouche pleine de terre. Le plan de Brian était foireux. La vie décidément sans surprise.

*

Epkeen attendait contre le mur de la chambre, groggy. Le choc avait manqué de le tuer mais il était resté conscient. Miracle pour têtes brûlées : les gardes l'avaient trouvé à terre, parmi les débris de verre et de store arraché. Occupés à rattraper la fille qui s'échappait par la fenêtre, ils l'avaient laissé à ses plaies ouvertes et organisé la battue. Ruby n'irait pas loin, il le savait.

De fait, la voilà qui revenait, le front méchamment entaillé. Sa jolie robe était en lambeaux, ses bras éraflés, son visage et ses épaules aussi étaient barbouillés de sang. Terreblanche la jeta sur le lit comme un jouet qui aurait trop servi.

— Lie-leur les chevilles, ordonna-t-il à Debeer. Et déblaic ces bouts de verre : ce serait bête qu'ils se coupent...

Humour de militaire. Ruby jeta un regard désemparé à Brian, le scalp en partie arraché. Debeer commença par lui.

— Tu enlèveras les liens quand ils seront morts, dit le boss.

C'était la deuxième partie de son plan : la première reposait au milieu du salon, avec la balle du flic dans la nuque. Terreblanche avait prévu d'éliminer Van der Verskuizen et sa poule avant de gagner l'aérodrome — un cambriolage qui aurait mal tourné — mais les derniers événements avaient modifié ses plans.

Fais une première injection à 4 cc : laisse agir une demi-heure avant de faire la deuxième piqûre... Ils seront dans les vapes et n'opposeront aucune résistance.

Debeer acquiesça tandis que son chef essuyait ses empreintes sur le .38.

— Après quoi, tu abattras la fille avec cette arme, fit-il en posant le revolver sur le secrétaire. N'oublie pas les gants, ni de déposer les empreintes du flic sur le flingue. Il faut que ça ait l'air d'un meurtre dans une crise de folie, suivi d'une overdose : compris ?

— Affirmatif.

Debeer était chargé des basses besognes. Il n'aimait pas spécialement ça. Il suffisait de ne pas penser. Le boss déposa une mallette de cuir sur le sol : il y avait un garrot à l'intérieur, des seringues, de la poudre, un manche de pioche...

— Tu violeras la fille avant de la tuer, précisa-t-il. Ce sera important pour l'autopsie... On se rejoint comme prévu.

Ruby se recroquevilla sur le lit, les yeux exorbités.

— Personne ne croira à un meurtre, lança Epkeen depuis le mur : tout le monde sait qu'on s'adore.

— Ouais ! assura Ruby.

Terreblanche n'eut pas même un regard :

— Exécution.

La première injection fut comme un coup de tonnerre dans un ciel déjà noir. Epkeen sentit la chaleur monter jusqu'à ses joues, se propager dans un spasme à ses muscles et courir le long de ses doigts. La brûlure était intense, quoique autrement plus subtile que la gégène : il passa de la douleur à l'insensibilité, s'arrêta entre l'indifférence et la dynamite, manquant de peu l'implosion. Enfin, encaissé le premier choc, le miracle : la coulée de lave qui emportait ses veines, les éclats de verre plantés dans sa tête, ses reins, il ne sentait plus rien. La Terre atomisée sous ses pieds, les odeurs de peau et le feu de l'incendie le ravageaient du sol au plafond. Une longue déchirure l'étendit bientôt comme une plaine sous la lune.

— Ne me touche pas !

La voix avait surgi de nulle part. Il ouvrit des yeux globuleux.

— Putain ! Ne me touche pas ! répéta la voix.

Epkeen frémit : Ruby était là, tout près. Il sentait son haleine sur sa bouche.

— Mais… je ne te touche pas ! se récria-t-il.

Il regarda autour de lui, ne vit qu'un cauchemar : bon Dieu, si, il la *touchait*… Pourtant ce n'était pas lui : ces mains, ces doigts… Ruby était là, à quelques centimètres. Le sang gouttait de ses plaies, faisait des taches sur son visage, et lui se tenait couché sur elle, ailleurs… Le désir avait fui l'amour, disparition de l'infini : il vit sans le croire des choses qui n'existaient pas, Ruby allongée sous lui les cuisses ouvertes, ses yeux roulant sous l'effet de la dope, les convulsions, les motifs sur la couverture zébrée, et toujours ce souffle féminin, dans son cou… Tout lui remonta en même temps : la cave, leur tentative de fuite, la première injection.

Epkeen roula sur le lit et se laissa choir sur le parquet de la chambre.

Les gardes avaient rappliqué sitôt la vitre brisée mais il avait eu le temps d'envoyer un éclat de verre sous le lit : il chercha dans les angles, ne vit que du noir parmi les étoiles. Enfin, il aperçut une lueur pâle contre la plinthe. Le bout de verre… Il pivota sur le sol et, du bout du pied, le fit venir à lui.

Des pas lourds approchèrent dans le couloir. La clé tourna dans la serrure. Epkeen se contorsionna et ferma les yeux au moment où la porte s'ouvrit.

Debeer entra dans la chambre. Une demi-heure qu'ils étaient dans les vapes. Il s'avança vers le lit et posa la mallette près de la fille. Le flic aussi était en phase de léthargie, répandu sur le plancher… Le gros homme passa une paire de gants de latex, prépara ses ustensiles ; plus vite ce serait fini, plus vite il rejoindrait l'aérodrome. Il commença par arracher ce qui restait de la robe, fit sauter l'élastique de son string et l'envoya valser sur le sol. Après quoi il enfila une capote à l'extrémité du manche de pioche et écarta les jambes de la fille. Il suffisait de ne pas penser.

— Montre-moi ton cul, petite pute...

Epkeen, à terre, apercevait l'Afrikaner sur le lit, qui lui tournait le dos. Ruby ne réagissait plus. Il s'activait sur ses liens mais la dope l'avait rendu comme le bois, il avait les doigts gourds, presque insensibles — qui sait s'il n'était pas en train de se couper les veines... Un string déchiré voltigea sur le parquet. Brian avait des crampes à force de scier l'adhésif, ses doigts étaient tailladés de mille coupures mais rien ne venait. Debeer ruminait des insultes en afrikaans quand tout à coup ses mains se libérèrent. Epkeen hésita une seconde, réalisa qu'il pouvait à peine bouger. Son cerveau envoya des ordres, sans effets. Il vit Ruby sur le lit, la jambe que Debeer avait posée sur son épaule pour mieux l'écarteler. La pesanteur qui le tenait rivé au sol disparut le temps d'un éclair : il se jeta sur lui, la bouche écumante d'amour et de rage. Une chimie mortelle : le bout de verre s'enfonça dans la gorge de Debeer, sectionnant la carotide.

7

La lune s'effaçait lentement dans le ciel. Neuman définissait le plan d'attaque qu'il présenterait tout à l'heure au chef de la SAP quand il reçut un appel de Myriam. La jeune infirmière était passée devant la maison de Josephina tôt ce matin, avant de prendre son service : surprise de trouver les volets ouverts, Myriam avait frappé à la porte sans obtenir de réponse. Inquiète, elle avait réveillé les amies de la vieille femme. L'une d'elles affirmait que Josephina avait rendez-vous la veille au soir à l'église de Lengezi, en bordure de Khayelitsha, avec une certaine Sonia Parker, la bonne du prêtre, à propos d'une bande d'enfants des rues...

Neuman blêmit.

Parker.

Pamela, la métisse retrouvée morte dans la cave, avait le même nom...

Ali avait remercié l'ange gardien de sa mère avant de consulter les fichiers de la SAP. Il retrouva vite la trace : *Pamela Parker, née le 28/11/1978. Parents décédés. Une sœur, Sonia, domicile inconnu...*

Neuman remplit ses poches de balles et quitta le commissariat désert.

La zone sablonneuse qui bordait Lengezi s'étendait jusqu'à la mer. Vieux journaux, bouts de plastique, toiles à sac, plaques de tôle ondulée, les abris en bordure des *public open spaces* étaient parmi les plus misérables du township. Neuman claqua la portière et marcha dans la rue de terre battue.

Un vent sourd cognait contre les portes closes. Tout semblait désert, à l'abandon. Il s'approcha en chassant les ombres, ne vit qu'un rat détaler sous ses pas. La façade de l'église rosissait aux lueurs de l'aube. Il grimpa les marches et entra sans bruit, par la porte entrouverte...

Le canon de son arme braquait les ténèbres. Les chaises étaient vides, le silence enfermé dans une malle au fond de sa tête. Personne. Il avança dans l'allée glacée, la crosse maintenant tiède au creux de sa main. Il distingua le pilier près de l'autel, la nappe blanche, les cierges éteints... Neuman stoppa au milieu de l'allée. Il y avait une forme noire derrière l'autel, une forme aux contours distincts, qui semblait pendre de la croix... Josephina. On avait lié ses poignets au grand Christ de bois, à l'aide d'une corde ; sa tête reposait contre sa poitrine, affaissée, inerte, les yeux clos... Ali approcha de son visage et caressa ses paupières. Le maquillage avait déteint, un maquillage bleu encore poisseux de larmes. Il passa un doigt mécanique sur sa joue, qu'il cajola longuement, comme pour la rassurer. Tout serait bientôt fini, oui, tout serait bientôt fini... Des images se télescopaient, confuses. Ses mâchoires tremblaient. Il ne savait pas combien de temps cela avait duré mais sa mère ne souffrirait plus : le Chat lui avait planté un rayon de vélo dans le cœur.

Neuman recula d'un pas et lâcha son arme. Sa mère

était morte. Une gorgée de sang avait reflué de sa bouche, tachant sa robe blanche, sa belle peau noire, du sang coagulé qui poissait son menton, son cou, sa bouche entrouverte… Il vit les coupures sur ses lèvres… Des entailles… La trace d'un couteau… Ali ouvrit la bouche de sa mère et frissonna : elle n'avait plus de langue. On la lui avait coupée.

Le cri vrilla ses tempes. *Zwelithini*. L'exhortation guerrière du dernier roi zoulou, avant le massacre de son peuple...

Zwelithini : que la terre tremble.

*

Beth Xumala vivait dans la peur, comme tous les flics des townships — peur qu'on défonce sa porte la nuit et qu'on la viole, qu'on la tue pour dérober son arme de service, peur du meurtre aveugle commis en pleine rue, peur des représailles si on arrêtait un tsotsi important —, mais elle adorait son métier.

— Vous savez tirer ? demanda Neuman.

— J'étais une des meilleures de ma promotion sur cibles mouvantes, répondit la constable.

— Les cibles ne ripostent pas.

— Je ne leur laisserai pas le temps.

Stein, son binôme de l'équipe de nuit, était un solide albinos à l'uniforme impeccablement repassé. Lui non plus n'avait jamais imaginé travailler avec le chef de la police criminelle de Cape Town, encore moins pour ce type d'intervention. Il ajusta son gilet pare-balles, vérifia son harnachement.

Les premiers rayons du soleil pointaient sur la façade criblée de balles du Marabi. Le repaire des Americans était bouclé, l'entrée protégée par une grille métallique, les fenêtres barricadées avec des planches et des plaques de tôle. Aucun signe de vie. La rue aussi était étrangement calme.

— Allons-y, fit Neuman.

— On devrait peut-être attendre les renforts, hasarda Stein.

— Contentez-vous de couvrir mes arrières.

Neuman n'attendrait pas les Casspir de Krugë, ni les bras cassés de Sanogo. Il arma le fusil à pompe trouvé dans le coffre de la patrouille et avança. Stein et Xumala hésitèrent — ils étaient payés deux mille rands par mois pour tenter de maintenir la loi, pas pour mourir dans une opération-suicide contre le premier gang du township — mais le Zoulou avait contourné le bâtiment.

À son signal, les deux agents escaladèrent le toit voisin. Neuman étouffa un geignement en retombant dans l'arrière-cour du *shebeen*. Il slaloma entre les poubelles éventrées et les canettes éparpillées, atteignit le premier la porte de fer qui donnait sur la salle de jeu.

— Vous tirez au premier geste suspect, dit-il tout bas.

Les agents étaient fébriles. Il ferait avec… Le blindage datait de l'apartheid, la serrure du Grand Trek : Neuman inclina le fusil à pompe et tira deux salves coup sur coup. Le système de fermeture vola en éclats. Stein envoya valdinguer la porte d'un coup de talon. Neuman surgit dans le salon privé : à droite la réserve et les chambres des tsotsis, à gauche celle de Mzala. Il fila droit sur sa cible, fonça par la porte entrouverte et braqua le fusil à pompe sur la paillasse du chef de gang.

Une femme nue reposait dans la pénombre. Une métisse dodue, croisée l'autre jour avec lui. Elle regardait le plafond jauni de la chambre, les yeux exorbités, la gorge tranchée. Ses vêtements jonchaient le sol carrelé mais le placard était quasi vide. Neuman s'agenouilla lentement et écarta la mâchoire de la fille. Elle non plus n'avait plus de langue…

— Capitaine ! cria Beth depuis les dortoirs. Capitaine !

Le Zoulou se redressa sans plus sentir la douleur qui irradiait ses côtes. L'agent Stein rappelait les renforts par radio dans le couloir, sa coéquipière revenait des chambres, livide.

— Ils sont tous morts, dit-elle.

Neuman trouva des posters de bonnes femmes à poil sur les murs lézardés, un réchaud pour les boîtes de conserve, des bouteilles de bière vides et un cadavre sur chaque lit superposé. Tous membres des Americans. D'autres gisaient sur le sol, le crâne incliné, le nez dans les flaques d'alcool qui jonchaient le sol. Vingt-deux cadavres, tous exécutés d'une balle dans la tête. Même la *shebeen queen* avait été liquidée — son corps traînait derrière le comptoir, entre bouteilles vides et joints entamés… Le gang des Americans avait été rayé de la carte : on les avait abattus pendant leur sommeil éthylique, avant de leur trancher la langue.

Mzala ne comptait pas parmi les victimes.

Neuman écrasa des blocs d'ivoire : on lui volait tout, même la mort.

Il laissa les agents appeler les secours et sortit sans un mot.

Une petite foule silencieuse s'était agglutinée devant le Marabi. Ali ne voulait pas penser — pas encore. Il prit sa voiture, sourd aux sirènes hurlantes de la police, et roula en direction de Lengezi. Quelques femmes marchaient le long de la route, un panier ou une cuvette de plastique à la main. Khayelitsha s'éveillait lentement. Il ralentit devant la maison de sa mère et stoppa sans s'en rendre compte. La haie était taillée, les volets, ouverts. Ali ferma les yeux pour respirer, sentit gronder la colère. Le monstre au fond de lui se réveillait. *Zwelithini*. Il ne dormirait pas. Il ne dormirait plus du tout...

Le signal de son portable retentit dans sa poche, absurde. Neuman vit le texto de Zina et son cœur se serra un peu plus : *Rendez-vous à 8 h au Boulder National Park.... XXX kiss...*

Une buée de larmes afflua à ses yeux. Il releva la tête, aperçut la maison de sa mère au-delà du pare-brise, le soleil rasant sur les volets. Des gosses jouaient dans la rue, avec leurs voitures de fil de fer... Neuman ouvrit la portière et vomit dans la haie le petit déjeuner qu'il n'avait pas pris.

*

. Les gyrophares devant l'église, l'ambulance, les policiers qui éparpillaient les derniers curieux, Myriam sanglotant au pied des marches, la tête entre les mains, Neuman traversa le réel désolé avec les yeux d'un autre.

Deux constables gardaient l'accès à l'église. Neuman passa devant eux sans les voir. Le prêtre méthodiste se tenait dans l'entrée, des cheveux ras grisonnants et des bougies vacillantes au fond des yeux. D'un geste, Neuman le somma de se taire. Il voulait d'abord voir le légiste.

Rajan travaillait au Red Cross Hospital de Khayelitsha, un homme chétif d'origine indienne qu'il avait croisé une fois ou deux. Rajan le salua avec une gêne compatissante. D'après ses premières conclusions, le crime avait eu lieu dans l'église, vers neuf heures du soir. La langue avait été sectionnée, probablement par un couteau, mais la mort semblait avoir été causée par un rayon de vélo affûté, enfoncé en plein cœur.

L'exécution favorite à Soweto, du temps où *vigilantes* et *comrades* réglaient leurs comptes sur le dos de l'Histoire... L'horreur tentait de lui faire perdre pied mais Neuman évoluait loin du sol, en pays zoulou, où il enterrerait sa mère près de son mari, quand tout serait fini...

Un silence glacé régnait dans l'église, à peine troublé par les murmures de la foule dehors. Les brancardiers attendaient près de l'autel.

— On peut emporter le corps ?

Rajan attendait un mot de Neuman.

— Oui... Oui...

Ali eut un dernier regard pour sa mère, qui disparut sous le zip d'un sac plastique.

— Je sais que ça ne vous consolera pas, murmura le légiste, mais si ça peut apaiser votre tourment, il semblerait que la langue ait été sectionnée post mortem...

Il ne broncha pas. Trop de vipères dans la bouche — l'Histoire ne se répétait pas, elle bégayait... Neuman se dirigea vers le prêtre qui attendait près du pilier.

— Ma mère avait rendez-vous avec votre bonne, dit-il en l'enveloppant de son ombre. Où est-elle ?

— Sonia ? Eh bien... chez elle sans doute... Il y a une petite maison accolée à l'église : c'est là qu'elle dort...

— Montrez-moi.

Le prêtre suait malgré la fraîcheur du matin. Ils sortirent par une porte dérobée.

Le petit lopin de terre niché derrière le bâtiment appartenait à la congrégation. On y avait planté quelques rangées de patates douces, des carottes, des salades, avec lesquels sa bonne préparait les soupes pour les plus déshérités… Neuman poussa la porte de sa bicoque. Il faisait déjà chaud sous les tôles ondulées. Des relents de transpiration flottaient dans la pièce, mêlés à une entêtante odeur de sang. Une jeune femme Noire était étendue sur le matelas de la chambre. De sa gorge tranchée avait coulé un sang noirâtre.

— Sonia ?

Le prêtre confirma d'un signe aphone. Neuman inspecta le corps. La fille avait visiblement cherché à se défendre : il y avait des marques rouges sur ses poignets et un ongle cassé. La lame avait sectionné l'œsophage, puis sa langue… Le meurtre remontait à une douzaine d'heures environ. Il jeta un regard circulaire sur le mobilier, les étagères, la soupe qu'elle préparait dans la cuisine adjacente…

— Sonia travaillait pour vous depuis quand ? lança Neuman au petit homme apeuré.

— L'année dernière… C'est elle qui est venue me trouver… Une fille perdue, qui voulait expier ses péchés en aidant son prochain et répondre à l'appel du S…

Neuman empoigna la tunique du prêtre et le plaqua contre le mur.

— Le Seigneur est muet depuis un certain temps, fit-il entre ses dents : la sœur de votre bonne a été tuée pour une histoire de drogue refilée à des gamins des rues et Sonia était en contact avec ceux qui traînaient dans la zone. Alors ?!

— Je ne sais pas…

— Un gosse en short vert, Teddy, et un autre avec une cicatrice dans le cou, ça vous dit quelque chose ?

Le prêtre frémit sous la poigne du colosse.

— Sonia ! s'étrangla-t-il. C'est Sonia qui s'occupait de leur distribuer la soupe...

Neuman songea au jardin, aux cabanons...

— Vous avez des bêtes ?

— Des poules... Quelques cochons aussi, des lapins...

Il tira le petit homme jusqu'au potager. Entassés dans les clapiers, les lapins reniflaient leur grillage ; plus loin les poules piochaient dans la paille comme si c'était de l'eau bouillante. Un baraquement en parpaings faisait office de porcherie au fond du jardin, avec un toit de tôle et une auge où stagnait une eau saumâtre. Neuman tira son Colt 45 et, d'une balle, fit sauter le cadenas.

Une odeur infecte l'accueillit à l'intérieur du cabanon. Les trois cochons qui se vautraient dans la fange vinrent grogner contre la barrière du box : un mâle, plus gros, et deux femelles au groin rose fardé de merde.

— Vous leur donnez quoi à manger ?

Le prêtre se tenait dans l'embrasure de la porte.

— Tout... tout ce qui traîne...

Neuman ouvrit la barrière du box et libéra les bêtes. Le petit homme voulut faire un geste pour les retenir — les cochons allaient saccager le précieux potager — mais il se ravisa. Neuman se pencha sur le cloaque. Il déplia la lame de son canif et remua la bouillasse infecte où il pataugeait. Des ossements apparurent parmi les détritus : des os humains... La plupart avaient été broyés par les cochons... Des os d'enfants d'après leur taille... Des os par dizaines.

*

407

Le Boulder National Park abritait une colonie de manchots du Cap. Les petits êtres gambadaient librement sur la plage de sable blanc, des vagues tonitruantes en guise de plongeoir. Neuman marcha à pas comptés sur le sable mouillé.

Zina l'attendait sur les rochers, parmi les embruns que le vent rabattait sur sa robe. Elle le vit arriver de loin, géant incongru au milieu des manchots dodelinants, et pressa ses bras contre ses jambes repliées. Il marcha jusqu'au récif, et assassina toute idée d'amour :

— Tu as le document ?

Une pochette plastifiée reposait à ses côtés, sur le rocher. Zina voulait lui parler d'eux mais rien ne cadrait dans le décor.

— C'est tout ce que j'ai pu récupérer, dit-elle.

Neuman oublia les fusées noires qui explosaient dans sa tête et saisit la pochette. Le document n'avait ni en-tête ni mention permettant de l'identifier, mais il contenait un rapport complet sur l'homme qu'il recherchait.

Joost Terreblanche avait travaillé pour les services secrets durant le régime d'apartheid et figurait parmi les membres de la Broederbond, la « Ligue des frères », une société secrète regroupant la pseudo-élite afrikaner, dont peu d'affaires transpiraient. Malgré son implication dans le Project Coast et la disparition de plusieurs activistes noirs, Terreblanche n'avait pas été inquiété par la justice. Les procès qui avaient abouti étaient rares, raison pour laquelle peu d'anciens membres de l'armée avaient collaboré avec la Commission Vérité et Réconciliation de Desmond Tutu : certaines branches des anciens services de sécurité avaient ainsi bénéficié d'une impunité quasiment totale pour des violations graves des droits de l'homme. Terreblanche avait quitté l'armée à la chute du régime avec le grade de colonel et s'était recyclé dans le business sécuritaire à travers plusieurs entreprises sud-africaines, notamment ATD, dont il était l'un des principaux actionnaires. D'après la source, Terreblanche bénéficiait de protections à tous les niveaux, tant en Afrique du Sud qu'en Namibie, où le conflit entre les deux pays avait permis de multiples infiltrations. On le soupçonnait de mener des opérations paramilitaires dans divers pays des Grands Lacs — trafic d'armes, location de mercenaires. Le rapport mentionnait notamment une base arrière dans le désert du Namib, une ancienne ferme sécurisée au milieu d'un site protégé, où Terreblanche exerçait ses affaires en toute tranquillité.

La Namibie…

Les vagues s'écrasaient sur la plage, recrachaient des manchots ; Zina observait le Zoulou, plongé dans sa lecture, étrangement pâle sous son masque. Leur rencontre tenait du courant d'air. Un élan qui n'aurait jamais dû avoir lieu, et les précipitait pourtant l'un vers l'autre. Ce n'était pas le moment mais ce ne serait jamais le moment.

— Si on arrêtait notre cirque ? dit-elle.

Il releva la tête, totem noir sur le sable.

— Tu crois que je suis bigleuse ? relança-t-elle crânement. Tu crois que je ne vois pas comment tu me regardes ?

Neuman se décomposa un peu plus mais il ne répondit rien. Des cadavres flottaient en surface, par dizaines, exsangues.

— La tournée s'achève demain soir, dit-elle. Après, je ne sais pas… Je quitte la ville, Ali, sauf si tu me retiens.

Il n'entendait plus le tonnerre des vagues sur la plage, ni les cris des manchots. Le monde avait basculé. Une chute libre.

— Je suis désolé, dit-il du bout des lèvres.

Zina serra ses jolies dents.

— Redis-le ! siffla-t-elle. Vas-y : redis-le-moi !

Des larmes ruisselaient sur ses joues. Elle se réveillait le matin avec l'odeur de sa peau, elle résistait à l'eau, au vent, au feu sous ses pieds, son odeur l'attendait dans son lit, sa loge, elle la suivit dans les couloirs, les rues, l'air tiède du soir, elle passait dans les embruns, son odeur, son odeur partout.

Ali baissa les yeux. Il vit ses pieds nus sur la roche découpée, le dessin de ses chevilles, ses jambes, et sa robe qui dansait...

— Je suis désolé...

Et il mourut là, au milieu des manchots.

8

Les animaux sortaient à la nuit tombée. Un couple d'oryx passa dans la plaine, en quête de feuilles tendres poussées avec la dernière pluie.

— Qu'est-ce qu'ils foutent là, ces connards ? maugréa Mzala depuis la terrasse de la ferme.

Le tsotsi était nerveux. Il s'en foutait bien des bestiaux, du sable, du désert. Mzala pensait dollars. Mozambique. Retraite anticipée. Palaces et chattes en chaleur.

— On va rester là combien de temps ?

— Le temps qu'il faudra, répondit le boss. Tu ferais mieux de dormir...

L'ancien militaire buvait du *rooibos tea*, confortablement installé dans un des fauteuils de la terrasse.

Mzala scruta le désert. Toute cette immensité lui fichait le cafard. Il n'avait pas envie de dormir. Les speeds, ou plus sûrement la peur de se réveiller avec une lame entre les omoplates, le tenaient debout. Terreblanche détestait tous ceux qui ne rosissaient pas au soleil : le Chat avait pris certaines précautions qui l'empêchaient de le liquider sur-le-champ, mais il ne fermerait les yeux qu'une fois loin d'ici, avec son fric.

Cette attente l'insupportait — Mzala détestait attendre. Si son statut de chef lui accordait des privilèges à l'intérieur du township, cette situation était désormais caduque. Le gang des Americans avait vécu, paix à leur âme damnée. Mzala avait respecté sa part du contrat : il avait récupéré les somnifères à l'église de Lengezi, éliminé au passage l'autre petite pute qui nourrissait les cochons et la grosse mama débarquée à l'improviste, et fini par brûler les langues à l'essence avant de suivre les autres jusqu'à la piste de l'aérodrome…

— Qu'est-ce qui vous empêche de me refiler le reste du pognon, grogna-t-il : là, maintenant ?

— On en a déjà parlé, pérora Terreblanche depuis son trône d'osier. Les frontières doivent être surveillées à l'heure actuelle et je ne tiens pas à ce que tu tombes entre les mains de la police… Tu passeras à l'étranger quand la filière sera sûre.

C'était faux : il pouvait se déplacer d'un pays à l'autre sans risquer de tomber sur un fonctionnaire zélé, mais le chef des Americans était une brute épaisse qui, sitôt l'argent empoché, claquerait son pactole en voitures de luxe, bijoux en or et bimbos ostentatoires. Le disque dur était en lieu sûr, chez ses commanditaires, sa fortune et celle de son fils assurées, mais les flics restaient sur le qui-vive. Joost ferait le mort, le temps que les choses se tassent. Après seulement il retrouverait Ross en Australie. L'argent achetait tout. L'argent rachetait tout…

— C'est pas ça qu'était prévu, s'entêta Mzala : ce qu'était convenu, c'est qu'une fois l'opération terminée, je me casse avec ma part.

— Personne ne partira d'ici sans mon assentiment.

— C'est quoi, ça ?

— Mon accord.

— Notre accord, c'était le pognon. Un million. Cash. Ils sont où mes dollars ?

— Tu attendras, comme les autres, trancha Terreblanche. Point final.

Mzala grimaça dans l'obscurité. Il se demandait si cette face de lune avait le fric ici, quelque part dans un coffre, ou une planque à la noix… Le Cessna qui les avait déposés ce matin était reparti avec le matériel, ils étaient maintenant seuls au milieu de ce désert qu'il ne connaissait pas.

Un silence de plomb régnait sur la terrasse, à peine troublé par la brise nocturne. Les oiseaux de nuit s'étaient tus. Les oryx aussi avaient fui… Mzala allait s'enfermer dans sa chambre, son arme à portée de main, quand un cri retentit près du hangar.

*

Neuman avait coupé le moteur du 4x4 sur le bord de la piste avant de parcourir les derniers kilomètres à pied. L'étui qu'il portait à bout de bras élançait sa côte endolorie ; d'après sa carte de la région, la ferme se situait derrière les dunes de Sossusvlei, à l'ouest, loin des sites touristiques…

La lune le guida sur la plaine désertique. Il marcha un kilomètre en suivant la croix du Sud, les poches de son costume poussiéreux alourdies par les chargeurs. Les dunes se découpaient dans l'obscurité. Enfin, il aperçut une lumière au loin, puis une clôture qui délimitait la ferme.

Une autruche s'enfuit à son approche, sentinelle affolée. Neuman fit passer l'étui de l'autre côté de la clôture avant d'y grimper. Il serra les dents et pénétra dans la propriété privée : une vingtaine d'hectares, d'après les infos de Zina, jusqu'aux contreforts des dunes de Sesriem. Il se dirigea vers la lumière tremblotante, s'arrêta à mi-chemin, évalua la topographie des lieux. Il cala son étui sur son épaule et, après quelques minutes d'ascension pénible, atteignit le sommet de la plus haute dune. On apercevait la ferme de Terreblanche sous la lune, et le bâtiment de préfabriqué en contrebas, près des enclos.

Neuman posa l'étui métallique sur le sable. Le fusil était de marque Steyr, avec lunette de visée laser zoom x 6, muni d'un silencieux, et de trois chargeurs de trente balles de calibre 7,62. Une arme de sniper. Il le monta soigneusement, vérifia le fonctionnement.

Il essuya la sueur sur son front et s'allongea sur la crête lisse. Le sable était doux, presque frais. Il balaya l'étendue avec la lunette infrarouge, repéra la ferme, l'extension — un entrepôt sans doute... Il y avait deux hommes sur la terrasse, qui semblaient discuter, et deux 4x4 dans la cour... Le baraquement de préfabriqué se situait un peu plus loin, à cinquante mètres. Un garde patrouillait, fusil-mitrailleur en bandoulière. Un autre fumait sur le chemin menant à la piste principale. Neuman le fixa au centre de sa mire et l'abattit d'une balle dans le dos. L'homme tomba face contre terre. Il braqua le fusil vers la cour et retrouva le second homme : la cible dansa un moment dans la lunette avant de pivoter brusquement sous l'impact.

Le tireur relâcha sa respiration. Aucun signe d'agitation autour des bâtiments : il s'assura que les sentinelles étaient mortes sur le coup et braqua la jumelle en direction de la terrasse. Il crut reconnaître la silhouette de Mzala près du pilier, quand deux hommes sortirent de l'entrepôt voisin : deux types au crâne rasé qui portaient des caisses à bout de bras. Neuman suivit leur mouvement — ils se dirigeaient vers les 4x4 — et pressa la détente. Il tua le premier d'une balle sous la gorge, le deuxième alors qu'il se retournait vers son binôme.

Un troisième homme sortit alors de la ferme : il vit les corps à terre et dégaina le revolver à sa ceinture. Neuman toucha sa cible à l'épaule gauche, avant qu'une seconde balle ne la projette contre la porte... Il pesta du haut de la dune : le type avait eu le temps de donner l'alerte.

Neuman braqua le fusil vers la terrasse mais les silhouettes s'étaient réfugiées dans la maison. Un homme en maillot de corps surgit du préfabriqué, une arme à la main : sa tête vola en éclats. Le dortoir sans doute. Ils allaient se réveiller, organiser la riposte... Neuman visa les abords des fenêtres et, méthodiquement, vida son chargeur. Un tir aveugle qui sema la panique en traversant les cloisons. Il entendit des cris et le cliquetis des premières rafales qui perçaient la nuit. Il prit le second chargeur posé sur le sable, l'enfonça dans le magasin et tira coup sur coup trente nouveaux projectiles : le dortoir fut bientôt troué de part en part. Un type avait tenté une sortie mais Neuman l'avait cloué d'une balle dans le plexus. Les survivants se terraient à l'intérieur.

Des projectiles sifflèrent à quelques mètres, trouant le sable. On avait fini par localiser sa position... Neuman arma son dernier chargeur et fouilla les ténèbres. Il repéra un homme à l'entrée du dortoir, un fusil-mitrailleur à la main, caché derrière la porte : il adressait des signes affolés à ses compères, invisibles... Neuman tira douze balles de calibre 7,62, qui pulvérisèrent la porte et ses alentours. Touché à la jambe, un

415

homme se traînait pour échapper au sniper. Neuman l'acheva d'une balle dans la joue.

Le Zoulou ne respirait plus, concentré sur son objectif. Une silhouette traversa le champ infrarouge : l'homme gicla du dortoir, courut en zigzaguant en direction de la ferme. Neuman louvoya avec lui dans une danse macabre et, d'une pression sur la détente, le projeta face contre terre.

Ses doigts étaient raides, son souffle englouti au fond de ses tripes. Il se relâcha enfin. Aucun mouvement sous la lune... Il abandonna l'étui du Steyr à son linceul de sable, longea la crête et gémit en dévalant la dune. Des portières claquèrent alors dans la nuit. Neuman stoppa sa course, haletant, et dirigea la jumelle du fusil vers la ferme : un 4x4 s'échappait vers l'ouest, soulevant un nuage de poussière.

Il tira six balles au jugé, qui se perdirent au milieu du brouillard...

Un silence de mort tomba sur l'étendue désertique. Neuman ne pensait à rien. Restait le vent de la nuit entre les planches défoncées, le fusil qu'il serrait comme un dément et le Toyota garé dans la cour.

*

Les traces filaient vers la mer : cent kilomètres de dunes et de plaines caillouteuses à travers l'un des parcs nationaux les plus vastes au monde. Neuman suivait les parallèles qui couraient sous les phares, accroché au volant pour atténuer la douleur dans ses côtes.

Il avait découvert sept corps dans le dortoir, dont un jeune Blanc mal dégrossi qui se tenait le ventre en tremblant, et qu'il avait laissé crever là. Hormis les cadavres dans la cour, la ferme était vide : il avait trouvé des armes dans l'entrepôt, des munitions, mais Mzala et Terreblanche avaient fui. Ils comptaient rejoindre la piste de Walvis Bay en coupant à travers le désert mais Neuman ne les lâcherait pas. Il avait évacué toute pensée parasite susceptible de le troubler dans sa tâche. Il inspectait les dunes derrière le pare-brise, de plus en plus hautes à mesure qu'il s'enfonçait dans le Namib. Le Toyota bringuebalait sur le sable meuble, faisait des embardées, lui envoyant des pics de feu. Il s'accrocha plus fort au volant.

Un chacal déguerpit sous ses phares. Il roulait, brûlant de fièvre, quand au détour d'un dénivelé soudain il les vit : deux points rouges phosphorescents, au creux des dunes... Neuman stoppa à trois cents mètres, et coupa les feux en haut d'une butte. Il poussa la portière et les observa depuis la lunette infrarouge du Steyr. Le 4x4 des fuyards semblait bloqué. Ils s'étaient ensablés. Alerté par les phares du Toyota, Mzala avait abandonné sa pelle pour se réfugier derrière la carrosserie : Terreblanche le rejoignait, un fusil-mitrailleur à la main. Ils se terraient maintenant derrière le gros tout-terrain, guettant un ennemi invisible...

Neuman cala le canon du Steyr contre la portière et visa le réservoir. Il tira cinq projectiles, en vain. Un véhicule blindé...

Neuman gambergea, la chemise trempée de sueur. Enfin il posa le fusil sur le siège passager, déplia la lame de son canif, et s'installa au volant. Le 4x4 des fuyards était blindé, mais pas le Toyota... Un plan simple, suicidaire.

Les pneus patinèrent sur le sable meuble avant de trouver l'adhérence : il commença à dévaler la pente. Deux cents cinquante... deux cents mètres : il alluma les phares, bloqua l'accélérateur avec la pointe du canif et fonça sur sa cible. Deux canons avaient jailli sur le capot du 4x4 : Neuman empoigna le fusil sur le siège et se jeta par la portière.

Le pare-brise, le capot, les fauteuils, la calandre, tout fut pulvérisé par les tirs en rafale sans modifier la trajectoire du véhicule lancé sur eux : le Toyota percuta l'arrière du 4x4 ensablé qui, malgré le choc, bougea à peine. Terreblanche et Mzala avaient reflué vers la dune pour échapper à la collision : ils jaillirent de l'obscurité et braquèrent leurs armes vers le Toyota accidenté. L'avant était défoncé, le pare-brise explosé, la portière trouée de balles mais il n'y avait personne à l'intérieur.

Neuman avait roulé sur le sable cent mètres plus loin, récupéré le fusil, et pris position : les coudes rivés au sol, il visa le réservoir du Toyota, qui explosa avec la troisième balle. Une gerbe de feu illumina un instant la vallée de sable. Neuman ne voyait plus ses cibles, cachées par l'écran de fumée. Les flammes gagnèrent rapidement le véhicule blindé. Mzala et Terreblanche, réfugiés derrière la carrosserie, reculèrent d'un pas. Ils tirèrent une nouvelle rafale au jugé, puis une autre, qui se perdit à plusieurs coudées. En proie au brasier, le réservoir du 4x4 explosa à son tour. La déflagration surprit Mzala : le baiser du feu l'emporta dans son souffle.

Neuman entendit le cri du tsotsi avant d'apercevoir sa silhouette : la torche humaine tourna sur elle-même, cherchant à fuir les flammes qui le consumaient. Mzala fit quelques pas maladroits sur le sable, battit des bras pour se dégager de l'étreinte mortelle mais le feu le poursuivait : il se roula à terre en hurlant de plus belle... Neuman chercha l'autre cible dans sa mire, fouilla la nuit, mais la fumée opaque occupait tout l'espace. Terreblanche semblait s'être évanoui... À quelques pas de là, Mzala hurlait toujours, au supplice. L'odeur de chairs brûlées parvenait jusqu'à lui. Il gesticulait en frappant le sol, en vain : Neuman l'acheva d'une balle dans le poitrail.

Des gouttes de fièvre perlaient sur son visage. Ali rampa sur une vingtaine de mètres, ouvrit l'angle du zoom et repéra enfin Terreblanche, grimpé au sommet de la dune : il portait un revolver à la ceinture mais pas de fusil... La mire du Steyr accrocha son épaule au moment où il basculait de l'autre côté.

Les flammes crépitaient, répandant une fumée noire. Neuman inspecta la crête où Terreblanche avait disparu et se redressa lentement. La chute de tout à l'heure avait ravivé ses douleurs costales. Il contourna le brasier rugissant et suivit l'arête qui serpentait sous la lune. Les traces menaient au sommet, qu'il atteignit après une escalade laborieuse. Le vent des hauteurs le rafraîchit à peine. Face à lui, les vagues de sable s'en allaient à perte de vue... Il repéra des traces de pas sur le flanc lisse de la dune : elles filaient vers l'ouest... Neuman pesta. Jamais il ne le rattraperait à pied — pas avec cette douleur dans les côtes.

Il vérifia le magasin de son arme et frémit en voyant le chargeur : il ne lui restait plus qu'une balle.

Un vent tiède coulait sur les hauteurs. Ali s'allongea et balaya l'horizon. Des champs de bosses aux contours indistincts se succédaient, monotones. Des traces apparurent bientôt dans la visée infrarouge, un tracé rectiligne... Il suivit la trajectoire et débusqua la silhouette du fugitif. Il marchait à pas cadencés, un revolver à la main. Trois cents mètres, à vol d'oiseau...

Neuman bloqua sa respiration, oublia jusqu'au vide dans sa tête, et pressa la détente.

La détonation perça le silence.

L'homme au bout de la mire s'affala sur le sable.

*

Neuman s'était approché en braquant son Colt mais Terreblanche ne bougeait plus. Il gisait à terre, son automatique à portée de main, à demi évanoui… Ali jeta l'arme au loin et s'agenouilla près du blessé. Son front ruisselait. Il tâta son pouls, vit qu'il respirait. Neuman souleva le tee-shirt kaki, poisseux de sang : la balle avait touché un rein, manquant de peu le foie.

Terreblanche rouvrit les yeux pendant que Neuman évaluait la plaie.

— J'ai de l'argent…, marmonna-t-il. Beaucoup d'…

— La ferme ou je te laisse crever là.

Dévoré par les chacals : une fin heureuse… Mais Neuman le voulait vivant. Les documents relatifs aux expérimentations avaient disparu, les traces du labo, les témoins… Il n'avait rien trouvé dans la ferme. Mzala mort, ramener cette ordure était sa dernière chance.

Terreblanche était pâle sous la lumière des astres. Neuman vit alors une vilaine piqûre sur son avant-bras : une piqûre d'araignée, visiblement… Il pressa l'avant-bras à l'endroit de la morsure : un mince filet jaunâtre s'écoula. Une araignée de sable. Certaines pouvaient être mortelles.

— Cette saloperie m'a piqué, maudit le blessé.

La nuit était encore noire, les dunes approximatives sous les étoiles. Neuman releva l'homme étendu sur le sable et, sans un mot, l'aida à marcher.

Il leur fallut près d'une heure pour rejoindre les carcasses fumantes.

Si le Zoulou suait sang et eau, Terreblanche avait gémi tout du long : il s'affala près des 4x4 calcinés, à bout de forces. Une odeur âcre s'échappait encore des véhicules, empuantissant la vallée. La dépouille de Mzala reposait un peu plus loin, une forme noire et rabougrie qui lui rappelait son frère Andy... Occupé à presser un mouchoir sur sa blessure, Terreblanche n'adressa pas un regard à son complice : son teint était cireux aux premières lueurs de l'aube. Le venin commençait à faire son effet... Neuman vérifia de nouveau le fonctionnement de son portable, sans succès : il n'y avait pas de réseau.

Un voile d'inquiétude passa sur son visage.

— La piste se trouve à combien de kilomètres ? lança-t-il à Terreblanche.

L'ancien militaire releva à peine la tête.

— Walvis Bay, dit-il. Une cinquantaine de kilomètres.

— Et la première habitation ?

L'autre fit un geste évasif :

— Y a que du sable par ici...

Neuman grimaça. La ferme était à plus de trente kilomètres... Il évalua le bleu du ciel, sur la crête des dunes. Les véhicules étaient hors d'usage et les secours n'arrivaient pas : ça faisait pourtant plus d'une heure qu'ils avaient pris feu...

Terreblanche déchira un bout de son maillot de corps pour remplacer son mouchoir imbibé. Le sang commençait à coaguler mais la blessure lui faisait un mal de chien. Son bras se mettait à enfler. Il jeta un œil au flic noir qui guettait un signe du ciel, soucieux. Terreblanche comprit alors pourquoi :

— Quelqu'un sait que nous sommes là ? demanda-t-il.

— Non.

Le désert du Namib était l'un des endroits les plus chauds du monde. À midi, la température atteindrait cinquante degrés à l'ombre, soixante-dix au soleil : sans eau, ils ne tiendraient pas une journée.

9

Les scientifiques savaient depuis longtemps que les gènes n'étaient pas des objets simples : les relations entre génotype et phénotype étaient si complexes qu'elles ne laissaient aucune chance à une description élémentaire entre les génomes d'une personne et les phénomènes pathologiques dont elle souffrait. Cette complexité du vivant augmentait encore si l'on prenait en compte les aspects divers de la structure sociale dans laquelle chacun était inséré, son mode de vie et son environnement, qui contribuaient au déterminisme souvent imprévisible des maladies — un Indien d'Amazonie ne souffrait pas toujours des mêmes maux qu'un Européen. Qu'importe, puisque les recherches menées par les laboratoires pharmaceutiques n'étaient pas destinées aux pays du Sud, incapables de les payer au prix fort. Les contraintes éthiques et juridiques s'avérant trop rigoureuses dans les pays riches (notamment le code de Nuremberg, adopté en parallèle aux procès des médecins nazis), les labos avaient délocalisé leurs essais cliniques dans les pays « à bas coûts » — Inde, Brésil, Bulgarie, Zambie, Afrique du Sud — où les cobayes, pour la plupart pauvres et sans soins, pourraient bénéficier des meilleurs traitements et d'un matériel de pointe en échange de leur collaboration. Des milliers de patients devant être testés avant qu'un médicament ne soit validé, les labos avaient sous-traité les essais cliniques aux organismes de recherches sous contrat, dont Covence faisait partie.

Après des années de recherches, l'équipe de Rossow avait mis au point une nouvelle molécule capable de guérir les maux dont souffraient des millions d'Occidentaux — anxiété, dépression, obésité… —, un produit qui garantirait un chiffre d'affaires faramineux.

Restait à tester le produit.

Avec ses townships qui débordaient de jour en jour, l'Afrique du Sud et la région du Cap en particulier constituaient un vivier de premier choix : non seulement les patients étaient innombrables et vierges de tout traitement, mais après les conclusions dramatiques liées aux problèmes de dégénérescence et autres effets indésirables du produit en cours d'expérimentation, il était devenu impossible de poursuivre les recherches de manière transparente. Face à la concurrence acharnée des labos, la rapidité était un atout crucial : on avait donc opté pour une unité mobile en bordure des townships où l'on testerait des cobayes dociles et sans attaches, des gamins des rues, dont personne ne se soucierait.

Pour limiter les risques, on leur inoculait le virus du sida, extrêmement efficace. L'avantage était double : l'espérance de vie des sujets était limitée et la maladie, endémique en Afrique du Sud, n'éveillerait pas les soupçons en cas de pépins.

Chargé de l'opération, Terreblanche avait profité des zones de non-droit pour passer un accord avec Mzala, dont le gang tenait Khayelitsha, lequel avait sous-traité le deal à Gulethu et sa bande de mercenaires, qui rôdaient autour des zones tampons. Gulethu et ses paumés avaient répandu le cocktail dans les camps de squatteurs sans éveiller les soupçons : le tik accrochait les gosses de la zone, on les transportait la nuit jusqu'au labo de Muizenberg, en bordure du township, afin d'évaluer l'évolution de la molécule. Ceux qui survivaient mourraient du sida et finissaient avec les cochons. En cherchant à les doubler, Gulethu avait tout fichu par terre…

Epkeen crevait de chaud malgré la climatisation de la chambre d'hôpital. On l'avait roué de coups, scalpé, passé à la chaise électrique. De l'autre côté du lit, Krugë écoutait son rapport sans mot dire. La police avait ramassé une vingtaine de cadavres dans le township, parmi lesquels la mère de Neuman, et des ossements humains derrière l'église de Lengezi… Pour le moment, la presse n'était pas au courant.

— Vous savez où est Neuman ? demanda le chef de la SAP.

— Non.

Epkeen émergeait à peine quand Krugë avait débarqué pour l'interroger. Le gros homme cala son double menton sur le col de sa chemise.

— S'il y a des preuves de ce que vous avancez, soupira-t-il, il va falloir me les montrer… Vous n'avez rien, lieutenant.

Un vol de corbeaux passa dans ses yeux grillagés :

— Comment ça, je n'ai rien ?

— Où sont vos preuves ?

— La séquestration chez Van der Verskuizen, le cadavre de Debeer, Terreblanche en fuite : qu'est-ce qu'il vous faut de plus ?

— Nous n'avons aucun témoin de cette affaire, répliqua Krugë : pas un.

— Évidemment, ils sont tous morts.

— C'est bien le problème. Personne ne sait d'où sortent les ossements retrouvés derrière l'église du township, ni qui les a mis là. Neuman disparu de la circulation, nous n'avons aucune explication. Quant à ce qui s'est passé chez le dentiste, ajouta-t-il, on n'a pas trouvé d'empreintes. Ou plutôt, si : les vôtres.

— Tout a été effacé, vous le savez bien, rétorqua Brian depuis son tas d'oreillers. Comme pour la maison de Muizenberg. Le compte *offshore* est…

— Information obtenue de manière illégale, trancha Krugë. L'agent Helms nous a tout expliqué de vos procédures.

Le visage d'Epkeen blêmit un peu plus sous la lumière artificielle. Janet Helms les avait trahis. Elle les avait lâchés alors qu'ils touchaient au but. Ils s'étaient laissé berner par ses putains d'yeux de phoque…

— Terreblanche et Rossow ont participé au Project Coast du docteur Basson, répéta l'Afrikaner en gardant son calme. Terreblanche avait les compétences et la logistique pour organiser une opération de cette envergure. Covence offre une couverture légale : il suffit d'interroger Rossow.

— Vous croyez quoi, lieutenant ? Que vous allez attaquer une multinationale pétrochimique avec ça ? Terreblanche, Rossow ou Debeer ne figurent sur aucun de nos fichiers. Rien ne corrobore ce que vous avancez… (Krugë le figea comme un lapin pris dans les phares.) Vous savez ce qui va se passer, Epkeen ? Ils vont vous attaquer, vous, avec une armada d'avocats. Ils vont trouver des choses sur vous, vos mœurs dissolues, votre fils qui refuse de vous voir et les disputes avec votre ex, dont vous n'avez toujours pas digéré la séparation. Ils vont vous accuser d'avoir assassiné Rick Van der Verskuizen.

— *Quoi ?*

— Nous aurions été curieux d'entendre les aveux du dentiste, concéda Krugë : malheureusement, il a été retrouvé mort dans son salon, abattu d'une balle dans la nuque avec votre arme de service.

— Qu'est-ce que vous insinuez ! Nous avons été séquestrés, on m'a torturé pour que je révèle ce que je savais après ma visite dans l'agence de Hout Bay, avant de nous injecter assez de came pour défoncer un buffle. La saloperie que j'ai dans le sang, le cadavre de Debeer, les pièces à conviction dans la mallette, ça non plus ça ne compte pas ?

Krugë n'en démordait pas :

— L'arme qui a tué le dentiste a été retrouvée dans la chambre avec vos empreintes : ils vont vous mettre ça sur le dos. Ça discréditera votre témoignage et celui de votre ex, qu'on dépeindra comme une sorte de furie aux humeurs changeantes capable de tout pour punir un homme adultère, quitte à s'allier à son meilleur ennemi... Ils vont dire que vous êtes devenue accro à cette fameuse drogue, poursuivit-il, que vous avez voulu vous refaire un peu sur le dos de la bête et que vous avez liquidé le dealer, Debeer, lors d'un accès d'ultra-violence...

— Une mise en scène, s'irrita Epkeen, vous le savez aussi.

— Prouvez-le.

— Enfin, c'est ridicule !

— Pas plus que votre histoire de complot industriel, enfonça le chef de la police. Après ce qui s'est passé durant l'apartheid, vous devez savoir que l'Afrique du Sud est le pays le plus surveillé en matière de recherches médicales, notamment pour tout ce qui concerne les tests sur les cobayes humains. Il faudra convaincre les jurés de vos allégations... Vous avez causé un sacré carnage dans cette baraque, ajouta-t-il, l'œil torve. Et les photos prises dans la chambre où on vous a retrouvés ne plaident pas en votre faveur...

— Quelles photos ?

Une lueur de suspicion passa dans ses yeux fades.

— Vous n'avez pas vu dans quel état vous avez mis votre ex, dit-il. Les mains liées dans le dos, votre sang barbouillé sur son corps, ses vêtements déchiquetés, les griffures, les coups, les violences sexuelles... Ce n'est plus de l'amour, Epkeen, c'est de la rage... Quand on vous a trouvé, vous tourniez en rond autour du lit, hagard.

Un frisson passa dans son dos. Un lion. Un putain de lion qui défendait son territoire...

— Je n'ai pas violenté ma femme, dit-il dans un lapsus.

— C'est pourtant sa peau qu'on a retrouvée sous vos ongles : ça sera du plus bel effet devant un jury...

Brian tangua un instant sur le lit d'hôpital, se rattrapa au vide : la dope, les rats du coroner, la dernière phase, celle de l'agression...

— Ils nous ont drogués, feula-t-il. Vous le savez comme moi.

— Il y a vos empreintes sur la seringue.

— Pour me faire porter le chapeau. Putain, Debeer avait des gants plastifiés quand vous l'avez trouvé, non ?

— Ça n'explique rien. C'est du moins ce qu'ils défendront devant un tribunal... Quoi qu'il arrive, ce que vous pourrez dire au sujet d'une collusion entre votre labo fantôme et un groupe paramilitaire dirigé par un ancien colonel de l'armée pourra être retourné contre vous : votre visite nocturne dans l'agence de Hout Bay, en dehors du fait qu'il n'en reste aucun document, sera de toute façon déclarée nulle pour vice de forme.

— Tout est dans la clé USB.

Krugë ouvrit les mains en signe de bonne foi :

— Je ne demande qu'à la voir...

Un goût infect pataugeait dans la bouche de Brian, la tête lui tournait. Ruby, Terreblanche, Debeer, les injections, la disparition d'Ali, les informations se bousculaient dans sa tête et la descente s'annonçait vertigineuse... Il scruta le visage flasque du superintendant, impassible de l'autre côté du lit.

— Vous êtes dans le coup, Krugë ?

— Je mets cette réflexion sur le compte d'un esprit égaré, gronda le chef de la SAP, mais faites attention à ce que vous dites, lieutenant... Je tiens simplement à vous prévenir : l'industrie pétrochimique est un des lobbys les plus puissants sur cette foutue planète.

— Un des plus pourris aussi.

— Écoutez, se radoucit-il : croyez-le ou non, je suis avec vous. Mais il va falloir des arguments sacrément solides pour convaincre le procureur d'entamer une procédure judiciaire, des perquisitions... Il faudra aussi démonter une à une les accusations qu'on pourra porter contre vous, et nous n'avons que votre parole.

Epkeen écoutait le chef de la police, hébété.

— Et mes yeux ? lança-t-il d'un air mauvais. Je me les suis brûlés pour faire joli ?

— Ils vont demander des examens psychiatriques et...

Brian leva la main comme on jette l'éponge. Il revenait à la vie, trop tard. La situation était absurde — ils n'avaient pas traversé toute cette merde pour échouer là, dans une chambre d'hôpital.

— Je n'entame pas de procédure contre vous, annonça Krugë pour conclure l'entrevue : pas pour le moment. Mais je vous conseille de vous tenir à carreau, le temps qu'on mettre tout ça au clair. Vous n'êtes de toute façon plus chargé de l'enquête. Gulethu a assassiné les gamines : voilà la version officielle. Personne ne tire les ficelles d'un réseau industrialo-mafieux : il n'y a qu'un fiasco lamentable et ma tête sur le billot. L'affaire est close, insista-t-il, et je vous prie de la considérer comme telle. Sans compter qu'un nouveau crime a été commis la nuit dernière : Van Vost, un des principaux donateurs du Parti national, a apparemment été victime d'une prostituée noire…

— Où est Ruby ? l'interrompit Epkeen.

— Dans une chambre, à côté, répondit le gros homme d'un signe de la tête. Mais ne comptez pas trop sur son témoignage.

— Pourquoi : vous lui avez coupé la langue, à elle aussi ?

— Je n'aime pas votre humour, lieutenant Epkeen.

— Vous avez tort, on s'amuse follement après une séance de torture.

— Vous avez outrepassé vos directives et agi de manière inconsidérée, s'échauffa Krugë. Je m'en entretiendrai avec Neuman dès qu'il se manifestera et appliquerai les mesures qui s'imposent.

— Étouffer l'affaire, c'est ça ? Vous avez peur pour votre putain de Coupe du monde ?

— Rentrez chez vous, gronda Krugë. Et restez-y jusqu'à nouvel ordre. Compris ?

Epkeen acquiesça. Message reçu. Destination nulle part.

Le chef de la police quitta la chambre en laissant la porte ouverte, marmonna quelques mots inaudibles dans le couloir et s'éloigna. Janet Helms apparut bientôt. Elle portait son uniforme étriqué et un sac plastique à la main.

— Je vous ai apporté des vêtements propres, dit-elle.

— Vous voulez une médaille ?

La métisse s'avança timidement, croisa le regard accusateur d'Epkeen sur le lit, posa les affaires sur la chaise voisine.

— Krügë vous a cuisinée, hein ? fit-il avec morgue.

Janet baissa la tête comme une gamine prise en faute, se triturant les doigts.

— Tout ce que nous avons réuni est indéfendable devant un tribunal, se dédouana-t-elle. Je n'avais pas d'autre choix. C'est ma carrière qui est en jeu dans cette affaire... (Elle releva ses grands yeux mouillés.) Je n'avais plus de nouvelles de vous depuis hier matin... J'ai cru qu'ils vous avaient tué...

Son petit manège ne prenait plus.

— Vous avez des infos sur Rossow ? lui lança-t-il.

L'agent Helms pinça ses lèvres brunes.

— Vous l'avez localisé ? Vous savez où on le trouve ?

— Je n'ai pas le droit de vous en parler, dit-elle enfin.

— Ordre du chef ?

— L'affaire est close, plaida-t-elle.

— Vous oubliez Neuman... Krügë vous a demandé de me tirer les vers du nez, c'est ça ?

Janet Helms ne répondit pas tout de suite.

— Vous savez où il est ?

431

— Si c'était le cas, il y a longtemps que je me serais tiré d'ici, fit Epkeen, péremptoire.

L'agent de renseignements soupira. Elle hésitait visiblement. Brian la laissa mariner dans son jus. Cette fille le dégoûtait. Elle le sentit.

— Il y a une chose que je n'ai pas dit aux hommes de Krugë, lâcha-t-elle enfin. Il manque un fusil Steyr à l'armurerie… Le capitaine Neuman a signé la décharge : hier matin.

Une arme de sniper.

Le cœur de Brian s'emballa : Ali allait les tuer.

Tous.

Avec ou sans l'assentiment de Krugë.

*

Brian marchait sur un fil invisible dans le couloir de l'hôpital de Park Avenue. Le médecin de service refusant de le laisser partir dans cet état, il avait signé une décharge, qu'on lui foute la paix, et demandé à voir Ruby. Requête refusée : elle venait de sortir de son coma et se reposait après la trithérapie d'urgence qu'on venait de leur administrer… Il passa un coup de fil à Neuman depuis le standard de l'hôpital, à tout hasard, mais il n'y avait pas de réseau.

L'asphalte mollissait sous le soleil de l'après-midi quand l'Afrikaner quitta le bâtiment public. Il ne voyait qu'un filtre trouble derrière ses yeux brûlés, le reste partait à vau-l'eau. Envie de vomir. Nausées. Il acheta une paire de Ray Ban à dix rands sur les étals de Greenmarket, récupéra un portable et sa voiture au sous-sol du commissariat. La vitre arrière était pulvérisée, le pare-brise fissuré dans le sens de la longueur mais elle démarra au quart de tour…

And then, she... closed...
Her baby blue...
Her baby blue...
Oh... her baby blue... EYES ! ! !

Les cendres voltigeaient dans l'habitacle de la Mercedes. Epkeen jeta sa cigarette par la vitre et remonta vers Somerset. Il avait toujours un épouvantable mal de crâne, et l'entretien de tout à l'heure finissait de lui mettre les nerfs en boule. Krugë étouffait l'affaire pour des raisons qui lui échappaient, ou plutôt qui le dépassaient. Mais Brian n'était pas dupe. Face à la concurrence des marchés mondiaux, les États souverains ne pouvaient quasiment rien faire pour endiguer les pressions de la finance et du commerce globalisé, sous peine de s'aliéner les investisseurs et menacer leur PNB : le rôle des États se cantonnait aujourd'hui à maintenir l'ordre et la sécurité au milieu du nouveau désordre mondial dirigé par des forces centrifuges, extraterritoriales, fuyantes, insaisissables. Plus personne ne croyait raisonnablement au progrès : le monde était devenu incertain, précaire, mais la plupart des décideurs s'accordaient à profiter du pillage opéré par les flibustiers de ce système fantôme, en attendant la *fin* de la catastrophe. Les exclus étaient repoussés vers les périphéries des mégapoles réservées aux gagnants d'un jeu anthropophage où télévision, sport et pipolisation du vide canalisaient les frustrations individuelles, à défaut de perspectives collectives.

Contraint ou forcé, Krugë était un pragmatique : il n'allait pas risquer une fuite d'investissements dans le pays qui s'apprêtait à organiser la grande foire au ballon rond pour une bande de gamins des rues, dont le destin oscillait entre un tesson de bouteille bourré de tik et une balle perdue. Neuman était son seul espoir — un espoir qui avait disparu depuis bientôt deux jours...

Epkeen rentra chez lui en roue libre et, terrassé pour le compte, s'étendit sur le sofa du salon. L'injection de Debeer l'avait mis dans un état terrifiant et la nuit passée à délirer sur le lit d'hôpital le laissait sur le flanc. Un cheval mort dans la boue. Il resta là un moment, à recoller les morceaux de lui éparpillés. L'atmosphère de la maison était soudain sinistre. Comme si ce n'était plus la sienne, comme si les murs voulaient le mettre dehors... Le fantôme de Ruby, spectre contaminé par le virus, qui venait se venger de lui ? Il chassa ses délires de junkie en pleine descente, avala deux cachets d'analgésiques et mit le dernier Scrape sur la platine. À bloc — les corbeaux nettoieront... De fait, un voile noir passa bientôt au-dessus de lui, écroulé sur le sofa. La musique grondait dans le salon, à en décoller la peau du ciel. Les pensées s'organisèrent lentement... Qu'importe le double jeu de Janet Helms : Ali avait coupé le contact pour garder les mains libres. Et s'il avait choisi une arme de sniper à l'armurerie, c'est qu'il savait où se trouvaient les tueurs...

Mzala : enfui.

Terreblanche : introuvable.

Le gang des Americans : liquidé.

Les gamins : un tas d'os.

Epkeen tourna mille fois l'énigme dans sa tête amochée, et comprit enfin : la danseuse de l'Inkatha.

*

434

Le Rhodes House était le club chic du City Bowl, où mannequins et vedettes publicitaires se retrouvaient entre deux tournages — une activité lucrative due à la lumière exceptionnelle de la région.

Une clientèle masculine autosatisfaite affluait ce soir-là sous l'œil du physionomiste, un minet body-buildé : celui qui n'avait pas le teint hâlé et la chemise blanche ouverte avait peu de chances de rentrer. Avec ses pansements sur le crâne, sa démarche de robot rouillé et ses yeux à l'eau écarlate, Epkeen avait plutôt la tête du type au bout de la corde. Il montra sa plaque au type qui accordait les sésames à l'entrée et trouva une place au bar, qui surplombait la scène.

Il arrivait à la fin du show. Entre tambours zoulous et mur de sons électriques, Zina arrachait les cordes d'une guitare incandescente sous les flashs aveuglants des ligths. Brian plissa les yeux pour calmer ses vertiges, les nerfs en fusion. Bref moment d'osmose. Au bout du séisme, Zina partit en fumée, sous un déluge de larsens et de son...

Les lumières se rallumèrent bientôt, une musique d'ascenseur pour couvrir les voix. Brian voulut commander à boire mais le barman plein de gel faisait semblant de ne pas le voir. Passé l'attraction du soir, les mannequins reprirent leur pause sur le dance-floor où des Casanova en Versace flirtaient avec leur ombre boudeuse. Epkeen guettait la sortie des artistes, au supplice — la trithérapie lui retournait l'estomac. La leader du groupe sortit enfin de sa loge ; Epkeen se présenta au milieu du brouhaha et l'attira jusqu'au bar. Elle portait une robe échancrée mais pas de chaussures. Une vraie beauté.

— Ali m'avait parlé d'une ancienne militante de

435

l'Inkatha, dit-il en atteignant le comptoir, pas d'une furia électrique.

— Ali m'a parlé d'un ami, renvoya-t-elle, pas d'une momie.

— Vous aimez mes pansements ?

Zina fit la fine bouche devant ses croûtes :

— C'est décoratif ?

— En réalité, je souffre terriblement.

La danseuse leva un sourcil.

— Vous êtes plutôt marrant pour un Blanc, dit-elle sous les spots.

— Je vous offre un verre ?

— Non.

Le barman gominé était de toute façon littéralement pris d'assaut. Elle s'accouda au comptoir humide.

— Vous vouliez me parler ?

— Ali ne donne plus de nouvelles depuis hier, fit Epkeen. Je le cherche. C'est plus qu'urgent, si vous voulez tout savoir.

Les basses vibraient dans les enceintes. Le visage de Zina ne trahit pas la moindre émotion.

— Vous n'avez pas l'air surprise, fit-il remarquer. Il est passé vous voir, n'est-ce pas…

Elle oublia ses pansements et plongea dans ses yeux vert d'eau.

— On s'est vus, oui…

— Au sujet de Terreblanche ?

La danseuse hocha la tête. Le pouls de l'Afrikaner s'accéléra.

— C'est important, dit-il. Vous avez des infos ?

Une chape de mélancolie tomba sur le visage de la danseuse.

— Je sais que Terreblanche a acquis une ferme en Namibie, dit-elle enfin. Il y a deux ans, via une société-écran... Une ancienne base d'entraînement en plein désert du Namib. Ça avait l'air d'intéresser votre ami. Pas moi.

Epkeen ne vit pas les perles jaillir de ses yeux. La Namibie : en coupant le contact, Ali se coupait de la loi. L'adrénaline remonta à toute vitesse. Il nota les renseignements sur son paquet de cigarettes et se tourna vers l'Africaine sculpturale, toujours accoudée au comptoir.

— Une chance pour qu'on se revoie vivants ? demanda-t-il.

Zina sourit au milieu de la faune nocturne.

— Désolé, beau prince : c'est le roi zoulou que j'aimais...

Un beau sourire, comme elle, tout cassé.

10

Un camion à bestiaux passa en hurlant par les vitres de la Mercedes. Un garagiste avait mis du Scotch noir pour colmater le pare-brise arrière, mais le soleil mordait côté conducteur. Epkeen roulait depuis des heures sur la N7 qui filait plein nord jusqu'à la frontière namibienne. Il avait traversé le Veld, le pays afrikaner, cinq cents kilomètres de collines jaunes et de plaines désertiques où rien ne poussait sinon des vignes et quelques fermes jetées là comme un homme à la mer. L'image de Ruby contaminée revenait au rythme des pointillés sur l'asphalte ; si la trithérapie d'urgence ne marchait pas, si le virus mutant résistait au traitement de choc ? Il se revoyait dans la chambre, tremblant pour elle, quand Terreblanche avait braqué son arme sur son visage, et puis dans les vapes, allongé sur son corps ensanglanté…

Il arriva à Springbok au petit matin, épuisé.

Springbok était la dernière ville-étape avant la frontière namibienne ; l'âge d'or de l'extraction minière était passé, on ne trouvait plus aujourd'hui que des Wimpy criards, des églises, quelques commerces spécialisés dans la chasse aux cervidés et une collection de pierres semi-précieuses en vitrine, fierté de Joppie, le patron du Café Lounge. Epkeen gara la Mercedes devant l'enseigne, la seule ouverte à cette heure dans la grand-rue déserte.

Un air de *boeremusier*[1] jouait en sourdine. Calé derrière son comptoir surchargé d'écussons et de briquets vides collés là en guise de décoration, Joppie parlait l'afrikaans avec un autre *red neck* de trois cents livres aussi gracieux qu'une vache en train de chier. Des têtes de springbok et d'oryx ornaient les murs, figés à jamais dans une expression d'indifférence souveraine...

— C'est pour quoi ? bougonna le patron.

Même sa voix avait une chemise à carreau. Epkeen lui demanda un café en anglais et s'installa à la terrasse qui donnait sur la rue principale. Il but une eau chaude noirâtre et attendit que l'armurerie ouvre ses portes pour acheter un fusil de chasse et une boîte de cartouches.

Le vendeur ne fit pas d'histoires en voyant sa plaque d'officier de police.

— C'est un springbok qui vous a mis dans cet état ? plaisanta le type en louchant sur ses croûtes.

— Oui : une femelle.

— Hé hé !

Une troupe de blondes engoncées dans des robes à volants sortait de l'église quand Epkeen rangea le fusil dans le coffre. Le café lui restait sur l'estomac, comme l'ambiance de la ville perdue. Il reprit la route, saluant les grosses majorettes d'un nuage de poussière.

La frontière namibienne se situait à une soixantaine de kilomètres. Brian stoppa la Mercedes devant les

---

1. Musique traditionnelle boer.

cabanons qui faisaient office de bureau et déplia sa carcasse malmenée par la route.

Les touristes étaient rares en été, où le soleil brûlait tout. Il laissa le couple de vieux Allemands en tenue de safari devant le comptoir de l'immigration, présenta sa requête à la constable qui s'occupait des tampons et consulta le registre des entrées : Neuman avait passé la frontière deux jours plus tôt, à sept heures du soir...

Bouts de pneus éclatés, voiture pulvérisée, camion en travers de la route, un corps sous une couverture, la B1 qui traversait la Namibie était particulièrement dangereuse malgré les travaux effectués ces dernières années. Epkeen fit le plein d'eau et d'essence à la station-service de Grünau, mangea un sandwich à l'ombre de midi et partagea une cigarette avec les vendeurs de mangues assoupis sous leurs bobs. La température grimpait à mesure qu'on s'enfonçait dans le désert rouge. Les brebis s'étaient réfugiées sous les arbres rares, les camionneurs faisaient la sieste à l'abri des essieux. Il appela Neuman pour la cinquième fois de la matinée : toujours pas de réseau.

— Qu'est-ce que tu fous, bon Dieu...

Brian se parlait tout seul. Les hommes seuls parlent toujours trop, ou ils se taisent comme des carpes... Une réplique de film. Ou d'un livre. Il ne savait plus... Il laissa les vendeurs du village en parpaings qui bordait la nationale et poursuivit sa route vers Mariental, quatre cents kilomètres de ligne droite à travers les plateaux et les mesas scalpés par le vent.

Peu de gens vivaient dans le four namibien : des descendants d'Allemands, qui avaient massacré les tribus hereros au début du siècle précédent, aujourd'hui reconvertis dans le commerce ou l'hôtellerie, quelques tribus nomades, les Khoi Khoi. Le reste appartenait à la nature. La Mercedes traversa les plaines arides sous un soleil de feu.

D'après les renseignements de l'ex-membre de l'Inkatha, Terreblanche avait établi sa base dans une réserve près des dunes de Sesriem : il n'y serait pas avant la fin de jour... Une vieille locomotive traînant des wagons démembrés cracha sa fumée noire à la sortie de Keepmanshoop, avant de disparaître dans la rocaille. Les kilomètres défilaient, mirage permanent sous les vapeurs de l'asphalte. Brian avait la gorge sèche malgré les litres d'eau ingurgités, les yeux passés au séchoir électrique. La police de la frontière avait son signalement, Krugë pourrait lui reprocher d'avoir agi sans autorisation mais il s'en foutait. La Mercedes lancée à plein régime pour le moment tenait le coup. Après des kilomètres de fournaise, Epkeen quitta la nationale défoncée pour la piste de Sesriem.

Il ne croisa plus que des springboks peu farouches à l'ombre des arbres maigrelets, un grand koudou qui détala à son approche et un gamin à vélo promenant une bouteille d'eau bouillie sur son porte-bagages. Il atteignit les portes du Namib aux premières lueurs du crépuscule.

Le poste de Sesriem était fantomatique en cette saison. Il se dégourdit les jambes dans la cour, se renseigna auprès du fonctionnaire affable qui distribuait les tickets d'accès à la réserve, mais aucun « Neuman » ne figurait sur ses fiches.

— J'ai vu que des touristes isolés, dit-il en consultant son registre. Des Blancs, il précisa.

Epkeen fit de nouveau le plein d'eau et d'essence, avant de s'enfoncer dans le désert. La ferme de Terreblanche se situait à une cinquantaine de kilomètres, quelque part dans le Namib Naukluft Park… Il balança son reste de sandwich sur le tapis de sol et se réconcilia avec une cigarette.

Une pie étripait un chacal écrasé quand la Mercedes quitta le secteur goudronné. Les dunes de Sossusvlei étaient parmi les plus hautes du monde : rouge, orange, rose ou mauve, les teintes variaient selon les perspectives et la courbe du soleil. Un paysage dantesque qu'il regardait à peine, le nez sur sa carte. Il suivit la piste principale sur une douzaine de kilomètres, bifurqua vers l'ouest et ralentit bientôt devant une barrière métallique.

Un panneau en plusieurs langues interdisait l'accès au site, visiblement grillagé sur des kilomètres : Epkeen défonça la clôture et fila sur la piste cahoteuse.

Un orage passa dans le ciel comme en mer, striant les lointains de semences électriques. Ali avait près de deux jours d'avance : qu'avait-il fait pendant tout ce temps ?

Des nuages colériques tiraient des voiles de pluie sur la plaine assoiffée ; Brian aperçut enfin une bâtisse à l'ombre des dunes, une ferme prolongée par des baraquements de préfabriqué.

La poignée d'oryx qui paressait dans la plaine décampa quand l'homme stoppa son véhicule au bord de la piste. La ferme, au loin, semblait déserte. Il prit la paire de jumelles dans le vide-poches et inspecta le site. La ferme tangua un moment dans sa ligne de mire : le vent avait brûlé ses yeux mais il ne décela aucun mouvement. Des faucons tournoyaient dans le ciel orangé… Il vit alors une tache sur le chemin. Un homme. Allongé, immobile. Un cadavre… Il y en avait d'autres près des préfabriqués, au moins six, que les pies se disputaient ; un autre encore, dans la cour…

*

Neuman et Terreblanche avaient attendu à l'ombre des carcasses calcinées mais personne n'était venu : le carnage dans la ferme, les coups de feu, l'explosion des réservoirs, les véhicules enflammés, tout était passé inaperçu. Les dunes géantes avaient dû cacher le brasier, la nuit le cortège de fumée. Le soleil avait grimpé, un soleil qui mordait la peau, cuisait les tôles et interdisait toute station prolongée, ils attendaient toujours et rien n'arrivait. Ni avion de reconnaissance traversant l'azur, ni nuage de poussière soulevé par une patrouille de Rangers… L'horizon restait d'un bleu cobalt, pur, désespérément vide.

Un lézard jaune se réfugia sous le sable brûlant.

— On va griller ici, prédit Terreblanche, adossé contre le flanc noirci du Toyota.

Le sang ne coulait plus de sa blessure mais de longues ravines avaient creusé son visage cramoisi. Le venin de l'araignée s'était répandu dans son corps, commençant à tétaniser ses membres. La chaleur ne faiblissait pas. Des grains de sable s'étaient incrustés dans les gerçures de ses lèvres et une lueur maladive gravitait au fond des yeux — la soif.

— Économise ta salive pour ton procès, fit Neuman.

— Il n'y aura pas de procès… Vous n'avez aucune preuve…

— Sauf toi… Maintenant ferme-la.

Terreblanche se tut. Son avant-bras avait presque doublé de volume. Le trou s'était nécrosé, la peau avait jauni autour de la piqûre avant de prendre une teinte

443

bleuâtre. Neuman l'avait menotté à la carrosserie mais il n'était pas en état de s'enfuir. L'ombre des nuages jouait sur les crêtes des dunes fabuleuses.

On n'entendit plus rien, que le silence immortel sur le désert immobile.

Ils attendirent encore, sous leur abri de fortune, sans échanger le moindre mot.

Ils cuisaient à l'étouffée.

Personne ne viendrait.

Leur existence même au cœur de la réserve était un secret. Personne ne serait porté disparu car Joost Terreblanche n'existait pas : il s'était fondu dans le chaos du monde. Il avait installé sa base namibienne avec la complicité de personnes qui se gardaient bien de mettre le nez dans ses affaires, une retraite où il ferait le mort, le temps que l'affaire se tasse. Personne ne se souciait de leur sort. On les avait oubliés au creux d'une vallée de sable, dans un océan de feu où ils allaient mourir de soif.

Le soir tomba.

Neuman avait des lames de rasoir dans la gorge. Il redressa sa carcasse endolorie et fit quelques pas. À l'ombre du Toyota, l'ancien militaire réagissait à peine. Sa bouche n'était plus qu'une pomme fripée, ses traits ceux d'un gisant. Trop de sang perdu sur la route. Stock de salive épuisé. Le bras difforme.

Neuman le secoua du pied.

— Lève-toi.

Terreblanche ouvrit un œil, aussi trouble que l'autre. Le soleil avait disparu derrière la crête. Il voulut parler mais il n'émit qu'un sifflement à peine perceptible. Neuman détacha les menottes et l'aida à se relever. Terreblanche tenait à peine debout. Il le regardait,

444

hagard, comme s'il n'était déjà plus de ce côté-ci du monde... Neuman se tourna vers l'est.

— On va faire une petite marche, annonça-t-il.

Trente kilomètres à travers les dunes : ils avaient une chance d'atteindre la ferme avant l'aube — une chance sur mille.

*

Epkeen avait fouillé les bâtiments et les cadavres qui jonchaient le sol. Neuf autour de la ferme, quatre autres dans le dortoir. Tous paramilitaires, abattus par des balles de gros calibre. Du 7,62, d'après le bout d'acier extirpé d'une blessure. Celui d'un fusil Steyr. La piste était la bonne mais ni Terreblanche ni Mzala ne figuraient parmi les victimes. S'étaient-ils enfuis ? Brian avait inspecté les alentours mais le vent et l'orage avaient effacé toutes les traces.

L'Afrikaner abandonna les recherches au crépuscule.

Il prévint les autorités locales du carnage perpétré dans la ferme et trouva refuge au Desert Camp, un lodge en bordure de la réserve.

L'été aidant, l'hôtel était presque vide ; il gara son tas de poussière devant la plaine immense et négocia les clés à la petite Namibienne de l'accueil. Une minuscule piscine en céramique donnait sur le désert rouge. Les tentes aussi étaient du haut de gamme, des tentes de brousse aux matériaux ingénieux, avec cuisine extérieure, salle de bains marocaine et ouvertures multiples sur la nature environnante. Brian prit une douche froide et but une bière en regardant la nuit tomber. La savane s'étendait, fabuleuse, jusqu'aux monts taillés du Namib... Ali était là, quelque part...

Brian quitta la terrasse et fit quelques pas vers le

désert. Une autruche passa au loin. Fourbu, il s'allongea au pied d'un arbre mort. Le sable était doux sous ses doigts, le silence si total qu'il dévorait l'immensité… Il pensa à son fils, David, parti faire la bringue à Port Elizabeth, puis à Ruby, qui devait se morfondre sur son lit d'hôpital… Il ne savait pas s'ils étaient sauvés, si le virus muterait, si elle lui en voulait. Le visage d'Ali prenait toute la place… Pourquoi ne l'avait-il pas prévenu ? Pourquoi ne lui avait-il rien dit ?

Cent, mille étoiles apparurent dans le ciel. Un hibou se posa sur la branche de l'arbre mort où il reposait, à grand renfort de battements d'ailes : un oiseau de nuit aux plumes blanches repliées avec soin, qui le fixait de ses yeux intermittents… La nuit était noire maintenant. Des essaims d'étoiles se bousculaient le long de la Voie lactée, des étoiles filantes sillonnant le ciel.

Brian resta allongé là, les bras écartés sur le sable orange et tiède, à compter les morts : un cortège qui, comme lui, flottait dans la nébuleuse…

— Où es-tu ?

Depuis son perchoir rachitique, le hibou ne savait pas. Il observait l'humain, stoïque.

Bref moment de fraternité : Epkeen s'endormit à la lueur d'un stick de Durban Poison qui, au bout du désespoir, l'envoya par le fond.

*

La lune les avait guidés vers l'horizon engourdi, témoin muet de leur chemin de croix. Terreblanche divaguait depuis un moment dans un semi-coma, le teint toujours plus pâle sous l'astre blanc. Une croûte jaune avait recouvert la plaie sur son bras. Il marchait comme un pantin boiteux, les yeux perdus au fond du temps. Enfin, après quatre heures de marche forcée à travers les dunes, l'ancien colonel s'écroula.

Il ne se relèverait plus. Le sang perdu, le venin de l'araignée, la journée sous l'étuve et la marche avaient fini de le déshydrater. Ils n'avaient parcouru qu'une poignée de kilomètres : la ferme était encore loin, à l'autre bout de la nuit. Neuman tenta à peine de lui parler : il avait la gorge si sèche qu'un mince sifflement sortit de sa bouche. Terreblanche, à ses pieds, ressemblait maintenant à un petit vieux. Il tenta de le réanimer, en vain. Le militaire ne réagissait plus. Ses lèvres bougeaient pourtant, fendues par la chaleur.

Ali passa une menotte au poignet de Terreblanche, l'autre au sien, et commença à le tirer sur le sable.

Chaque pas faisait plier sa côte blessée, chaque pas lui coûtait deux vies mais le Zoulou tenait à sa charogne : il ne tenait plus qu'à sa charogne.

Cent, deux cents, cinq cents mètres : il lui parlait pour s'encourager, il parlait à sa pourriture inanimée pour ne plus penser, ni à sa mère ni à personne. Il l'avait traînée comme ça deux heures durant, aussi loin que ses jambes pouvaient le porter, sans se demander si Terreblanche respirait encore. Ali marchait sur une ligne imaginaire. Mais ses forces s'amenuisaient. Sa chemise, tout à l'heure trempée, était maintenant aussi sèche que sa peau. Ali n'avait plus de sueur. Il ne tenait plus debout. À peine plié. L'effort l'avait dévoré en entier. Ses cuisses étaient du bois de cristal. Sa gorge surtout le brûlait atrocement. Il titubait, sa charogne à bout de bras, dévalait les pentes, le hissait sur les sommets, retombait de l'autre côté, délirant. Sa charogne était morte. Foutue. Il la traîna encore, encore quelques mètres, mais ses forces avaient fini de fuir : Ali voyait double, triple, il ne voyait plus rien. La ferme trop loin. Pensait par bribes. Plus de salive dans ses pensées. Plus d'huile dans sa belle mécanique.

Il se laissa choir contre les flancs d'une dune.

Un silence étourdissant plana sur le désert. Ali distinguait à peine les petits yeux de chrome qui l'observaient depuis la voûte céleste. Une nuit noire.

— *Tu as peur, petit Zoulou ? Dis : tu as peur ?*

Personne ne savait. Pas même sa mère : il y avait le cadavre de son père à décrocher, ses lambeaux de peau qui s'en allaient à l'eau claire, Andy réduit à une chose noire et tordue, l'enterrement, les morts à pleurer, le sangoma ignare qui l'avait ausculté, leur fuite à organiser… Personne ne savait ce que les *vigilantes* lui avaient fait derrière la maison. Le corps lacéré de son père, les larmes noires d'Andy, son short plein de pisse, l'odeur de caoutchouc brûlé, tout allait trop vite. Les *vigilantes* qui l'écartèlent derrière la maison, ses cris épouvantés, les trois hommes cagoulés qui lui massacrent les testicules, à coups de pied, les chiens de guerre qui s'acharnent pour le rendre impuissant : le film repassa une dernière fois sur l'écran noir du cosmos.

Ali rouvrit les yeux. Ses paupières étaient lourdes mais une sensation de légèreté inconnue, lentement, absorbait son esprit… Fin de l'insomnie ? Ali songea à sa mère qu'il aimait, une image d'elle heureuse soulevant son gros rire d'aveugle, mais un autre visage envahit bientôt tout l'espace. Zina, *Zaziwe*, ce rêve mille fois commis quand, la nuit, son odeur de brousse venait l'envelopper et le tirer loin du monde, avec elle… Une brise tiède vint lisser le sable au creux de la dune.

Ali ferma les yeux pour mieux la caresser. C'était fait.

11

— Vous avez vu mon bébé ? Dites, monsieur… Vous avez mon bébé ?

Une vieille en guenilles s'était approchée des pompes à essence. Epkeen, qui grillait sous la tôle, fit à peine attention à elle. La Khoi Khoi venait du village voisin, tout au plus une vingtaine de huttes misérables sans eau ni électricité qui jouxtaient la station-service. Elle parlait avec les « clics » caractéristiques de sa langue, une femme sans âge, le visage couvert de sable.

— Vous avez vu mon bébé ? répéta-t-elle.

Epkeen sortit de sa léthargie. Elle tenait un vieux chiffon crasseux contre sa poitrine et le regardait, implorante… Le pompiste namibien tenta bien de l'éloigner mais la villageoise revenait à la charge, comme si elle n'entendait pas. Elle déambulait ainsi toute la journée. Elle berçait son bout de chiffon en répétant la même phrase, toujours la même, depuis des années, à chaque automobiliste qui venait faire le plein :

— Monsieur… S'il vous plaît… Vous avez vu mon bébé ?

Elle était devenue folle.

On disait que son nourrisson dormait dans la hutte

quand, revenant du puits, sa mère avait vu les babouins l'emporter. Les singes avaient enlevé le bébé. Les hommes du village avaient aussitôt mené la chasse, ils avaient cherché partout dans le désert mais on n'avait jamais retrouvé le nourrisson, rien qu'un morceau de layette déchiqueté dans les rochers. Ce bout de chiffon qu'elle traînait depuis avec elle, et qu'elle berçait, pour apaiser son malheur...

Des racontars.

— Vous avez vu mon bébé ?

Epkeen frémit malgré la chaleur. La vieille Khoi Khoi le suppliait, avec ses yeux de folle...

Il reçut alors l'appel du poste de Sesriem : un Ranger avait trouvé les carcasses calcinées de deux véhicules dans le désert, et un corps humain, non identifié...

*

Des 4x4.

Deux tas de tôle encastrés sur le sable brûlant du Namib Naukluft Park. Les carrosseries avaient noirci sous les flammes mais Epkeen compta plusieurs impacts — des balles de gros calibre, dont l'une avait perforé le réservoir du Toyota... Le cadavre reposait à quelques mètres de là, carbonisé. Un homme, d'après la corpulence. Le textile de ses vêtements avait fondu sur sa peau gonflée qui, en craquant sous l'effet de la chaleur, ravivait des plaies que charognards et fourmis se disputaient. Une balle avait perforé sa poitrine. Un homme de taille moyenne. Il fallut ôter ses bottes pour voir qu'il s'agissait d'un Noir... Mzala ?

Epkeen se pencha sur le AK-47 à terre, près des plaques métalliques, vérifia le chargeur : vide... Un sifflement lui fit dresser la tête : le Ranger qui l'accom-

450

pagnait lui adressait des signes depuis le sommet de la dune. Roy, un Namibien disert au sourire énigmatique. Il avait trouvé quelque chose...

Le soleil écrasait tout à l'heure de midi ; Epkeen ajusta sa casquette imbibée d'eau et gravit la dune à petits pas méthodiques. Les nausées se succédaient dans son corps affaibli. Il s'arrêta à mi-chemin, les jambes flageolantes. Le gardien du site l'attendait plus haut, accroupi, impassible sous sa visière. Brian le rejoignit enfin, les yeux pleins d'étoiles après l'ascension. Une arme reposait là, à demi recouverte par le sable, un fusil Steyr avec lunette de précision...

Le Namibien ne disait rien, les yeux plissés par la lumière vive du désert. Tout en bas, les carcasses des voitures semblaient minuscules. Epkeen observa l'étendue vide. Une vallée de sable rouge, incandescent... Pris au piège, sans réseau ni moyen de locomotion, Neuman et Terreblanche avaient dû partir à pied, couper par les dunes pour retrouver la piste. Le vent avait effacé leurs traces mais ils avaient marché plein est, en direction de la ferme...

Ils roulèrent près d'une heure sous la fournaise sans croiser le moindre animal. Le Ranger pilotait d'une main sûre, en silence. Epkeen non plus n'avait pas envie de parler. Une paire de jumelles à la main, il épiait les crêtes et les rares arbres perdus dans l'océan de sable. Ciel bleu roi, terre écarlate, et toujours pas âme qui vive sur ces terres désolées. Quarante-sept degrés, affichait le cadran de la Jeep. La chaleur gommait les reliefs, dansait en volutes troubles dans la mire des jumelles. Mirages en suspension...

— La piste n'est plus loin, annonça Roy d'une voix neutre.

La Jeep bringuebalait sur le sable meuble. Epkeen aperçut alors une tache noire, sur sa droite ; à deux cents mètres environ, contre les flancs d'une dune. Alerté, le Namibien bifurqua aussitôt. Les pneus chassaient sur le dénivelé : risquant de s'ensabler, le Ranger stoppa au pied de la butte.

Un nuage de poussière âcre passa devant le pare-brise. Epkeen claqua la portière, les yeux rivés sur sa cible — une forme, un peu plus haut, à demi recouverte par le sable… Il grimpa la crête, se protégea du vent sec et brûlant qui mordait son visage, et ralentit bientôt, le souffle court. Il n'y avait pas un homme allongé contre la dune, mais deux, côte à côte face au ciel… Brian gravit les derniers mètres en automate. Ali et Terreblanche reposaient sur le sable, les vêtements en partie déchirés, méconnaissables. Le soleil avait réduit leurs cadavres à deux souches rabougries, deux squelettes rachitiques que le désert avait dévorés… Le soleil les avait bus. Vidés. Brian ravala la salive qu'il n'avait plus. La mort remontait à plusieurs jours déjà. Les os saillaient sur leurs visages desséchés, celui de Terreblanche était devenu noir, une peau de feuille morte qui craquait sous les doigts, et ce sourire hideux sur leurs lèvres fripées… Ils avaient cuit. Même leurs os semblaient avoir rapetissé.

Epkeen se pencha sur son ami, et chancela un instant sous l'étuve : Ali tenait encore sa proie accrochée à ses menottes, à deux kilomètres à peine de la piste…

12

Ils ne seraient pas nombreux à recueillir la dépouille d'Ali.

Brian n'avait pas le numéro de Maia — il ne connaissait même pas son nom —, Zina avait quitté la ville sans laisser d'adresse et Ali n'avait plus de famille. Son corps arrivait de Windhoek, par avion spécial. Epkeen se chargerait du transfert en pays zoulou, près de ses parents et des ancêtres qui, peut-être, l'attendaient quelque part...

La chasse à l'homme en terres namibiennes s'était soldée par un fiasco. Neuman n'avait laissé dans son sillage que des morts, aucune preuve d'une quelconque connivence entre l'industrie pharmaceutique et les mafias du pays. Krugë avait évité l'incident diplomatique et personne ne souhaitait de publicité autour de cette affaire. Les corps de Terreblanche et de ses hommes restaient à la disposition des autorités namibiennes qui, par intérêts croisés, n'ouvriraient pas d'enquête... Culpabilité, écœurement, Epkeen avait rendu son insigne et tout ce qui allait avec. Il avait passé sa vie d'adulte à rechercher des cadavres, Ali était celui de trop.

Il en avait assez. Il passait la main. Il s'occupe-
rait des vivants. À commencer par David — de retour
de java, le fils prodigue avait ouvert son courrier, et
téléphoné dans la foulée...

Corruption, complicités, Terreblanche et ses commanditaires bénéficiaient de protections à tous les
niveaux, jusqu'à leurs propres lignes non sécurisées :
Epkeen avait posté une des deux clés USB avant de
filer chez Rick, l'autre nuit, avec son nom au dos de
l'enveloppe en guise d'explication. Il n'avait pas parlé
sous la torture. Personne ne connaissait l'existence de
ces documents. David aurait le temps de remonter la
piste, blinder son enquête, et surtout choisir ses alliés.
Un baptême du feu, qui les réconcilierait peut-être...

Brian n'eut pas à traverser le jardin, Claire sortit la
première de la maison. Elle courut jusqu'à lui et se
jeta dans ses bras.

— Je suis désolée... Je suis désolée...

Claire se cramponna comme s'il allait s'échapper.
Elle voulait lui dire qu'elle avait été injuste avec eux,
elle y pensait depuis des jours, il fallait qu'elle leur
parle mais la mort de Dan l'avait laissée sans voix,
le cœur cousu : maintenant c'était trop tard... Trop
tard... Brian caressa sa nuque tandis qu'elle sanglotait.
Il sentit le duvet blond qui repoussait sous la perruque
et la serra fort à son tour. Lui aussi tremblait : il ne
restait plus qu'eux désormais...

Il releva la tête de la jeune femme et, du doigt, sécha
ses larmes.

— Allons-y...

Le soleil tombait doucement sur le Veld bordant
la piste du petit aérodrome. Claire non plus ne disait
rien. Elle attendait, comme lui, sur le tarmac, un signe

du ciel. Des teintes émeraude glissaient sur les herbes pliées par le vent, quelques nuages roses se dilataient à l'horizon mais rien ne venait. Brian songeait à leur amitié, à ses silences, à la pudeur qu'affichait Ali devant les femmes, au regard triste qu'il avait quand on le surprenait seul… Quoi qu'il ait pu se passer, Ali était mort avec ses secrets.

Epkeen dressa l'oreille. Les ailes fuselées d'un petit porteur apparurent, point vif-argent dans le crépuscule. Claire repoussa la mèche qui virevoltait sur sa joue.

— Le voilà, dit-elle tout bas.

Le bruit des hélices se rapprocha, plus sourd. Ils attendaient près de la piste quand une voix retentit :

— Brian…

Il se retourna et vit Ruby sur le tarmac. Elle portait un jean noir moulant, des cheveux courts et une longue estafilade à l'avant-bras. Ils ne s'étaient pas revus depuis l'hôpital… Elle salua Claire de la tête et s'avança timidement :

— C'est David qui m'a dit… Pour Ali…

Ses yeux avaient la couleur du Veld mais quelque chose s'était cassé à l'intérieur. Brian ne demanda pas quoi. Ils levèrent la tête vers le ciel qui, comme Ali, n'en finissait plus de disparaître. Le bimoteur avait amorcé sa descente et pointa le nez pour l'atterrissage. Ruby glissa sa main dans celle de Brian, et ne la lâcha pas. Ses cheveux courts lui allaient bien. Son jean noir aussi… Une violente bouffée de tendresse le prit et bientôt le submergea. Ruby tremblait dans sa main mais le cauchemar était fini : elle ne mourrait pas. Pas maintenant. Il la protégerait des virus, des autres, du temps… Il lui dirait, pour Maria… Il lui expliquerait… Tout… Il…

— Aide-moi, Brian…

BIBLIOGRAPHIE (SÉLECTIVE)

Didier Fassin (sous la dir. de), *Afflictions : l'Afrique du Sud, de l'apartheid au sida*, Karthala, 2004

Myriam Houssay-Holzschuch, *Le Cap, ville blanche, vies noires*, L'Harmattan, 1999

Rian Malan, *Mon cœur de traître*, Plon, 1990 (épuisé).

Nelson Mandela, *Un long chemin vers la liberté*, Livre de poche, 1994

Mzala, *Buthelezi et l'Inkatha, le double jeu*, L'Harmattan, 1993

REMERCIEMENTS

L'auteur tient à remercier chaleureusement ses éclaireurs, Alice, Aurel et Zouf, ainsi que Corinne, « la Noir'rôde », pour les aspects scientifiques évoqués dans ce livre.

Merci également à Christiane, pour la gymnastique en Afrique australe.

DU MÊME AUTEUR

Aux Éditions Gallimard

Dans la collection Série Noire

MAPUCHE, 2012.

ZULU, 2008, Folio Policier n° 584.

UTU, 2004, n° 2715 et Folio Policier n° 500.

PLUTÔT CREVER, n° 2644, 2002 et Folio Policier n° 423.

Dans la collection Folio Policier

LA JAMBE GAUCHE DE JOE STRUMMER, 2007 n° 467.

SAGA MAORIE, Haka-Utu avec un chapitre inédit, 2011, n° 634.

Dans la collection Folio 2 €

PETIT ÉLOGE DE L'EXCÈS, 2006, n° 4483.

Aux Éditions Baleine

HAKA, 1998, et Folio Policier n° 286.

Dans la collection Le Poulpe

D'AMOUR ET DOPE FRAÎCHE, 2009, coécrit avec Sophie Couronne, Folio Policier n° 681.

Chez d'autres éditeurs

COMMENT DEVENIR ÉCRIVAIN QUAND ON VIENT DE LA GRANDE PLOUQUERIE INTERNATIONAL, Le Seuil, 2013.

NOUVEAU MONDE INC, La Tengo éditions, 2011

QUEUE DU BONHEUR, édité par le MAC/VAL, 2008, d'après l'œuvre du plasticien Claude Clotsky.

RACLÉE DE VERTS, Éditions La Branche, collection Suite noire, 2007.

Aux Éditions Pocket Jeunesse

KROTOKUS IER, ROIS DES ANIMAUX, illustré par Christian Heinrich, 2010.

Aux Éditions Thierry Magnier

MA LANGUE DE FER, littérature jeunesse, collection Petite poche, 2007.

JOUR DE COLÈRE, littérature jeunesse, collection Petite poche, 2003.

Aux Éditions Syras

ALICE AU MAROC, littérature jeunesse, collection Souris noire, 2009.

LA DERNIÈRE DANSE DES MAORIS, littérature jeunesse, collection Souris noire, 2007.

LA CAGE AUX LIONNES, littérature jeunesse, collection Souris noire, 2006.

Composition Nord Compo
Impression Novoprint
le 30 septembre 2013
Dépôt légal : septembre 2013
1er dépôt légal dans la collection : avril 2010

ISBN 978-2-07-043757-3/Imprimé en Espagne.